李春祥文集

上

元杂剧论稿

元杂剧论稿续编

河南大学出版社
·开封·

图书在版编目（CIP）数据

李春祥文集／李春祥著．—开封：河南大学出版社，2009.2

ISBN 978-7-81091-725-4

Ⅰ.李…　Ⅱ.李…　Ⅲ.①李春祥—文集②古典文学—文学研究—中国—元代—文集③古典文学—文学研究—中国—明清时代—文集　Ⅳ.I206.2-53

中国版本图书馆 CIP 数据核字（2008）第 192444 号

责任编辑　谢景和
责任校对　默　茗
封面设计　马　龙

出　版　河南大学出版社
地址：河南省开封市明伦街 85 号　　邮编：475001
电话：0378－2825001(营销部)　　网址：www.hupress.com
排　版　河南第一新华印刷厂
印　刷　河南省瑞光印务股份有限公司
版　次　2009 年 2 月第 1 版　　**印　次**　2009 年 2 月第 1 次印刷
开　本　650mm×960mm　1/16　　**印　张**　55
字　数　740 千字　　**印　数**　1—1000 册
定　价　110.00 元

1954年7月西南师范学院毕业照

《元代包公戏选注》书影（中州书画社 1983 年版）

《元杂剧论稿》书影（河南大学出版社 1988 年版）

总　　目

上　　卷

下　　卷

序

关爱和

在河南大学百年发展史上，活跃着众多独树一帜、成就卓著的学术大家，业师李春祥先生便是其中突出的一位。

古代文学既是汉语言文学专业开设时间最长的重头课，也是历届同学投入精力和时间最多的热门课。对于经历过长期知识干涸之后走进大学的中文系七七级学生而言，古代文学更是最紧缺、最急需的精神食粮。用如饥似渴概括当年同学们旺盛的求知欲，是最恰当不过的。李春祥先生在课堂上与同学们见面并主讲元明清文学，已是 1981 年初夏，并一直延续到我们毕业之前的年末。在此之前，我们已获悉春祥师是刚刚晋升副教授的中年学者，他在元杂剧和《红楼梦》等领域的研究已受到广泛关注，同学们都对他怀着深深的敬意。课堂上的李先生给我们的直观印象是衣着朴实，身体强壮，目光炯炯，举止干练。上课时衣袖高高挽起，操着浓重的巴蜀方音，声音浑厚，抑扬顿挫，节奏明畅。最令学生称羡叫绝的是李先生可以神采飞扬地记诵整篇整段的曲辞和小说段落。课下解答学生疑难又是那样地平易近人，循循善诱，让学生如坐春风。追随着他授课的清晰脉络，我们领略了关汉卿的“浪子”风流、李逵的粗豪憨直、杜丽娘的青春觉醒和贾宝玉的真率痴情，并初步接受了古典文学研究的启迪和训练。这对于广大同学尤其是后来走上高校讲坛并从事学术研究的晚生后学，真是沾溉良多，受益终生。

李春祥先生是 1954 年以优异成绩由西南师范学院（今西南大

学）中文系毕业分配到我校中文系任教的。自1956年调入古代文学教研室主讲元明清文学起，长期从事戏曲、小说研究，是新中国培养成长的第一批学有专长、建树丰硕的戏曲史家和古典文学专家。1959年，他受命赴北京师范大学中文系进修，师从著名文学史家王汝弼先生，并到北京大学选修戏曲史大家王季思先生主讲的《中国戏曲选讲》，自此确定终生不移的学术主攻方向，在元杂剧、明清小说等领域耕耘探索，取得了一系列在学术界产生重要影响的研究成果。

“业精于勤”。李春祥先生常讲“勤能补拙”，既体现了先生谦逊朴实的品格，也从中折射出业师勤奋坚忍的治学风范。系里老师常讲起，即使在1970年代下放农场劳动期间，李老师也总是利用一切机会偷着看书，抄录资料卡片，“厚积薄发”。“文革”刚刚结束，李先生即连续发表戏曲小说研究的系列文章，应邀参加全国性学术会议，受聘参与编写高校古代文学教材，并先后应邀到山西大学、延安大学等高校讲学。当大多数研究者还在“武器批判”的阴影中挣扎徘徊的时候，春祥先生率先提出《红楼梦》的主线是宝黛爱情悲剧，在当时的学术界无疑起到了振聋发聩的引导作用。

李春祥先生治学最显著的特色是博收约取、通变求新。这既是他对学术辩证法的灵活运用，也是先生在元杂剧、《红楼梦》等领域取得突出成就的方法论依据。先生对文史典籍与民俗史料的淹博融通，约略可见于先期问世的《曾瑞散曲集校注》的考据征引之上，对史实逸闻的钩稽，对用典使事的考索，对民俗逸闻的举证，真可谓驾轻就熟，游刃有余。先生不囿于成说的创新意识突出地体现在元杂剧研究方面。在大多数学者单纯从社会学立场对元杂剧的兴衰作出政治性评判的时候，李春祥先生撰文主张应以作家为中心，对蒙元政权的文化政策也不应看成一团漆黑，认为书会作家与杂剧艺人的密切配合、异族统治者奉行的“宽严相济、而又以宽为主的灵活政策”对元杂剧的繁荣发挥了“重大作用”。与之相应，他还敏锐地指出，出自汉族作家之手的杂剧名作，并不仅仅反映民族之间的对立和冲突，更多地是以“表现民族融合趋势为主要内容的”。为此，他还充分肯定石君宝、李直夫等少数民族作家在倡导民族和睦等方面所作出的积极贡献。针对积习甚久的思维方式上的机械和偏执，春祥先生有意把审视的维度转移到舞台、演员、宾白、舞蹈和音乐等戏剧要素上，撰写发表《略谈元剧中的舞蹈》、《元代的杂剧演员》、《论张国宾和他的杂剧创作特色》、《元剧宾白的作者和评价问题》等专题文章，跳出单一的文本解读的套路，多向度地考察元杂剧作为舞台综合艺术的繁荣机制，对为元杂剧的兴盛作出不可磨灭的贡献的杂剧演员和艺人作家给予了充分肯定和热情赞扬。

1980年代初期，学术界上空的阴霾刚刚消散，不少学者依然心有余悸地在学术禁区徘徊。在古代戏曲领域，最敏感的莫过于包公戏和水浒戏了。1982年初，李春祥先生率先闯入这个让学者们顾虑重重的风险地带，先后撰写发表了《元代包公戏新探》、《元代水浒戏简论》两篇长文，并编撰出版了《元代包公戏选注》，在当时的学术界产生了强烈的反响。李先生认为：包公形象是元代人民理想化的清官，他不畏权势，为民请命，智勇兼备，是元代吏治腐败、百姓痛苦无告的逆向产物。受时代和自身局限，他办案并非时时事事严格执法，甚而以情代法或顺水推舟。在他身上体现着“刑以正邪”、“法出于礼”和“刑不上大夫”的传统法文化内涵。对于在“批《水浒》”运动中受到牵连的元代水浒戏，李先生热情肯定其除暴安良的主题，对“替天行道”的内涵作了辩证的理解，充分肯定元代水浒戏第一次大规模地把水浒故事搬上舞台，塑造了李逵、鲁智深等鲁莽爽直、风风火火的绿林豪杰形象，为长篇章回小说《水浒传》的创作奠定了坚实的基础，积累了丰富的素材和成功的经验。

中州地区历来被视为中华戏曲的摇篮，自然也是元杂剧的重要发祥地。李春祥先生对中州杂剧作家及其笔下的中州生活表现出浓厚的兴趣，热情肯定中州杂剧作家对元杂剧的兴盛繁荣所作出的杰出贡献，并把这种区域性研究延伸到民俗与民间文化领域，赋予戏曲史研究以动态和立体的品格。他在深入进行田野调查的基础上撰写发表的《略论元剧作家笔下的中州社会生活》、《〈陈州粜米〉与河南淮阳流传的包公放粮故事》等重要论文，体现了先生注重戏曲与民俗关系考察研究的过人之识。

李春祥先生在元杂剧研究领域最具前瞻性和总结性的贡献集中在锺嗣成《录鬼簿》研究和《元杂剧史稿》的撰著两个方面。《录鬼簿》问世以来，治戏曲史者多将其视为汇集元杂剧作家生平事迹和作品篇目的目录性著述，对其冒着"得罪于圣门"的风险钩稽轶闻、保存珍贵的戏曲史料表现出由衷的钦敬，但对其在中国戏曲史上的地位和作用却很少论及。上世纪初叶，王国维先生《宋元戏曲史》付梓刊行，学界为之轰动，誉为"中国戏曲史之开山之作"，首肯其为中国戏曲学术史奠基拓疆的卓越贡献，无形之中就忽略了《录鬼簿》这部"元人写的当代杂剧史"。有憾于此，春祥师殚精竭虑，对锺嗣成的生平行事细加考订，将其倾尽毕生心血结撰而成的《录鬼薄》放在中国戏曲形成发展的历史长河中予以全面考察，论证其具备元杂剧断代史的基本特征：其一，全书按时序分期排列作家，贯穿着一条清晰的史的线索；其二，史料搜求广博，著录剧目丰富翔实，完整地勾勒出元杂剧的发展轮廓；其三，遍访遗老，掇拾轶闻，辅以〔凌波仙〕吊词，简略而精当地评价作家作品，展示出元杂剧各个阶段的风貌特色。李先生在行文时强调：《录鬼簿》在评价具体作家作品时，既热情洋溢，又严守分寸，即使是平生过从甚密的"相知"者，也不轻易褒扬过当，作浮泛溢美之词；对于或重本色、或尚文采的风格差异，继先从不出于一己之偏好抑此而扬彼，他崇尚风格各异、戛戛独造的艺术创新精神。对于书中揭示的元代书会作家相互切磋砥砺、作家与演员之间的倾心合作，春祥师认为这是元杂剧迅速繁盛的决定性因素。基于上述认识，李春祥先生明确断言：《录鬼簿》"第一次高度地评价了我国元代杂剧作家，保存了最丰富的元杂剧史料和金、元文学史料，比较实事求是地评价了他们的作品"，堪称是"我国戏曲史的开山之作"。这一建立在周严论证基础上的结论，很快得到学界的响应和赞同，确认"《录鬼簿》是我国第一部具有戏剧史意义的著作"、是"元代戏曲作家写的当代杂剧史"。

《宋元戏曲史》破天荒地把传统文人鄙视厌薄的民间戏曲纳入学术史的殿堂,并给予"元曲"以等同于唐诗、宋词的"一代文学"之崇高地位,开辟了近现代学术研究的广阔视野,给后世学者研治中国戏曲史提供了翔实的文献依据和方法论引导。踵继其后,吴梅、卢前、周贻白、王季思、董每戡、青木正儿、钱南扬、赵景深等陆续推出一大批戏曲学专著,戏曲学迅速提升为"显学"。令人遗憾的是,上世纪60年代以后,政治风云变幻莫测,传统戏曲一度被逐出舞台,戏曲研究也被强行中断了十馀年。直至1980年代后期,李春祥先生集腋成裘的《元杂剧史稿》出版发行,新时期的学术界才看到了第一部体制较为完备的元杂剧史。前此中外学者的相关著述,或以戏剧史料的钩稽辨析见长,或以作家作品的分析阐释为主,或偏重于元杂剧体制形态的寻绎归纳,均未能对元杂剧的演进兴衰作动态的立体的考述,《元杂剧史稿》博采众长,熔铸史乘,运以神思,断以己意,追溯中华戏曲的渊源与形成,探讨元杂剧的兴盛与发展。继以时序为经,类群为纬,作家为纲,剧作为目,对元杂剧各个阶段的题材类型、精神风貌、表演形态等作全方位的考察论证。整部史稿主线明确,重点突出,结构妥帖,开阖自如。在具体论述中,春祥先生始终坚持以史实和剧作提供的生活素材为依据,力戒主观臆断、随意揄扬。其深邃的思致和精到的见解也往往通过平易朴实的语言从容和缓地表述出来,让读者在犹若促膝谈心的气氛中润物无声地接受其观点,受到教益。如第一章先生辨析"渊源"和"萌芽"的区别与联系时讲到:"我国戏曲是孕育在歌舞、俳优和百戏的土壤之中,它的萌芽应是在各种艺术和技艺表演中脱离出来而具有独立形式特质为始。因素终归是因素,它只是戏曲的渊源;萌芽则是胚胎,它已是戏曲的雏形,二者不是量的差异,而是有着质的差别。"概念明晰,阐述周严,不温不火,令人叹服。

《元杂剧史稿》不仅在编著体例上独具机杼,自成体系,在章节安排上也力求兼顾各期有代表性的作家作品,把以往较少论及而确有独到之处的杂剧作家置于相应的位置,给予恰如其分的分析评价。

打开该书目录，我们注意到先生首先用三章篇幅综论元杂剧的兴起、繁荣与衰微，介绍元杂剧的体制特征，概括元杂剧前后期作家的阵容及作品的总体风貌，然后以专章或有机合成的章节集中论述关、王、马、白、郑、高等“一新制作”、“后学莫及”的前期巨擘的辉煌业绩。在进入先生视野并详加考论的书会作家中，除了为人熟知的杨显之、纪君祥、康进之、石君宝、尚仲贤、李好古等名家外，像戴善甫、石子章、张寿卿、武汉臣、孟汉卿、孔文卿、王仲文、李行甫、吴昌龄、费唐臣、王伯成、狄君厚、李寿卿、岳伯川等就不大为人关注。对上述沉沦下僚的“名公才人”，李春祥先生一一追述其生平著述，寻绎其杂剧代表作的成就与贡献。《史稿》后三章专论杂剧中心南移杭州后的作家群体，用较多的篇幅论述和评价郑光祖、宫天挺、乔吉、秦简夫等后期代表作家剧作中所体现的南北一统、理学复兴之后的主流意识。即使是大量不署撰人的无名氏剧作，李先生也不轻易放过，特列专章依作品题材类别析为公案、爱情、历史等节次，展开“全面的、多角度的，也是宏观与微观相结合的”系统论述，着力探讨其题材生成规律及所折射的时代精神和文化内涵。

李春祥先生一生清贫，节操贞刚，襟怀坦荡，始终保持朴素简易的生活作风，与人为善，淡泊宁静。在长达四十年的治学生涯中，默默耕耘，勤于探索，结晶为这部厚重的学术瑰宝。夜静更深，掩卷停笔，先生之音容笑貌历历如在目前，依然是那样的和蔼可亲，仪态从容，神气健旺。接席对语之间，崇敬缅怀之情油然而生，一段古语如溪水淙淙般流淌而来：“是以古之作者，寄身于翰墨，见意于篇籍，不假良史之辞，不托飞驰之势，而声名自传于后。”用曹丕这段话来概括春祥先生的品格和学业，不是十分允当的吗？学术是公器，贵在薪火相传，生生不息。有李春祥先生这样的学术前辈垂范于前，后辈学子自当奋发励志，在布满荆棘却充溢着挑战快感的学术道路上各骋才智，锐意进取，以“至善”为求。

戊子年重阳节

跟春祥老师学戏曲

康保成

1978 年夏秋之交，我毕业留校工作，当上了大学教师，不过头上戴着一顶“工农兵学员”的帽子。为了“摘帽”，为了能胜任在大学教书，便发奋考研，翌年被母校开封师范学院（今河南大学）中文系录取，导师就是李春祥老师。

春祥师当时只有四十几岁年纪，一口四川方言。读“工农兵”时，他和邢治平老师共同教我们元明清文学，邢老师主要教小说，春祥师主要教戏曲。记得有同学曾反映春祥老师的话难懂。大概是由于当过几年兵，各地方言都略有耳闻的原因吧，我对春祥老师的四川方言不但很适应，而且觉得十分亲切、生动，还略带诙谐。有一次他讲《西厢记·长亭送别》，莺莺的唱词中有“量这些大小车儿如何载得起”一句，一般的解释是“大小”是偏义副词，“大小”就是小的意思，也说得通。春祥老师边比划边用用四川方言说，“这些大小”就是“这么大点儿”，给我们留下了极深的印象。

本来，春祥老师的研究重点有两个，一是元杂剧，二是《红楼梦》。一次，我找他请教《红楼梦》的问题，他讲起书中的情节、人物、诗词，侃侃而谈，如数家珍。过后他对我说，我以后不准备搞“红学”了，你也学戏曲吧！我唯唯应命。没想到，春祥老师一句话，就决定了我一生的研究方向。

由于春祥师只带我一个人，所以基本上没有正式授课，而是为我开书目，指导我读书，我有问题随时去问。他为我开的主要书目是

《元曲选》,其中方言、俗语等难解词汇不少,当时的工具书只有张相的《诗词曲语词汇释》,中文系资料室作为工具书不外借。每当我遇到问题,总是到老师那里求教。那时没有电话,很难事先预约。春祥师对我这位"不速之客"从来都是热心接待,有问必答。他对元杂剧非常熟悉,连一些不太有名的作品中的曲词也能背诵,令我敬服。待后来看到他的《元杂剧史稿》一书,涉及到的作家40馀人,作品120馀种,几乎囊括了现存有价值的全部元人杂剧,才知道他在元杂剧上所下的工夫之深。

春祥师写论文很重创新,从不拾人牙慧。我跟他学习的那几年,正是他精力最旺盛、最高产的阶段。他的新作,往往成为我们聊天的话题。我印象最深的几篇论文有:《元剧宾白的作者和评价问题》、《锺嗣成〈录鬼簿〉划分元杂剧为"两期"说》、《〈陈州粜米〉与河南淮阳流传的包公放粮故事》、《元人杂剧反映元代民族关系的几个问题》等。他耐心细致地为我讲解,为什么要选这个题目,前人在这一问题上有过什么研究,本文的观点和根据是什么,等等。就是通过这样的谈话,一步一步把我领进了学术研究的门径。

关于元杂剧的宾白,有些明代曲家提出来是后来的"乐工""伶人"所撰,春祥师不以为然,他的根据就是元刊杂剧中有的宾白和《元曲选》大体一致。他对我说,元刊杂剧不都是全无宾白,如果把有宾白的作品和《元曲选》比较一下,就知道当时的剧本创作曲和宾白基本上是同步的。他的论文发表后,我读过不止一遍,觉得根据充分,难以推翻。对于这个直到今天还有争议的学术问题,学界同仁不妨看看这篇文章。

记得有一次,春祥师跟我谈起元杂剧《陈州粜米》,说河南淮阳(即古陈州)至今还流传着包公放粮的故事,"我的文章就在这一点上是新的",他指的是《〈陈州粜米〉与河南淮阳流传的包公放粮故事》一文,引用了不少《淮阳县志》中的材料和他实际调查得来的民间故事。这样的论文,在研究方法上迄今还能给人以启发。

关于《元人杂剧反映元代民族关系的几个问题》等论文,王季思老师在他的《〈元杂剧论稿〉序》中已经做了很高的评价,我这里就不饶舌了。

春祥师乐于提携后辈。我的论文《张养浩和他的散曲》,经他推荐发表在河南人民出版社的《文学论丛》。硕士论文《古代岳飞剧简论》,是在春祥师的支持和指导下,由我自己选的题目。他对我说,我这里当然有题目给你做,但我的意图和观点,你能理解能贯彻吗?所以我支持你自己选题。1982 年夏我顺利通过论文答辩,继续留在母校工作。一年半以后,我考入中山大学读博,离开了母校和春祥师。然而,彼此间的信件一直不断,寒暑假返豫更是我们师生畅谈的好机会。这些难忘的场面至今记忆犹新。

由于历史的原因,到上世纪 80 年代以后,春祥师这一辈人开始承担繁重的教学、科研任务,但生活条件却未能及时得到改善,特别是住房问题。他原来住在学校西门外的"军代表院"中。所谓"军代表院",是"文革"期间为驻校的军代表兴建的住房,在当时属于面积较大、质量较好的房子。军代表撤走后,分给了处级以上干部或有相当职务的"双肩挑"教师。春祥师没有职务,只能居住同一个院子中按普通标准盖的一套平房。房子搭建在"军代表院"的角落里,显得低矮而简陋。但春祥师却不以为意,他只是觉得房子太小,书都拿不出来,影响做学问。后来他搬进楼房,房间是大了些,但由于是顶楼,一到夏天,骄阳似火,又没有空调,房子里气温高达三十六七度。连家具都热得烫手。就是在这样的条件下,他照样读书做学问。我至今想起他挥汗如雨奋笔疾书的样子,都不禁鼻酸。

1993 年,听说春祥师病了,我简直不敢相信。他身体一贯很好,生活极有规律,夏天游泳,冬天跑步,不喝酒,不抽烟。记得 1983 年我们在北京爬景山,他比小他十几岁的学生王世声还先登到山顶,怎么就……

这年 9 月,我专程回开封看望他,一进门就呆住了。他整个人瘦得只剩下一把骨头,从床上步行到洗手间都要用手扶着墙壁慢慢挪。我极力掩饰着伤感和他聊天,而春祥师更是若无其事地和我谈学术、谈人生，没有流露丝毫的悲观。当时，正赶上我的《中国近代戏剧形式论》和《苏州剧派研究》相继出版，我双手捧着献给他。他翻看了一下两书的目录说："噢，是青出于蓝了！"一出他的家门，我的泪水便夺眶而出。一个月后，噩耗传来，敬爱的李春祥老师永远离我们而去了。

春祥师生前曾对我寄托着很大期望，希望我从中大毕业后能回河大协助他工作，把河大的古代戏曲研究和古代文学学科搞上去。其实，他过高估计了我的水平和能力。我辜负了他的希望，只能从心底里默默地说一句：春祥师，对不起！不过，对母校的感情，对老师的怀念，一直刻骨铭心，苍天可鉴！中国有句古语说：一日为师，终生为父。我虽未能在他病重期间侍奉左右，但他为人为学的精神品格，足够我受用终生。他一直是我精神上的父亲。

今年春，听说春祥师哲嗣李兵兄编辑《李春祥文集》将竣。谨以此文献给敬爱的李春祥老师。

2008 年 11 月 12 日于中山大学

目　录

元杂剧论稿

《元杂剧论稿》补编

元杂剧论稿

先师李春祥教授专著《元杂剧论稿》(河南大学出版社1988年版)共收论文二十四篇。今按原版校勘,收入文集,聊寄后学追思。

序

王季思

在我国学术界，目前支撑局面的主要是中年学者。旧戏里每说“人到中年万事休”，而现在，不仅在学术界，而且在“四化”建设的各个领域，中年人都起着骨干的作用。从学术的承传上说，中年人起着承先启后的作用。在高等院校，他们是教学、科研的主要力量，在家庭中也是顶梁柱。中年人的任务最艰巨、最繁重，生活也最艰苦。在我国，由于众所周知的原因，这一辈中年人的步履尤为艰难。他们每前进一步，都要洒下辛勤的汗水，付出重大的代价。谌容的《人到中年》反映了这方面的现实，写得真实感人。然而不管道路怎样艰难，他们终于成长起来了。今天，在统一祖国、振兴中华的宏伟目标下，中年人正在各自的领域里大显身手，为建设具有中国特色的社会主义作出贡献。作为老一辈的学者，每想到这一点，内心就十分兴奋。

李春祥同志是古典文学领域里一位比较优秀的中年学者。1950年代末1960年代初，我在北大编文学史的时候，春祥同志恰在北师大进修，曾到北大听我讲古典戏曲课。那时他还是青年。后来我们中断联系近二十年。“四人帮”倒台后，春祥同志致力于元杂剧和《红楼梦》的研究，都取得了可喜的成果。他在元杂剧方面的论文和著作，经常寄给我看。现在的这本《元杂剧论稿》，汇集了他近十年来的研究心得。从内容看大致可分为三个部分：第一，对锺嗣成及《录鬼簿》的研究；第二，对元杂剧作家、作品及有关问题的探讨；第三，有关元杂剧的考证文字。这本集子反映出春祥同志对学术问题孜孜不倦的探索精神和学术水平上取得的长足进展。

我在1950年代曾写过一篇关于《录鬼簿》的文章，主要是向读者介绍我国最早的这部戏曲理论著作，也提到对作者锺嗣成的评价。现在看来，春祥同志在这方面的研究已经大大向前跨了一步。他不仅考证了锺嗣成的生卒年，论证了《录鬼簿》对元杂剧创作的分期，而且详细论证了锺嗣成的卓越贡献，指出《录鬼簿》是我国第一部具有戏剧史意义的著作。这些结论是新颖的，同时也是有充分根据的。

对元杂剧作家、作品的研究占了这本书的大部分篇幅。看得出来，春祥同志在这方面下的功夫最多。高等学校的教师搞科研，总是要同教学相结合。这部分内容与他在大学本科、研究生的教学结合最为密切。春祥同志的研究是全面的、多角度的，也是宏观与微观相结合的。宏观如《元人杂剧反映元代民族关系的几个问题》，牵涉到对许多作品的评价问题。微观如对某一作家、作品的分析研究。从作家地域看，春祥同志对元杂剧作家中人数最多的两个作家群——燕赵作家群、中州作家群分别进行分析，试图找出其地域特征。从作品题材划分，又对元代水浒戏、三国戏、包公戏进行了深入探索。看了这些文章之后，有两个感兴趣的问题，想提出来谈一谈。

第一个问题。春祥同志较早地指出元杂剧不仅反映了元代的民族矛盾和民族斗争，而且也反映了那一时代民族融合、民族团结的事实。长期以来，我们局囿于用阶级斗争的理论去分析、评价文学作品，似乎元杂剧中只反映了民族斗争而没有表现民族融合，这其实是片面的。基于这种片面的认识，我们对反映民族矛盾和斗争的作品评价过高，而对表现民族融合的作品评价偏低。春祥同志的论文充分研究了学术界一些互相对立的说法，明确指出，在现存二十几种反映民族关系的元杂剧中，多数是以“描写少数民族生活，表现民族融合趋势”为主要内容的。对于这些作品，应当给予充分认识和正确评价。与此相联系，他在《试论元剧的繁荣》一文中又指出，到元世祖忽必烈时期，元朝统治者“既对广大人民实行残酷的经济剥削，同时又注意恢复和发展生产。这时的阶级矛盾和民族矛盾虽然还严重存在，但到元成宗元贞、大德（公元 1295—1307）年间，就出现了承平之世和社会繁荣”。这样，两篇论文的观点就是互为补充、相辅相成的。我完全同意春祥同志的看法，这里想再多说几句。我认为，看重民族矛盾、忽视民族融合，形成这种片面的看法自有其历史原因，也表现了我们这一代人的时代感受。我在《元曲的时代精神和我们的时代感受》（见《光明日报》1985 年 4 月 9 日“文学遗产”）一文中，曾这样说过：

> 这种片面性的产生，有它的历史原因，也表现了我们的时代感受。就历史原因说，我国是多民族的国家，历史上每当北方游牧民族入侵中原，形成南北对峙的局面时，南方汉族人民就骂北方少数民族为“索虏”为“犬羊”；北方游牧民族就骂南方汉族人民为“岛夷”为“蛮子”。“两怒多溢恶之言”，总是骂过了头。我们在民族问题上的历史知识大都是从前人史书上得来的。由于这些史书是汉族文人用汉字写的，往往常带有汉民族歧视其他少数民族的偏见。这就是我们今天所说的大汉族主义的历史根源。从我们的主观感受说，我们这一代人生活在从辛亥革命到全国解放的历史时期。列强瓜分的危机，帝国主义侵略的威胁，使我们对历史上的民族问题特别敏感。我们把元剧中动不动就要剥人皮、挑人眼的权豪势要之家在课堂上、报刊里大加渲染，不仅是对元代的少数民族统治表示憎恨，还借以唤醒人们对当时帝国主义侵略的警惕。

民族问题是个很复杂的问题。春祥同志作为中年学者，虽然也受到我们老一辈的影响，但时代不同，感受不同，对民族问题的认识就容易纠正我们这辈人的偏向。如能进一步阐明这一点，对其他从事文史工作的中年学者都会有所启发。

第二个问题。春祥同志在有关包公戏的论文中，指出元代包公戏中的主人公包公“不是时时、事事都严格执法”，并举出《后庭花》

和《蝴蝶梦》两本杂剧为例。白纸黑字，情况的确如此。《后庭花》中的包公，其实充当了主犯廉访使夫人的保护伞。《蝴蝶梦》中包公让盗马贼赵顽驴糊里糊涂地为皇亲国戚葛彪偿命，也并非依法办案。在人们心目中，包公历来是正义的化身。现在春祥同志却提出了一个很有趣的问题：包公作为清官典型、正义化身是从什么时候开始的？"包青天"这一艺术形象是怎样演变来的？为什么会有这样一个演变过程？我对这个问题没有研究，想试着谈一点肤浅看法。

正如春祥同志所指出的，《录鬼簿》中已有《糊突包待制》的剧目出现。把这一点和《后庭花》《蝴蝶梦》联系起来看，说明元代包公有迎合权贵、糊涂断案这一面不是偶然的，尽管这一面不是主要的。作为历史人物的包拯，《宋史》有明确记载，并不像后来戏曲、小说那样高大完美。作为艺术形象的包公，自有其产生、发展、定型的过程。元杂剧中的包公尚未定型，或可看做是这一形象发展、演变过程中的早期阶段，因而在不同的作品中刻画他性格的不同侧面，是可以理解的。即使在一味歌颂包公的作品里，也不像后来的作品那样严肃、呆板，而是带有浓厚的民间特色。例如《陈州粜米》中写包公与衙役张千的那段对话以及为妓女王粉莲牵驴的细节，就非常诙谐，包公的形象显得可亲可近。也就是说，在元代，包公这一艺术形象还带有不少"普通人"的味道。他是公正的，但有时也不可能不犯错误；他是朝廷命官，却时常走到下层，说普通人的话，做普通人的事。后来，包公形象被下层文人和民间艺人多次加工，逐步被拔高，被神化，最终定型，变得只干好事不犯错误，只板着面孔断案行刑而没有丝毫的诙谐、机趣。这首先与我们民族传统的心理特征有关。我们民族往往用好人、坏人这两个概念去概括、区分所有的人。早在宋代傀儡戏中，就出现了"公忠者雕以正貌，奸邪者刻以丑形"的情况。而历史上民族心理的形成，又与我们民族所遭受的深重灾难有关。在那样漆黑的世界里，如果连包公也去迎合权贵、草菅人命，老百姓不是更没有活路了么？后来扬剧的《错斩狄龙》和豫剧的《包公误》，加进了许多现代人的意识，又当别论。其次，包公形象的演化，大概也与戏曲角色分工愈来愈细和戏曲脸谱的定型化有关。在近代戏曲舞台上,扮演包公的角色称“黑头”,亦即过去的“净”色,所用脸谱是带有白或红色纹路的黑面。这是一个严肃的人物,其唱腔、念白、做工都有固定的程式,很难想象再有滑稽、诙谐的表演。元杂剧中包公性格富有机趣的一面,由七品芝麻官之类的丑角来承担。“青山正补墙头缺”,我们民族戏剧(即戏曲)发展的历史就是这样:人物性格的简单化,最终由别具一格的唱、念、做、打的表演技艺所弥补。

以上看法可能是错误的,就作为同春祥同志的又一次讨论吧。

本书中还有一些可取的考证文章,就不一一再说了。春祥同志年富力强,富于进取心,相信他一定可以取得更多更好的研究成果。总之,我认为这是一本对元杂剧的研究者、爱好者以及高等院校中文系学生都有帮助的论文集。在它即将出版的时候。我乐于向各位读者推荐、介绍。

1987年12月5日于中山大学

“古怪新奇”、“德业辉光”

——评锺嗣成《录鬼簿》

锺嗣成是我国古代一位很有贡献的戏剧史学家和戏剧评论家，也是剧作家和诗人。他在 14 世纪 30 年代至 50 年代写成的《录鬼簿》，可以说是我国戏剧史的开创之作。在这部连《序》带《题词》在内也不过万字左右的著作中，它第一次高度地评价了我国元代杂剧作家，保存了最丰富的元杂剧史料和金、元文学史料，比较实事求是地评价了他们的作品。在元代，人们就以“古怪新奇”赞扬《录鬼簿》的勇于创新①，以“德业辉光”称颂作者的巨大贡献②。虽然他的杂剧已经全佚，散曲保存下来的也不多，但是，就以《录鬼簿》对我国戏剧学的贡献来说，作者的名字也将和这部著作同时流传下去。

一

由于封建士大夫文人的偏见和保守，我国古代的戏剧、小说都受到轻视，而作家也自然地为社会所冷漠，他们的生平事迹就常常湮没无闻。我们试做一个简单的对比，就会发现这样奇怪的现象：远隔一

---

① 邵元长见锺氏所写《录鬼簿》，乃赠以《湘妃曲》云：“高山流水少人知，几拟黄金铸子期……恨相逢，何太迟！示佳篇，古怪新奇。”

② 朱凯《录鬼簿后序》云：“君之德业辉光，文行浥润，后辈之士，奚能及焉。”

千多年的伟大诗人李白和杜甫,我们可以凭借一些流传的资料,写出他们的年谱和传记;而只隔几百年的伟大戏剧家关汉卿和伟大的小说家曹雪芹等人,不要说为他们写什么年谱或传记,就连他们的籍贯、生卒年也很难具体指实。这些为祖国文化作出重大贡献的人,在当时的社会地位之低是可以想象得到的。正是在这个意义上,锺嗣成一反传统,大胆地为那些"门第卑微,职位不振"①的杂剧作家树碑立传,而写成了这部"古怪新奇"之作。这件事情本身就具有反传统偏见的重大社会意义。

据《录鬼簿》和一些零星资料推断,锺嗣成大约生于公元1275年,卒于1345年或略后。他字继先,号丑斋,自称古汴(今河南开封市)人②,但是长期在杭州生活。童年时曾与赵良弼等"同师邓善之、曹克明、刘声之三先生"③;及长,"累试于有司,命不克遇;从吏则有司不能辟,亦不屑就"④。他失意科场,坎坷仕途。于是,乃"杜门养浩然之志。著《录鬼簿》……"⑤还写了7个杂剧和一些散曲。由于所作或则"传之于人,每不遗稿"⑥;或则在他处印行和演出,被人篡改,不少作品已经散失,保存下来的只有小令51首和套数1套。

他的散曲,或者表现政治抱负和理想(如《南吕骂玉郎过感皇恩

---

① 锺嗣成:《录鬼簿序》。

② 关于锺嗣成的籍贯有两种说法:一说是开封人。其根据是作者于元至顺元年(公元1330年)《录鬼簿序》署名"古汴锺嗣成"。又同年朱凯《录鬼簿后序》亦云"大梁锺君"。又佚名《录鬼簿续编·锺继先》条亦云锺是"古汴人"。另一说是杭州人。主此说者有刘世珩刻《录鬼簿跋》、孙楷第先生《元曲家考略续编·锺继先》。前说似更可信。

③ 《录鬼簿》卷下《赵良弼》条。

④ 朱凯:《录鬼簿后序》。

⑤ 佚名:《录鬼簿续编·锺继先》条。

⑥ 朱凯:《录鬼簿后序》,谓锺氏"乐府小曲,大篇长什,传之于人,每不遗稿,故未能就编焉。如《冯谖收卷》……《蟠桃会》等,皆在他处按行,故近者不知,人皆易之"。

采茶歌》四福四首之二）；或者抒发愤世嫉俗之情（如〔南吕一枝花〕《自序丑斋》套）；或者宣扬消极避世思想（如《双调清江引》十首等）；这些作品在当时虽有一定现实性，但从总的倾向看来，成就是并不高的。

二

然而，评价锺嗣成对文学史的贡献，主要不是根据他的散曲，而是根据他那“古怪新奇”的《录鬼簿》。可以毫不夸大地说，在我国戏剧史上，这是一部极其珍贵的戏剧学著作。

翻开我国戏剧批评的历史，《录鬼簿》第一次高度地评价了元代杂剧作家，把他们与“圣贤忠孝”并列，称他们是“得以传远”的“不死之鬼”。

作者在《录鬼簿序》里谈到人鬼之生死时首先指出，世人“但知已死者为鬼，而未知未死者亦鬼也”的道理。他举出人世间有两种人都是活着之鬼：一种鬼是“酒罂饭囊”，他们“或醉或梦，块然泥土”，与已死之鬼无异；另一种鬼是“或稍知义理，口发善言，而于学问之道，甘为自弃”之人。他们活着不能济世，死后也是“漠然无闻”。这些人都是活着之鬼。于是，生活中就常常看到“未死之鬼，吊已死之鬼”的怪现象。当然，作者并不是一个虚无主义者。他肯定：“天地开辟，亘古及今，自有不死之鬼在”，如“圣贤之君臣，忠孝之士子”。这些人的“小善大功，著在方册”，“及乎千万劫无穷已”。这些人就是“虽鬼而不鬼者也”，也就是“不死之鬼”。正是在这个认识下，作者“缅怀故人”（一本“故人”作“古人”），放眼文坛，看到了还有不闻于世的不死之鬼，那就是一大批已死或尚未死去的戏曲作家和散曲作家。这些人虽然具有“高才博识”，但他们或者“门第卑微”，或者“职位不振”，作者担心他们的成就因“岁月弥久”而“湮没无闻”，于是对他们或者仅“传其本末”，或者同时“吊以乐章”，使这些已死未死之鬼与“圣贤忠孝”同样“得以传远”，并对后学产生良好影响，所以书名就叫《录鬼簿》。

三

《录鬼簿》又是我国大规模地记载元代杂剧作家作品名目的最早的一部著作，它保存了丰富的元代杂剧史料和金、元文学史料，是一笔十分珍贵的文学艺术遗产。

据清人曹楝亭刊本《录鬼簿》统计，全书共记载金、元曲家152人，其中散曲作家72人，著录剧目的杂剧作家80人。[①] 除《太和正音谱》、《录鬼簿续编》所录几个元、明之际的作家外，[②]元代知名的杂剧作家几乎囊括无遗。又录杂剧名目452种，占现存500种可考元人杂剧的80%以上。[③] 这确是研究我国古代戏剧的珍贵材料。

值得称道的是，在所记的几十个杂剧作家中，还有一些社会地位低下的"教坊色长"、"教坊勾管"乃至勾栏艺人，如张国宝（一作张国宾）、李郎（一作花李郎）、红字李二等也被列入，把他们和"名公才人"并提。这种见解何等大胆，何等"新奇"！明初皇室文人朱权出

---

① 80人指著录杂剧名目的作家人数。有的论著把一些散曲作家一并列入，这就不够准确。又《录鬼簿》卷上《孔文卿·秦太师东窗事犯》下注云："一云杨驹儿作"。又一本作"二本杨驹儿接"。据后注，元代杂剧作家应为81人。王国维氏谓第一期作家57人，不知是否是把杨驹儿也计算在内，姑记之待考。又彭伯威《四不知月夜京娘怨》下注云："又云郭安道作。"彭氏仅此一剧，郭安道在《录鬼簿》上未专立条目，不管此剧归谁所作，作家总人数并不增多。

② 佚名《录鬼簿续编》所录元代杂剧作家，除锺嗣成等个别人外，其馀如罗贯中、谷子敬、杨景贤等多为元末明初人。

③ 傅惜华先生《元代杂剧全目·例言十》称："本编著录元代姓名可考之杂剧作家作品，计五百种。"又据明抄本与曹本互校，仅关汉卿就应补入《窦娥冤》、《蝴蝶梦》、《藏阄会》等6种。据此，锺氏《录鬼簿》所录剧目远在452种以上。

于顽固、狭隘的阶级偏见，却把他们“入于娼夫之列”而加以鄙视①，这就显然是一种倒退行为了。

除此之外，《录鬼簿》里还保存了已经散失的作品名目，其中成集者就有：

王伯成《天宝遗事诸宫调》
赵子祥《丽情集》（据另本补）
陆显之《好儿赵正话本》
曾　瑞《诗酒馀音》
施　惠《古今砌话》（一本作《古今诗话》）
吴本世《本道斋乐府小稿》、《诗迷》
屈彦英《一百二十行》、《看钱奴》院本
吴仁卿《金缕新声》、《曲海丛珠》（后者据另本补）
钱　霖《醉边馀兴》、《江湖清思集》（后者辑他人之作）
顾德润《九山乐府》、《诗隐》
陆登善《茶经》（据另本补）
朱　凯《升平乐府》、《包罗天地》、《谜韵》、《曹娥镜》（后者据另本补。又《曹娥镜》似剧目名，姑录之待考。）
佚　名《群玉丛珠》（见胡正臣条）

以上共计各种集子 21 种，其中的散曲集 10 种，诸宫调 1 种，话本 1 种，院本 2 种，其他如《诗谜》、《茶经》等杂著 7 种，除《天宝遗事诸宫调》有残曲传世外，其馀作品都已失散，这些书目对我们了解和研究元代文学很有帮助。

---

① 朱权《太和正音谱》：《娼夫不入群英四人共十一本》，将赵明敬（即赵文敬）、张酷贫（即张国宾）、红字李二、花李郎皆入于娼夫之列。并在前面评曰：“其词虽有切者，亦不可以‘乐府’称也，故入于娼夫之列。”可见对勾栏艺人的鄙视。

四

在我国戏剧史上,《录鬼簿》还是一部元人研究元代戏剧史的开山之作。

关于我国古代什么时候才算有戏剧史,这是一个需要略加说明的问题。很多研究者认为,王国维氏的《宋元戏曲考》是最早的一部戏剧史著作。依个人浅见,这个看法颇有讨论的馀地。王氏对我国古代戏剧研究有许多独到见解,对研究古剧作出了很大贡献。但也不容讳言,他受到了锺嗣成《录鬼簿》的明显影响,特别是对元剧的分期更为突出。

锺氏的《录鬼簿》已经具有初步的、但很明确的"戏史"概念,他对元剧作家时代的划分,成为后世研究元剧的发展与繁荣的重要依据。仍以曹楝亭刊本《录鬼簿》为例,它就是这样安排剧作家序次的:

> 前辈已死名公才人有所编传奇行于世者。
> 方今已亡名公才人,余相知者,为之作传,以《凌波曲》吊之。
> 方今才人相知者,纪其姓名行实并所编。

这个分期基本上反映了元代杂剧的发展情况,王国维氏的《宋元戏曲考》主要就是以此作为根据写成了《元剧之时地》一节。他说:

> 至有元一代之杂剧,可分为三期:一、蒙古时代:此自太宗取中原以后,至至元一统之初。《录鬼簿》卷上所录之作者 57 人,大都在此期中。……二、一统时代:则自至元后至至顺后至元间,《录鬼簿》所谓"已亡名公才人,与余相知或不相知者"是也……三、至正时代:《录鬼簿》所谓"方今才人"是也。

王氏根据《录鬼簿》的排列将元剧分为三期,以后的戏剧史或文学史在涉及元剧的分期问题时，或则根据锺说，或则根据王说，都分为三期；或则将二、三两期合并分为前后两期，不管是采用那种分期法，它们都没有超出锺氏《录鬼簿》的范围。① 由此可见，锺氏的《录鬼簿》才是我国古代戏剧史的开山之作。

五

在记载作家生平和作品名目并进行具体评价的时候，《录鬼簿》还表现了作者的进步文艺观点。

一是充分肯定成就而又注意实事求是

本来，作者写《录鬼簿》时就有明确的选择标准和目的要求。他在《自序》里提出，要使具有“高才博识”的作家“得以传远”，使后学能“冰寒于水，青胜于兰”，也是朱凯说的“使往者复生，来者力学”。因此，评语中对作家的充分肯定既是必然的，是具有反传统偏见的进步意义的，但同时又是实事求是的。如对郑光祖的评价，一方面既赞其“锦绣文章满肺腑，笔端写出惊人句。……翰林风月，梨园乐府，端的是，曾下功夫”；另一方面又指出“所作贪于俳谐，未免多于斧凿”。在褒扬的同时又贯穿了实事求是的批评。关于这一点，在写完关汉卿至李时中等56位“前辈已死名公才人”的后记中还特别申言：

> 右前辈编撰传奇名公，仅止于此……余生也晚，不得预几席之末，不知出处，故不敢作传以吊云。

“不得预几席之末”者，就是锺氏自谦没有与所写作家接触。既未接触，当然对其生平也就“不知出处”，在间接资料也不易获得的条

① 青木正儿《元人杂剧概说》、盐谷温《元曲概说》皆本锺氏《录鬼簿》，并参考王国维氏《宋元戏曲考》，将元代杂剧分为三期。一般中国文学史则将二、三期合并，分为前后两期。

件下,不对这些作家“作传以吊”是一种慎重的科学态度。①

还有一种情况,作者对有的作家虽然“相知”,但是“知而不深”,故也不作吊词,并把他们列入“不相知者”一类。如对同窗学友李齐贤、刘宣之,因别后“不相闻”,或闻而“不知其详”,②故皆不作吊词。

正是基于这样认真严肃的态度,作者写的吊词就能结合作家特点,评语也比较中肯。如曾瑞为人“志不屈物,故不愿仕”,所以吊词说他受到“江湖儒士”的倾慕和“市井儿童”的颂扬。这样,“身如在,死若生”之类的评语就决不过分。

又如鲍天佑,创作时很注意剧情的感人力量,故常常费尽苦心,“搜奇索古”,其所作“多使人感动咏叹”。作者抓住这一特点,在吊词中结合其创作的艰苦之状,说他为了“推敲”词句,常常是“耸吟肩,有似疯魔状。苦劳心,呕断肠……唯先生,占断排场”。鲍氏创作时的呕心沥血、如痴如狂之状就十分生动地再现出来。

当然,作者对不同作家的不同评价,其本身不一定没有讨论的馀地;但就其知人论事、不知者不妄加论断的实事求是精神来说,则是难能可贵的。

二是不拘一格而又特别强调创新

元杂剧是我国古代戏剧的黄金时代,其作家众多、人才辈出、作品艺术风格多样化都是很突出的。《录鬼簿》里的剧评比较真实地反映了这样的特色。如说赵良弼“其辞甚丽”,王晔“所制工巧”,金仁杰“所述虽不骈丽,而其大概多有可取焉”,就是从不同方面肯定了不同艺术风格的作品。

特别值得提出来的是,作者在评论中所强调的创新精神。如说周文质“文笔新奇”,范康“一下笔即新奇”。还有一些作家的散曲,

---

① 锺氏写《录鬼簿》部分材料来之于朋友,卷上后记有云:“余僻处一隅,闻见浅陋……其所编撰,余友陆君仲良,得之于克斋先生吴公,然亦未尽其详。”可见材料来之不易。

② 分别见《录鬼簿》卷下《李齐贤》、《刘宣子》二条。

也因构思“新奇”而受到称赞。如《廖毅》条云：

> 毅字弘道，建康人……时出一二旧作，皆不凡俗……〔仙吕·赚煞〕曰：“因王魁浅情，将桂英薄幸，致令得泼烟花，不重俺俏书生。”发越新鲜，皆非蹈袭。

王魁负桂英是流传已久的民间故事，宋元以来常常是戏剧的习见题材。《宋元旧篇》有《王魁负桂英》戏剧①，尚仲贤有《海神庙王魁负桂英》杂剧。这些作品皆已佚失，无法窥见具体内容，但从题目推断，大约是从谴责王魁薄情负心与同情桂英不幸遭遇着眼；而廖毅却从此事产生的某一后果——妓女看不起书生把握主题。这种观点的本身并非无可议之处。可贵的是，作者不“蹈袭”前人而别寻蹊径的“新鲜”见解。廖毅此作可谓独具只眼，锺氏赞扬此作亦可谓大有见识。类似的情况，还有人所熟知的《高祖还乡》套，作者对它的“新奇”也是备加推崇，这里不再赘述。

六

作为一部珍贵的文学艺术史料性著作，《录鬼簿》还记录了元代戏剧作家一鳞半爪的活动资料，这些资料对我们今天的文艺实践仍有启发、借鉴作用。其中主要的是：

一、作家之间相互学习、比赛、讨论和修改作品

作家之间的这些活动，有助于相互交流经验、增进了解与友谊，促进创作繁荣。如《鲍天佑》条云：“天佑，字吉甫……故其编撰，多使人感动咏叹。余与之谈论节要，至今得其良法。”可见作者很虚心地向鲍氏学习。又《施惠》条云：“惠字君美，杭州人……余尝与赵君卿、陈彦实、颜君常至其家。每承接款，多有高论。”作者很佩服施氏

① 徐渭：《南词叙录》。

的一些见解。又《睢景臣》条云："景臣，后字景贤……维扬诸公，俱作《高祖还乡》套数。唯公《哨遍》，制作新奇，皆出其下。"这里似乎是概括地记录了一次创作评比活动。又《杨显之》条云："大都人，关汉卿莫逆之交。凡为文辞，与公较之。号杨补丁是也。"（据天一阁本），不仅记述了作家之间的相互讨论和修改作品，而且连作家以此闻名的诨号也记录下来。

二、文人作家之间、文人作家与勾栏艺人合作编剧

作家之间合作编剧可以取长补短，提高剧本质量；而具有较多书本知识的文人作家和具有舞台实践经验的艺人合作编剧，就能更好地创作既适合演出而又具有相当艺术水平的作品。这是值得重视的经验。如《汪勉之》条云："勉之，庆元人……鲍吉甫所编《曹娥泣江》，公作二折。"又《李时中》条《开坛阐教黄粱梦》下注云："第一折马致远，第二折李时中，第三折花李郎学士，第四折红字李二。"剧本的思想内容姑且不谈，在艺人被轻贱的封建社会，文人作家与之结合编剧还是难能可贵的。①

三、作家兼作医生、术士或经营商业

这些职业使作家有机会广泛地与社会各阶层人物接触，熟悉各方面生活，为创作提供丰富的生活素材。如《萧德祥》条云："德祥，杭州人。以医为业。"又《赵善庆》条云："善庆字文质，饶州乐平人。善卜术，任阴阳学正。"又《范居中》条云："居中……杭州人。父玉壶，前辈名儒，假卜术为业……远近皆知父子之名。"又《施惠》条云："惠字君美，杭州人，居吴山城隍庙前，以坐贾为业。"此外，还有顾德润"自刊《九山乐府》、《诗隐》二集，售于市肆"。这就是作家兼书商了。

总观上文所述，《录鬼簿》在提高杂剧作家社会地位、保存文艺史

---

① 据天一阁本《录鬼簿·李时中》吊词云："元贞书会李时中、马致远、花李郎、红字公、四高贤合捻《黄粱梦》。"此四人又似书会中人。书会组织为他们合作编剧创造了方便条件。

料和作家活动史料、开创戏剧史写作以及评价作家作品等方面，都作出了很大贡献，为我国古代戏剧学奠定了良好基础。“古怪新奇”、“德业辉光”，《录鬼簿》和他的作者可以当之而无愧色。

（说明：1. 引文凡未注明版本皆见曹刊本《录鬼簿》。又个别作家兼写南戏，因无剧目，故未单独列出。2. 凡杂剧作家兼作散曲者皆不再列出。）

1979 年

试论元剧的繁荣

我国古代戏剧的形成,曾经经历了一个漫长的孕育、萌芽和发展成熟的时期。大约在12世纪至13世纪的前半世纪,也就是我国宋、金时代,从秦、汉以来的巫觋、优孟、百戏、角抵戏、代面、踏摇娘、参军戏等表演伎艺和不成熟的戏剧表演,逐渐形成了有四五个固定角色表演故事的杂剧和院本,①还有流行在浙江温州一带的戏文。② 虽然,除戏文《张协状元》可能是宋人之作外,其他宋、金杂剧和院本,都没有作品流传下来,但是,许多研究者还承认它们是我国古代最早形成的戏剧。公元1279年,元世祖忽必烈统一中国,社会生活与文艺创作都发生了很大变化,大约在此前后四五十年左右的时间里,我国古代戏剧有了飞跃的发展,出现了一个时代文学的高峰,这就是文学史上说的元代杂剧的繁荣。这种繁荣表现为出现了百多位有名字的可考的作家,出现了杂剧作家自己的文艺团体"书会"组织,出现了职业剧团和众多伎艺超群的杂剧演员。《青楼集》、《录鬼簿》、《录鬼簿

---

① 灌圃耐得翁《都城纪胜 · 瓦舍众伎》条云:"杂剧中,末泥为长,每四人或五人为一场。……末泥色主张,引戏色分对,付净色发乔,付末色打诨,又或添一人装孤。""四人或五人"指宋杂剧演出的角色人数。又陶宗仪《辍耕录》记院本角色云:"院本则五人:一曰付净……一曰付末……一曰引戏……一曰末泥……一曰装孤,又谓之五花爨弄。"

② 《永乐大典戏文三种》。

续编》、《太和正音谱》等文献资料和山西省赵城县明应王庙“大行散乐忠都秀在此作场”的壁画、山西省万荣县孤山风伯雨师庙“尧都大行散乐人张德好在此作场”的石柱刻字等文物资料，还有现存的约有150种杂剧作品，这一切都表明，我国元代出现了一个杂剧的繁荣。

一种新兴文学体裁的出现与繁荣，都有它自己植根的社会条件与文学渊源。杂剧这一艺术体裁，为什么能在元代繁荣起来，并且成为后世难以为继的一个时代文艺代表？它是有多方面原因的。

对元剧的繁荣原因的探索，从明代以来就已经众说纷纭、莫衷一是了，归纳起来，主要有以下几种相互对立的观点：

（一）“元代社会矛盾尖锐、生产遭到破坏”说与“元代社会比较安定、经济也比较繁荣”说；（二）“元代停止科举”说与“元代以曲取士”说；（三）统治阶级“提倡”说与“禁止”说。

除“以曲取士”说缺少可靠根据因而很难使人置信外，以上诸说都从不同角度解释了元剧繁荣的社会条件和原因。他们的观点虽然相互矛盾对立，但都说出了一定道理。可惜的是，他们在阐述自己的观点时，常常把一些复杂的社会现象有点片面化和绝对化，完全排斥对立的、并有相当道理的观点，这就很难使认识达到一致和使持对立意见者信服。

元代杂剧繁荣的原因主要有以下三个方面：（一）社会的；（二）文学的；（三）剧作家及其他方面的。关于文学原因，尽管学术界对我国什么时候产生了戏剧还有不同看法，但对于元代杂剧受到宋金戏文、杂剧、院本及诸宫调等影响，它们从剧本的体裁、角色、联套、演出等方面，都为元剧的成熟提供了极其重要的条件，其认识还是比较一致的。因此，这方面的问题就略而不谈了。下面仅以作家为中心，从社会条件对作家的影响和作家的表现来探讨元剧的繁荣。

就社会原因来说，蒙古贵族在灭金亡宋、统一中国的征服战争的过程中，铁骑所到之处，对人民实行了烧杀抢掠政策，使唐宋以来高度发展的封建经济遭到严重的破坏，从而激起了以汉族为主的广大人民的激烈反抗，这个时期的阶级矛盾和民族矛盾都是十分尖锐的。

伟大的戏剧家关汉卿由金入元，他经历了征服战争带来的灾难，饱尝了动乱不安生活的痛苦。我们至今还可以从他的《拜月亭》杂剧所勾勒的背景中，感受到兵荒马乱、国破家亡的时代气息。随着南宋的灭亡，全国实现了大一统。那个"度量弘广，知人善任使"的元世祖忽必烈为了巩固其统治，就马上着手"立经陈纪……为一代之制"①，任用了一批文化修养高的汉族知识分子建立和健全国家体制和各种具体制度。他们一方面实行民族歧视和民族压迫政策，同时又吸收了一批汉族知识分子担任各级政府机构的佐贰之官；既对广大人民进行残酷的经济剥削，同时又注意恢复和发展生产。这时的阶级矛盾和民族矛盾虽然还严重存在，但是，到元成宗元贞、大德（公元 1295—1307）年间，就出现了承平之世和社会繁荣。明代史学家宋濂等人编修元史时就说"元治以至元大德为首"②。毫无疑问，这样的社会条件为元剧的繁荣提供了必不可少的物质条件和群众条件，锺嗣成《录鬼簿》记载的"前辈已死名公才人"如关汉卿、王实甫、白朴、马致远、康进之、纪君祥、石君宝、孔文卿等杂剧作家的主要创作活动多在这个时期。贾仲名在《录鬼簿》里所补吊词歌颂了这个杂剧繁荣的盛世，如吊赵明道云："元贞年里，升平乐章歌汝曹。"吊赵公辅云："公辅先生天水郎，元贞大德乾元象。"吊赵之祥云："一时人物出元贞，击壤讴歌贺太平，传奇乐府时新令。"吊顾仲卿云："唐虞之世庆元贞，高士东平顾仲卿。"吊张国宾云："教坊总管喜时丰，斗米三钱大德中。"吊花李郎云："乐府词章性，传奇么末情。考兴在，大德、元贞"③……此外，周德清《中原音韵·琐非复初序》所收《大德天寿贺词普天乐》亦云："凤凰朝，麒麟见，明君天下，大德元年。万乘尊，诸王宴，四海安然。"正是在这个为元剧繁荣提供了物质基础和群众基础的时代，一些优秀的剧作家写下了揭露统治阶级、歌颂下层人民、缅怀历史上

① 《元史·世祖本纪》。

② 《元史·食货志》。

③ 皆见天一阁本《录鬼簿》。

的抗敌英雄、表彰民族气节和复仇正义的作品，为元剧繁荣作出了重大贡献。成宗以后，各种社会矛盾激化，统治者从多方面加强了思想统治，许多知识分子脱离现实，逃避斗争，除少数作品较好外，多数作品宣扬封建伦理道德，和元贞大德的繁荣景象相比较，已成为“不能穿鲁缟”的“强弩之末”了。

元代是否以曲取士，从明以来有不同看法。沈德符谓“元人未灭南宋时，以此定士子优劣”①，似乎这个制度推行已久。臧晋叔则说“元以曲取士，设有十二科”②，将其说更加具体化。梁廷楠等则力辩其非，认为“以曲取士”说是“传闻之误”③。戏剧史学家王国维认为此说“固妄诞不足道”④，根本不相信“取士说”。新中国成立以来，或同意“以曲取士”，或否定“以曲取士”，⑤问题仍未解决。我是不同意“以曲取士”说的，其主要理由有以下两点：

1. 元代从仁宗皇庆二年（公元1313年）正式恢复科举考试，考试科目有经问、策论、古赋、诏诰、章表等，他们或从“时务出题”，或从《大学》、《中庸》、《论语》、《孟子》、《春秋》、《礼记》出题，⑥并无“以曲取士”之说。

---

① 沈德符：《顾曲杂言·杂言院本》。

② 臧晋叔：《元曲选序二》。

③ 梁廷楠：《曲话》卷四。

④ 王国维：《宋元戏曲考》。

⑤ 谭正璧先生《元曲六大家略传》明确肯定马致远“中曲科状元”。周妙中先生《和谭正璧先生商榷元代是否以曲取士的问题》（载《文学遗产》1957年9月29日第176期）及《元明清戏曲研究》（二集）不同意谭先生的意见。该文在分析了谭先生所引几种材料之后说：“不论从哪一方面看，也不可能得出‘以曲取士’的结论来。”1979年《学术月刊》载《谈“清官”和“青天”包拯》一文肯定“以曲取士”说，该文认为，元代公案戏之所以“广泛流传和公开上演，是与元王朝统治者予以提倡，甚至‘曾以曲取士’也分不开的”。可见元代是否“以曲取士”问题尚未解决。

⑥ 《元史·选举志》。

2. 锺嗣成《录鬼簿》所载元剧作家事迹，其中涉及科举考试者有庾吉甫、高文秀、马致远、李子中、花李郎、范子英等6人，其中除马致远吊词提出“曲状元”外，其馀5人虽涉及科举，但都不能说明是“以曲取士”，有的甚至连参加科举考试与否也不能肯定。因为除范子英外，其他五人主要生活在停止科举考试的时期。“早年卒，不得登科”、“考兴在，大德元贞”，很明显的是惋惜作者生不逢辰和对作家的揣度之词。至于马致远的“战文场，曲状元”，也并不是指作者“中曲科状元”。这里的“曲”是指作家的作品文词和语言。写吊词的贾仲名是元末明初人，明人评戏多以曲代戏，《太和正音谱》评《古今群英乐府·元一百八十七人》(其中多是散曲作家)都是从词曲着眼；元人杂剧100种取名《元曲选》等皆可为证。《太和正音谱》说“马东篱之词如朝阳鸣凤……有振鬣长鸣、万马齐喑之意……宜列群英之上”，也同样是推崇作者的文词和语言。如果这样理解大致不谬的话，那么，“战文场，曲状元”云云，就是说他要能参加科举考试，其作品的文词和语言当推为第一。因此，“以曲取士”说是不能成立的，说它是元剧繁荣的原因也就失去了立论的基础。

至于“停止科举考试”，是否就是元剧繁荣的原因呢？这也不能简单化。完全肯定或完全否定恐怕都不尽符合事实。从蒙古灭金到统一中国，曾停止科举考试八十年，的确对知识分子产生了很大影响。这个时期，虽然出现了以关汉卿等为代表的“不屑仕进”①的杂剧作家；但同时也不能否认，一部分知识分子如刘秉中、许衡、姚枢之流，他们却甘心俯首帖耳地拜倒在蒙古大汗脚下，为其效犬马之劳而受到特殊恩宠。另外，还有更多的知识分子消极避世，他们既不为人民写戏，也不愿和统治者合作，而是纵情声色，沉溺诗酒，流连山水，甘老林泉。这一切又说明“停止科举”也不是元剧繁荣的主要原因，而只是一种客观条件，它使更多的知识分子打消了对统治者的幻想。由此可见，确实有过的“停止科举”也好，并不存在的“以曲取士”也

① 邾经:《青楼集序》。

好，都不是元剧繁荣的主要原因，它只能说明某一类型知识分子的政治表现，而不能说明他们是否投身杂剧创作，并取得成就和促进杂剧繁荣的问题。王国维认为“元初之废科目，却为元剧发达之因”①，这个说法也值得商榷。

从统治者实行的具体文化政策方面看，不管是他们喜爱戏曲也好，或者是禁止词曲也好，情况虽然比较复杂，但对知识分子的影响、对元剧的繁荣，都是十分重要的。

蒙古族确实爱戏曲，在征服南宋过程中，曾多次把江南艺人集中到京师可以为证。② 当然，这些艺人中只有一部分是杂剧演员。正是因为统治者的喜爱，下面也就自然有人为他们效劳，如杨维桢的《宫词》云：

> 开国遗音乐府传，白翎飞上十三弦。大金优谏关卿在，《伊尹扶汤》进剧编。

又朱有炖《元宫词》亦云：

> 《尸谏灵公》演传奇，一朝传到九重知。奉宣赍与中书省，诸路都教唱此词。

又一首云：

> 初调音律是关卿，《伊尹扶汤》杂剧呈。传入禁垣宫里悦，一时咸听唱此声。

---

① 王国维：《宋元戏曲考》。

② 《续资治通鉴·元纪》：“命崔彧至江南，访求艺术之人”，其中肯定有杂剧演员。

关于“关卿”是否即关汉卿，过去有过较多的争论，从关之“不屑仕进”与并无《伊尹扶汤》杂剧两点来看，“关卿”和关汉卿应是两人。但不管怎样，只要是统治者喜爱和提倡，下面就会有人“献剧”讨好。因此“献剧”可能是实有其事的，只是献者不是关汉卿而已。至于利用政权手段来推广、宣传某些对巩固封建统治有利的剧目，其对剧坛和社会产生多方面影响也是不能低估之事，现存元人杂剧中那些宣扬封建道德和“颂圣”的作品，不能说没有受到这方面的影响。

同样的是，统治者在提倡戏曲的同时，还制定了禁止“乱制词曲”的法律，什么“诸乱制词曲为讥议者，流”①，“诸妄撰词曲诬人以犯上恶言者，处死”②……这些法律条文的确是严酷的，但是这里也有两个不能回避的问题：1. 他们禁止了什么戏？2. 具体执行法律时是宽还是严？

至元十八年(公元 1282 年)世祖忽必烈下传“圣旨”云：

> 今后不拣什么人，十六妖魔休唱者，杂剧里休做者……四大天王休装扮者，骷髅休穿戴者，如有违犯，要罪过者。③

这条材料至少说明了两个问题：1. 他们禁止的是妖魔神鬼戏，而不是禁演一切戏，只要不是直接或正面“为讥议”或“犯上恶言”，还是允许其存在的。现在还能看到的那些进步作品就是最好的证明。2. 不管统治者是否有什么忌讳，皇帝下命令禁演妖魔神鬼戏，在客观上还是具有进步意义的。在有元一代，还没有发现像后来明、清两代那样严酷的文字狱，他们对文字犯罪还不是追究、株连、穷治不已。如世祖至元二十九年(公元 1293 年)五月丁未：

---

① 《元史·刑法志·禁令》。

② 《元史·刑法志·大恶》。

③ 《元典章》卷五十七《刑部》十九《杂禁》。

> 中书省臣言："妄人冯子振尝为诗誉桑哥，且涉大言，及桑哥败，即告词臣撰碑引喻失当。国史院编修官陈孚发其奸状，乞免所坐遣还家。"帝曰："词臣何罪？使以誉桑哥之罪，则在廷诸臣，谁不誉之！朕亦尝誉之矣。"①

忽必烈不愧是个开明有为的皇帝，他在文化领域里执行了一条宽严相济、而又以宽为主的灵活政策，使"词臣"和剧作家们能够比较大胆地从事创作。像关汉卿的《单刀会》、马致远的《汉宫秋》、孔文卿的《东窗事犯》、朱凯的《昊天塔》、佚名的《衣袄车》和《飞刀对箭》等。这些作品都有影射犯禁之嫌，而作者却没有"以言获罪"。当然，我们不能因此就轻易地得出结论，说元剧的繁荣应当归功于蒙古贵族统治者，但也不能随便否定开明的文化政策对元剧繁荣的重大作用。

相当长的时期以来，在探讨元剧繁荣原因的时候，还有一个为某些研究者重视不够的方面，那就是杂剧作家及其有关合作者对杂剧繁荣的重大作用。

由于长期的封建专制统治而带来的传统偏见，我国古代的戏曲艺术受到封建士大夫的轻视。作家受到冷漠，名不见史传；作品被排斥，不准登"大雅之堂"。尽管统治阶级也凭着自己兴趣、爱好而欣赏某些作品，但是，对剧作家还是视有若无，因此，他们的生平事迹与创作活动的资料还是很少流传下来。从现在能够看到的资料出发，元代剧作家对元剧繁荣的主要贡献有两个方面：

（一）编写大量剧本，使剧团有戏可演

剧本是"一剧之本"，对剧团和演员的演出具有保证作用。据锺嗣成《录鬼簿》记载，编写十个剧本以上的元剧作家就有关汉卿、白仁甫、庾吉甫、高文秀、郑廷玉、王实甫、马致远、李寿卿、武汉臣、王仲文、李文蔚、石君宝、尚仲贤、李直夫、郑德辉、乔吉等 16 人，共写杂剧

---

① 《元史・世祖本纪》。

270 馀种，占元代有名字可考的作家作品 1/2 以上，①这个贡献是不可忽视的。

（二）组织杂剧书会，推动创作与演出

元剧作家对元剧繁荣的另一贡献是成立了自己的文艺团体——“书会”组织。已知的书会组织就有大都书会、玉京书会、元贞书会、古杭书会和武林书会等。

书会是怎样组织起来的？谁是领袖？他们开展了什么活动？由于文字资料缺少，仅能对以上问题作一些初步探索。

从《录鬼簿·李时中》条题为“元贞书会李时中、马致远、花李郎、红字公，四高贤合捻《黄粱梦》”来看，书会不是根据参加者的社会地位、而是根据志同道合原则组织起来的。这个书会既有知识分子，也有勾阑艺人，是具有相当群众基础的民间文艺团体。

《录鬼簿》中有两条材料有助于我们推测书会的领导人。其一是贾仲名吊关汉卿词云：

> 珠玑语唾自然流，金玉词源即便有……姓名香，四大神州。驱梨园领袖，总编修师首，捻杂剧班头。

其二是记述郑德辉声名及影响是：“名香天下，声振闺阁，伶伦辈称‘郑老先生’，皆知其为德辉也。”

如果根据杂剧的分期也可以把书会组织分成前后两期的话，那么关汉卿和郑德辉就是这两个时期的书会领袖。团结在他们周围的还有一批杂剧作家和演员，如杨显之、梁退之、费君祥、王实甫、白朴、马致远、李时中、张国宾、花李郎、红字李二、萧德祥、朱帘秀、顺时秀、天然秀、赛帘秀、燕山秀等人。当然，以上难免没有推测成分，但是，从他们之间的交往关系来看，某个享有声望的剧作家成为他们书会的领袖不仅是有可能的，甚至也是合理的。

---

① 据锺嗣成《录鬼簿》推断。

关于书会的活动，就资料所及，大致有以下两个方面：1. 书会作家之间相互讨论、修改剧本，如关汉卿与杨显之例；①2. 书会之间开展竞赛活动。他们的竞赛，除了要有伎艺高超的演员之外，还要有可供观众挑选的好剧目，一些和书会组织关系密切的剧团，他们得到书会的支持，就有相当多的保留剧目可供观众挑选。如《蓝采和》剧里的剧团团长末泥蓝采和回答锺离权对剧目的挑选时，就接连数说了《金水题红怨》和《诗酒丽春园》等 7 个剧目，就是这样，为了取得竞赛的胜利，演员们还是要求作家编写新剧："依着这书会社恩官求些好本令。"（《蓝采和》二折）书会、作家、剧团、演员，他们之间的合作、竞赛与相互支持，对提高剧本质量和表演艺术水平，促进元剧的繁荣，都起了十分重要的作用。

从作家写戏到演员演戏，毫无疑问，他们对元剧繁荣作出的贡献是很大的。但是，杂剧是综合性的舞台艺术，无论是编写剧本或舞台演出，对作家或演员来说，都有切身的生活问题和经济目的，因而也都有读者和观众的评价问题。如果剧作家写的戏无人读，也无人排演，剧团演戏，群众不愿观看，元剧是绝不可能繁荣的。相反，只有群众愿意阅读剧本，喜欢观看演出（这也是最主要的），才能促进元剧的繁荣。关于这方面，《录鬼簿》和《青楼集》还保留了一些当时人们赞赏作家作品和演员的资料。如赞关汉卿云："姓名香，四大神州。"赞高文秀："除汉卿一个，将前贤疏驳。"赞马致远云："百世集中说致远，四方海内皆谈羡……姓名香，贯满梨园。"赞王实甫云："新杂剧，旧传奇，《西厢记》，天下夺魁。"赞杨显之云："王元鼎，师叔敬；顺时秀，伯父称，寰宇知名。"赞陈宁甫云："关目奇，曲调鲜。自安阖，天下皆传。"赞李寿卿云："播阎浮，四百州。姓名香，赢得青楼。"赞王伯成云："超群类，一代英豪。"赞侯正卿云："黄钟令，商调情，千载标名。"赞赵敬夫云："秀华治，风物美，乐章兴，南北东西。"赞宫大用

① 《录鬼簿·杨显之》条记云："大都人。关汉卿莫逆之交，凡为文辞，与公较之。号'杨补丁'是也。"

云："凭心地，据手策，是无比英才。"赞秦简夫云："《破家子弟》、《赵礼让肥》，壮丽无敌"……这些赞美表明，上列元剧作家对元剧的繁荣作出了多么重大的贡献。至于对演员的唱腔和精湛技艺的赞美已另写文章，①这里就不再赘述了。

从以上可以看出，元剧繁荣虽然有多方面的原因，诸如政治、经济、文化、作家、演员和观众等，但是，其中最重要的还是以下三个方面：

1. 统治者制定和具体执行的文化政策，在元代，即宽严相济、以宽为主的灵活政策；

2. 进步剧作家的辛勤创造劳动及书会、剧团、演员等的配合与结合，其中以剧作家的贡献为最大；

3. 必要的群众条件和物质条件，其中以群众的喜爱与支持最为重要。

从上面对元剧繁荣的具体表现及其原因的初步探索中，我们可以得到什么启示呢？是否可以这样说：在分析一个时代的文艺现象的时候，决不能简单地理解时代背景对作家创作的"决定"关系，而要看到有关的各个方面。在元代，社会动乱、生产破坏时期，可以出现优秀的杂剧作家与作品；反之，社会相对稳定与繁荣，同样也可以出现优秀的杂剧作家与作品。由此可见时代背景和作家创作的关系是多方面的、错综复杂的和发展变化的，而决不是简单的或表面的"决定"关系。就一个历史时代的作家来说是如此，就一个具体的作家来说也无两样。比如关汉卿，他既是元代杂剧的奠基者，同时也是元代杂剧极盛时期的重要人物，从他的现存作品来看，不仅有《窦娥冤》、《救风尘》、《单刀会》、《鲁斋郎》、《蝴蝶梦》、《望江亭》、《拜月亭》、《调风月》等优秀杂剧，而且也写了歌颂蒙古贵族以征服手段统一全国的《杭州景》和沉溺于声色诗酒生活的《大德歌》。可见他的生活、

---

① 拙文《元代的杂剧演员》，载河南《戏曲艺术》1982 年第 1 期，另见本书第 300 页。

思想和创作也不是一成不变的。又如马致远，他做过浙江省务提举，但仕途上并不得意。从他写的《荐福碑》杂剧和许多散曲中，都可以看出他是《录鬼簿》中所说的“职位不振”的元剧作家之一。由于现实生活给予他多方面的影响，一方面他写了歌颂民族气节和爱国思想的《汉宫秋》，表现了他对民族压迫和黑暗社会的不满；另一方面又写了《中吕粉蝶儿》等散曲去奉承和讨好元朝皇帝。可见他的生活、思想与创作也不是一成不变的。承认文学艺术与社会政治、经济发展的不平衡，承认作家受社会影响的复杂性并由此而产生的在创作中有选择题材、表现主题的相对自由，也许会有助于克服我们研究文艺现象时的简单化和一般化偏向。

1982 年

锺嗣成《录鬼簿》划分元杂剧为“两期”说

我国最早明确提出对元杂剧分期的是近代学者王国维。他的《宋元戏曲考》主要根据元人锺嗣成《录鬼簿》对元杂剧作家的分类序列，而把分类的时间具体化。他说：

> 至有元一代之杂剧，可分为三期：一、蒙古时代：此自太宗取中原以后，至至元一统之初。《录鬼簿》卷上所录之作者五十七人，大都在此期中。……其人皆北方人也。二、一统时代：则自至元后至至顺后至元间，《录鬼簿》所谓“已亡名公才人，与余相知或不相知者”是也。其人则南方为多，否则北方人而侨寓南方者也。三、至正时代：《录鬼簿》所谓“方今才人”是也。

自此以后，一些治戏史者在谈及元杂剧的分期时，或据《录鬼簿》，或据《宋元戏曲考》，多将元杂剧划分为三期，只是三期的具体起讫年代略有不同。① 解放前郑振铎先生和目前通行的影响较大的

---

① 日本汉学家青木正儿《元人杂剧概说·曲本及作家》提到《录鬼簿》分作家为五类后又引王氏“三期说”，其中中期断至“至顺元年（公元1330年）之略前”，后期断至“明初洪武年间”；又一汉学家盐谷温《元曲概说·元曲之作家》除了重复王氏“三期说”外，还认为第一期的“前辈”是锺氏“祖父之代以前”；第二期“已亡名公才人”是锺氏“父一代的人”；第三期的“方今才人”，则是锺氏“同时代的人”。

文学史，也根据《录鬼簿》提供的材料，把元杂剧划分为前后两期，并以元贞大德或略后（公元1330年）为界（笔者过去也赞成此说）。近出的《中国戏曲通史》也是将元杂剧划分为两期的，前期“从元统一南北以后，到至治（约公元1289～1323年）年间”；后期则是“元末”。今年元月，《光明日报·文学遗产》571期发表的《元杂剧的分期》一文仍主“三期说”，此文也以《录鬼簿》中的材料为主要依据，对三期年代的具体划分提出了新解。由此可见，元杂剧分期的分歧并未获得统一的认识。

这里有一个颇值得注意的问题：为什么无论是“三期说”或“两期说”，他们的主要立论根据都是来之于《录鬼簿》，而结论却完全不同？《录鬼簿》对元杂剧的分期到底是三期还是两期？作者是根据什么原则分期的？它以什么时间作为分期的界线？探讨元杂剧的分期问题，应该对《录鬼簿》的分期进行必要的探讨。

一

《录鬼簿》没有明白地从文字上划分元杂剧的分期，而只是按照分类为曲家（主要是元杂剧作家）写小传、记载作品名目、评论作家及其作品。但是，由于作者对作家的分类贯串了一条“史”的线索，就使有关作家作品的记载和评论有了“史”的含义，在研究者心目中自然就形成了“分期”的概念，因此，我们谈《录鬼簿》对作家的分类也就涉及元杂剧的分期问题。

《录鬼簿》的不同版本有不同的作家分类，许多研究者涉及元杂剧的分期问题时，总是根据某一版本的作家分类序列、作家由北而南的变化和贾仲名所补的吊曲，从不同角度对分期问题进行探讨，而很少有人注意到不同版本有分期的不同。主张“三期说”的研究者，以将元杂剧作家分为三类的《录鬼簿》为依据；主张“两期说”的研究者，也是根据同类的版本，只是把“三期说”的二、三期（或中后期）合并为一期罢了。实际上，天一阁钞本系统的《录鬼簿》都是划分元杂剧为两期的，而且符合锺氏原意。为了便于说明问题，现将几种主要版本的分类略录如下：

（一）明万历年间的《说集》蓝格抄本《录鬼簿》。据考证："这是现存比较最接近于锺嗣成原著的一种珍贵的古本。"①这个本子将元杂剧作家分为三类：

前辈已死名公才人、有所编传奇行于世者

方今已死名公才人、相知者为之作传、以凌波仙吊之云

方今知名才人②

（二）明末孟称舜刻本《录鬼簿》。据考证："此本内容，和《说集》所收本，基本上是相同的，仅有作家排列的次序，作家的名号，略有相异的地方，还是一种年代较古的刻本。"③此本亦分三类，与《说集》本不同的是，"前辈"中少赵子祥一人，"方今知名才人"中有黄子久（黄字原缺）而无曹子久（按："曹"字系"黄"字误写）。

（三）清人曹楝亭刻本《录鬼簿》。这个本子"是依据明初时吴门生过录本重刊的，大约源于 1345 年（元至正五年）以后锺嗣成重订过的一种古本"④。此本亦分三类：第一类"前辈已死名公才人"与《说集》本同，作家由 53 人增至 56 人。第二类"方今已亡名公才人"与《说集》本文字略有不同，作家由 14 人增至 19 人。这个本子虽较晚，由于根据是明初钞本，又是锺氏重订后的本子，文字比较清楚和完备，其影响也较大，董康《读曲丛刊》本、陈乃乾《重订曲苑》本、王国维《录鬼簿校注》本以及研究元曲和治戏曲史者多根据这个本子。

（四）天一阁蓝格精钞本《录鬼簿》。这是元末明初（公元 1342～1422 年）人贾仲名的增补本，此本将元杂剧作家分为两类：

前辈才人有所编传奇行于世者五十六人

①③④ 《中国古典戏曲论著集成（二）·录鬼簿提要》。

② 据上书《附：〈录鬼簿〉四种重要版本著录作家对照表》。

方今才人相知者为之作传,以凌波仙曲吊之

观其与他本记载某些曲家去世时间很笼统的情况看,它是锺氏尚未最后修订的一个古本,很有参考价值。过去的研究者将元剧分为两期,并不是根据这个本子的作家分类提出来的。

(五)近人马廉的《录鬼簿新校注》。此本根据天一阁钞本为底本,并参校孟本、曹本、《覆元椠古今杂剧三十种》、《元曲选》等。其分类与天一阁本同。

(六)上海古籍社印行的《录鬼簿》(外四种)。这个本子"用明写本至德周氏几礼居传抄本整理"①,并附录了曹刊本和孟刊本等。其分类与天一阁本同。

以上几种不同刊本的《录鬼簿》对元杂剧有不同的分期,哪种分期符合锺氏原意?是分三期还是分两期?个人初步看法是:锺氏是按两期分类的。其主要根据如下:

1."三期说"或"两期说"都以两大阶段时序作为分类原则

不同版本的《录鬼簿》,虽有不同的分类标目,但它们在不同之中又有一个共同点,那就是作者都以自我为中心,以"前辈"和"方今"为时序,将作家按期分类排列,而"前辈"与"方今"本身就是时间概念,就是我们说的"史"的线索。将两种说法作一比较,我们就不难发现,最后修订本的"三期说"是将较早的天一阁本的"方今才人"再具体划分为"方今已死名公才人相知者"和"方今知名才人"(《说集》本)两类。不管它分得如何细,其出发点或最后归结还是在"方今"一类。从作者的本意看,"方今"是与"前辈"相对而言的。由于锺氏有严格的时间观念,所以两者并不矛盾。是锺氏在最后修订《录鬼簿》时对原来的分类作了调整,还是后人过录时所作的调整?我们看不到锺氏的原著,无法作出准确的判断。但是,如果从问题的实质出发,就会发现"方今"一类实无再细分的必要。郑振铎先生在谈及元杂剧的分期问题时说:"盖锺氏所述第二三期,原是同一时代,不宜再

① 《录鬼簿》(外四种)《出版说明》。

划分为二。"[1]这个论断颇为中肯。

2.《录鬼簿》序言已提示按两期分类，书中记述与序言相吻合

锺氏《录鬼簿》(曹刊本)序云：

> 余因暇日，缅怀故人，门第卑微，职位不振，高才博识，俱有可录，岁月弥久，湮没无闻，遂传其本末，吊以乐章。复以前平此者，叙其姓名，述其所作。……

字里行间，不仅充满了锺氏对曲家们的深厚情感，而且也明确地为所记曲家画出了一条时间界线："吊以乐章"前数语，指的是"方今"一类曲家；"复以前乎此者"后数语，指的是"前辈已死名公才人"。前者有他的父执前辈、邻居学人、同窗好友、曲坛知己等；后者则是锺氏"不得预几席之末"的"前辈"，"其所编撰"的材料则是友人"陆君仲良，得之于克斋先生吴公"处，是第二手材料，"故不敢作传以吊"。[2]《录鬼簿》对元杂剧作家的按期分类，与作者序言中的提示完全吻合。

二

如果说，《录鬼簿》把元杂剧划分为两期是大致不谬的话，那末我们就可以进一步探索两期年代的具体划分问题。关于这方面，各种版本的《录鬼簿》都无明确的记述，这大概有多方面的原因：其一，元杂剧作家们"门第卑微，职位不振"，受到社会轻视，其人其事乃至他们的作品，都不易为人所知，除个别作家外，绝大多数作家的生卒年代都难具体考实；其二，地域间隔，交通多阻，杂剧繁荣的中心城市虽有"书会"组织，但不同地域的作家交流交往有很大困难，彼此很不了解，除与锺氏交往甚密的少数作家可以记其卒年以外，其他多数作

① 郑振铎：《插图本中国文学史》第639页。

② 见曹刊本《录鬼簿》。

家，或因“余生也晚，不得预几席之末”，或相知者而“后不相闻”或“后不相会，故不知其详”，对这些人的生卒年代也无法具体指实；其三，有些作家年岁较大，可能跨越两个时期，如宫天挺，锺氏之父“与之莫逆交”；郑光祖，“伶伦辈称，郑老先生”；金仁杰，锺氏“幼时”就“闻公之名”，这些人要比锺氏至少大 20 岁以上，而锺氏却将他们列入“方今已亡名公才人”一类，可见他也很难画出一条具体的时间界线。但是，这并不是说《录鬼簿》没有提供我们进行探索、研究分期年代的东西。结合元代历史和杂剧发展实际，再对照《录鬼簿》进行细心分析，还是大致可以推断出元杂剧的分期年代来。个人的初步看法是：元杂剧的前期自世祖至元八年蒙古建国号大元（公元 1271 年）至至元三十一年（公元 1294 年）；后期则自成宗元贞元年（公元 1295 年）至顺帝至正二十八年（公元 1368 年）。这样划分，还需要说明两点：

1.“元杂剧”和“北杂剧”需要加以区分，忽必烈未建国号为大元以前就不是“元杂剧”而是“北杂剧”；

2. 成宗元贞、大德时代不是元杂剧的黄金时代，而是继承杂剧的“至元盛世”的余波，虽也呈现出一定的繁荣景象，但同时就表现出停滞和逐步走向衰微，结合元代历史和杂剧发展的实际可以说明这个问题。

从元代历史发展方面看，成宗在位的 13 年，的确有过一些政宽刑轻、薄赋轻徭的措施①，过去的史学家亦赞其为“善守成者”，大概还不是一个败家子皇帝。但是，史学家也同时指出：“惟其末年，连岁寝疾，凡国家政事，内则决于宫壸，外则委于宰臣；然其不致于废坠者，则以去世祖为未远，成宪具在故也。”②在“为尊者讳”的礼法约束

---

① 成宗时代有过许多减免税粮、救济灾荒、鼓励发展生产等措施。为了缓和社会矛盾，政治上不轻易用重刑，如大德六年只“断大辟三人”；又严惩贪官污吏，如大德七年，严惩贪官污吏 1 万多人，平反冤狱 5000 多起。

② 皆见《元史·成宗纪》。

下，史学家们避开了不能公开的东西，但是，上述这一段话，至少也是一种委婉曲折的批评。所谓"惟其末年，连岁寝疾"云云，难道没有皇帝平庸无能和政事日废的内涵吗？不管史学家们如何委婉曲折地评价这位守成皇帝，他们也无法改变成宗时代逐步走向衰微的客观事实。

成宗紧接"家给人足"①的至元盛世，不能说世祖一死就会出现社会的巨大变化。这位守成皇帝在即位初期，也还保持了相对的社会稳定和经济繁荣。但是成宗时代，社会已经开始停滞并逐步走向衰微。大德二年(成宗即位的第四年)，由于经济上的拮据难支和入不敷出而引起了这位皇帝的关注。他询问完泽丞相等曰："每岁天下金银钞币所入几何？诸王驸马赐与及一切营运所出几何？其会计以闻。"完泽毫不隐瞒实际情况，就如实回奏曰："岁入之数，金一万九千两，银六万两，钞三百六十万锭，然犹不足于用，又于至元钞中借二十万锭矣。至今敢以节用为请。"②经济上的日见枯竭，愈到后来愈有发展。至文宗天历(公元1328~1332)年间，岁入较至元、大德时代"增二十倍"。即使如此，"而朝廷未尝有一日之蓄"③。一个农业立国的封建社会，不过二十几年，社会物质生产决不可能增加二十倍以上。其搜刮民脂民膏的残酷和沉重可以想见一斑，统治阶级的穷奢极欲也可以想见一斑。史学家们从现象上看到造成这种困境的原因是统治者"不能量入为出"④，而看不到这是剥削阶级毫无止境的骄奢淫逸所带来的必然结果。

成宗时代，经济上日益枯竭，政治上也是矛盾重重。一个世袭的安西王阿难答仗恃先人汗马功劳，在经济上贪得无厌，政治上野心勃勃，不时向朝廷要钱要权，弄得这位成宗皇帝毫无办法。下面一段史料，很可以说明这位至元十七年才袭封的王爷和中央朝廷的不愉快

---

① 《元史·食货一·农桑》。

② 《元史》:《成宗纪》、《食货一》。

③④ 皆见《元史·食货一》。

和相当紧张的关系：

> 元贞元年春正月癸亥　赐安西王钞二十万锭……又以霜杀禾，复赐安西王山后民米一万石。
>
> 二年春正月丙戌　安西王傅铁赤……等，复请立王相府，帝曰："去岁阿难答已尝面陈，朕以世祖定制喻之。今复奏请，岂欲以四川、京兆悉为彼有耶？赋税、军站，皆朝廷所司，今姑从汝请，置王相府，惟行王傅事。"
>
> 五月辛未　安西王遣使来告贫乏，帝语之曰："世祖以贫赍之难，尝有圣训，阿难答亦知之矣。……去岁赐钞二十万锭，又给以粮。今与，则诸王以为不均；不与，则汝言人多饥死。其给粮万石，择贫者赈之。"

成宗皇帝总以"世祖圣训"作挡箭牌，对阿难答提出的要求，以理喻之，以势压之，最后还是作出一定让步给予满足。即使如此，还是买不了这位王爷的心。大德十一年春，成宗驾崩，矛盾不仅没有解决，而且进一步激化了。久蓄异谋的阿难答竟伙同诸王明里铁木儿、左丞相阿忽台等乘机篡权，辅成皇后伯要真氏（后被赐死）称制，五月，阿难答、明里铁木儿等皆被赐死①。可见内部矛盾斗争激烈。在成宗时代还有不断的天灾人祸，不断出现的人民起义或其他内部叛乱以及权豪势要的横行不法，这一切都从各方面说明，旧史学家所称赞的"元之治以至元、大德为首者"②，是需要加以具体分析的。他们之所以歌颂成宗，主要是成宗"善于守成"，而守成本身就是一种停滞的保守思想。成宗以后，社会矛盾日益激化，人民起义此伏彼起，至公元 1368 年终于被朱元璋灭亡。从以上可以看出，自成宗至顺帝亡国，很明显地表现出元朝前后两大阶段的变化发展。

---

① 《元史·武宗纪》。

② 《元史·食货一》。

从元杂剧的成就和发展方面看，前期和后期也有明显的差别，关、王、白、马等大家都生活在前期；那些“方今”已死或未死的名公才人如宫天挺、郑光祖、曾瑞、萧德祥等人虽略有佳作，但是，与那些“前辈已死名公才人”的作品相比较，他们也是大为逊色的。其中宫天挺（大名开州人）、郑光祖（平阳襄陵人）还可能是属于“前辈中由北而南”的、年岁很大的杂剧作家，他们也很有可能赶上至元盛世的杂剧繁荣，不过，到元贞、大德时代，他们在南方已看不到像贾仲名所补吊词中的那种繁荣了。

令人难以理解的是：大德七年（公元1303年），已与以写《高祖还乡》套知名的杂剧作家睢景臣订交的锺嗣成，在《录鬼簿》中竟无一语歌颂元贞、大德的繁荣景象，而元贞、大德时远未出世的贾仲名（公元1342～1422年），却能在增补《录鬼簿》时直接歌颂元贞、大德的杂剧繁荣，涉及的作家不仅有8人之多，而且他们又都是锺氏自叹“余生也晚，不得预几席之末，不知出处”的“前辈已死名公才人”①。岂非咄咄怪事！其中最值得注意的是为狄君厚所补的吊词，其词云：

元贞、大德秀华夷，至大、皇庆锦社稷，延祐、至治承平世。养人才，编传奇，一时气候云集。

至治（公元1321～1323年）是英宗的年号，这支曲子歌颂了从上至成宗、中经武宗、仁宗，直到英宗总计二十八年的“盛世”。冯沅君先生曾把这支曲子作为马致远〔中吕〕粉蝶儿“至治华夷”首的例证，认为“马致远这一套曲大约是为颂英宗而作的”。②

说实在话，贾氏这首曲子的历史真实性是颇使人怀疑的。成宗、武宗、仁宗，前面已略有涉及，就以英宗而论，也称不上是“承平”之

① 已死的前辈名公才人8人是赵明道、赵公辅、赵子祥、狄君厚、李时中、顾仲卿、张国宾、花李郎。

② 《古剧说汇·古剧四考跋·关汉卿的年代》。

世。他在位三年，处处恪守"世祖遗训"，很想有一番作为。但是，由于元代统治发展到这个时期已是每况愈下，其衰颓之势已经不是任何一个"圣明天子"所能挽回。这位被史学家誉为"性刚明"而又"明断"的皇帝，办事认真，执法苛严，以最大魄力去惩罚那些作奸犯科的臣僚，损害了官僚们的特权。就在至治三年八月，终以"果于刑戮，奸党畏诛"①的特殊政治因素，被御史大夫铁失、知枢密院事也先帖木儿、大司农失秃儿、前平章政事赤斤铁木儿、枢密院副使阿散等弑于南坡，②可见上层统治集团矛盾斗争之激烈。在这短短三年期间，各地人民起义、少数民族的武装反抗和内部叛乱就有十馀起，一点也看不出"承平世"气象。

元贞、大德时期的杂剧，继承了至元盛世的杂剧繁荣局面，当然还可能呈现某些繁荣景象，但它毕竟不是杂剧的唐虞盛世。贾仲名生于元朝最后一个皇帝顺帝至正二年（公元 1342 年），至明成祖永乐二十年（公元 1422 年），他以"暮年衰老"之身，对锺氏《录鬼簿》"附骥续貂"③，补作了 82 人的吊曲，关于元贞、大德时代的杂剧繁荣材料，很可能是误听传闻、夸大事实或臆测之辞，在没有其他材料、特别是没有杂剧作品做力证的情况下，那些吊词是不能孤立地当做信史来使用的。

综合全文，可以归纳为两点：

（一）过去对元杂剧的分期，除了"两期"说注意到后期杂剧作家南移、作品成就远不如前期等现象外，无论是"三期"说或是"两期"说，他们都是以三期分类的《录鬼簿》版本为依据的。我个人认为，较早的天一阁本《录鬼簿》和孟本、曹本《录鬼簿》序言都是按两期进行分类，这符合锺氏原意。因此，以两期说较为合适。

---

① 《元史·英宗纪》。

② 《元史》:《英宗纪》、《铁失列传》。

③ 贾仲名《书录鬼簿后》，见 1960 年 2 月中华书局上海编辑所据北京图书馆藏本影印《天一阁蓝格写本正续录鬼簿》。

（二）过去对两期年代的断限（笔者亦在内），一般皆把前期断在元贞、大德年间，个别论著断至至治年间。两种断法虽各有道理，但都值得商榷。我的初步看法是：前期自世祖八年（公元 1271 年建国号为“大元”）至至元三十一年（公元 1294 年）；后期自成宗元贞元年（公元 1295 年），至顺帝至正二十八年（公元 1368 年）。当然，这既不排除“至元盛世”的杂剧对金院本、蒙古灭金亡宋之间的杂剧的继承关系，也不排除在金元之际可能出现的杂剧的繁荣，但这已不是研究元杂剧分期问题的范畴，而是应该列入“北杂剧”或金元杂剧的研究范畴了。①

（附记：笔者过去也赞同“三期说”和元成宗时代是杂剧繁荣的极盛时期。后细读《录鬼簿》和有关资料，深感有修正的必要，故草此小文以就教于专家和读者。）

1983 年

① 戴不凡：《王实甫年代新探》、《现存金人杂剧试订（初稿）》（皆见《戴不凡戏曲研究论文集》）把王实甫等作家的创作时代大大提前，认为《西厢记》等作品产生在金代，这个提法颇值得重视。

锺嗣成《录鬼簿》对戏曲史的贡献

元代戏曲家锺嗣成历时十馀年始定稿的《录鬼簿》,对我国古代戏曲出现以来封建社会长期轻视戏曲作家的传统,进行了大胆的挑战。在这部不过万字左右的著作里,他不仅把戏曲家的地位提到一个空前的高度,简明扼要地记述了当代杂剧作家及其作品名目,恰当地给予品评,而且还勾勒了一条当代杂剧的史的线索。就这些意义上说,他的《录鬼簿》既是元代戏曲家写的当代杂剧史,同时又是我国古代戏曲史的开山之作。为了更好地认识锺氏的功绩,下面拟从《录鬼簿》以前戏曲家的地位、《录鬼簿》中戏曲家的地位和《录鬼簿》在戏曲研究史上的地位三方面作些探索。

一个不公正的社会现象:戏曲家被长期埋没

在我国古代文学史上,戏曲作家受到的不公正待遇是封建社会种种不公正现象的重要社会现象之一。与诗文作家相比较,戏曲作家总是受到社会的轻视与冷漠。他们的地位与作用几乎常常和娼优相连,只不过是供人主娱乐而已。甚至到了戏曲成熟的元代,封建士夫文人还以“优谏”指代某一剧作家的名字。① 因此，他们的事迹常常是湮没无考，其作品也多失传；或者，作品虽存，而作家的名字却迷失无考了。在戏曲发展过程中，这种现象一直一代一代地延续着，谁也没有能够跨越过这一道无形的、但它却是非常高的樊篱，去为戏曲作家说一句公道话。由此可见封建传统势力是多么顽固不化。

如果把“东海黄公”故事和“总会仙倡”的歌舞表演看成是我国古代戏曲的萌芽，而参军戏和“踏摇娘”则是我国戏曲的发展。这些颇为风行一时的剧目当然比萌芽时期的剧目前进了一大步。从取材的社会性和现实性、表演的吸引观众和角色的逐渐稳定等方面看，这些剧目或剧种的出现和流传，都是我国戏曲发展进步的重要标志。而使人感到奇怪的是，其中演参军戏的一些著名演员如黄皤绰、张野狐、周季南、周季崇和刘采春等人的名字也能见诸文字记载，②而编写这些剧目的作者名字却没有流传下来。由此可见，剧作家在某些人的心目中的地位是不如一个演员的。

宋代是我国古代戏曲发展史上的一个极其重要阶段。从中唐以来就繁荣起来的商品经济在两宋有很大发展，伴之而起的各种市民文艺和伎艺表演也在一些政治、经济、文化中心的城市繁荣起来，宋代的杂剧、戏文和金代的院本，这些因地域、音乐不同和时代不同而名称各异的戏曲，在继承前人传统基础上也都应运而生。北宋初期的杂剧见诸文字记载的如《宋史·乐志》：“真宗不喜郑声，而或为杂剧词，未尝宣布于外。”所谓“杂剧词”自当是“杂剧艺术”或“杂剧表演”的歌词一类的“杂剧作品”。谁是“杂剧词”的作者，他们的名字没有能够流传下来。又据《东京梦华录》记载北宋末年东京的元宵之夜，开封府的宣德楼和御街两廊：“奇术异能，歌舞百戏，鳞鳞相切，乐

---

① 元人杨维祯《元宫词》有云：“开国遗音乐府传，《白翎》飞上十三弦；大金优谏关卿在，《伊尹扶汤》进剧编。”此处“关卿”虽不是关汉卿而是另一个剧作者，但杨氏诗中竟以“优谏”取代其名字，可见此时的杂剧作家仍然受到轻视。

② 分别见段安节《乐府杂录》和范摅《云溪友议》。

声嘈杂十馀里。”其中记载杂剧表演者如：

> 棢柮儿，杂剧。
>
> 教坊钧容承置、露台弟子，更互杂剧。近门亦有内等子班直排立，万姓皆在露台下观看，乐人时引万姓山呼。（《元宵》）

风流天子赵佶挂着“宣和与民同乐”的大牌，利用政治和经济权力，组织官办和民间戏班子“更互”演出杂剧。不仅欣赏艺人表演，而且还享受由“乐人”引导的“万姓山呼”以显示天子尊严。由此可见杂剧在各种各样艺术表演中受到了社会更多的重视。即使如此，而剧作家的名字同样也没有流传下来。在此风气影响下，军队中也有专业或业余的杂剧演出班子不时做专场演出。一些重要节目，他们还要承奉宫廷，侍候皇帝。如清明节日，皇帝登宝津楼，诸军皆呈百戏以献，在表演了“七圣刀”、“歇帐”、“抹跄”、“板落”等伎艺之后，军队艺人、民间艺人又先后做杂剧表演：

> 后部乐作，诸军缴队杂剧一段，继而露台弟子杂剧一段，是时弟子萧住儿、丁都赛、薛子大、薛子小、杨总惜、崔上寿之辈，后来者不足数。①

这里又记载了六个杂剧艺人的名字，而剧作家的名字同样没有流传下来。

除重要节目之外，迎神赛社也有杂剧演出，如崔府君生日、灌口二郎生日，就在万胜门神保观，“于殿前露台上设乐棚，教坊钧容直作乐，更互杂剧、舞旋”②。

中元节则是民间十分重视的一大节日，除了一般的香烛祭物祭

---

① 孟元老：《东京梦华录》卷之七《驾登宝津楼诸军呈百戏》。

② 同上书卷之八《六月六日崔府君生日、二十四日神保观神生日》。

神祀鬼之外，演出杂剧也是一个重要的活动内容。在这一活动中，人们对孝顺母亲的佛门弟子目连故事特别感兴趣，剧作家和艺人们也就竭力来满足这一社会要求，故目连戏之演出也最能吸引观众，表演伎艺也相当成熟。在盂兰会之夜：

> 构肆乐人，自过七夕，便般《目连救母》杂剧，直至十五日止，观者增倍。①

这段文字十分清楚：演出时间是从七月八日至十五日晚，剧目是《目连救母》，剧种是杂剧，观众是一天比一天多。像这样长的时间、而又有如此吸引力的演出，没有剧本作根据是很难设想的。然而，剧本的作者是谁呢？他们的名字还是没有流传下来。

十月初十为“天宁节”，在这个节日里，“尚书省宰执率宣教郎以上，并诣相国寺，罢散祝圣斋筵，次赴尚书省都厅赐宴”。至十二日，宰执亲王宗室百官入内上寿，“诸杂剧色皆诨裹”，在“参军色执竹竿拂子，念致语口号”之后，“诸杂剧色打和，再作语，勾合大曲舞”，②杂剧又是和参军戏协作演出。

据上所引，《东京梦华录》所记北宋东京杂剧演出有以下值得注意的几点：

（一）杂剧表演常和其他伎艺表演安排在一起，或交互演出，或协作演出，以交互演出为主。

（二）为了完成某项任务或承担差使，民间剧团还不时和官办剧团或军人剧团交互演出。

（三）出现了单独演出的《目连救母》杂剧，这个剧目能够连续演出八个晚上而“观者增倍”。不管是连台戏或一戏反复重演，皆说明此时的杂剧已有相当水平。

---

① 孟元老：《东京梦华录》卷之八《中元节》。

② 同上书卷之九《宰执亲王宗室百官入内上寿》。

（四）记载了当时著名杂剧演员丁都赛等人的名字，说明杂剧表演艺术已产生了较大社会影响。

不管是怎样演出，都没有记载杂剧作家的名字则是共同的。实际上，北宋东京有名字可考的杂剧作家是存在的，如"教坊大使孟角球"就"曾撰杂剧本子"。不知什么原因，孟元老没有留下他的名字，而后来的灌圃耐得翁和吴自牧都不约而同地把他的名字追记下来了。①

随着金人南侵，北宋首都东京陷落金人之手，高宗迁都临安（今杭州），这一群"直把杭州作汴州"的统治者，他们又把许多艺人（其中有不少是杂剧艺人）、宫妃及金银财宝随同带往。终南宋之世，杭州也就成了杂剧艺术荟萃之地，在长期的各种艺术、伎艺表演相互影响的过程中，可能由于杂剧艺术本身的优点而特别为观众所喜爱，它逐渐成为各种艺术的翘楚而居于首位。《都城纪胜·瓦舍众伎》云："散乐，传学教坊十三部，唯以杂剧为正色。"所谓十三部，即筚篥部、大鼓部、杖鼓部、拍板部、笛色、琵琶色、筝色、方响色、笙色、舞旋色、歌板色、杂剧色和参军色。其中各部（或"色"）多属乐队性质，舞旋色可能是舞蹈队，杂剧色和参军色都是表演戏剧的班子。在十三部中特别突出了"杂剧"，并对其组织结构、演出角色的分工和演出程序等都记述得十分明确：

> 杂剧中，末泥为长，每四人或五人为一场，先做寻常熟事一段，名曰艳段；次做正杂剧，通名为两段。末泥色主张，引戏色分付，副净色发乔，副末色打诨，又或添一人装孤。

我国古代戏剧发展到宋代应该说是形成了：它有固定的角色、演

---

① 灌圃耐得翁《都城纪胜·瓦舍众伎》条追记云："教坊大使，在京师时，有孟角球曾撰杂剧本子。"又吴自牧《梦粱录》卷二十《妓乐》条亦追记云："向者汴京教坊大使孟角球曾做杂剧本子。"

出脚本和程序。比起唐代的参军戏和“踏摇娘”来说是进步得多了。当然,这种情况也并非所有杂剧演出都是如此,有时候它也配合参军戏一起演出,如《梦粱录》卷三《宰执亲王南班百官入内上寿赐宴》记云:

> 参军色执竹竿拂子,奏俳语口号,祝君寿。杂剧色打和毕,且谓:“奏罢今年新口号,乐声惊裂一天云。”参军色再致语,勾和大曲舞。
>
> 参军色执竿奏数语,勾杂剧入场,一场两段。是时教乐所杂剧色何雁喜、王见喜、金宝、赵道明、王吉等,俱御前人员,谓之:“无过虫。”

“杂剧色打和”可能是杂剧艺人配合参军色“奏俳语口号”的和声,而不是单独的杂剧“打和”表演。当然不会记载杂剧作家的名字,杂剧色艺人何雁喜等 5 人中的金宝和二王又见于《武林旧事》卷六《诸色伎艺人·杂剧》目所列艺人名。这些艺人名字反复被记载,而剧作家的名字却一个也没有流传下来。

还有一个奇怪现象,在《武林旧事·社会》目下记载杂剧艺人的社团组织“绯绿社”,又在《诸色伎艺人·杂剧》目下记载杂剧艺人赵太等 39 人,如果加上《杂扮》目所记艺人铁刷汤等 26 人在内则有 60 馀人之多,而不涉及一个杂剧作家。更有甚者,该书最后一卷记录了《官本杂剧段数》280 目,其中不少剧目有比较完整的故事,甚至对后来的戏剧和小说都可能产生过影响,如《崔护六幺》、《裴少俊伊州》、《简贴簿媚》、《莺莺六幺》、《相如文君》、《王魁三乡题》等,而剧作家的名字也仍没有流传下来。

与南宋政权对峙的金人统治下的中国北方同时还流行着一种和宋杂剧体段相同的戏剧叫院本。院本和杂剧名虽异而实质相同。陶宗仪《南村辍耕录·院本名目》云:

唐有传奇，宋有戏曲、唱诨、词说。金有院本、杂剧、诸宫调。院本、杂剧，其实一也。国朝，院本、杂剧，始厘而二之。院本则五人，一曰副净，古谓之参军。一曰副末，古谓之苍鹘，鹘能击禽鸟，末可打副净，故云。一曰引戏，一曰末泥，一曰装孤。

陶氏记述了院本、杂剧的关系，院本的角色及其演出的某些角色任务的规定或分工，如"末可打副净"之类。同样的是，陶氏所录院本690目，其中同样也有故事性很强的剧目，如《梦周公》、《王安石》、《范增霸王》、《庄周梦》、《红娘子》、《赤壁鏖兵》、《调双渐》、《杜甫游春》、《佛印烧猪》、《刺董卓》等，而剧作家的名字也仍然没有流传下来。

北宋末年或南宋初年流行中国东南的戏文，不管是《永乐大典》卷三十七《戏》字目下所列戏文名目33种，或者是《南词叙录·宋元旧篇》所列戏文名目65种，皆未列剧作家名字。又钱南杨先生《戏文概论》统计宋元戏文凡238种，除少数几种有元人作家或元明之间作家的名字外，其馀绝大多数剧目的作者名字皆迷失。

从上可以看出，元代以前的戏曲家是没有什么社会地位的。他们受到社会的轻视与冷漠则大致有以下几种类型：一是保存个别剧目而无剧作家名字者，如"东海黄公"、"总会仙倡"、"踏摇娘"等；二是有戏曲艺人名字流传而无剧作家名字者，如参军戏艺人黄旛绰、张野狐、周季南、刘采春，宋杂剧艺人萧住儿、丁都赛等；三是保存大量剧目名而无剧作家名字者，如宋官本杂剧段数、金院本等；四是个别作家名字虽然流传，但语焉不详者，如宋杂剧作家孟角球，我们仅知其为"教坊大使"，其馀则一无所知。由此可见。元代以前的戏曲家，或者说锺嗣成写《录鬼簿》以前的戏曲家，其社会地位是十分卑下的。封建社会称戏曲演员为倡优之人，这当然是一种贱称；而戏曲家有时连倡优也不如，倡优名字还可见诸文字记载，而戏曲家名字则迷失无考，甚至他们的剧目大量保存下来，而他们的名字却没有流传下来。正是在这样长期偏见之下，我们才可能更清楚地认识锺嗣成的功绩。

一次打破传统的创举:为戏曲家树碑立传

宋金杂剧、院本发展到元代,在剧作家和艺人们的不断艺术实践过程中,它完全以一种崭新的姿态在剧坛上出现,这就是文学史上所说的、标志着我国古代戏曲发展成熟的元杂剧。这种新兴的艺术一经出现就风靡一时,几乎独霸文坛。大约从“院本、杂剧始厘而二之”的“国朝”算起,至成宗大德(公元1297~1307年)年间锺嗣成与曲家睢景臣结识,在这近三十年的时间里,特别是在世祖至元(公元1264~1294年)时代,优秀作家辈出,优秀剧作也不断问世,从而形成了元代杂剧的繁荣。然而,即使如此,剧作家还是受到社会的冷漠,以至锺嗣成写《录鬼簿》时对于曾经誉满神州的关汉卿、王实甫、白朴、马致远等“前辈已死”作家就不了解。这56位作家的材料,还是他的友人陆仲良从吴克斋那里得来。由此可见。元代前期杂剧作家尽管写了那么多的作品,对杂剧繁荣做出了很大贡献,却仍然受到不公正的冷漠,社会偏见竟是如此之深!正是在这样特殊条件下,锺嗣成能够一反传统,不顾封建卫道者的偏见而撰写了为戏曲家说话的《录鬼簿》。这种难能可贵的开拓精神很值得赞扬,《录鬼簿》之作也可谓我国戏曲研究史上的一次创举。

锺嗣成具有卓越的胆量和超人的见识,为了提高戏曲家的地位和为他们树碑立传,他要“评跋”文坛上的是非,①要说短道长、臧否人物,即使“得罪于圣门”也要著书立说。他在《录鬼簿》里以“人鬼生死”之理把人分为“已死之鬼”和“不死之鬼”两种类型。在这个基本观点之下,锺氏认为有两种人是“已死之鬼”:一是醉生梦死,糊糊涂涂的“酒罂饭囊”、“块然泥土”之徒;二是说得好听,而实无一得的

---

① 锺嗣成〔南吕一枝花〕《自序丑斋》云:“生居天地间,禀受阴阳气,既为男子身,须入世俗机,所事堪宜。件件可咱家意。子为评跋上惹是非。”评跋即评论或批评之意。可见锺氏曾因评论世事引起过麻烦。

“口发善言”“甘于暴弃”的无所闻于世者，这种人甚至还不如“块然泥土”之鬼。以上两种人或则死则死矣，或则虽生犹死，属于“未死者亦鬼也”之列。什么人才称得上是“不死之鬼”呢？钟氏认为“不死之鬼”有以下三种人：一是“圣贤之君臣”；二是“忠孝之士子”；三是他要为之树碑立传的那些“门第卑微，职位不振”而具有“高才博识”的曲家（主要是杂剧作家），他们都是属于“虽鬼而不鬼”一类，即“不死之鬼”。在一般人的心目中，圣君贤相和忠臣孝子，自古以来就有很高地位，受到社会尊重，称这些人为“不死之鬼”，人们都能接受；而曲家——尤其是戏曲家却一直被压在社会底层或接近底层，他们的地位怎能与“圣贤忠孝”相比。而钟嗣成却敢于一反传统，把这些人和“圣贤忠孝”并列，称他们为“不死之鬼”，这不能不说是一种卓越的胆识。钟氏在为他们写小传或挽词时，还自觉不自觉地流露这种情不自已的看法，如挽曾瑞《凌波仙》曲云：

> 江湖儒士慕高明，市井儿童诵瑞卿，衣冠济楚人钦敬。更心无，宠辱惊。乐幽闲，不解趋承。身如在，死若生，想音容，犹见丹青。

又胡正臣小传记云：

> 正臣，杭州（人）。与志甫、存甫及诸公交游。董解元《西厢记》自“吾皇德化”至于终篇，悉能歌之。……辞世已三十年矣，士大夫想其风流醖藉，尚在目前。

读挽曾瑞曲“身如在，死若生”，不能不使人们回忆起曾之为人“神采卓异，衣冠整肃，优游于市井，洒然如神仙中人”的超脱风度，敬仰他“志不屈物，故不愿仕”的清高品格。而胡正臣已死去三十年，人们“想其风流醖藉，尚在目前”，他的过人的博闻强记对活着的人留下了极为深刻的印象，和其他未在字里行间直接写出永生怀念的曲家一样，他们都是虽死犹生的“不死之鬼”。

锺氏基于对曲家的认识，在撰写《录鬼簿》的过程中，就严格掌握以作家为中心的原则去著书立说。对作家的姓氏、名号、籍贯、职业、性格、品德、才华及其遭遇结局，都尽可能地予以全面记述，并不时地流露出一种深沉之情。具体撰写时则根据掌握材料的多寡、对作家的“相知”与“不相知”为准则。或仅录其姓名而不写小传；或既录姓名而又同时写小传，小传则有详有略；或写挽曲或不写挽曲；作家失考的剧目则一概不录。后来的《太和正音谱》和《录鬼簿续编》诸书，它们都兼录无名氏作家的剧目。① 两者相比较，锺氏是更看重剧作家其人的。

为了始终如一地突出作家为中心，锺氏对作家及其作品的各种异说都一一列出，难于下结论者则存疑，尽量做到备而不漏，写作态度非常认真严肃。如作家姓氏需要解释或有两说者：

> 李直夫，女直人。德兴府住。即蒲察李五。
> 孙仲章，大都人。或云李仲章。

对作家姓氏两种说法皆列出。贾仲名增补《录鬼簿》就作李仲章，《说集》本、孟称舜本《录鬼簿》、《太和正音谱》、《元曲选》、《元曲选外编》附录目录皆作孙仲章。《元曲家考略》从贾仲名说，并从《程雪楼集》等书提供的材料去考证李的事迹。仲章姓孙还是姓李，留给读者自去考证。又如：

> 康进之　棣州人。一云陈进之。
> 施　惠　一云姓沈。
> 赵善庆　善庆字文贤，饶州乐平人。……又别作赵文宝名

---

① 朱权《太和正音谱》曾录“古今无名氏杂剧一百一十本”、明无名氏《录鬼簿续编》亦录“诸公传奇失载名氏并附于此”计杂剧剧目 78 本。

孟庆。

陆登善　一云姓陈。

康进之、施惠姓氏两说传闻原因不便推断；赵善庆之名、字和陆登善之姓有两说有可能是字形相近而误。以上 4 人中，除康进之之外，其馀 3 人皆是与锺氏“相知”的作者，这些人的姓氏、名字有异说，他都如实录出，为我们考证其姓氏名号提供了重要线索。

与作家姓名有关的还有一个诨名问题。乍看起来，这个问题几乎微不足道，不值得多费笔墨。其实不然。有些作家的诨名或敬称，常常还可以从中推断某些作家的创作活动或成就。如杨显之经常和关汉卿讨论创作并修改剧本，故号“杨补丁”；高文秀剧本创作数量多而寿不永，都下人就誉之为“小汉卿”；杭州杂剧作家沈和甫始创“南北合腔”，在戏曲声腔改革上作出了重要贡献，江西人就誉之为“蛮子关汉卿”。这几个人的“名号”不仅反映了他们的部分创作活动或重要成就，而且也同时突出了在《录鬼簿》中居于剧作家之首的关汉卿的声望与影响。郑光祖德高望重，“名香天下，声振闺阁”，故“伶伦辈称‘郑老先生’”。这个敬称反映了郑氏深得歌儿舞女们的敬重。

还有作家的籍贯，看似一个无关紧要的问题。其实不然。如果从宏观的角度出发，我们就可由此推知一个时期杂剧繁荣的中心地域，从而帮助我们进一步研究各地域在不同历史时期的文化状况。《录鬼簿》卷上所载“前辈已死名公才人有所编传奇行于世者”共作家 56 人，除赵子祥的籍贯诸本《录鬼簿》都失载和孟汉卿为安徽人之外，其馀 54 人皆为北方人，而其中大都、河北、山西、山东等地又更为集中。尤其是大都乃元之帝都，是当时全国政治、经济、文化中心，人才荟萃之所，作家更为云集，关汉卿、王实甫、马致远、庾吉甫、纪君祥、王仲文等皆是大都作家。而《录鬼簿》卷下所载方今已死未死作家 34 人（据曹楝亭本《录鬼簿》录有剧目者统计），除宫天挺、郑光祖、曾瑞、赵良弼和乔吉甫等少数几人是由北而南的杂剧作家外，其馀作家则均为南方人，其中又以杭州最为集中。锺氏自成宗大德时期开始与曲家交往，这就透露了成宗时代杂剧中心南移杭州的信息。

还有一些作家的籍贯有不同说法，锺氏皆一一列出，如：

岳伯川　济南人。或云镇江人。

这为我们研究岳氏籍贯提供了两条线索。又如：

李好古　保定人。或云西平人（按：天一阁本《录鬼簿》又作东平人）。

孙楷第先生《元曲家考略》据许有壬《至正集》和杨维桢《东维子文集》等考证李氏为西平人。周妙中先生《历代曲家年里字号室名综表》（见江苏古籍出版社 1984 年 7 月出版《曲苑》）则又认为李氏为保定人。《中国戏曲曲艺辞典》则三说并存。这里不同结论的主要根据都是《录鬼簿》。它为我们进一步考证李氏籍贯提供了重要的文字资料。

还有作家的社会职业，这当然和作家的创作有紧密关系。书中所录如马致远"任江浙行省务官"；史九散人任"武昌万户"；宫天挺"除钓台书院山长"；赵良弼"嘉兴路吏"；萧德祥"以医为业"等，这对读者了解作家的消极避世、脱离现实、对权豪势要的痛恨、仕途坎坷以及擅长描写市井小民等都有帮助。

有些作家的品德、待人接物和性格特点也在小传中记录下来。如郑光祖"为人方直，不妄与人交，故诸公多鄙之，久则见其情厚，而他人莫之及也"；曾瑞"志不屈物，故不愿仕"；陈以仁"日与南北士夫交游，僮仆辈以茶汤酒果为厌，公未尝有难色"；沈拱"天姿颖悟，文质彬彬，然惟不能俯仰，故不愿仕"；赵良弼"风流醖藉，开怀待客，人所不及"；陈无妄"性资沈重，事不苟简，以苛刻为务，讦直为忠，与人寡合，人亦难之"；乔吉甫"以威严自饬，人敬畏之"；周文质"性尚好侠，好事敬客"；朱凯"自幼孑立不俗，与人寡合"。……以上材料使我们看到一些生性耿介的作家和世俗社会保持了一大段距离。

在为有些作家写小传中，锺氏常常赞扬他们的才华而又同情其不幸遭遇，有时甚至为他们愤愤不平。如“文章笔力，人莫能敌”的宫天挺，仅仅做了“钓台书院山长”，不过是士林中人。不知什么事得罪了恶人，竟“为权豪所中”，而“事获辨明，亦不见用”，后客死常州。作品“多使人感动咏叹”的鲍天祐，为生活中所迫而充“簿书之役”，因“才高命簿”，生不逢辰，“竟止昆山州吏而卒”，平生未尽其才。以“学问该博”著称于世的范居中，虽随“亦有文名”之妹，“被召赴都”，后仍“以才高不见遇”而“卒于家”。“风流醖藉”的黄天泽虽“居省府”，然“郁郁不得志”，拟补昆山州吏而“又不获用”，后“竟不归而终”，客死他乡。“天姿颖悟，文质彬彬”的沈拱，因“不能俯仰”随人而沦落，后竟“以老无后，病无所归”，友人陈存甫馆于家，后“不旬日而亡”，全赖友人以葬。锺氏对其不幸遭遇感受颇深，故作〔凌波仙〕挽曲云：“掀髯得句细推敲，举笔为文善解嘲，天生才艺藏怀抱。奈玉石，相混淆，更多逢，世事咬嗃。蜂为市，燕有巢，吊斜阳，缓走西郊。”深切悼念与愤愤不平之情充满字里行间。性情耿直的陈无妄，从衢州路吏做到福建道，可仍有种种不得意事而“以忧卒”。作品“很不凡俗”的廖毅，其《题伍王庙壁》绝句有云：“浩浩凌云志，巍巍报国心，忠魂与潮汐，万古不消沉。”锺氏赞其作“感慨激烈，徒增怅怏”。这位怀才不遇的散曲家似乎过着漂泊无依的生活：“天历二年春，抱疾丧于友人江汉卿家”，江也可能不很富裕，乃“与黄焕章买棺具殓”。锺氏怀着十分沉重的心情叹曰：“噫！天之生物也，裁成辅相，以左右民，奈何如是之偏戾也!”从挽曲中看出，廖氏死时年岁并不大：“恨苍穹不与斯人寿。未成名，一土丘，叹平生，壮志难酬。……为思君，泪满鹴裘。”“天姿明敏”的吴本世，亦是生不逢辰，“以贫病不得志而卒”。锺氏为其写小传时还发出了“呜呼惜哉”的感叹，挽曲亦有句云：“语言辩利扫千兵，心性聪明误半生。……想天公，忒世情，使英雄，遗恨难平。”与锺氏相交“二十年未尝跬步离”的周文质，其人“学问该博，资性工巧，文笔新奇”，因生活所迫放弃儒业而“俯就路吏”。生前与锺氏谈及亡友竟不时“握手痛惋”,是一个非常重感情之人。锺写《录鬼簿》时周“及见之”,其名字题于“未死鬼之列”,不幸周竟“中年而殁”。锺氏对这位多年相交的挚友之死十分悲痛,故在小传结语处长叹曰:“噫! 往者不可追,来者不可期,已而已而,此余深有感于公也!”以画见长的曲家黄公望,“天下之事,无所不知,下至薄技小艺,无所不能,长词短曲,落笔即成”。也许由于他的博学多才开罪于人,在京师竟“为权豪所中”,改号一峰,“以卜术闲居”,又“易姓名为苦行净竖,又号大痴翁”。避开人间是非,装聋作哑,算命问卜,以求平安了此一身。

这些具有“高才博识”之人,他们的不幸遭遇,大致有以下四种情况:一是生不逢辰,有才不得其用者,如鲍天祐、范居中、黄天泽、吴本世、周文质等;二是性格耿介,品德清高受人排挤者,如曾瑞、赵良弼、陈无妄、乔吉甫等;三是贫病无依、客死友人家、无力以葬者,如沈拱、廖毅等;四是受权豪迫害、不为世所见容者,如宫天挺、黄公望等。元曲中多发泄苦闷、抒发不平之气之作,揭露权豪势要罪恶之作,可以从这些曲家遭遇中找到一些现实生活的根据。锺嗣成是名儒邓善之、曹克明之高足,可“累试于有司”而“命不克遇”,为吏“则有司不能辟”、本人也“并不屑就”,故“胸中耿耿……为己而发”(朱凯《后序》)。切身的感受,使他为曲家写小传时自觉不自觉地寄托了自己的思想感情。

一部元人写的当代杂剧史:中国戏曲史的开山之作

我国戏曲的产生,如果从“东海黄公”、“总会仙倡”的萌芽时期算起,中经唐之参军戏、“踏摇娘”,宋金杂剧、院本和戏文,迄今已有一千几百年,也可算得上历史悠久,源远流长。然而,由于社会经济、政治和文化等条件的局限,其发展过程还是比较缓慢,作家作品资料流传也甚少,这给我们的研究工作造成了一定困难。尤其是没有可供研究的大批作品流传下来,我们仅能从一些关于演出或剧目的记述文字中推论其存在。目前很多人都承认最早的也是仅存的较为完整的戏文《张协状元》是宋人所作，其馀则很难见到有宋人的完整剧本。撰写戏史必须在戏的发展成熟、戏的资料丰富的基础上进行，而这些条件恐怕只有元杂剧出现、并形成繁荣局面之后才算具备。是不是可以这样说，我国元以前没有戏曲史。考虑到我国戏曲发展的实际情况，这样说大致不会有太大的问题。元代以后（也包括元代），什么时候有了我国第一部戏曲史？是元代？明代？清代或近代？这个问题很值得研究。

近代学者王国维在《宋元戏曲考·序》中谈及该书的意义时说：

> 世之为此学者自余始；其所贡于此学者，亦以此书为多。非吾辈才力过于古人，实以古人未尝为此学故也。

有些研究者也据此认为《宋元戏曲考》是我国第一部戏曲史。这个看法还可以进一步展开讨论。

如果说王国维是我国第一个很明确的在写戏曲史、《戏曲考》，在戏曲史研究方面贡献“为多”是对的，而笼统地说“世之为此学者自余始”就值得讨论了。锺嗣成的《录鬼簿》早在 14 世纪前半世纪写成，比王国维早了近六百年。在此之前，还没有一部可以称得上是戏曲史的著作。我们目前虽然还没有文字根据说明他主观上就明确意识到自己是写戏曲史，但是，由于元代以前没有提供写戏曲史的条件，即使有一些片片断断评述戏曲的文字流传下来，那也根本谈不上是戏曲史，而锺氏的《录鬼簿》在客观上却具备了戏曲史的社会价值。

为什么锺嗣成能够写这样一部戏曲史？原因是多方面的。

锺嗣成是元代戏曲家而又兼作散曲，除散曲之外，编有《冯谖收卷》、《诈游云梦》、《钱神论》、《斩陈馀》、《章台柳》、《郑庄公》、《蟠桃会》等 7 种杂剧（朱士凯《后序》），交游也多为曲坛中人。一个戏曲家要写一部当代戏曲方面的著作，这个主观条件是不错的。但是，仅凭这一点还不够，他还需要有其他客观条件相结合，如时代的和戏曲本身的，等等。

对于研治元代戏史的人来说，锺嗣成生活的时代是一个值得研究的历史阶段。根据有关资料推断，他生于元世祖至元十二年（公元1275年），卒于元顺帝至正五年（公元1345年）或略后（参见拙文《锺嗣成生卒年辨析》），也就是说，他几乎经历了有元一代从建国到灭亡的全部历史过程。当然，他从事戏曲活动、关心戏曲、与曲家交往而步入文坛，大约还是成宗大德七年（公元1303年）开始。就在这一年，他与以写《高祖还乡》套知名的曲家睢景臣结识，对睢的情况了如指掌。他写睢氏小传有云：

> 景臣后字景贤。大德七年，公自维扬来杭州，余与之识。自幼读书，以水沃面，双眸红赤，不能远视。心性聪明，酷嗜音律。维扬诸公，俱作《高祖还乡》套数，唯公《哨遍》制作新奇，皆出其下。又有〔南吕一枝花〕《题情》……亦为工巧，人所不及也。

记述如此全面而又具体：睢氏幼时读书的艰苦情状、“酷嗜音律”的爱好、“心性聪明”的禀性，《还乡》套压倒“维扬诸公”同题材之作品等，真是如数家珍，使人置信不疑。从睢氏小传似可作进一步推断：他至少从这时开始就注意搜集材料以为著书立说之准备了。我们不能不佩服他是个有心人。

从元杂剧发展史上看，锺氏开始与曲家交往的成宗时代，是杂剧开始出现停滞、并逐步走向衰微的时代。他是古汴人而长期寓居杭州，而杭州又是杂剧重心南移的中心城市，其耳闻目睹，都具有史料价值。这是他著书立说的优越的客观条件。故《录鬼簿》中记述“方今”一类，其同窗、同道、挚友也比较多，小传也写得比较详细和具体，还为其中的19人写了挽曲。对于“前辈已死”作家，锺氏虽有“余生也晚，不得预几席之末”的感叹，但他从友人曲家陆仲良处获得了另一曲家吴克斋所提供的“其所编撰”的资料以弥补其不足。由于陆、吴皆曲坛中人，所提供的资料虽有“未尽其详”之处，但基本上翔实可信，因此，《录鬼簿》所记述文字都具有史料价值。

当然，具有史料价值的东西并不一定就是“史”。如果仅具对作家作品的一般了解，而没有一条史的线索贯串起来，没有对作家作品的分析评价，那也不过是一部具有另一种价值的“杂剧目录”而已。我们之所以说《录鬼簿》是一部元人写的当代杂剧史，一部戏曲史的开山之作，主要有以下几点考虑：

（一）锺嗣成按时序分类排列作家，全书贯串了一条史的线索

锺嗣成的《录鬼簿》是按时序排列作家，全书贯串了一条史的线索。在《录鬼簿》里，锺氏突出作家中心时以自己为出发点，以“前辈”和“方今”作时序，对作家按期分类进行排列。“前辈”和“方今”本身就是时间概念，这个概念贯串在全书中就是一条史的线索。根据这条线索，他把元代杂剧发展阶段划分为两个时期。“重要异常”（《中国古典戏曲论著集成·录鬼簿提要》）的天一阁蓝格抄本，就是将元剧作家排列为“前辈才人有所编传奇于世者五十六人”和“方今才人相知者为之作传，以《凌波仙》曲吊之”两期的；《说集》本、孟称舜本、曹楝亭本则是把“方今”再具体划分为“方今已死名公才人”和“方今名公才人”（各本文字略有不同，兹据《说集》本）两类。实际上它们都是属于“方今”这个大范围，已无再细分的必要。笔者赞成“两期”说，并据锺嗣成写《录鬼簿》竟无一语提及元贞、大德时期杂剧繁荣等情况，推断“元杂剧的前期自世祖至元八年蒙古建国号‘大元’（公元 1271 年），至至元三十一年（公元 1294 年）；后期则自成宗元贞元年（公元 1295 年）至至顺三十一年（公元 1368 年）”（参见拙文《锺嗣成〈录鬼簿〉划分元杂剧为“两期”说》，载《河南师范大学学报》1983 年第 5 期）。前期作家以大都为中心，关汉卿、王实甫、白朴、马致远、纪君祥、高文秀、李直夫等 56 人皆属于这个时期；后期作家则以杭州为中心，宫天挺、郑光祖、曾瑞、乔吉甫、萧德祥等 24 人皆属于这个时期。对后期作家，锺氏分期的时间观念很细微，他把这些人又分为“方今已死名公才人，相知者为之作传，以《凌波仙》吊之”和“方今知名才人”两类。这种分法虽无必要，但它却贯串了一条史的线索，锺氏以前的任何戏曲论著文字，都缺少这样一种以史的线索贯之的史学特色。

（二）锺嗣成记载作家作品资料丰富，勾勒出元代杂剧基本轮廓

《录鬼簿》中记载杂剧作家作品的资料是极其丰富的。在当时印刷、刊刻、流传等都不发达，交通也不方便的条件下，他记载了80位杂剧作家的名字，并录其剧目440馀种（皆据曹本《录鬼簿》），占现存有名字可考的元剧作家和剧目总数80%左右。从地域方面看，前期集中北方，后期集中南方，而无论前期或后期，皆有北人寓居南方者。由此可见，所谓的"杂剧南移"是逐步形成的，是文化交流的要求，而并非杂剧衰微以后才有之事。据《录鬼簿》记载，前期北方作家寓居南方者有马致远、李文蔚、尚仲贤、戴善甫、姚守中、赵天锡、史九散人，李宽甫、张寿卿等9人，如果加上到南方生活过一段时间的关汉卿、白朴等还会更多一些；后期北方作家寓居南方者则有宫天挺、郑光祖、曾瑞、赵良弼、乔吉甫等5人。一般由北而南者多因本人或父辈仕宦南方之故，也有人是倾慕江浙"人才之多"和"景物之盛"而南来。不管他们主观上出于什么原因，在客观上对南北文化交流都起了积极作用。锺氏能开阔视野，广为记述，如实地记载了这一发展趋向，十分难能可贵。从时间方面看，如果从1271年蒙古建"大元"时算起，至至正五年（公元1345年）《录鬼簿》最后一次修订时止，锺氏所记至少包括了七十馀年的杂剧情况。其中既有"前辈已死"作家关汉卿、王实甫、白朴、马致远等人的略传及其剧目，也有"方今"已亡未亡作家宫天挺、郑光祖、曾瑞、秦简夫等人的小传及其剧目。对于几十位有名字可考的作家，锺氏不仅记其姓氏、籍贯、职业、品德、性格、遭遇、结局，而且还围绕他们的艺术实践，记述其多方面的活动，如组织他们自己的群众性文艺团体"书会"；作家相互之间讨论和修改剧作（关汉卿与杨显之例）；知识分子作家和民间艺人作家合作编写剧本（马致远、李时中、花李郎、红字李二例）；知识分子作家合作编写剧本（鲍吉甫和汪勉之例）。一些杂剧作家除编写剧本以外，其他有名之作或辑选之作亦在小传中记载下来，如王伯成有"《天宝遗事》诸宫调行于世”；费君祥“有《爱女论》行于世”；曾瑞“有《诗酒馀音》行于世”；吴仁卿“有《金缕新声》行于世”；朱凯“有《升平乐府》及隐语《包罗天地》、《谜韵》”；王晔“有与朱士凯题《双渐小卿问答》”等。还有一些作家之作，因刊刻、印刷之困难，作品不得付梓流传，如乔吉甫“有《题西湖》〔梧叶儿〕百篇，名公为之序。江湖间四十年，欲刊所作，竟无成事者”。散曲家顾德润还“自刊《九山乐府》、《诗隐》二集，售于世”。锺氏《录鬼簿》就是如此广泛地记载了作家们多方面的活动事迹，这有助于我们对作家的全面了解和研究其剧作。其中有些材料还对我们研究有关杂剧流传等问题很有帮助，如乔吉甫之作不能付印、顾德润之作自己付梓等就透露了元剧佚失之多的一个重要原因的信息。

关于剧本方面，诸如折数，诸家同名作品、主唱、用韵等，需要注明者都尽量地在剧目下注明。如李文蔚《金水题红怨》、张时起《秋千记》下皆注云“六折”（据孟称舜本）；李文蔚《东山高卧》、赵子祥《石守信》等剧目下皆注云“次本”；王廷秀《细柳营》、李好古《张生煮海》等剧目下皆注云“二本”（据天一阁蓝格抄本）；白仁甫《崔护谒浆》下注云“末本”；金志甫《东窗事犯》下注云“旦本”；杨显之《酷寒亭》下注云“旦、末本”；孔文卿《东窗事犯》下注云“杨驹儿做者”；王实甫《贩茶船》下注云“廉纤韵”（据孟称舜本）。这为了解和研究元代杂剧体制和演出等问题提出了点滴的、但又却是很重要的资料。

（三）锺嗣成简要地评价作家作品，展现了元代杂剧艺术特色

作为一部当代杂剧史，锺嗣成在《录鬼簿》里还简明扼要地写进了对作家作品的评价文字，这为我们了解和研究元代杂剧风貌提供了重要资料。从最严格的意义上说，在选择写谁或不写谁的问题上，首先就表现了锺氏对作家的评价，这种评价又是和对他们的作品评价联系在一起的。《录鬼簿》中提到的那些“酒罂饭囊”、糊涂混世，或“口发善言”而行动上却又“甘于暴弃”之人，当然不是锺氏要“使之传远”的“不死之鬼”；另一些“其或词藻虽工，而不欲出示”、“或妄意穿凿，而亟欲传梓”的消极避世者和欺世盗名者，对这两种人则是虽“有名而不录”。故《录鬼簿》中所列作家，都是锺氏认为有传世价值之人。而其评论，则涉及作家的创作立意、作品艺术风格、创作过程等问题。在具体评论中，他特别重视艺术上的创新但又不拘一格，如评范康“一下笔即新奇”；评周文质“文笔新奇”。所谓“新奇”，就是艺术上的创新，而创新就是进步和发展。锺氏评曲对此十分重视，以至在评论一些散曲时也常常把它作为一条重要的准则。如评睢景臣《高祖还乡》套“制作新奇”、评廖毅〔仙吕赚煞〕咏王魁故事“发越新奇”（此条文字从天一阁本）等。在艺术风格方面，锺氏颇有点“百花齐放”精神：既推崇工巧华丽之作，也肯定清雅朴实之作，如谓沈和、高克礼、王晔、吴朴等人之作极为“工巧”，谓曹明善、屈子敬等人之作“华丽”过人；又谓金仁杰之作“所述虽不骈丽，而其大概多有可取”，谓王庸“其制作清雅不俗”等。在锺氏看来，工巧华丽诚然可贵，而清雅朴实亦有可取。

对作家作品得失，锺氏能够比较实事求是地进行恰如其分的评价。如郑光祖是伶伦辈称为“郑老先生”的长辈作家，锺氏既赞其“名香天下，声振闺阁”，但同时又指出其作品“贪于俳谐，未免多于斧凿”。有这种实事求是的精神，在评价作家作品时就比较中肯。如曾瑞“志不屈物，故不愿仕”，其品格之清高受到江湖儒士乃至市井儿童的尊敬，故锺氏谓其“身如在，死若生”，是虽死不死之人。

“惟务搜奇索古”的鲍天祐，其创作态度之严肃、创作过程之艰苦，都受到锺氏赞扬：

> 平生词翰在宫商，两字推敲付锦囊，耸吟肩，有似风魔状。苦劳心，呕断肠……谈音律，论教坊，唯先生，占断排场。

观其流传《王妙妙死哭秦少游》、《史鱼尸谏卫灵公》、《忠义士班超投笔》、《摘星楼比干剖腹》等剧目，可以略想其“多使人感动咏叹”评语之可信。

锺氏的曲评表现出一种进步的文艺思想，即：作品立意要新、艺术风格可以多样化、创作态度要认真严肃等。这些见解对当时和后世的戏曲创作都有借鉴意义。他的友人朱凯赞赏《录鬼簿》之作,可以“使往者复生,来者力学”,就预见到了这部论著的社会价值。

作为元人写的当代杂剧史,一部戏曲史的开山之作,锺嗣成敢于打破轻视戏曲家的传统偏见,把他们的地位提到一个空前的高度。在为他们树碑立传过程中,又能比较客观地以作家为中心,以时代先后为序列,为他们作小传、录剧目、写吊词、评价其人其作,从而反映出元代杂剧的基本面貌和史的发展。当然,由于我国戏曲发展到元代才成熟,人们对它的认识,不仅有传统偏见的影响,而且也有个发展过程。锺氏写书,既缺少前人对戏曲局部研究的资料积累,更无写戏史的经验可资借鉴,因此就很难写出一部完善的戏曲史。再加以锺氏主观上并没有明确地写戏史的目的,可能也不清楚写什么和怎样写才是戏曲史,所以《录鬼簿》也必然还有种种不足之处,如缺少对我国戏曲的渊源、发展及其规律性的探索,对作品内容和形式的具体分析和对舞台艺术的多方面探讨等。但是,对一部开山之作的戏曲史来说,锺氏的《录鬼簿》已作出十分难能可贵的贡献了。在没有前人积累丰富资料和写戏史经验的条件下,锺嗣成可谓一空倚傍,自铸伟作。开拓之功,不可磨灭。

(说明:凡引用《录鬼簿》文字未注明版本者据曹楝亭本。)

1985 年 2 月 28 日于开封

略论中州古剧

中州地处中原，文化发达颇早，形成综合性艺术的戏曲的各种因素也较早地在中州出现，被学术界称作“古剧”的歌舞、优戏、角抵戏、参军戏、院本等艺术表演、伎艺表演和戏剧表演也一代一代地延续，至元代杂剧成熟之前，形成了自己的“古剧”传统，在我国戏剧史上占有重要位置。

早在殷纣时代，国都朝歌就曾大兴歌舞。《史记·殷本纪》云：

> 帝纣……好酒淫乐……于是使师涓作新淫声，北里之舞，靡靡之乐。厚税赋以实鹿台之钱，而盈钜桥之粟。益收狗马奇物，充仞宫室。

朝歌即今河南之淇县，鹿台或云在朝歌城中，或云在卫州卫县西南30里。不管是前者或后者，皆属中州地域。

东周建都洛阳，洛阳就成了东周时代政治、经济、文化中心。整个中州大地如新郑、登封、郑州、安阳、濮阳、沁阳、济源、孟县、汲县、淇县、滑县、淮阳等地，歌舞也十分繁荣。经过孔子删过的《诗经》中的《鄘风》、《卫风》、《王风》、《郑风》和《陈风》等，还保留了这方面的史料，如《王风》中的《君子阳阳》、《郑风》中的《溱洧》和《陈风》中的

《宛丘》等,就是在中州大地上表演的载歌载舞活动的文字记录。①

或云始于夏桀时代或周幽王时代的优戏,其主要活动地点也在中州,到春秋时就发展为“优孟衣冠”的人物模仿表演。有的研究者根据《史记·滑稽列传》优孟传“寝丘”注引徐广注云“在固始”推断,艺人优孟和模仿对象孙叔敖都是河南固始人②。

秦汉百戏是各种乐舞和杂技表演的总称,与戏曲最密切的则有角抵和歌舞。角抵起源于战国时代,《汉书·刑法志第三》云:

> 春秋之后,灭弱吞小,并为战国,稍增神武之礼,以为戏乐,用相夸视。而秦更名角抵,先王之礼没于淫乐中矣。

又《史记·李斯列传》云:“(秦)二世在甘泉,方作瑴抵俳优之观。”应劭云:“战国之时,稍增神武之礼,以为戏乐,用相夸示,而秦更名曰角抵。角者,角材也;抵者,相抵触也。”西汉时以长安为中心的角抵戏十分兴盛,据《汉书·武帝纪》:“(元封)三年春,作角抵戏,三百里内皆观。”从文字上看,这次演出可能已经走出宫廷小圈子,而到能容纳“三百里内”观众的大广场了。影响所及,大大超出了长安。从东汉张衡《西京赋》描述的“东海黄公”戏可以略略看出当时角抵戏的表演水平。中州与陕西比邻,自然会受到影响。南阳等地区出土的汉代文物,仅以角抵而言,有人与人斗的蚩尤戏、击剑;人与兽斗的则有斗牛、斗兽、象人斗兽与“东海黄公”等。这些角抵戏多有故事性表演,是我国古代戏曲的萌芽。③

---

① 陈多、谢明《先秦古剧考略》(载《戏剧艺术》1978年第2期)谓《诗经》中“至少有二十多个歌舞剧目”。是否是歌舞剧尚可讨论,说它们是歌舞表演,一般人还是可以接受,而其中相当一部分流行在中州大地。

② 周到《中国戏剧起源问题的探讨》(载河南《戏曲艺术》1980年第1期)谓优孟与孙叔敖是“同乡”,皆“河南固始人”。可供参考。

③ 参见《南阳汉代画像石刻》(上海人民美术出版社1981年版)及周到《论中原地区的戏剧雏形——秦汉百戏》(河南《戏曲艺术》1980年第3期)。

汉魏时期，一些歌舞百戏已参与政治斗争。《三国志·魏书·三少帝纪第四》记“大将军司马景王将谋废帝，以闻皇太后”注云：

> 时安东将军司马文王镇许昌，征还击维，至京师，帝于平乐观以临军过。……文王入，帝方食栗，优人云午等唱云：“青头鸡，青头鸡。”青头鸡者，鸭也。帝惧不敢发。文王引兵入城，景王因是谋废帝。（**《世论新语》及《魏氏春秋》**）

其《废帝奏》就责备少帝“耽淫内宠，沉漫女德，废捐讲学，弃辱儒士，日延小优郭怀、袁信等于建始芙蓉殿前裸袒游戏，使与保林、女尚等为乱，亲将后宫瞻观。又于广望观上，使怀、信等于观下作《辽东妖妇》。嬉亵过度。道路行人掩目。帝于观上以为宴笑”。

这些倡优之人，或以隐晦曲折的嬉笑之语以干预朝政，劝皇帝扣押、镇压反对者；或以难入目之色情表演，迎合皇帝荒淫享乐之求。从不同角度反映了许昌、洛阳的宫廷生活。

隋文帝杨坚统一南北朝，政治比较稳定，经济也有所恢复和发展，朝廷增设七部乐以开教化和满足娱乐要求。杨广杀父继位，从长安迁都洛阳，随即营筑西苑，广置伎乐。伎艺之精，场面之大，都是旷世罕见。《隋书·音乐志》有云：

> 大业二年。突厥染干来朝，炀帝欲夸之。总追四方女乐，大集东部。初于芳华苑积翠池侧，帝帷宫女观之。有舍利先来，戏于场内，须臾跳跃，激水满衢，鼋鼍鱼鳖，水人虫鱼，偏覆于地。又有大鲸鱼，喷雾翳日，倏忽化成黄龙，长七八丈，耸踊而出，名曰黄龙变。又以绳系两柱，相去十丈，遣二倡女，对舞绳上，相逢切肩而过，歌舞不辍。又为夏育扛鼎。取车轮、石臼、大瓮器等，各于掌上跳舞弄之。并二人戴竿，其上有舞。忽然腾透而换易之。又有神鳌负山，幻人吐火，千变万化，旷古莫俦。染干大骇之。自是皆于太常教习，每岁正月，万国来朝，留至十五日。于

端午门外，建国门内，绵亘八里，列为戏场。百官起棚夹路，从昏达旦，以纵观之，至晦而罢。伎人皆衣锦缯彩，其歌舞者多为妇人服，鸣环佩，饰以花眊者，殆三万人。……自是每年以为常焉。

这简直是一次全国性的百戏大会演。

隋唐时代，由于前代艺术和伎艺的积累和发展，各种艺术和伎艺都相当繁荣。属于歌舞戏一类的就有大面、拨头和踏摇娘；属于滑稽戏一类的则有参军戏，其中尤以踏摇娘最值得一谈。关于这个剧目，见于文字记载的主要有以下五种。唐崔令钦《教坊记》云：

踏摇娘：北齐有人姓苏，鮑鼻，实不仕，而自号为郎中。嗜饮酗酒，每醉辄殴其妻。妻衔悲，诉于邻里。时人弄之。丈夫着妇人衣，徐行入场。行歌，每一叠，傍人齐声和之云："踏摇和来，踏摇娘苦和来！"以其且步且歌，故谓之"踏摇"；以其称冤，故言苦。及其夫至，则作殴斗之状，以为笑乐。今则妇人为之，遂不呼"郎中"，但云"阿叔子"。调弄又加典库，全失旧旨。或呼为"谈容娘"，又非。

又唐段安节《乐府杂录·鼓架部》亦云：

苏中郎：后周士人苏葩，嗜酒落魄，自号"中郎"。每有歌场，辄入独舞。今为戏者，著绯、戴帽，面正赤，盖状其醉也，即有踏容娘。

又唐杜佑《通典》云：

踏摇娘，生于隋末。河内有人，貌恶而好酒……醉归必殴其妻。美色善自歌，乃歌为怨苦之词。河朔演其曲而被之管弦，因写其妻之苦。妻悲诉，每摇其身，故号踏摇云。

又五代后晋刘昫《旧唐书·音乐志》云：

> 踏摇娘，生于隋末河内。河内有人，貌恶而嗜酒……醉归必殴其妻，其妻美色善歌，为怨苦之辞。河朔演其声，而被之弦管。因写其夫之容，妻悲诉。每摇顿其身，故号踏摇娘。

又宋李昉《太平御览》引《乐府杂录》云：

> 踏摇娘者，生于隋末。夫河内人，丑而好酒……醉归必殴其妻。妻色美善歌，乃自歌为怨苦之词。河朔演其曲而被之管弦。因写其夫妻之容。妻悲诉而摇其身，故号踏摇娘。

这是一出歌舞戏。它在我国古代戏曲发展史上占有很重要的地位。王国维《宋元戏曲考》认为此戏是“合歌舞以演一事”，“后世戏剧之源，实自此始”；任二北《唐戏弄》说“‘踏摇娘’为唐代全能之戏剧”、“堪称中国戏剧之已经具体而时代最早者”。

崔、段二氏只记述了这对夫妇生活的时代而不及籍贯，其中崔氏记其情节较详，对其籍贯一字未提。或是出于对人物籍贯的不重视，或是出于对人物籍贯的不清楚。二者必居其一或兼而有之。而《通典》、《旧唐书·音乐志》和《太平御览》所引《乐府杂录》之佚文（因该书无此段文字，研究者多认为是“佚文”）皆宋以前或宋人编撰，相去时代亦不甚远。他们都说这对夫妇是河内人。应该说，这些编类书和修史的作者是很注意史料真实性的。因此他们的记载也是比较可信的。

北齐至隋皆设有河内郡，治所又皆是今河南之沁阳。据此，这对夫妇应是河南沁阳人。所谓“时人弄之”、“乃歌为怨苦之词”，说明《踏》剧是当地人表演当地事件的时事戏，它是当地人创作的剧目。或谓此剧产生地点在“河北地方”，如果此处之“河北”是泛指黄河以北之地，则沁阳亦在“河北”范围。

唐代盛行的参军戏，或谓产生于后汉和帝时代（《乐府杂录·俳优》），或谓产生后赵石勒时代（《艺文类聚》引《赵书》）。其中《乐府杂录·俳优》记云：

> 开元中，黄幡绰、张野狐弄参军，始自后汉馆陶令石耽。耽有赃犯，和帝惜其才，免罪。每宴乐，即令衣白夹衫，命优伶戏弄辱之，经年乃放。后为参军，误也。开元中，有李仙鹤善演此戏，明皇特授韶州同正参军，以食其禄。

汉和帝（公元39～105年）在宴乐时命优伶戏弄、惩罚一个犯了贪赃罪的地方官，地点就在当时的都城洛阳。中经唐代的发展与提高，至五代时优戏在洛阳仍很盛行，如《五代史平话·唐语》记云：“唐主幼善音律，好优伶之戏，或时自傅粉墨。与伶人共舞于庭。”① 不管是参军戏或“优伶之戏”，都对宋杂剧产生了很大影响。

宋金时代，我国戏曲真正形成了。北宋时期，我国一些都市的商品经济十分繁荣，市民队伍空前壮大。当时帝都东京（今河南开封）十分繁荣。孟元老《东京梦华录》记载当时北宋之东京：

> 以其人烟浩穰，添十数万众不加多，减之不觉少。所谓花阵酒池，香山药海。别有幽坊巷，燕馆歌楼，举之万数，不欲繁碎。②

随着城市经济的繁荣，市民队伍的壮大，适应市民需要的各种伎艺和戏曲艺术也得到空前发展。如《元宵》条记元宵之夜：

---

① 《新编五代史平话》。

② 《东京梦华录》卷五《民俗》。

大内前自岁前至冬后，开封府绞缚小棚，立木正对宣德楼，游人已集御西廊下，奇术异能。歌舞百戏，乐声嘈杂十馀里。

什么击丸蹴踘，踏索上竿，吞铁剑，吐五色水，猴呈百戏，鱼跳刀门，使蜂唤蝶，追呼蝼蚁，不一而足。乐棚内外，教坊、钧容直、露台弟子等官办、军办或民间剧团更有杂剧表演，从皇帝到老百姓，都在各自规定的地方尽情欣赏。“三门”外的木牌上还大书“宣和与民同乐”。这是徽宗皇帝与臣民在同时“欢度”元宵节。

其实，宋代皇帝喜观杂剧并非自徽宗始，那位开国皇帝宋太祖赵匡胤早就在这方面作出榜样了。据《类说》卷十五引《晋公谈录·御宴值民》条记云：

太祖大宴，暴雨作，上不说，赵普奏曰：“外面百姓正望雨，官家大宴何妨。只是损得些陈设，湿得些乐官衣裳，但令雨中作杂剧，更可笑。”

这位“以半部论语治天下”的赵普非常机敏，也很会讲话，既照顾了大局，又讨好了皇帝。这段文字就透露了这位开国皇帝喜爱杂剧的消息。他的子孙们似乎从小就受到熏陶，一个个也多喜爱杂剧。如《宋史·乐志》记云：“真宗不喜郑声，而或为杂剧词。”传统说法是郑声淫。这位皇帝不喜淫靡之音的郑声而喜杂剧，这些杂剧的内容可能是比较健康和向上的。又《古今谭概·微词部·徘徊》条记云：“仁宗赏花钓鱼赐宴诗……诗罢，就坐，教坊进杂剧。”赵家天子代代皆喜爱杂剧似乎成了一种风尚，这对杂剧艺术的繁荣与提高都起了促进作用。

在皇帝的倡导下，一些大臣们对杂剧的兴趣也不小。据《曲郁纪闻》卷六记云：

宋子京修《唐书》，当一日，逢大雪……其间一人来自宗子家。京曰:“汝太尉遇此天气,亦复何如?”对曰:“只是拥炉命歌舞,间以杂剧,引满大醉而已!如何比得内翰。”

还有一些诗人论诗亦常用杂剧作譬喻,如黄庭坚云:“作诗如作杂剧,初时布置,临了须打诨,方是出场。”(《王直方诗话》)吕本中亦云:“老杜歌行最见次第出入本末,而东坡长句波澜浩大,变化不测,如作杂剧,打猛深入,却打猛深出也。”(《童蒙训》)可见杂剧已影响到诗歌领域,诗人们也很注意杂剧创作结构和布局了。

在北宋后期,活动于东京的杂剧班子如教坊、钧容直和露台子弟,他们常和其他伎艺交互演出,如《东京梦华录·驾登宝津楼诸军呈百戏》条记载诸军表演了“爆仗”、“抱锣”、“硬鬼”、“舞判”、“七圣刀”、“歇帐”、“抹跄”、“扳落”、“引马”、“开道旗”、“仰手射”、“拖绣球”、“旋风旗”、“立马”、“跳马”、“倒立”、“灯里藏身”等。接着就是“诸军邀队杂剧一段”“露台弟子杂剧一段”。在东京的五十馀座勾阑中,莲花棚、牡丹棚、里瓦子、夜叉棚、象棚等,“可容数千人”。瓦子之多,规模之大,都足以说明当时东京的杂剧和其他伎艺的繁荣。据《东京梦华录》所记,提及杂剧演出者就有《京瓦伎艺》、《元宵》、《驾登宝津楼诸军呈百戏》、《中元节》、《宰执亲王宗室百官入内上寿》及《下赦》诸条目。除勾阑瓦子经常演出杂剧之外,还有四时节令中之重要节令、迎神赛社、上寿乃至大赦天下也有杂剧演出。其中最值得提出的是中元节:

七月十五日中元节,先数日,市井卖算器靴鞋、幞头帽子、金犀假带、五彩衣服,以纸糊架子盘游出卖。潘楼并州东西瓦子亦如七夕。要闹处亦卖果食种果生花之类,及印卖《尊胜目连经》。又以竹竿斫成三脚,高三五尺,上织灯窝之状,谓之“盂兰盆”、挂搭衣服冥钱在上焚之。构肆乐人,自过七夕,便般《目连救母》杂剧。直至十五日止,观者增倍。①

这段文字具体记述了北宋东京中元节的民间习俗:制办冥间需用的衣、帽、鞋、带及花果等祭祀供物;印卖《尊胜目连经》经文;扎焚"盂兰盆"盆架。……在这些活动中,人们对孝顺有罪之母的佛门弟子目连救母故事特别感兴趣。因此,杂剧《目连救母》也就特别受到人们的欢迎。这个戏从七月八日晚演至十五日晚,"观者增倍"。是一剧反复上演,还是连台本演出?如果是前者,说明这个戏很有吸引观众的力量;如果是后者,则说明这个戏已具有相当大的规模。孟元老虽然没有记载剧目演出本身的情况,但后来的灌圃耐得翁、吴自牧等人在他们的著作里都有追记,如耐得翁《都城纪胜》云:"在京师(指东京,笔者)时,有孟角球曾撰杂剧本子。……杂剧中,末尼为长,每四人或五人为一场,先做寻常熟事一段,名曰艳段;次做正杂剧,通名为两段。末尼色主张,引戏色分付,副净色发乔,副末色打诨,又或添一人装孤。"这段文字不仅记载了北宋东京已有艺人杂剧作家,而且还记载了杂剧演出时的上场角色及其分工、剧目组成等。这一切都说明,在北宋东京出现的杂剧,标志着中州古剧已经形成和逐渐趋向成熟。

赵宋统治者为了满足宫廷享乐,就从全国征召乐工伎艺之人入京。据《文献通考》及《宋史·乐志》等书记载,宋初就设教坊四部,广置乐工伎艺之人;其后平荆南,得乐工 32 人;平西川,得 139 人;平江南,得 16 人;平太原,得 19 人;馀藩臣所贡者 83 人;又太宗藩邸有 71 人。这三百几十名乐工中,肯定有一部分杂剧艺人在内。如果加上原"教坊四部"中的杂剧艺人,其数字一定不会很小。仅据《东京梦华录》不完全统计,仅徽宗时期有名字可考的著名杂剧艺人就有丁先现、丁都赛、薛子大、薛子小、杨总惜、王团子、张七圣、张翠翠、张成、俏枝儿、周寿奴、称心、萧住儿、崔上寿、榾柮儿、鳖脚刘乔、侯伯

① 《东京梦华录》卷八《中元节》。

朝、孟景初、王振喜等19人，而实际人数当然会更多一些。正是这些杂剧艺人与剧作家的密切合作，才使东京杂剧日益繁荣，并逐渐趋向成熟。

北宋东京杂剧的繁荣并不是一种孤立的社会现象，在东京以西和西北等地方的杂剧活动也相当盛行。据出土文物可知，北宋时代的荥阳、偃师、温县、博爱和林县等地宋墓中出土的文物，就有杂剧雕砖、石棺、铜镜和瓷枕等。尽管研究者对某些杂剧图像所包含的内容有不同的解释，但在肯定这些图像是宋代杂剧在中州土地上风行一时的最好物证则完全相同。① 杂剧进入冥间表明其在现实社会生活中占有十分重要的位置。

公元1126年9月，对内文治不修、武功不备，对外屈辱求和、妥协投降的北宋朝廷，在金兵多次打击下败灭了，北宋的最后两个皇帝徽、钦二宗也做了金人的俘虏。在“国不可一日无君”的情况下，徽宗第九子康王赵构于次年在南京（今河南商丘）即位，改元建炎，史称南宋。高宗本人也和乃父乃祖一样皆是苟且偷生之徒，而非中兴之主。在金人步步紧逼的情况下，终于建炎三年（公元1129年）仓惶逃往临安（今浙江杭州）。从此，北中国完全沦入金人统治者之手，形成了一百馀年南北对峙局面。

东京失陷，宋室南迁，原来集中在东京的杂剧艺人也多四处分散：一部分人被金人俘往中都（今北京）；一部分人随着王朝南迁而到临安；一部分人到了中州另一具有较悠久文化历史传统的古都洛阳及豫西北修武、焦作和沁阳等地；一部分人则留了下来。随同迁都去临安的杂剧艺人和当地杂剧艺人一道把杂剧艺术推向更加完美的阶段，使其在各种艺术中独占鳌头。故南宋人皆谓“传学教坊十三部，唯以杂剧为正色”。到洛阳一带、并逐步流向豫西北的杂剧艺人则有丁都赛等。丁在北宋的东京就颇负盛名，宋室南迁后，她很有可能较

---

① 学术界对温县、林县、焦作等地出土的宋金戏曲文物表演的内容以及服饰等都有不同看法。

长时期在偃师等地从事杂剧活动，以致今天还能看到从偃师出土的丁都赛杂剧雕砖这样珍贵的文物。① 豫西北的沁阳、焦作和修武等地四个金墓中所出土金代杂剧雕砖和石棺石刻等戏曲文物则说明东京杂剧艺人的北移。其中的沁阳，本来就是我国古代戏曲活动的重要地域之一。隋唐时代流行的歌舞戏《踏摇娘》就为金杂剧打下了良好的基础。修武县李万公社史平陵村出土的石刻杂剧图像，共刻12人，其中10人为乐队伴奏，2人做场表演，表演中的右1人上方有"小石调嘉庆乐"6字。据元人周德清《中原音韵》所记曲调〔小石调〕只有五支曲子而无〔嘉庆乐〕，而宋代教坊乐曲中的〔小石调〕则有〔胡渭州〕、〔嘉庆乐〕二曲。事实比较清楚：金墓中所标明的"小石调嘉庆乐"是继承宋人曲调而来，并且有可能是图像表演所用的宫调曲牌。元代的小石调，已经没有〔嘉庆乐〕曲牌了。金杂剧亦名院本，其体制与演出情况与宋杂剧略同。陶宗仪《南村辍耕录》记云："唐有传奇。宋有戏曲、唱浑、词说。金有院本、杂剧、诸宫调。院本、杂剧，其实一也。国朝，院本、杂剧，始厘而二之。院本则五人：一曰副净……一曰副末……一曰引戏，一曰末尼，一曰装孤。又谓之五花爨弄。或曰徽宗见爨国人来朝，衣装鞵履巾裹，傅粉墨，举动如此，使优人效之以为戏。"陶氏不仅记载了院本与杂剧名二而实一和有五个角色，而且还记载了它的另一名称"五花爨弄"是来源于宋徽宗的一次接见"爨国"（云南一少数民族部落）使者。这段文字说明了金院本与北宋东京杂剧的继承关系。金元时代，与豫西北接壤的晋南杂剧特别兴盛，两个地区杂剧艺术的促进和交流，还是戏曲史上一个值得深入研究的问题。元代前期河南籍杂剧作家郑廷玉、赵文殷皆为彰德（今河南安阳）人。郑现存杂剧五种，其中三种故事背景在汴梁，一种是晋城，他很有可能来往于豫晋之间，为两地的杂剧繁荣作出了自己的贡献。赵作杂剧三种，其中两种故事背景在河南。这两个靠近河北的中州籍作家，也有可能北上大都从事戏剧活动，因无文字资

① 刘念滋：《宋杂剧丁都赛雕砖考》，《文物》1982年第2期。

料，未便作出推断。留在东京的杂剧艺人，和他们的先辈一样，他们的戏曲活动未发现有直接的文物资料。大概是东京累遭兵燹，文物被破坏或劫掠，再加上黄河多次泛滥，东京累受冲洗、淤塞之害，戏曲文物或被冲毁，或被深埋而没有发掘出来。然而，仅就前面所引北宋东京的杂剧活动资料，也足以说明它的戏曲中心地位了。

综观以上可以看出，元以前的中州古剧，在地域分布、表现内容和艺术形式等方面，具有这样一些特色：

（一）从地域上看：作为综合性艺术戏曲的重要因素的歌舞和优戏活动，从殷周时代到春秋战国时代，几乎遍及中州大地，其中以洛阳、淇县、濮阳、淮阳、郑州等地又更为突出。戏剧萌芽时期的角抵戏和带有故事性的大型歌舞表演、优戏等活动，在两汉时代，主要盛行于南阳和洛阳等地。标志着我国古代戏曲有重大发展的歌舞戏、参军戏和百戏伎艺在隋唐五代，主要活动地点是洛阳和沁阳，其中沁阳的歌舞戏《踏摇娘》又特别引人瞩目。我国戏曲形成或逐渐趋向成熟的宋金杂剧和院本，其主要活动地点是以北宋帝都东京为中心，遍及豫西和豫西北，其中荥阳、偃师、禹县、温县、博爱、修武、焦作、沁阳等地又更为突出。以后逐渐到了临安、中都以及晋南等戏曲繁荣的地方，并与当地杂剧艺人、作家共同创造了金元杂剧的繁荣。从以上进行推断，古代中州地区是元杂剧产生的重要土壤。

（二）从内容上看：无论是殷周时代的歌舞，或是宋金时代的杂剧院本，其所涉及内容，大至朝廷政权争夺，小至民间夫妻斗殴，其他如婚姻爱情、神话传说、宗教宣传，乃至少数民族生活习俗等皆有所涉及，可以称得上丰富多彩。

（三）从艺术形式上看：中州古剧从简单的歌舞表演、有故事情节和两个角色的角抵戏、参军戏、歌舞戏，发展到有四至五个角色的宋金杂剧和院本。从角色的“主张”、“分付”、“发乔”、“打诨”等分工上，可以看出日趋完备或成熟，它对我国“纯正之剧”（王国维语）——元杂剧的形成产生了重大影响。

《录鬼簿》中的燕赵杂剧作家群

元人锺嗣成写的《录鬼簿》和元末明初人贾仲名的增补本，其所记燕赵杂剧作家，如果从地域上说，他们是元代有名字可考、有剧目可证、人数最多的，对元杂剧繁荣作出重大贡献的一个作家群。虽然，由于锺、贾二人对这一作家群多是或全是间接了解，其记述与评论不能说不受到一些局限，但是，又由于锺氏和贾氏不仅是元人或元末明初人，而且他们同时又都是关心剧坛、自己又编写剧本的杂剧作家，因此，他们的记述与评论，对我们研究元人杂剧就具有重要的史料价值，有理由引起我们的关注。

一

据曹楝亭刊本《录鬼簿》统计，书中所记燕赵杂剧作家除宫天挺、曾瑞、秦简夫（天一阁本作“元都人”。“元”系“大”之误）属于后期作家之外，其馀则皆是“前辈已死名公才人”。本文探讨燕赵杂剧作家也以这一作家群为主。据初步统计，《录鬼簿》中所记燕赵杂剧作家，计大都作家19人，他们是关汉卿、庾吉甫、马致远、王实甫、王仲文、杨显之、纪天（君）祥、费唐臣、张国宝（宾）、梁进之、孙仲章、赵明道、李子中、石子章、李宽甫、费君祥、李时中、曾瑞和秦简夫等；真定作家7人，他们是白仁甫、李文蔚、尚仲贤、戴善甫、侯正卿、史九散人和江（一作汪）泽民等；大名作家3人，他们是李进取、陈宁甫和宫天挺等；琢州、保定作家各一人，他们是王伯成和彭伯威（一作彭伯成）。此外，还有一个籍贯或云保定、或云西平、或云东平的，有争议的作家李好古一人，除李好古不计之外，共计燕赵杂剧作家31人，占《录鬼簿》中所记杂剧作家总人数80人的1/3以上；其中属于“前辈”作家者28人，占《录鬼簿》中所记“前辈”作家总人数56人的1/2。关于他们编写剧本的著录，据曹楝亭本《录鬼簿》统计，燕赵“前辈”杂剧作家一人编写十剧以上者就有关汉卿、白仁甫、庾吉甫、马致远、李文蔚、王实甫、王仲文和尚仲贤等8人，占元剧作家一人编写十剧以上总人数16人的1/2。这8个作家共写剧本146种，其中关汉卿一人就写剧58种（天一阁本所录剧目数与曹本略有出入），加上其他燕赵“前辈”作家所写48种，合计为194种，占《录鬼簿》所录剧目总数440馀种的2/5以上。

二

对于燕赵“前辈”剧作家和其他“前辈”剧作家，锺嗣成曾有“余生也晚，不得预几席之末”之叹；贾仲名继锺之后，增补其未写之部分〔凌波仙〕挽曲，也自谦为“拾其遗而补其缺”。是“狗尾续貂”。[①] 但是，由于他们都是关心剧坛活动的剧作家，或终生生活在元代，或在元代有一段生活经历，尤其是锺氏就生活在杂剧由繁荣开始停滞、并逐渐走向衰微的成宗时期，这时的“前辈”作家多已下世，他们很少、或者根本没有参加戏剧活动，以致锺嗣成在成宗大德七年就已步入文坛而对这些人毫无所闻；当然，这并不是说他们的事迹就不在社会上流传。锺氏曾说对这些“闻则必达，见则必知”、而实际上却无缘相识的人，只是“姑叙其姓名”。可见这个作家群的多数人可能已死、而姓名尚未完全湮没无闻。《录鬼簿》中所记，或略或稍详，都较为具体而明确。略者如马致远、尚仲贤、戴善甫皆“江浙行省务官”；李文蔚

① 天一阁蓝格写本《正续录鬼簿》贾仲名《书〈录鬼簿〉后》。

"江州路端昌县尹";史九散人"武昌万户";李进取"官医大夫";张国宾"教坊勾管"等。稍详者如庾吉甫"中书省掾,除员外郎。中山府判";李宽甫"刑部令史,除泸州合肥县尹";李时中"中书省掾,除工部主事"等。略者仅知其曾任某一职务或具体职业;稍详者则对其曾任何职、孰先孰后,皆能具述历历。以上诸人除史九散人和庾吉甫等人外,其馀多属于"职位不振"的儒士或"门第卑微"的下层知识分子,个别作家则是"教坊"中的杂剧艺人。

还有一种情况,《录鬼簿》中对某些作家不仅能记其姓氏、名号和籍贯,而且还能述其交游和传世作品,但是却不知其经历。如杨显之小传云:"大都人。关汉卿莫逆之交,凡有文辞,与公较之,号'杨补丁'是也。"(据天一阁本)又贾仲名〔凌波仙〕挽曲补其交游云:"王(元)鼎,师叔敬;顺时秀,伯父称。寰宇知名。"记述了杨氏与杂剧艺人的密切交往。于王伯成云:"涿州人。有《天宝遗事》诸宫调行于世。"又贾仲名〔凌波仙〕挽曲补其交游云:"马致远,忘年交;张仁卿,莫逆交。超群英,一代英豪。"据孙楷第先生《元曲家考略》考证,张仁卿可能是王恽或陆文圭的朋友,王所交的张仁卿是画工,陆所交的张仁卿做过县令。能与曲家王伯成相交,想亦为士林中人。于费君祥云:"大都人。唐臣父。与汉卿交。有《爱女论》行于世。"以上诸人从事什么职业?他们都有些什么经历?小传中只字也未提及。是"不屑仕进"(朱经《青楼集序》)的高士,还是"士失其业"(胡侍《真珠船》)中的失业者?锺氏对他们是"未尽其详"还是根本"不知出处"就无从查考了。估计两方面情况都有,这是元代初期广大中下层知识分子生活态度和处境在这个作家群身上的点滴反映。

三

锺嗣成未能赶上这些燕赵"前辈"作家所生活的时代,没有可能和他们交往,对这些人没有写挽曲;贾仲名增补《录鬼簿》时锺已去世70馀年(据贾氏《书录鬼簿后》),当然更难得到更多的材料。然而,贾仲名毕竟是一个关心戏剧活动的剧作者，他具有一些较他人为优越的补书条件。诸如“博览群书”的修养，与“天下名士大夫”相交所得的见闻，还有明成祖的“宠爱”等①。这一切都有助于使他获得材料，为 80 馀位曲家增补挽曲，补充了锺氏未能具述的有关燕赵作家及其剧作的评价，使我们对这个作家群有较多的了解，其中有些材料很有研究价值。如挽关汉卿〔凌波仙〕曲云：

> 珠玑语唾自然流，金玉词源即便有，玲珑肺腑天生就。风月情，忒惯熟。姓名香、四大神物（一作“四大神州”）。驱梨园领袖；总编修师首。捻杂剧班头。

挽曲赞扬关剧语言本色自然，肯定关氏与歌儿舞女交往的“风月”生涯，推崇关氏在剧坛上的崇高声誉和领袖地位。贾氏补写挽曲的时候关已去世很久，而其人其作的影响却是与日俱增了。

另一大都作家王实甫，在元代并没有引起研究者们应有的重视。不知出于什么原因，周德清《中原音韵》序言中谈及元代乐府之备时只提了关、郑、白、马四家而不及王，贾仲名增补〔凌波仙〕挽曲时才对王作出了较为公允的评价，对王的代表作《西厢记》更是极力推崇。挽曲在叙述王氏来往于歌楼舞榭的生涯后有云：“作词章，风韵美；士林中，等辈伏低。新杂剧，旧传奇，《西厢记》，天下夺魁。”自贾氏增补挽曲高度评价《西厢记》以后，明清许多戏曲评论多步其后尘。如王世贞《曲藻》云：“北曲故当以《西厢》压卷”；王骥德《曲律》云：“实甫《西厢》，千古绝技”；李调元《曲话》云：“《西厢》工于骈丽，美不胜收……宜乎为北曲压卷。”以上“压卷”、“绝技”等评语，莫不受到《录鬼簿》的“天下夺魁”这一基本观点的影响。

还有一个大都作家马致远，因仕途不得意而多写神仙道化作品，在“前辈”作家中很有特色，故挽曲中就有“万花丛里马神仙”之誉。

---

① 《录鬼簿续编·贾仲名》。

庾吉甫作剧15种,今无一种流传。其作品思想与艺术,我们毫无所知,而挽曲谓其“语言脱洒不粗疏,翰墨清新果自如”。我们至少知道庾氏剧作具有“清新”风格。其他如赞陈宁甫之作“关目奇,曲调鲜”;赞王伯成之作“关目风骚”;赞王仲文之作不仅“关目嘉”,而且还赞王兼具“关、郑、马”之“才思”;又赞尚仲贤之作“工巧”过人等。作为反映一个时代某些剧作家的活动和某些人的艺术见解,这些评述都具有重要的史料价值。

四

《录鬼簿》中的燕赵杂剧作家有关生平经历及其剧作评价等方面的材料,对我们研究元代杂剧具有重要意义,提出了一些值得我们认真思考的问题:比如对关汉卿的评价,“元曲四大家”异说,以及元杂剧繁荣时代等,我们都可以以燕赵杂剧作家为基础,结合《录鬼簿》全书进行分析和推论,认识这些材料的价值。下面拟分三点来谈:

(一)尊崇关汉卿的“领袖”地位

在元代最早推崇关汉卿的是戏曲音韵学家周德清。他在《中原音韵》自序中将关列为“元曲四大家”之首;锺嗣成《录鬼簿》为杂剧作家写小传时亦首列关汉卿。至明初,皇室文人朱权在《太和正音谱》中却贬低关氏,谓关作词语“如琼筵醉客”乃“可上可下之才”。贾仲名增补《录鬼簿》时一反朱氏偏见,并为关补写了挽曲,恢复和提高了关氏在剧坛上的“领袖”地位。其中有两点颇为突出:

一是诸本《录鬼簿》所记杂剧作家,皆以关氏居首。据《说集》本、孟称舜本、曹楝亭本和天一阁本《录鬼簿》可知,不同版本《录鬼簿》对某些杂剧作家名次的排列,略有小异,而以关氏为首却是诸本相同。就是贬低关氏的朱权,也不得不承认其“初为杂剧之始”而“卓以前列”。可见其创作时间最早、贡献也最大。贾仲名补写挽曲就尊关为“梨园领袖”、“编修师首”、“杂剧班头”,至少把元末明初人对关氏的评价用文字记载下来。二是常以关汉卿作为评价某些作家的一种标尺。如高文秀多产而早逝，锺氏就“多产”这一点与关氏有相似之处，故誉高为“小汉卿”；杭州人沈和甫始创“南北合腔”，对戏曲声腔的改革作出了贡献，锺氏就“始创”这一点与关氏有相似之处，故又誉沈为“蛮子关汉卿”。这些文字反映了人们对关氏的尊崇。

（二）提出“元曲四大家”新说

元人周德清在《中原音韵》自序中谈及“乐府之备”时提出“自关、郑、白、马，一制新作，韵共守自然之音，字能通天下之语，字畅语俊、韵促音调”以来，人们就把这四人尊为“元曲四大家”，几乎成为定论。至贾仲名增补《录鬼簿》为马致远补写〔凌波仙〕挽曲时又提出新说，其曲云：

> 万花丛里马神仙，百世集中说致远，四方海内皆谈羡。战文场，曲状元。姓名香，贯满梨园。《汉宫秋》、《青衫泪》、《戚夫人》、《孟浩然》，共庾、白、关、老齐肩。

这里的“元曲四大家”去掉了郑德辉而新增了庾吉甫。据《录鬼簿》记载，庾氏作剧 15 种，今全逸。所作散曲散见于《阳春白雪》、《太平乐府》、《雍熙乐府》及《乐府群珠》等书，计有小令 7 首，套数 4 套。在贾氏写挽曲之前，还未发现把庾氏和关、白、马并提的文字；庾氏和关氏并提则见于贯云石《阳春白雪》序言：“关汉卿、庾吉甫造语妖娇，却如小女临杯，使人不忍对滞。”这是就二人词曲风格相似而言。把庾氏和关、白、马并提则见于贾仲名增补的《录鬼簿》，这是对“元曲四大家”的传统观念提出了新说，为我们研究评价元剧作家的曲评提供了重要资料。

（三）反映了一个时代的戏曲繁荣

《录鬼簿》中记载的燕赵杂剧作家及其剧目，从地域、人数、作品数等方面考虑，至少可以使我们获得这样两点认识：

1. 以大都为中心的燕赵之地，是元代杂剧繁荣的重要中心地域；

2. 以大都为中心的燕赵杂剧作家人数多、作品多、优秀作家多、优秀作品多，这些作家及其作品代表了一个时代主要的文学精华，反映了一个时代的戏曲繁荣。

这里还有一些需要讨论的问题：元代杂剧繁荣的盛世在什么时期？其根据是什么？我们能否从《录鬼簿》对燕赵杂剧作家的记载中获得一点启示？

许多研究者都承认元代杂剧繁荣的主要根据是有关汉卿、王实甫、白朴和马致远等一大批优秀作家及其作品，即《录鬼簿》中的“前辈”杂剧作家56人及300馀种剧目，而繁荣的时间则是这些人所生活的元代前期（以元杂剧的分期为根据：或分为前、后两期，或分为前、中、后三期），这是许多研究者都能同意的看法。而这些剧作家活到什么时候？是世祖至元年间，还是成宗元贞、大德年间？看法就颇有分歧。有的研究者认为，关汉卿、王实甫和马致远等人都活到了成宗元贞、大德（公元1297～1307）年间，少数研究者甚至还认为关汉卿、马致远活到仁宗、英宗至治（公元1320～1323）年间。这是值得商讨的一个问题。就以马致远那套“至治华夷，正堂堂大元朝世”的残曲来推断作者活到英宗至治年代的说法为例，也是很不可靠的孤证。其一，这个残套仅见于清初李玉编的《北词广正谱》，距马氏去世已好几百年，是否可靠很值得研究；其二，退一步说，即使套曲为马氏所作之说可靠，“至治”也不一定非解释为英宗年号不可，也可以作为一般歌颂“当今”的习惯语，如“政清民和，天下太平”之类，而不必当做推断马氏活到了英宗时代的证据。锺于成宗大德七年（公元1303年）与剧作家睢景臣结识，至少说明他此时已跻身剧坛，关心戏剧活动了。其时年龄大约为28岁[①]。他对那些“前辈”杂剧作家，还以“生也晚”而“不得预几席之末”为憾事。这位生活在成宗时代、既关心戏剧活动而自己又编写剧本的作家竟然无一字歌颂元贞、大德的杂剧繁荣，对这些所谓活到元贞、大德甚至到英宗的作家也无缘结

---

① 锺氏与睢景臣结识时大约年为28岁，见拙文《锺嗣成生卒年辨析》，载《河南大学学报》1985年第5期，另见本书285页。

识,并称关、王、白、马等为“前辈”已死名公才人,岂非咄咄怪事!愚意以为,锺氏所记的燕赵“前辈”杂剧作家和其他“前辈”杂剧作家一样,他们或是由金入元、或是元初人,主要戏剧活动是在世祖至元时代或更早的时代;即使少数作家活到成宗时代,他们这时也很少、或者根本不从事戏剧活动,以致锺氏写《录鬼簿》时对他们“不知出处”,无缘结识。因此,元杂剧的盛世主要应是元世祖至元时期。随着这些前辈剧作家的相继去世,成宗时代的杂剧继承至元盛世馀绪,开始停滞并逐步走向衰微。这是锺嗣成《录鬼簿》所记燕赵“前辈”杂剧作家和其他作家对我们最大的启示。

元人杂剧反映元代民族关系的几个问题

元人杂剧是我国文学史上一个时代的代表文学，无论是艺术形式的完美，还是思想内容的深邃和广阔，都标志着我国古代歌舞剧发展到了一个黄金时代。中外的戏剧研究者对它都是推崇备至，极力赞扬。我国戏剧史学家王国维把它和楚骚、汉赋、六朝骈语、唐诗、宋词并提，认为它们都是“后世莫能继”的“一代之文学”①；日本汉学家盐谷温也说元曲和汉文、唐诗、宋词“在中国文学史上，终于划了一个时期”②。十分清楚，他们都是把它当做一个时代的代表文学来进行评价的。像关汉卿、王实甫等杂剧作家的作品，我们可以借马克思评价希腊艺术和史诗的话说，不仅在今天“仍然能够给我们以艺术享受，而且就某方面说还是一种规范和高不可及的范本”③。元以后的杂剧难以为继，元人杂剧的长期流传，许多地方戏的蓬勃兴起，都说明了它在我国文学史上的重要地位。

产生元杂剧的时代是一个阶级矛盾和民族矛盾都十分尖锐的时代，作为这个时代的代表文学不仅反映了自己时代的阶级关系，而且也反映了自己时代的民族关系。过去的一些论著，研究反映阶级关系的作品较多，研究反映民族关系的作品则较少。在我国实现了多

---

① 王国维：《宋元戏曲考序》。

② 盐谷温：《元曲概说》。

③ 马克思：《〈政治经济学批判〉导言》。

民族统一国家的今天,研究元人杂剧反映的元代民族关系问题仍有重要意义。

元人杂剧反映我国元代民族关系问题并不是一个新的论题。过去的一些论著中,曾经从不同角度对这个问题作过探讨,如对某些杂剧是否反映民族压迫和表现爱国思想之类的讨论,都是和民族关系问题相关联的。这些讨论,也都是有益的。然而,在一些文章中,有的论述还比较分散,有的提法还值得商榷,有的问题还没有涉及。到底有哪些作品反映了元代的民族关系问题?它们是怎样反映的?反映民族关系问题的作品是否仅仅是反映民族矛盾、表现爱国思想?还有没有反映民族关系问题的另一个重要方面——反映民族融合趋势的作品?本文试就以上问题谈一些粗浅看法。

蒙古贵族的统治政策及其影响

我国自古以来就是"一个由多数民族结合而成的拥有广大人口的国家","从很早的古代起,我们中华民族的祖先就劳动、生息、繁殖在这块广大的土地之上"。[①] 由于各民族之间生产力发展的程度、人口多少、地域大小等条件的不同,就出现了各民族的政治、经济、文化等方面的发展不平衡。一般地说,人口众多、地域分布比较广、生产力水平发展较高的汉族,总是在这个民族大家庭中,在政治、经济和文化等方面起着主导作用,并较长时期地建立了以汉族为主体的政权,对其他少数民族也总是实行不平等的政策。但是,由于许多具体原因,有的汉族政权建立后,并没有完全实现国家的统一,在同一时期,那些比较落后地区的民族也常常建立起自己的政权,各民族政权之间还不时发生矛盾冲突。在这个分裂、对峙的历史阶段,在各政权统治下的广大人民心目中,总是把自己的政权当做国家的代表,这反映了历史上人们对国家这一观念的认识。在我国宋代,就先后与宋

① 毛泽东:《中国革命和中国共产党》。

王朝同时建立起辽、金、西夏和大元等少数民族政权。特别是蒙古族的元政权建立后,最终完成了祖国的大一统,并同样对其他民族实行不平等政策,从而引起了民族之间的矛盾冲突。不承认这一点,恐怕不能算是彻底的历史唯物主义。因此,南宋将领和人民的抗金抗元、元代人民在蒙古贵族实行民族压迫和阶级压迫政策下的反元思汉的种种表现,也就具有历史的进步性,是不能随便加上"大汉族主义"之类的帽子而轻易否定的。

公元 1206 年,居住在我国北方的蒙古族首领铁木真结束了蒙古部落长期的战乱、分裂局面,在斡难河召开了部落首领会议。铁木真被推选为蒙古大汗——成吉思汗,建立蒙古国,这个还保留着氏族制残馀的民族正式进入了奴隶社会。

蒙古国建立后,铁木真、窝阔台、蒙哥、忽必烈等贵族首领,先后对西夏、金、宋等政权进行了野蛮的征服。铁骑所到之处,给各族人民造成了极其严重的灾难。

公元 1279 年,流亡在广东崖山的象征性南宋政权的覆灭,标志着蒙古贵族统治全中国的开始。直到 1368 年朱元璋建立明朝政权,在将近 90 年中,国内民族矛盾空前尖锐,阶级矛盾也十分激烈。它的特点是阶级矛盾往往交织着民族矛盾,民族压迫常常掩盖着阶级压迫。这是一个以蒙古族为主并联合汉族地主阶级和其他各族上层分子组成的封建地主阶级政权。

在这个政权下,蒙古统治者把各族人民分为四等:一是蒙古人,二是色目人(包括畏兀儿、回回、乃蛮歹、钦察、雍古歹等 30 馀种),三是汉人(包括女真、契丹、高丽、勃海及北中国的汉人),四是南人(南宋政权统治下的南中国人民)。四种人的政治待遇、法律宽严都表现出民族歧视和民族压迫的特点。他们规定:各级官吏,"其长则蒙古人为之,而汉人,南人贰焉"①。又:"各道廉访司,必择蒙古人为使;

① 《元史·百官一》。

或阙,则以色目世臣子孙为之,其次参以色目、汉人。”[①]又:“旧制,枢府官从行(从行车驾),岁留一员,司本院事,汉人不得与。”[②]又:至正十一年,“丞相脱脱奏事内廷,以事关兵机,而元善及参知政事韩镛皆汉人,使退避,勿与俱”[③]。更有甚者,不同民族儒生以同样学历而出身官阶也有差别。至正二年三月戊寅:“国子生员十有八人:蒙古人六名,从六品出身;色目人六名,正七品出身;汉人、南人共六名,从七品出身。”[④]在法律宽严上,不同民族的待遇也是不平等的,他们规定:“诸蒙古人因争及乘醉殴死汉人者,断罚出征,并全征烧埋银。”[⑤]又:“诸蒙古人与汉人争,殴汉人,汉人勿还报,许述于有司。”[⑥]又:“诸汉人持兵器者,禁之。汉人为军者不禁。”[⑦]后面一条,在具体执行时还另现规定。如泰定二年秋七月辛未:“申禁汉人藏执兵仗;有军籍者,出征则给之,还,复归官。”[⑧]特别是到了元代最后的一个皇帝元顺帝,这个人对汉人的提防更是表现得有点神经衰弱。元统三年,他下诏“禁汉人、南人不得习学蒙古、色目文字”[⑨]。简直是在搞文化专制主义了。正是在这样的高压政策下,以汉族为主的广大人民群众,对蒙古贵族统治者进行了英勇的反抗斗争。仅在元初,受压迫最深的“南人”就有几百起武装起义。据刑部尚书崔彧于至元二十年(公元1283年)上疏说:“江南盗贼,相梃而起,凡二百馀所”……他虽然指出是“民不聊生,激而成变”[⑩],但是,这些最下等的“南人”

① 《元史·成宗二》。

② 《元史》卷一五四《郑制宜传》。

③ 《元史》卷一八四《韩元善传》。

④ 《元史·百官八》附录《科目》条。

⑤ 《元史·刑法四·杀伤》条。

⑥ 《元史·刑法四·斗殴》条。

⑦ 《元史·刑法四·禁令》条。

⑧ 《元史·泰定帝一》。

⑨ 《元史·顺帝二》。

⑩ 《元史》卷一七三《崔彧传》。

之所以起来反抗，又是与他们受到蒙古贵族实行民族压迫政策有关系的。这是元代民族关系的一个重要方面。

元代民族关系的另一个重要方面，就是各民族之间出现的逐渐融合的趋势。一个处于相对落后、但在具体历史阶段又是上升时期的民族，他们以武力征服了另一个比较先进、但在具体历史阶段却处于腐朽时期的封建王国，这个新的政权怎样巩固其统治地位和生存下去，这不能不是一个十分严重的重大问题。恩格斯在谈到政治和经济的关系时指出："每一次由比较野蛮的民族所进行的征服，不言而喻地都阻碍了经济的发展，摧毁了大批的生产力。但是在长期的征服中，比较野蛮的征服者，在绝大多数情况下，都不得不适应征服后存在的比较高的经济情况；他们为被征服者同化，而且大部分甚至还不得不采用被征服者的语言。"①也就是说，落后民族为了巩固已经取得的统治地位乃至生存下去，就必须向先进民族学习，蒙古贵族统治者也正是这样，他们为了巩固统治和发展生产，不得不去适应以汉族为主的高度发展的封建经济和封建文化。还在征服战争的后期，一些有政治远见的人就开始注意减少屠杀和破坏生产，廉希宪在鄂州一役保护了500多名知识分子②，耶律楚材在蒙军欲屠汴梁时极力向太祖上奏，保全了城中147万馀人③。他们还优待各行业的工匠技术人员，逐步选拔以汉族为主的各民族的有才之士以充实政权组织。如刘秉忠、许衡、姚枢等人皆先后受到重用。在"遵用汉法"的基本原则下，忽必烈即位后就"登用老成，大新制作，立朝仪，造都邑，遂命刘秉忠许衡酌古今之宜，定内外之官"④，建立起一整套巩固其政权的具体制度。在发展农业生产方面，首先是查实田亩，纠正"民之

---

① 恩格斯：《反杜林论》。

② 《元史》卷一二六《廉希宪传》。

③ 《元史》卷一四六《耶律楚材传》。

④ 《元史·百官一》。

强者田多而税少，弱者产去而税存”①的弊病，确定“以唐为法”的税赋制度②，又颁发《农桑辑要》等指导农业生产的书籍。另外又重用儒生，以种种办法使被俘为奴的儒生出来参加考试，并规定：“儒人被俘为奴者，亦令就试，其主匿弗遣者死。”结果，“得士凡四千三十人，免为奴者四之一。”③又重视学习汉民族的传统文化，孔、孟、程、朱、关羽以及佛老之学皆受到尊重，还下令保护名山大川寺观祠庙等名胜古迹。仁宗时还以宋儒周敦颐、程颢、程颐、张载、邵雍、司马光、朱熹、张栻、吕祖谦及故中书左丞许衡“从祀孔子庙廷”④。又设立国子监学、蒙古子学和回回国子学以学习汉民族的传统经史。科举考试亦有乡试、会试和御试等名目，考试内容以四书为主。为了移风易俗，还提倡节俭办婚丧大事，禁媒人多索聘财。又禁典雇妇女、指腹为婚和重婚。提倡节孝而又严禁愚孝⑤，表彰已故忠臣而又禁止对现任官员歌功颂德⑥。不但如此，他们连穿着、车马也是“近取金宋、远法汉唐”⑦……总之，他们采取了很多比较开明的措施，从各方面与汉民族融合。在这一系列政策的影响下，各族人民的融合趋势也在知识分子中反映出来。杨朝英编辑《阳春白雪》和《太平乐府》，锺嗣成写《录鬼簿》，他们对各民族出身的散曲作家和戏剧作家都能一视同仁而不厚此薄彼，畏兀儿族作家贯云石为《阳春白雪》作序，还有各民族作家之间的酬唱往来，都可以说明民族融合已是必然的历史趋势。作为一个比较落后的民族，就这样在比较短的时间里从奴隶社会过渡到封建社会，而成为一个幅员超过汉唐的大一统帝国。

---

① 《元史·食货一·经理》条。

② 《元史·食货一·税粮》条。

③ 《元史》卷一四六《耶律楚材传》。

④ 《元史·仁宗一》。

⑤ 《元典章》三十三《礼部六·孝节》条、又《元史·刑法四·禁令》条。

⑥ 《元史》卷一〇五《刑法四·禁令》条规定：“诸职官居见任，虽有善政，不许立碑，已立而犯赃污者毁之，无治状以虚誉立者毁之。”

⑦ 《元史·舆服一》。

一部分元人杂剧就比较真实而又曲折地反映了元代这样的民族关系,既有反映民族矛盾、表现爱国思想的作品,也有描写少数民族生活、表现民族融合趋势的作品。这些都是我们研究元代民族关系问题的宝贵资料,在今天仍有认识意义。

反映民族矛盾、表现爱国思想的作品

在过去的一些论著中,涉及反映民族矛盾、表现爱国思想的作品约有 30 馀种,它们是《单刀会》、《西蜀梦》、《哭存孝》、《蝴蝶梦》、《鲁斋郎》、《救风尘》、《窦娥冤》、《汉宫秋》、《双献头》、《遇上皇》、《渑池会》、《金凤钗》、《后庭花》、《燕青博鱼》、《伍员吹箫》、《生金阁》、《秋胡戏妻》、《潇湘夜雨》、《赵氏孤儿》、《贬黄州》、《李逵负荆》、《灰阑记》、《介子推》、《东窗事犯》、《七里滩》、《范张鸡黍》、《王粲登楼》、《智勇定齐》、《追韩信》、《存孝打虎》、《剪发待宾》、《杀狗劝夫》、《风云会》、《刘行首》、《赤壁赋》、《黄花峪》、《孟良盗骨》和《陈州粜米》等。

比较严格一点说,在上列 30 馀种作品中,尽管有一小部分作品从字里行间流露了一些故国之思和兴亡之感,但是,其中绝大多数作品的总倾向不是反映民族矛盾、表现爱国思想的主题则是可以肯定的。然而,有的研究者似乎有点把问题简单化,对作品的社会意义做了不切合实际的解释。他们认为上列作品或则歌颂"汉民族古代英雄"以表现"对自己民族的热爱";或则"歌颂复仇",以表现"人民的悲愤爱国心情";或则选取宋代故事为题材,歌颂"比较好的帝王"、"清官"、"贤臣"和"梁山泊的英雄好汉"以"寄其故国之思"……经过这样的解释,元杂剧中许多以历史人物、流传故事、包公故事、水浒故事、家庭问题乃至妓女生活等为题材的作品都被纳入反映民族矛盾、表现爱国思想的范畴。这是很难令人信服的。元代的包公戏和水浒戏,揭露了元代封建统治阶级和社会邪恶势力迫害人民的黑暗现实,表达了人民要求申冤报仇的愿望与理想,这类作品的社会意义比人们仅仅理解的反映民族矛盾问题广阔得多。对那些历史剧，就一般地说，也不能笼统地说它们是反映民族矛盾，而是更多地表现了作者的历史观点和他们的古为今用。至于那些以流传故事为题材写成的《秋胡戏妻》、《智勇定齐》、《王粲登楼》、《赤壁赋》以及写妓女生活的《救风尘》、写家庭悲剧的《潇湘夜雨》等，更是和民族矛盾没有什么必然联系了。

当然，也有这样一些作品，它们的主题或主要倾向并不是反映民族矛盾、表现爱国思想，而只是曲曲折折地反映了对蒙古贵族实行野蛮征服的严厉谴责；对汉室政权的深切怀念；对残暴敌人的切齿痛恨；对抗击外敌的英雄人物的热情颂扬。有的作品则是直接描写民族矛盾故事，抒发了深厚的民族情感。它们都从不同方面反映了元代民族关系矛盾斗争的一个侧面，表现了反对民族压迫的爱国思想，兹分别论述如下：

（一）谴责蒙古贵族发动的征服战争

公元1214年，蒙古贵族首领成吉思汗亲自率领大军进攻金国首都中都（今北京），金国被迫南迁汴梁。在这场灾难性的征服战争中，金国人民四处逃亡，流离失所。伟大的戏剧家关汉卿在杂剧《拜月亭》里，描写了金国尚书的女儿在战乱中和一个穷书生结为夫妇的故事，歌颂了这位女真贵族家庭出身的小姐对自由爱情的执著追求，勾勒了事件发生的离乱背景，表达了对征服者的无情谴责：

> 锦锈华夷，忽从西北天兵起……
>
> 许来大中都城内，各家烦恼各家知……
>
> 遥想着尊父东行何日还，又随着车驾南迁甚的回！
>
> 分明是风雨催人辞故国，行一步一叹息。两行愁泪脸边垂，一点雨间一行凄惶泪，一阵风对一声长吁气。
>
> 干戈动地来，横祸事从天降，爷娘三不归，家国一时亡，龙斗来鱼伤。……
>
> 则恁的由自常思想，可更随车驾南迁汴梁……家缘都撇漾，

人口尽逃亡。……

一片兵荒马乱、国破家亡的凄惨景象令人触目伤心,“龙斗来鱼伤”……又是多么强烈地表达了广大人民的沉痛与不满。

蒙古贵族发动征服战争,对全国人民进行野蛮的抢劫、烧杀和淫虐,造成了极其严重的灾难。1213 年,成吉思汗亲自率领大军伐金就破金 90 馀郡,铁骑所到之处,“人民杀戮几尽,金帛、子女、羊畜牛马席卷而去,屋庐焚毁,城郭丘墟”①。“有儿夫的不掳掠,无家长的落便宜”。一个金国尚书的千金小姐在乱兵追逐之下,也不得不抛弃了礼教道德观念,去要求和一个陌生男子认做夫妻关系。可以想象得到,征服者发动的战争给广大人民又会带来多么大的痛苦!翻开蒙古贵族征服南宋的历史,人们是可以从《拜月亭》的描写唤起沉痛回忆的。

(二)怀念汉室江山与汉族皇帝

由于元代统治者规定了乱制词曲、恶言犯上要处死的刑法,许多杂剧作家总是要设法避开文网的罗织,他们常常借古喻今地去写历史故事,从字里行间流露出对汉室江山和汉室皇帝的怀念,表现了广大人民对民族压迫的不满和希望解除这种压迫的要求。

在《单刀会》中,关羽质问索取荆州的鲁肃:“想着俺汉高皇图王霸业,汉光武秉正除邪,汉献帝将董卓诛,汉皇叔把温侯灭,俺哥哥合情受汉家基业。则你这东吴国的孙权和俺刘家却是甚枝叶?请你这个不克己先生自说。”这里十分鲜明地突出了“汉家刘姓”,又把曹操破吕布之事记在刘备的功劳簿上,甚至那个很不争气的汉献帝也受到赞扬……这里渗透着深厚的民族感情。

在《东窗事犯》中,岳飞满怀愤懑地倾诉了对被掳的宋朝皇帝与失去的河山的怀念:“想十三人舞袖登城临汴梁,向青城虏了上皇”、“到如今宋室江山都属四国王,生并的国破城荒!”山河破碎,皇帝被

---

① 《续资治通鉴》卷一六。

掳，从深深的怀念中寄托了作者对自己国家民族的强烈情感！

在《七里滩》中，严子陵严厉斥责篡汉的王莽："他夺了呵夺汉朝，篡了呵篡汉邦"、"夺了刘家朝典，夺了汉世封疆。"他甚至预言："到那时光，汉室忠良……引领刀枪，撞入门墙，拖下龙床，脱了衣裳，木驴牵将，闹市云阳……你汉家枝叶合兴旺！"对篡汉的王莽的仇恨，简直要食肉寝皮；对汉室的复兴，又寄托了多么大的希望！

在《赵氏孤儿》中，以程婴、公孙杵臼为代表的社会各阶层人物，为营救"赵氏孤儿"付出了生命的代价，而程婴等人又是南宋以来被歌颂的"存赵"英雄，"赵氏孤儿"或赵姓也几乎成了宋朝政权的象征。①

在《孟良盗骨》中，战死沙场的宋将杨业的鬼魂嘱咐儿子杨景："你若是和番家忘了戴天仇，可不俺望乡台枉做下还家梦！"表现了对外敌的切齿痛恨！

在《飞刀对箭》和《衣袄车》中，作者采用了各种艺术手段去歌颂历史上抗击外敌有功的英雄将领薛仁贵和狄青。

这些作品就是如此曲曲折折地，从不同角度表达了对汉室江山、对汉族皇帝、对抗击外敌侵扰的英雄的怀念，对外族统治者的强烈不满与刻骨仇恨。

（三）揭露民族矛盾，歌颂民族气节

当然，以上多数作品主要还不是从正面去描写民族矛盾，总的倾向也不是表现反对民族压迫和爱国思想主题，而只是借古喻今地流露了一些爱国之情和民族情感。真正集中地从正面去描写民族矛盾

---

① 吴自牧《梦粱录》卷十四《忠节祠》记云："祚德庙，在车桥西青莲寺南……其神忠义因以本州沦陷之久，庙廷存废不可知，降旨就杭建庙……以表忠节：程婴封忠济王，杵臼封忠祐王，韩厥封忠利王。"又爱国宋臣文天祥曾写诗赞扬具有民族气节的另一宋臣家铉翁，将之喻为"存赵"的程婴，其诗云："廷争堂堂负直声，飘零沙漠若有情。程婴存赵真公志，奈有忠良壮此行。"又《元典章》四十一《刑部三·谋反》节《乱言平民作反》条，记述八剌诬告平民小甲谋反，说小甲扬言"汉儿皇帝出世也，赵官家来也"。可见当时还以赵姓影指宋朝。

故事、深沉地表现民族情感和爱国思想的代表作，还是马致远的《汉宫秋》。

《汉宫秋》通过汉元帝和王昭君的爱情悲剧，突出地描写了民族矛盾和民族压迫。番王呼韩邪单于上场的自白表明，自周、秦以来，汉、匈之间既是民族矛盾的历史，又是和亲的历史，“文王曾避俺东迁，魏绛曾怕俺讲和……俺祖公冒顿单于，困汉高帝于白登七日。用娄敬之谋，两国讲和，以公主嫁俺国中。自惠帝、吕后以来，每代必循故事，以室女归俺番家。”接着又交待了汉、匈之间既是亲属而又君臣的关系:“实是汉朝外甥”、“称藩汉室”。他这次出来，一是向汉朝“遣使进贡”，二是“欲请公主”。汉元帝以公主年幼为辞，拒绝了婚姻之请。他所求不遂，“心中好不自在”，就有“举兵南侵”之意。毛延寿的献图挑拨，只不过给了他指名索要昭君的借口，并不能掩盖以武力胁迫汉朝的严酷的现实。他以威胁的口气遣使臣前往汉朝，指名“求索昭君”和亲:“若不肯与，不日南侵，江山难保!”和汉朝皇帝有甥舅关系的番王，竟然逼迫舅母作阏氏;向汉朝称藩为臣的番王，又胆敢指名夺取汉朝皇帝的妃子。在封建社会正常情况下，或者是在外敌威胁国家安全的时候，人们总是把皇帝当做国家政权的代表。因此，番王对元帝的凌辱也就远远超出了元帝个人的范围，而具有民族压迫的性质。

作为反映民族矛盾、反对民族压迫的《汉宫秋》，还十分突出地歌颂了可贵的民族气节和爱国思想。其主要表现是创造性地塑造了昭君形象和改变了昭君和番的故事情节。

不管是历史记载或文艺创作的昭君故事，在马致远之前，对于昭君的出身和是否去到番邦的结局，都没有从根本上突破传统，而《汉宫秋》却做了创造性的处理。杂剧中的王昭君由原来的“良家子”出身而明确地改成了“庄农人家”的姑娘。虽然，在宋、元以来的戏曲小说中，“庄农人家”也并不都是劳动人民，有时是指比较殷实的地主，如《五侯宴》、《荐福碑》和《水浒传》等所写的可以为证。但是，《汉宫秋》中的毛延寿向王昭君索取百两黄金就许以“选为第一”，而她却以“家寒无凑”加以拒绝，这里既表现了昭君的高洁耿直，同时也表明她是一个出身贫苦家庭的姑娘。不管出于什么动机，让这样一个贫家女儿，以正面人物身份登上政治舞台还是难能可贵的。

昭君和番前已不是长居后宫不得见皇帝的一般宫女，而是汉元帝的宠幸妃子。身份改变，就赋予了人物一定的政治色彩，她的被迫和番就具有民族矛盾、民族压迫的性质。在外敌大兵压境，国内文武大臣都一个个“似箭穿着雁口，没个人敢咳嗽”的情况下，她是为了报答元帝“厚恩”和“得息刀兵”才去和番的。但是，她并没有去到番邦，而是在“番汉交界去处”、“望南浇奠，辞了汉家”就投江自杀了。这一情节的重大改变，反映了元代受蒙古贵族凌辱和压迫的广大汉族人民的反抗斗争精神。现在还流传在呼和浩特一带的“昭君坟”故事，就是说“为了免去刀兵”前去和番的昭君，她没有去到番邦，而是在“走到黑河”时就“投河而死”①。这个传说不管早于《汉宫秋》或晚于《汉宫秋》，都说明作者对昭君结局处理是和广大人民愿望一致的。《汉宫秋》因为塑造了昭君形象而表彰了民族气节和丰富了爱国思想，而王昭君这个平凡的掖庭宫女，也因《汉宫秋》而获得了新的艺术生命。

还有一个问题，剧作家应该怎样处理这个历史故事题材，人们的认识是有分歧的。有的研究者指责马致远在《汉宫秋》中表现了“大民族主义情感和封建贞操观念”，这显然不是恰当的。关于这个问题，我很赞同王季思先生等人的看法：“作家在塑造人物、提炼主题的时候，与其说是重视历史，毋宁说是通过历史人物和事件重视当代人民的生活和斗争。”②元代的马致远将这个题材写成悲剧以反映当时民族矛盾的现实该予以肯定；今天的剧作家写成正剧或喜剧“以歌颂今天国家空前统一，全国人民大团结的新气象”③更应该受到赞扬。但是，我们决不能以后者去否定前者，因为马致远那个时代对他提出

---

① 洁芒：《昭君坟漫话》，1961 年 10 月 14 日《光明日报》。

②③ 王季思：《从〈昭君怨〉到〈汉宫秋〉》《社会科学战线》1979 年第 1 期。

了不同于我们今天的迫切要求。

描写少数民族生活，表现民族融合趋势的作品

还有这样一些作品，它们十分真实而生动地描写了少数民族多方面的生活，写了他们的爱情婚姻和家庭矛盾，写了统治阶级内部矛盾与团结。在这些作品中，作者极其深刻地揭露了封建礼教门阀婚姻制度的冷酷和世俗观念的不合理，表现了青年男女对自由爱情和自主婚姻的向往，歌颂了为国立功、严格执法的正直官吏，批判了形形色色的无能官僚。从这些作品的总倾向上，我们可以看到少数民族在统一的多民族国家中，逐渐与以汉族为主导的文化、思想、道德观念的融合趋势。这些作品是构成我国古代优秀文化遗产的重要组成部分。

这类作品主要有关汉卿的《拜月亭》、《调风月》，王实甫的《丽春堂》，李直夫的《虎头牌》，石君宝的《紫云亭》，王仲文的《不认尸》，孙仲章的《勘头巾》，孟汉卿的《魔合罗》以及佚名的《村乐堂》与《货郎旦》等。

从作家上看，除两种作品的作者记载佚名以外，其馀有汉族作家 6 人，女真族作家两人。

从作品主要事件与人物上看，以女真人女真事为主的 6 种，事件发生在金或元；女真族或其他少数民族人物非主角的 4 种。仍分别论述如下：

（一）描写爱情婚姻故事

在《拜月亭》里，伟大的戏剧家关汉卿不仅谴责了蒙古贵族发动征服战争给各族人民带来的灾难，而且更重要的是赞扬了一对不同民族的青年男女的自由恋爱与自主结合，从最深刻的意义上表现了反对民族压迫、希望民族和睦的进步思想，把同类题材作品的社会意义，提到了一个空前的高度。

《拜月亭》是一个旦本戏，女主角王瑞兰是金国尚书王镇的女儿，

她在兵荒马乱的逃难途中和书生蒋世隆结成夫妻,由于父亲的干涉破坏,他们被迫分离,经过一番曲折,二人终于团圆。

剧中的王瑞兰称父母为阿马阿者(有时也称父亲母亲),可知她是女真人;蒋世隆没有用阿马阿者称呼瑞兰父母,他大约是个汉人。他们相爱结婚,不仅突破了社会地位悬殊的等级界限,而且也突破了民族之间人为的差别。不同民族的青年男女,在患难相共的奔波生活中自由自主地结合是值得肯定的。

王瑞兰和蒋世隆结合又具有比较坚实的思想和感情基础。他们在兵荒马乱之中为了安全地逃难,便商量决定"不问时权做弟兄,问着后道做夫妻"的双重关系,并在患难相救助、疾病相扶持中建立了爱情而结成夫妇。尽管作品的宾白脱漏不全,我们无法知道他们建立爱情的具体情况,但是,从作品中的〔末云了〕〔随着末行科〕〔做扶着末科〕〔做寻思科〕(以上一折);〔便扶末上了〕〔末卧地做住了〕〔做叹科〕〔店家云了〕〔做寻思科〕〔大夫上云了〕〔做意了〕(以上二折);以及瑞兰对父亲的申述求情、对世隆的"打别"、"嘱咐"等极其简略的提示性描写中,可以想象得到,他们之间有一个建立爱情的具体过程。与那些郎才女貌、一见倾心式的爱情相比较,显然更具有积极的社会意义。

王瑞兰和她父亲的矛盾冲突是十分深刻的,代表封建顽固势力的王尚书"生扭散"女儿的婚姻,没有力量进行有效反抗的瑞兰就埋怨父亲"心狠"、"雪上加霜";骂他为人"劣缺"、是"背会爷";并将他比作"猛虎狞狼,蝠蝎顽蛇"。被迫分离时,她又当着父亲对世隆表示爱情的坚贞:"男儿,我教你放心么波!只愿的南京有俺亲娘,我宁可独自孤孀。怕他大抑勒我则寻个家长,那话儿便休想。"(二折二煞)关汉卿赞扬一个女真族青年女子对她父亲的背叛和肯定她与一个汉族书生自由结合表明,各族人民反对封建礼教道德、反对门阀婚姻制度,追求自由爱情和自主婚姻的一致性。这对增加各族人民之间的相互了解,促进民族团结与融合都具有积极意义。

《调风月》则是写的另外一种类型的爱情婚姻故事,也是一个旦本戏。女主角燕燕是一个女真官员家庭的得力丫鬟，从她称呼男女主人为阿马阿者看，她可能是女真人。

这个出身社会下层的婢女燕燕，她在爱情生活中的上当、婚姻问题上的痛苦以及几乎不顾一切地采取各种手段进行反抗斗争，迫使小千户实践“许下的”诺言。这不仅是争取婚姻的合法权利，更重要的是，她与小千户结婚就是“从良”，就是解脱奴隶身份，其中还包含了摆脱奴役的民主要求。作者对这个女真族出身的奴婢的同情与支持，对小千户的揭露与谴责，表现了各族人民在思想道德方面的逐渐融合。

《紫云亭》的作者石君宝是女真人，复姓石盏（一作赤盏），又叫石盏君宝，号共岩老人。① 元代前期作家，所作杂剧十种，今存《秋胡戏妻》、《曲江池》和《紫云亭》三种，前二种为许多研究者所论述，后一种几乎没有人论及。

《紫云亭》写了一个女真官员完颜氏之子灵春（“正名”作灵春马）和勾栏艺人韩楚兰的爱情故事。这也是一个旦本戏。女主角韩楚兰对母亲称“俺娘”，对灵春之父称“阿公”而不是称阿马，她大约是个汉族姑娘。

楚兰、灵春相爱，既打破了贵贱等级界限，也抛开了民族之间的差别，这就再一次表明，在蒙古贵族实行民族压迫政策的元代，各族人民是希望和睦团结生活的。

楚兰与灵春追求自由爱情遇到的矛盾是封建阶级社会的功名富贵和势利习俗。楚兰埋怨、嘲讽母亲贪财：“未见钱罗呀冬雪严霜降，得了钞罗应春风和气生”（一折《后庭花》），她支持灵春要爱情不要功名富贵的叛逆行为：“冷落了读书院，一就把功名懒堕；自尽教萱堂有梦，并不想兰省登科”（三折《鲍老儿》），“他为我堕落文章，生缠得携手同行不断肠，直这般学成说唱，更则便受恩深处便为乡。”（四折《驻马听》）楚兰埋怨官府也不能说和灵春之父的干涉没有关系：“更

① 孙楷第：《元曲家考略·石君宝》。

做你是开封府同知，却不取招平人无罪，却便硬监押、莽迭配”，（二折《三煞》）“哎！包龙图呵，你这般拆散鸳鸯算甚正直”（二折《二煞》）。爱情惊动官府，可见矛盾是相当尖锐的。从剧中的“这李亚仙苦劝你个郑元和，再休提那撒板鸣锣。若还俺娘知咱这暗私奔到毒似那倒寨计，若还恁耶见你这诸宫调更狠如那唱挽歌”（三折《耍孩儿》）曲文，联系到作者还写了与此剧略同的《曲江池》杂剧，就可以看出各族人民之间在思想道德方面的逐渐融合，而青年男女追求爱情婚姻自由及其遭到的阻挠破坏，又是一个具有普遍意义的社会问题。

（二）描写统治阶级内部矛盾与团结

还有一些反映少数民族统治阶级内部矛盾的作品，它们从不同方面描写了少数民族的生活，塑造了各种类型人类，对丰富我国文学艺术遗产宝库作出了贡献。这类作品以《丽春堂》、《村乐堂》为代表。

《丽春堂》是王实甫现存杂剧中的一个较好作品，主要写金国右丞相、正受管军元帅完颜乐善与右副统军使李圭，因蕤宾节射柳、打双陆游戏引起冲突，后释怨会饮丽春堂的故事。

作品歌颂了武艺高强，为国家立过汗马功劳而又度量宏大的军事将领，批判了以声色歌舞得官而又心术不正的庸才，赞扬了内部团结。

剧中提到“破虏平戎，灭辽取宋，中原统。建四十里金镛，率万国来朝贡”（一折《仙吕点绛唇》），“则俺那仁慈的明圣主，掌一统锦华夷”（二折《红绣鞋》），可以推断事件发生在金人入侵中原、赵宋王朝南迁之后。

剧中人物除执宴官徒单克宁见于《金史》外，其馀人物皆属虚构。

完颜乐善是女真人，他自称“幼年跟随郎主，南征北讨，东荡西除”，立下汗马功劳。李圭也是女真人，属普蔡氏，他以“会做院本”“会唱杂剧”得官，并无真正安邦治国本领，他们的矛盾冲突及其解决，反映了时治时乱的政治形势，树立了评价封建官员的政治、道德标准，从一个侧面再现了这个民族的官场生活。

作品还真实地保留了女真人的一些生活习俗，如蕤宾节射柳为戏在《金史》中就有记载，该书卷三十五《礼八·拜天》云：

> 凡重五日“拜天”礼毕，插柳球场，为两行，当射者以尊卑序，各以帕识其枝，去地约数寸，削其皮而白之。先以一人驰马前导，后驰马以无羽横簇箭射之，既断柳，又以手接而驰去者为上。断而不能接去者次之。或断其青处，及中而不断者，马不能中者，为负。

又金世宗大定三年五月亦记云：

> 以重五，幸广乐园射柳，命皇太子、亲王、百官皆射，胜者赐物有差。

这就是作品所写射柳为戏的具体说明。此外，剧中还选用了《风流体》、《搅筝琶》等金人乐曲，更加重了作品浓厚的民族色彩。

《村乐堂》主要写汉族退休官员张仲和他的女婿完颜女真人氏王同知的矛盾，虽然剧中还插入一桩未遂的杀人公案，但它并不是公案戏。

作品写了两个民族统治阶级成员之间的婚姻关系，一个汉族官员的女儿嫁给一个女真官员，这说明两个民族之间有更多的人逐渐融合。

《孤本元明杂剧》卷一百八《村乐堂》提要云：“此剧作者命意，在述小妻之害，以警醒世人。”其着眼点显然是那桩未遂的谋杀公案，它似乎还不能概括作品的全部内容。

张仲和王同知之间的关系不融洽由来已久，王讨厌张的“说闲话”，张责怪王为人糊涂，他们的矛盾反映了两个不同民族出身、不同文化教养的官僚对政治生活的态度问题。张仲饱读诗书，早年曾作县官,因年老致仕闲居。他看破了多年险恶的官场生活,不愿再担惊受险:“将世事都参透”,“每日家诗酒消白昼。”王同知则是另外一种生活态度,他“跟着郎主,累建奇功”,没有什么文化教养,对仕途有些颟顸无知。张仲责备他:“你可怎全不提防你那脑后忧,这的是你恋着金枷玉锁遭囚。”不同民族统治者之间的姻亲关系就不是那么融洽,与《拜月亭》、《紫云亭》中的青年男女的婚姻相比较,就十分鲜明地表现出这种不同的差别。

对这一桩药杀亲夫不遂的案件的处理,还暴露了地方政治的黑暗腐败。王同知的行贿买法和防御的包庇徇情,都具有一定的社会意义。

(三)歌颂少数民族军事将领

《虎头牌》的作者李直夫是女真人,人称“蒲察李五”,元成宗大德年间做过湖南肃政廉访使,与元明善交往甚密①,所作杂剧 13 种,今存《虎头牌》1 种。

作品写了金国一个高级军事将领的片断生活,突出地颂扬了少数民族军事将领严格执法、公而忘私的优良品德。山寿马从小失去父母,由其叔婶抚养成人,他对叔婶是感恩戴德的。可是,当叔父违犯军法被抓到元帅府,他就非常严肃地进行审讯和责问:“咎须是关亲意,也索要顾兵机。官里着你户列簪缨,着你们排画戟,可怎生不交战,不迎敌,吃得个烂醉如泥?”叔侄之情,养育之恩的“关亲意”,但比起军法来,也就不足称道。他接过状子,毫不迟疑地“判个斩字”。军法胜利了。这个判决震动了在场之人,激发了各方面的矛盾。先是婶娘前来求情,他婉言拒绝:“婶子请起,这个是军情事,饶不得。”接着又是妻子来求情,他不留情面:“则这断事处,谁教你可便来这里?这讼厅上,可便使不着你那家有贤妻。”最后是元帅府众属官也都跪下了。应该怎么办?是徇情枉法,还是执法违情?他毅然决然地对众官员提出警告:“他是我的亲人,犯下这般正条款的罪过

① 孙楷第:《元曲家考略·李直夫》。

来，我尚然杀坏了；你每若有些儿差错呵，（唱）你可便先看取他这个榜州例。”他不徇私情，不搞官官相护，而是严格执行军法。山寿马就是这样一个人民理想中的边廷军事将领形象，作品如此不厌其烦地描写他的执法如山具有一定寓意。结合作者大德年间曾任湖南肃政廉访使一事，略可推测出对当时吏治黑暗、贪赃卖法的官场进行的深刻的批判。①

银住马则是另外一种类型的人物，他无功而要做官，做官的目的是个人“名分”而不是为了国家。他答应戒酒而又嗜酒如命，以致失误军机，又肆无忌惮地拷打元帅府派来的捉人差使。他的玩忽职守和如此不法，一是仗恃侄儿是兵马大元帅，有政治后台；二是有和平麻痹思想，“如今太平天下，四海晏然”，可以高枕无忧。他的作为正好突出了山寿马的高贵品质，使这个少数民族的高级军事将领形象更加深刻和丰富。这位女真族作家把一个女真族军事将领的片断生活搬上舞台，对各族人民之间广泛地相互了解、学习与逐渐融合是起了促进作用的。

作品提到了“辽兵不时犯境”、“贼兵过界”等似可说明事件发生在金、辽对峙或金人建国初期。反对辽之侵扰，包含了希望各民族之间和睦共处的愿望与理想。

作品还描写了女真人的生活习俗，在一些重要关目或矛盾冲突的重要时刻，老千户总是不顾一切地喝酒或要喝酒：从讨取上千户金牌回家，亲属饯行，中秋之夜，被拘捕，成招画押，受杖责下堂……无一不和酒发生联系。喜欢饮酒是金人习俗。在金代，饮酒成风有时甚至影响生产，皇帝还要特别下令禁戒，规定什么时候准许饮酒，什么时候不准许饮酒：“若遇节辰及祭天日，许得饮会。自二月一日至八月终并禁绝饮燕，亦不许赴会他所，恐妨农功。虽闲月亦不得痛

---

① 《元史》卷二十《成宗四》大德七年记：“七道奉使宣抚所罢赃污官吏凡一万八千四百七十三人，赃四万五千八百六十五锭，审冤狱五千一百七十六事。”由此可见政治的黑暗腐败。

饮，犯者抵罪。”①作品对老千户嗜酒如命的描写，是符合女真人的生活习俗的。此外，还写了女真妇女亦善骑马、见长辈要“穿了大衣服”、以“孳畜成群”为兴盛等习俗和采用一些女真族乐调，使作品增添了浓厚的民族色彩。

（四）其他

在另外一些作品里，出身少数民族的官员虽然不是主要人物，但是，他们对剧情的开展、对矛盾的解决也起了一定作用，并且有一定社会意义。

《不认尸》的兀里不罕元帅是一个比较正直的官员，他重用以贤孝闻名的杨兴祖，提升杨作了金牌上千户。杨于回家路上碰见了被坏人赛驴医强逼劳动的妻子，又到公堂救了受冤的弟弟，帮助官府弄清了赛驴医杀人等罪行的全部案情。

《货郎旦》中的拈各千户是女真人，他把受害的李彦和之子春郎抚养长大，并叫他袭了千户去寻找他的父亲。春郎终于寻得其父，并以“欺窝脱银”之罪将仇人处斩。这位拈各千户还不失为一个见义勇为的封建官员。

《勘头巾》与《魔合罗》是两本内容略同的公案戏，都是写河南府尹完颜女真人氏，带着势剑金牌去体察滥官污吏。然而，这两位府尹大员却并不高明，他们都没有细看冤案材料，也不细问受冤者，就要轻率地将受冤者处斩。后来又都是经过河南府六案孔目张鼎的调查审问，才捉住了真正的杀人凶手。这两个府尹都是虚有其名的无能官员。

综合以上简单论述可以看出：

1. 元人杂剧反映的元代民族关系问题是比较全面而真实的，它既反映了民族矛盾斗争的一面，也反映了民族融合的一面。这是我国一笔珍贵的文学遗产。

2. 在学术界和本文所涉及民族关系问题的约 50 种杂剧中，称得

---

① 《金史·世宗》十四年。

上反映民族关系问题的作品不到20种。其中反映民族矛盾、表现爱国思想的几乎毫不例外地都是借古喻今之作。真正从正面描写民族矛盾的又只有《汉宫秋》、《孟良盗骨》、《飞刀对箭》和《衣袄车》等4种,而表现民族融合趋势的作品则有10种左右。这是一个颇值得深思的问题。

3. 作家采取借古喻今手法,主要说明当时控制思想的法律之严密,而表现民族融合的作品比较多,则可以说明这是历史趋势。尽管作家不可能自觉地认识到这一点,但是,他们对现实生活的忠实描写却从客观上反映了历史的必然性。

4. 出现在作品中的少数民族人物,不管是主要的或非主要的,多数都是女真人。这是因为元代的女真人属于广义的汉人一类,虽然是少数民族,但他们的社会地位和汉人一样。写这些人不会犯讳,不会触犯恶言犯上处死的法律,可以借此影射现实而不易受到迫害。

另一个原因是,女真人与汉人共同生活时间很长,彼此熟悉其生活习俗,融合程度也较深一些。从金人入侵中原到金的灭亡(公元1127～1234年)就有100馀年历史。在金人统治的北中国,尽管统治阶级也实行民族压迫政策,但两个民族的人民却是和睦共处,为祖国的繁荣发展共同作出了贡献。女真人努力学习汉民族高度发展的封建生产力和封建文化,乃至模仿其风俗习惯,他们改用汉姓,着汉人服装①,“惟习汉人风俗”②。在历史上有“小尧舜”之誉的金世宗③,就为这种民族融合趋势深感不安。大定十三年他对宰臣们说:“自海陵迁都永安,女真人寝忘旧风,朕时尝见女真风俗,迄今不忘。今之燕饮音乐,皆习汉风,盖以备礼也,非朕心所好。东宫不知女真风俗,非长久之计。”他还到睿思殿,“命歌者歌女真词”以教育太子及诸

---

① 《金史·世宗》二十七年。

② 《金史·世宗》十三年。

③ 《金史·世宗·赞曰》。

王，叫他们不要“忘本”，并晓谕子子孙孙遵其“教诫”。[1] 这位比较开明的皇帝，从巩固统治和社会发展上考虑，还是愿意向汉族学习的。他在政府机构中，就专门设置有“译经所”以翻译四书五经等汉族文化典籍。“译经所”一次就进呈了《易经》、《书经》、《论语》、《孟子》、《老子》、《扬子》、《文中子》、《刘子》及《新唐书》等经史书籍，他告诉宰臣们说：“朕所以令译五经者，正欲女真人知仁义道德所在耳。”[2]学习汉民族传统文化的目的是很明确的。

还有一个原因是，元代的女真人和汉人同样受到蒙古贵族的歧视与压迫。法律规定：为盗者要刺臂或刺项，“蒙古人有犯……不在刺字之列”，而“女真人为盗，刺断同汉人”[3]。政治待遇也是这样，世祖至元五年三月，“罢诸路女真、契丹、汉人为达鲁花赤者，回回、畏兀、乃蛮、唐兀人仍旧”[4]。共同的命运更容易使两族人民接近，剧作家描写他们多方面生活有助于各族人民相互了解与团结，客观上表现了民族融合的历史趋势，寄托了反对民族压迫、希望各族人民和睦相处的理想。

在多民族的国家中，民族压迫与民族融合是一种历史现象。在阶级对立的社会，这种压迫不可避免；一个多民族统一国家的形成，各民族逐渐融合也是历史发展的必然，同样也是不可避免。民族压迫、分裂与矛盾斗争，其结果常常带来更大的民族融合与统一，我国历史上结束战国混乱的秦、结束南北朝混乱的唐、结束五代混乱的宋、结束宋代混乱的元和结束明代混乱的清朝都是这样的实例，这些历代的开国统治者，他们对实现民族融合与统一都作出了自己的贡献。

怎样正确理解民族之间的关系问题，革命导师马克思和恩格斯

---

① 《金史·世宗》十三年。

② 《金史·世宗》二十三年。

③ 《元史·刑法三·盗贼》。

④ 《元史·世祖三》。

最先从理论上作了深刻的论述,从根本上解决了这个十分复杂的问题。他们指出:

> 人对人的剥削一消灭,民族对民族的剥削就会随之消灭。
>
> 民族内部的阶级对立一消失,民族之间的敌对关系就会随之消失。①

革命导师的论述,说明在阶级社会中民族关系问题的实质是阶级关系问题,只有消除了阶级对立与阶级剥削,才能从根本上解决民族之间的关系问题。

在长期的革命实践中,伟大的中国共产党领导各族人民推翻了人剥削人、人压迫人的旧制度,建立了中华人民共和国,实现了多民族的统一国家,我中华民族的各族人民才真正获得了政治、经济和文化等方面的平等权利。我们今天来探讨历史上民族关系问题在各方面的表现,认识在实现民族大统一过程中各民族之间的矛盾斗争与融合的规律,对于加强各民族的团结,为了祖国的繁荣富强,为了实现四个现代化作出自己的贡献仍有重要意义。

1979 年 4 月初稿,12 月修改

---

① 《共产党宣言》。

试谈元剧中的“权豪势要”

在元人杂剧中，“权豪势要”是一群十分特殊的人物。这些人为官不执法，为民不守法，他们官不像官，民不像民：有的人虽无官的职务，但是却有官的权势。他们不惧官府，不畏王法，任情践踏一切道德和舆论，恣意为非作歹，对广大人民进行疯狂的迫害和野蛮的掠夺。

他们到底是些什么人？干了些什么事？这些人物的出现，反映了什么社会问题？有什么社会意义？本文试就以上问题谈一些看法。

一

关于元代的“权豪势要”，《元典章》三十九《刑部》卷之一《迁徙·豪霸凶徒迁徙》条云：

> 本部照得：大德七年十一月十三日，中书省据江西、福建送本使宣抚呈巡行江西。据诸人言告，一等权富豪霸之家，内有曾充官吏者，亦有曾充军役杂职者，亦有泼皮凶顽，皆非良善。以强凌弱，以众害寡，妄兴横事，罗摭平民，骗其家赀，夺占妻女，甚则伤害性命，不可胜言。交结官府，视同一家，小民既受其欺，有司亦为所侮。非理害民，纵其奸恶……

这条资料比较集中地对元代“权豪势要”的身份地位及其罪恶行为作

了概括性说明：他们是一群迫害人民、危害社会的特殊人物。关于这方面的资料，其他史籍亦可见到。如《通制条格》卷二十八《杂令·违例取息》条云：

> 至元十九年四月，中书省奏，随路权豪势要之家，举放钱债，逐急用度，添增利息，每两至于五分或一倍以上者。若无利归还呵，除已纳利钱外，再行倒换文契，累算利钱，准折人口头匹事产……实是与民不便……

又云：

> 至元二十年十一月十日，中书省奏，哈剌章富强官豪势要人，每根底放利钱呵，限满时将媳妇孩儿女孩儿拖将去，面皮上刺着印子做奴婢有……

又《元典章》四十七《刑部》九《侵盗·揽飞粮盗粮等例》亦记云：

> 至元二十五年十月……据尚书省奏，百姓合纳税粮，各处官吏坊里正主首权豪势要人结揽，轻赍财物……侵盗官粮……

又《元史》卷九十四《食货》二《商税》条记云：

> 世祖中统四年，用阿合马、王光祖等言，凡在京权势之家为商贾及以官银卖买之人，并令赴务输税，入城不吊引者同匿税法。

又《元史》卷九十六《食货》四《赈恤》条记云：

> 红贴粮者，成宗大德五年始行。初，账粜多为豪强嗜利之徒用计巧取，弗能周给贫民……

又《元史》卷九十七《食货》五《盐法》条记云：

> 泰定二年……每中统钞一贯，买盐二斤四两……凡买盐过十贯者禁之……如有豪强兼利之徒，频买局盐而增价转卖于外者，从提调巡督痛治之。

又《元史·刑法》四《斗殴》条记云：

> 诸豪横辄诬平人为盗，捕其夫妇男女，于私家拷讯监禁，非理陵虐者……

这些“权豪势要”，或则违例放债，夺人妻女；或则偷税漏税，投机倒把；或则勾结官吏，侵盗官粮……甚至诬良为盗，私设公堂，严刑逼供，恣意凌虐，以致统治者不得不制定一些法律予以禁治和打击。如《元史·刑法》一《职制上》记云：

> 诸行台官，主察行省宣慰司以下诸军民官吏之作奸犯科者，穷民之流离失业者，豪强之夺民利者，按察官之不称职者，馀视内台立法同。
>
> 诸和顾和买，依时置沽，对物给价。官吏权豪，因缘结揽，营私害公者，罪之。

又《元史·刑法》二《职制下》记云：

> 诸仓廪官吏与府州司县官吏人等，以百姓合纳税粮，通同揽纳，接受折价飞钞者，十石以上，各刺面，杖一百七；十石以下，九十七，官吏除名不叙。退闲官吏，豪势富户，行铺人等违犯者，十石之上，杖九十七；十石之下，八十七。

诸京师每日散粜官米，人止一斗，权豪势要及有禄之家，辄籴买者，笞二十七，追中统钞二十五贯，付告人充赏。

又《元史·刑法》四《杂犯》条记云：

诸豪右权移官府，威行乡井，淫暴贪虐，累犯不悛者，徙远恶之地屯种。

又《新元史·食货志》之《斡脱钱》条记云：

大德元年，禁权豪斡脱。

又《元典章》五十七《刑部》十九《诸禁·禁豪霸》条记载了以下条款目录：

豪霸红粉壁迤北屯粮
札忽儿歹陈言豪霸泼皮
禁豪势擅锢奴隶
禁治行凶泼皮

“权豪势要”们的飞扬跋扈和为非作歹，已经成为一个严重的社会问题，统治者看到了这些人会激化他们和广大人民的矛盾而威胁着自己的统治地位，于是才采取了种种措施加以禁治和打击。这就是元人杂剧中出现“权豪势要”的社会基础。

二

在现存的约为150种元人杂剧里，有11种杂剧描写了“权豪势要”的活动，这个数字不能算是很小。在那“九儒十丐”的元代社会，这一群特殊人物为什么能够如此强烈地震撼着作家们的心弦？我们且先看看《范张鸡黍》第一折写范巨卿和王仲略的一段对话。范是一个重信义的秀才，王是“天官主爵都尉兼学士判院门下女婿”，他将同窗学友孔嵩的万言长策“改了头尾”，冒充自己的文章献了上去，因而得官“杭州佥判”。他劝范求取功名时，范深有感触地回答说：

只随朝小小的职名，被这大官人家子弟都占去了。赤紧的又有权豪势要之家，三座衙门，把的水泄不通。

这里非常明确地指出“权豪势要之家”把持官府，堵塞了穷秀才们的入仕之路。这个杂剧的作者宫大用，本人就遭受过权豪的迫害。据《录鬼簿》记载：

宫大用，名天挺，钓台书院山长。为权豪所中，卒不见用。

一个小小的“书院山长”，也竟然遭到权豪的迫害，这就难怪作者要借他人酒杯，浇自己胸中块垒。描写“权豪势要”的杂剧作家，就生活在“权豪势要”横行的国土里。

在11种描写“权豪势要”的杂剧中，有9剧10人皆称“衙内”，其中7人称“衙内”为官职，2人只称“权豪势要之家”，1人乃衙内之子叫“小衙内”。每剧的衙内或其他恶霸，又几乎都和“权豪势要”并提。他们到底是些什么人？为什么都称“衙内”？要弄清这个问题，还得先从“衙内”谈起。

在宋、金、元时代，“衙内”多指贵家子弟而并不是具体的官职名，如周密《齐东野语》卷十《牙》字条云：

牙者，旗也。……太守出，有门旗，其遗法也，后人遂以牙为衙。……或以衙为廨舍，儿子为衙内。

又董解元《西厢记》卷七〔双调文如锦〕套[尾]云：

> 言未讫，帘前忽听得人应喏，传道："郑衙内且休胡说，兀的门外张郎来也。"

又〔仙吕调香山会〕云：

> 旁边郑衙内，怎生坐地？
>
> 夫人令恒拜珙曰："此莺兄也。"珙视之，觑衙内结束模样，越添烦恼。

又《水浒传》第七回：

> 林冲赶到跟前，把那后生肩胛只一扳过来，喝道："调戏良人妻子，当得何罪？"恰待下拳打时，认的是本管高太尉螟蛉之子高衙内。

郑恒之父曾为相国，本人无官职；高衙内为高太尉"螟蛉之子"，本人亦无官职，他们被称做"衙内"，显然是贵家子弟身份。

元剧中的"衙内"，其身份比上述记载复杂得多。有 7 剧 7 人皆自称"小官某衙内"或"官拜衙内之职"，有 3 剧 3 人只称"衙内"或"小衙内"。结合作品的具体描写，推断他们的身份是：

1. 指贵家子弟：

《延安府》中的葛彪是葛监军之子，他仗势打死了刘荣祖之妻和媳，刘向按察司廉使李圭告状时就累称葛彪为"葛衙内"，并历数其罪恶，而葛彪并无具体官职。《陈州粜米》中的刘得中是刘衙内的儿子，去作陈州放粮官前就被称为"小衙内"，但并无具体官职，显然也是贵家子弟身份，与宋、金、元一般称的"衙内"含义相同。

2. 指皇帝的近臣：

《望江亭》中的杨衙内、《金凤钗》中的杨衙内、《陈州粜米》中的刘衙内等，都与皇帝有密切关系。他们或则诬陷地方官，或则奏请办理贼情公案，或则参与“公卿”会议讨论委派官员……这些人是受到皇帝宠信的近臣。

3. 指有权有势的朝廷大官僚：

《生金阁》中的庞衙内似乎是可以不顾一切地干坏事的大官僚。他出门时还要“在那街市上摆着头踏”，可见其势派之大。他写个帖儿与“贡主”就能给人官做，又有恃无恐地铡死秀才郭成和将无辜的老家人扔进井里，以致包公也要利用请其赴宴之机“智赚生金阁”来取得定罪的证据。此人一定是极有权势的朝廷大官僚。

4. 指有权势的地方官：

《延安府》中的庞衙内自称“在开封府执掌事务”，别人也说他是“掌刑法的人”。他敢于包庇打死平人的妻舅葛彪，又“扭曲为直”，反枷原告。因为他有岳父葛监军作政治后台，是个有权有势的地方官。

5. 指勾结地方官府的无赖泼皮：

《双献功》中的白衙内，《燕青博鱼》中的杨衙内，从他们拐占别人妻女的手段来看，和鲁斋郎、庞衙内（《生金阁》）等有所不同。鲁、庞凭其权势就可以在光天化日之下，毫不掩饰地夺人妻女、伤人性命；而白和杨却有点偷偷摸摸地胡作非为，但他们可以勾结官府，捉人下牢，大约是地方上的无赖泼皮。

6. 指恶霸地主：

《黄花峪》中的蔡衙内抢了刘庆甫之妻，就回到自己的“十八层水南寨”，被李逵追逼后又跑到自己的云岩寺佛堂，他大概是一个广有庄园的恶霸地主。

7. 指勾结外奸的民族败类：

《谢金吾》中的谢金吾是暗藏外奸王钦若（东厅枢密使）之婿。他们狼狈为奸，私改“圣人的命”，陷害杨家忠良，阴谋勾结北番，夺取宋朝天下，这是个民族败类。

还有一些不是“衙内”的“权豪势要”，他们或是皇帝的亲信，如

《鲁斋郎》中的鲁斋郎；或者是皇亲国戚，如《蝴蝶梦》中的葛彪；或是贵家子弟，如《陈州粜米》中的杨金吾；或者是高级军人，如《延安府》中的葛怀愍。

从以上11剧15人的具体身份可以看出，元剧中的"权豪势要"其社会阶层是相当广泛而又复杂的。他们包括了皇帝的近臣、亲信、大官僚、恶霸地主、地痞流氓、皇亲国戚、民族败类、高级军人，以及为非作歹的贵家子弟等。这些人就是"曾充官吏"或"军役杂职"、或"泼皮凶顽"等邪恶势力的代表，是元代阶级压迫与民族压迫交织的特定社会条件下出现的一个特权阶层。他们"以强凌弱，以众害寡，妄兴横事，罗摭平民，夺占妻子，甚则伤害性命"的罪恶行为是得到封建统治阶级——从地方官到皇帝的纵容和庇护的。就这个意义上说，他们是统治阶级迫害人民的一群特殊人物。

三

元剧中的"权豪势要"的出现具有重要的社会意义，它真实地反映了元代阶级矛盾与民族矛盾都十分尖锐的社会生活，表现了对黑暗封建社会的批判精神。下面分两点来谈：

（一）揭露元代政治黑暗和社会秩序混乱，反映了残酷的阶级压迫与民族压迫

元剧中的"权豪势要"，不管是"衙内"或其他什么人，他们都是野蛮的掠夺者和迫害狂。在他们的言行中，都带有残酷的阶级压迫和民族压迫的特点。试以《生金阁》的庞衙内为例，他上场时有这样一段自白：

> 花花太岁为第一，浪子丧门世无对，闻着名儿脑也疼，只我有权有势庞衙内。……我是权豪势要之家，累代簪缨之子。我嫌官小不做，马瘦不骑，打死人不偿命。若到人家里，见了那好古玩、好器皿，琴、棋、书、画，他家里倒有，我家里倒无，教那伴当

每借将来，我则看三日，第四日便还他……但若是同僚官的好马，他倒有，我倒无，着那伴当借将来，则骑三日，第四日便还他……

这是什么生活逻辑？见了别人的东西，竟会产生这样的邪念："他倒有，我倒无，教那伴当每借将来。"说得多么轻松！所谓"借"者，不过是白要白抢白夺的代名词也。在庞衙内的心目中，世界上的珍宝美女，应该归他一人占有，别人有了，怎么能容忍！"我的就是我的，你的也是我的"，这就是他的生活逻辑！伴随着剥削阶级的可耻占有欲，随之而来的必然要对人民进行野蛮的迫害。在不到半天时间里，他为了夺取一件宝物和有夫之妇，就以十分残忍的手段害死了两条人命。从这个人物身上，我们看到了元代"权豪势要"的贪婪、凶残本质。

还有那个在迫害别人时并不多动声色的鲁斋郎，也是一个具有重要社会意义的典型人物。他既不像《双献功》和《燕青博鱼》中的"衙内"那样，干坏事时还有点顾忌；也不像《望江亭》中的杨衙内和《陈州粜米》的小衙内那样，作恶时要依靠皇帝赐的势剑金牌或紫金锤。他只是凭着自己的身份和权势，去随心所欲地干他要干的一切。他平时的为人和庞衙内颇有点相似，而威势之大却比庞衙内更能先声夺人。提起他的名字，使人吓破胆子，不寒而栗！

就是这个鲁斋郎，他抢夺了银匠李四的妻子，郑州孔目张珪不知详情，就对李夸口说："谁欺负你来？我便着人拿去。谁不知我张珪的名儿！"当李回答是鲁斋郎夺去了他的妻子时，张就吓得魂不附体，十分害怕地"掩口"说："哎哟！唬杀我也。早是在我这里，若在别处，性命也送了你的。"他告诉李四：

说那个鲁斋郎胆有天来大，他为臣不守法，将官府敢欺压，将妻女敢夺拿，将百姓敢蹅踏，赤紧的他官职大的忒稀诧。

李四是张珪新认的妻弟，是受害者，公理在他一边；张是郑州有名的孔目，还有点社会地位，但不敢管这桩公案，并劝李忍气吞声回家。

还是这个鲁斋郎，在一次偶然的机会中又将张珪的妻子霸占了。寒食节到，鲁到郊外游春，用弹子打伤了坟院里张珪的儿子，张夫妇未看清是谁，就骂了声"弟子孩儿"，鲁听到后就接二连三地对张进行恫吓，张表现出极度的恐惧：

> （鲁斋郎云：）张珪，你骂谁哩？
>
> 你这弟子孩儿作死也！我是谁？你骂我！
>
> （正末做跪科）（鲁斋郎云：）张珪，你怎敢骂我？你不认的我？觑我一觑，该死！你骂我该什么罪过？（正末云。）张珪不知道是大人，若知道是大人呵，张珪那里死的是！

接着，张珪把鲁迎进坟院，又叫妻子出来拜见鲁斋郎。

> （鲁斋郎还礼科，云：）一个好女子也！他倒有这个浑家，我倒无。张珪，你这厮该死！怎敢骂我？这罪过且不饶。你近前将耳朵来：把你媳妇明日送到我宅子里来，若来迟了，二罪俱罚。……

这是什么世道？又是那家王法？觑一觑，该死；见了别人之妻就吩咐其丈夫，"明日送到我宅子里来"。这里有一点细节颇耐人寻味，他在吩咐此话时，是叫张珪"近前将耳朵来"，似乎当着张妻及子在场，还有点顾脸面和显出有教养似的。他这样小声地"咬耳朵"，那个在社会上还有点"名儿"的张珪，只好俯首帖耳地按照鲁斋郎的吩咐把妻子送上门去。"几曾见夫主婚，妻招婿；今日个妻嫁人，夫做媒"。这时的张珪，真是"把屎做糕糜咽"，没有一点反抗之力。妻子劝他"拣个大衙门"告状。他对妻子说鲁斋郎"动不动挑人眼，剔人骨，剥人皮"，又说鲁斋郎"便要我张珪的头，不怕我不就送与他。如今只要你做个夫人,也还算是好的”。这简直是不可抗拒的迫害！一个官府吏员的遭遇尚且如此,一般老百姓的遭遇可想而知。

如果说,像庞衙内、鲁斋郎之流的“权豪势要”完全凭仗权势欺人,他们可以毫无顾忌地蛮干的话,那末,另外一些“权豪势要”除了具有类似的特点之外,他们还是欺上压下、善搞阴谋的能手。如《望江亭》中的杨衙内,诬陷白士中,欺骗皇帝,请得势剑金牌前去杀白;《延安府》中的庞衙内故设圈套,扭曲作直,胡搅蛮缠,诬陷受害者亲属辱骂官长,要将其置之死地;《双献功》中的白衙内拐占了孙孔目之妻,并借衙坐堂,诱骗孙来告状,乘机将孙打入死牢……这些家伙所搞的阴谋诡计,从一个侧面暴露了“权豪势要”们的鬼蜮伎俩与卑劣品质。

值得提出来的是,这些“权豪势要”还具有一个具体历史时代所赋予他们独有的特点。他们既不像封建社会的一般权贵恶霸,也不像某些作品中出现的不法官吏,更不像许多公案戏中“邦老”所扮演的恶人,他们是在很多方面享有特权的一群特殊人物,也是元代阶级压迫与民族压迫交织在一起的特定历史时期出现的特殊人物。他们的作恶常常受到以蒙古贵族为首的整个封建统治阶级的纵容庇护,并在执行法律的过程中表现出来。下面试将他们的罪行、结局和法律规定作一对照就可以看到这样一些特点:

1. 打死人不偿命:

在上列11剧15人中,有7剧8人皆自称“打死人不偿命”。他们是《蝴蝶梦》中的葛彪、《双献功》中的白衙内、《生金阁》中的庞衙内、《黄花峪》中的蔡衙内、《谢金吾》中的谢金吾、《延安府》中的葛彪和庞衙内、《陈州粜米》中的刘衙内等。

在元代,打死人不偿命的是蒙古人和其他统治阶级。法律明文规定:

> 诸杀人者死……诸蒙古人因争及乘醉殴死汉人者,断罚出征,并全征烧埋银。

诸故杀无罪奴婢，杖八十七，因醉杀之者，减一等。

诸地主殴死佃客者，杖一百七，征烧埋银五十两。①

法律既然规定“杀人者死”，而蒙古人杀死汉人、封建主子杀死奴婢、地主杀死佃农却不执行这条法律，因为法律还规定了他们杀人可以不死的特权。这些“权豪势要”自称“打死人不偿命”，正是元代严酷的阶级压迫与民族压迫现实生活的反映。

2. 诬告、违法不反坐：

上列各剧中的“权豪势要”诬告陷害、违法收禁无罪之人者有《望江亭》中的杨衙内、《金凤钗》中的杨衙内、《双献功》中的白衙内、《延安府》中的庞衙内等。这些衙内们都是要置人于死地，而真相大白后，或则不受任何惩罚，或则不受相应的惩罚。法律明文规定：

诬告者抵罪，反坐。

诸告言重事实，轻事虚，免坐；轻事实，重事虚，反坐。②

诸有司辄收禁无罪之人者，正官并笞一十七，记过。③

3. 举荐失当不反坐：

《陈州粜米》中的刘衙内举荐其子和婿去陈州放粮赈灾，并指使他们私改“钦定”粮价，米内掺泥加糠，刻意盘剥灾民。事经揭发，其子与婿皆被处死，而刘衙内并未反坐。法律明文规定：

诸风宪，荐举必考其最绩，弹劾必著其罪状，举劾失当，并坐之。④

---

① 皆见《元史·刑法四·杀伤》条。

② 以上皆见《元史·刑法四·诉讼》条。

③ 《元史·刑法二·职制下》。

④ 《元史·刑法一·职制上》。

4. 清官不能执法：

包公智斩鲁斋郎是利用皇帝的愚蠢，和当时的法律开了个玩笑。他呈文上奏时不将“鲁斋郎”写成“鱼齐即”是不可能杀掉这个“权豪势要”的，这是执法也是不执法，它更多地反映了人民的愿望与理想。这是现实生活中不可能发生的事情。

《蝴蝶梦》中的葛彪无故将王老汉打死，王的三个儿子为报父仇又打死了葛彪。怎样审断这样的案件，法律有明文规定：

> 诸人杀死其父，子殴之死者，不坐。仍于杀父者之家，征烧埋银五十两。①

根据这条法律，葛彪家里应该拿出“烧埋银五十两”，王的三个儿子是无罪的。可是，中牟县官府还是抓了王家三个儿子，并押送到开封府；而开封府府尹包公还是要王家的一个儿子抵命。

这是怎么一回事？难道“铁面无私，执法如山”的包公不懂得法律？不是的。葛彪是皇亲国戚，虽然犯了杀人之罪，但在处理这个案件时，还是以审慎为好。所以包公对王氏母子先用刑法，逼他们招出凶手，“要一个人抵命”。只是在王氏母子四人争相承认是凶手的“贤孝”行为感动下，才将另一偷马贼赵顽驴代替王子盆吊而死。王家儿子得救了，但决不是执行了法律，而是出现了新的问题。法律明文规定，只有“白昼剽夺驿马”，才将“为首者处死”（《元史·刑法三·盗贼》条），而赵顽驴由酸枣县解到开封时，并未说他是偷盗“驿马”，也未说他是“为首者”，他是罪不至死的。可是，包公却将他顶替王子偿命了。审断与“权豪势要”有关的案件，号称“铁面无私”的包公也不能执法。谁也惹不起这些特权阶层人物。

---

① 《元史·刑法四·杀伤》条。

(二)赞扬与“权豪势要”作对的清官和水浒英雄,表达被压迫人民的愿望与理想

在“权豪势要”横行、人民遭受迫害而造成妻离子散、家破人亡的元代,受迫害的人民应该怎么办?他们有些什么愿望与理想?当然,拿起武器进行斗争是一种方式,但是,更多的善良人民并不都是走上这条道路。为了解除苦难,他们常常是把希望寄托在有权力、有智慧和有力量的人们身上,通过这些人的活动表达自己的愿望与理想。

总起来说有两点:一是寄希望于统治阶级,二是寄希望于草泽英雄。具体说来,又常常表现为以下三个方面:

1. 寄希望于清官:

在元人杂剧中,有相当数量的作品表现了人民对清官寄托了希望。关于这方面的作品,又大致可以分为三种类型:

(1)是遭受不白之冤的受害者。如《窦娥冤》中的窦娥,《灰阑记》中的张海棠,《勘头巾》中的王小二,《不认尸》中的杨谢祖,《魔合罗》中的刘玉娘等。

(2)是遭受恶人谋害的枉死者和受害者。如《后庭花》中的王翠鸾,《泣江舟》中的冯玉兰,《神奴儿》中的神奴儿,《盆儿鬼》中的杨国用,《硃砂担》中的王文用等。

(3)是遭受“权豪势要”明目张胆的倚势迫害,而自己又无力反抗复仇的受害者。如《鲁斋郎》中的张珪和李四,《生金阁》中的郭成和李幼奴,《陈州粜米》中的张㦬古父子,《延安府》中的刘荣甫等。上列14种作品中有7种是包公戏,7种是其他维护王法或神权的清官戏。

无论包公或是其他清官廉臣,他们常常站在同情人民的立场,和“权豪势要”作对。试听听《陈州粜米》中包公一段表白:

> 我和那权豪每结下些山海也似深仇,曾把个鲁斋郎斩市曹,曾把个葛监军下狱囚……
>
> 老夫有件事向君王陈奏:只说那权豪每是俺敌头。

我从来不劣方头，恰便似火上浇油，我偏和那有势力的官人每卯酉。

你虽是一人为害，我与那陈州百姓每分忧。

《延安府》中的廉使李圭也表达了类似的决心与愿望：

则为那吏弊官浊民受苦，差小官亲体伏。有一等权豪势要狠无徒，他则待要倚强凌弱胡为做，全不怕一朝人怨天公怒。若有那衔冤的来告诉，小官可也无面目，施行那徒流笞杖我可便依着条律，不恁的何以得民服。

与“权豪势要”作对的清官，又几乎都是有权力和智慧的。他们往往有金牌势剑或“奉圣人的命”的敕旨，可以先斩后奏，压倒一切，如《陈州粜米》中的包公和《延安府》中的李圭。有的则是善施谋计，设法取得审案判罪的证据，如包公“智赚生金阁”、“智斩鲁斋郎”，为妓女“笼驴”以访察案情等。这些描写既表现了人民的愿望与理想，同时也表现了作者的思想局限。因为在现实生活中，清官严格执法往往是一种不可能实现的幻想。

2. 寄希望于梁山英雄：

在现存的6种元代水浒杂剧中，其中有3种写了梁山英雄和“权豪势要”的斗争。这些梁山英雄们，或则与受害者原有旧交，他们义不容辞，挺身而起；或则与受害者素不相识，他们路见不平，拔刀相助，除掉“权豪势要”，为受害者申冤报仇，从而表达了人民的愿望与理想。

不要官府勘问是非，而要民间草泽英雄判断曲直，其本身就是对官府的怀疑与否定。官吏不法，司法吏治黑暗，是元代社会的普遍现象。无论是《燕青博鱼》中那个“东京”官府，或者是《双献功》中那个“大衙门”官府，他们都是纵容庇护“权豪势要”作恶的靠山和后台。燕大、燕青和孙孔目等受迫害者被投入死囚牢，就非常有力地说明了官府的黑暗，所以《黄花峪》中的秀才刘庆甫之妻被蔡衙内抢走后，他不是去官府首告，而是上了梁山："我别处告，近不的他，直往梁山上告。"这就把人民和官府的关系、人民和梁山英雄的关系作了鲜明的对比。为什么元剧中的清官形象多是历史人物？这恐怕是与现实生活中清官太少、或者根本就找不到清官有关系吧！

3.寄希望于皇帝或皇室子孙：

在描写"权豪势要"作恶、人民遭受残酷迫害的一些作品中，有的作品矛盾的解决，既不是依靠了包公之辈的清官廉吏，也不是依靠了李逵一类的梁山英雄，而是依靠了封建皇帝和皇室子孙。

为什么会出现这样的作品？怎样理解它的社会意义？

在封建社会里，人民心目中具有最大权力的人当然就是皇帝。所谓"溥天之下，莫非王土，率土之滨，莫非王臣"、"朕即国家"等等，"君为臣纲"则是皇帝与臣民关系最简洁的概括。皇帝的权力最大，那些号称"金枝玉叶"的皇室子孙的权力当然也不小。人们遭受迫害和冤枉而无法自明和得不到解救时，往往就把希望寄托到他们身上，这大概就是出现这些作品的由来。《望江亭》中的白士中，被"权豪势要"杨衙内诬告，皇帝赐杨以势剑金牌前往杀白，后来又是皇帝发现杨"妄奏不实"，才另派了巡抚湖南都御史李秉忠去重新处理；《金凤钗》中的秀才赵鹗，被另一个杨衙内"奉圣人的命"屈勘成杀人凶犯，并绑赴刑场，又是皇帝一纸"诏书"才救了命；《谢金吾》中的杨景与焦赞，被"权势"谢金吾与暗藏外奸王钦若陷害，王"朦胧奏过圣人"，就将杨、焦绑赴刑场，却亏"长国姑"赶到法场上，才阻止了他们行刑。这些受害者都是因为得到皇帝或皇室子孙的干预，才解除了倒悬之危。

怎样理解这些现象？它有什么社会意义？

本来，"权豪势要"就是元代统治阶级中的一个特权阶层，是受到上自皇帝、下至各级地方官府纵容庇护的一群特殊人物。他们的为非作歹之所以受到皇帝等统治者的干预，其重要原因之一是皇帝的利益受到了威胁。如《望江亭》中的杨衙内，就是个"害良民罪已多年”的大恶霸，不给予惩处就会激化人民和统治者的矛盾；《金凤钗》中的秀才赵鹗，早被朝廷官员向皇帝举荐，皇帝也下了诏书对赵“加官赐赏”，当然不能杀掉；《谢金吾》中的杨景是长国姑的“郡马”，是皇亲国戚，其尊贵自不必说，再加上谢、王与外敌勾结阴谋灭宋，直接损害皇帝和国家的根本利益……当然，不管出于什么原因，他们总是为受害者帮了忙，有的人还为国家消除了隐患。就这个意义上说，它反映了人民的愿望与理想。

不过，还要进一步看到，这些作品的可贵之处倒不是因为对皇帝寄托了希望，相反，而是表现了对皇帝的批判。那些“愿的圣明君千万载”、“荷君恩拜谢吾皇”、“谢得当今圣明主”之类的颂圣文词多是演出时的俗套，而不能当做人物内心流露出来的感情。皇帝是不值得称赞的，因为正是由于皇帝的偏听偏信（《望江亭》、《金凤钗》）和糊里糊涂（《谢金吾》），才使“权豪势要”们有可乘之机，才使善良含冤、好人受屈。这种曲折隐晦而深沉的批判，表现了极可贵的反封建的民主精神。

1983 年

略论元代中州杂剧作家

元杂剧是我国古代最早成熟的戏剧，具有悠久文化历史传统的中州也同时具有悠久的戏剧传统。远的姑且不说，北宋时期帝都东京（今河南开封）就是当时全国戏剧活动的中心。虽然中经宋室南迁之嬗变，但由于原来的戏剧基础雄厚，再加上金人又在这里建都多年，因此，以东京为中心的中州地域，不仅是北宋时期戏剧活动的中心地域，而且也是金人戏剧活动的重要地域之一。宋金时代的中州戏剧对元代中州剧作家起到了良好的哺育作用，中州剧作家为元代杂剧的发展与繁荣作出了多方面的贡献。

公元1206年，蒙古族首领铁木真统一了蒙古诸部落，建立蒙古国，铁木真被推举为蒙古大汗——成吉思汗，这个还保留着氏族制残馀的民族正式进入奴隶社会。

蒙古国建立之后，成吉思汗、窝阔台、蒙哥和忽必烈等贵族首领，先后对其他民族进行了野蛮的征服。公元1227年灭西夏，1234年灭金，1271年建国号为“大元”。1279年灭宋，实现了全国大统一，到1368年朱元璋建立大明政权被灭亡，这个比较落后的民族统治全中国将近一个世纪。

从总的倾向看，蒙古贵族对全国的征服和统治，是经历了一个破坏、建设、发展和衰败过程的。在征服战争过程中和建国以后一段时间里，他们不懂得“从马上打天下，不能以马上治”的道理，对于人数众多、文化水平比较高的汉族知识分子是歧视和不信任的。他们把民族分为四个等级：一是蒙古人，二是色目人，三是汉人，四是南人。他们规定，各级官吏："其长则蒙古人为之。而汉人南人贰焉。"①同样学历出身，民族不同而入仕官阶也不同。如顺帝至正二年三月戊寅："国子生十八人：蒙古人六人，从六品出身；色目人六名，正七品出身；汉人南人共六名，从七品出身。"②从各民族人数与国子生分配名额的比例以及官阶的差异，都说明各民族的政治待遇是极不平等的。对于广大知识分子来说，还有一个很重要的问题：在灭金亡宋和实现全国统一以后约八十年中，前代推行的科举取士制度被废置了。这就使得历来依附于统治阶级那张"皮"上的广大汉族儒生失去了入仕之途。他们或"不屑仕进"而"嘲风弄月"（**邾经《青楼集序》**）；或因"失业"而郁郁不乐；或流落民间，与书会文人、倡优艺人从事戏曲活动。这些不同表现多与对现实不满有密切关系。在这样一个特定的历史条件下，中州的广大儒生的命运和表现也大致相同。明人胡侍《真珠船》卷四谈及元人杂剧与时代关系问题时说：

> 盖当时台省元臣、郡邑显官及雄要之职，中州人多不得为之，每抑沉下僚，志不得伸……于是以其有用之材，而一寓之乎声歌之末，以抒其怫郁感慨之怀，所谓不得其平则鸣焉者也。

称元杂剧为"声歌之末"当然不足为训，而"抑沉下僚，志不得伸"云云则道出元代中州作家的遭遇了。证之《录鬼簿》谓元曲家"门第卑微，职位不振"之说完全令人置信不疑。就是这样特定的背景下，中州杂剧作家参加了多方面的戏剧活动，从编写剧本、繁荣创作到研究杂剧、推动杂剧的发展都作出了自己的贡献。

据元人锺嗣成《录鬼簿》和明人无名氏《录鬼簿续编》诸书记载，直接注明为中州籍杂剧作家者为 8 人，他们是：

---

① 《元史·百官一》。

② 《元史·百官八》。

郑廷玉	彰德人(今河南安阳人);
姚守中	洛阳人;
李好古	西平人(亦有保定,东平诸说);
赵文殷	彰德人;
赵天锡	汴梁人(今河南开封人);
陆显之	汴梁人;
宫天挺	大名开州人(今河南濮阳人);
锺继先	古汴人(今河南开封人)。

以上8人均见锺氏《录鬼簿》。《录鬼簿》记载有名字可考的杂剧作家计80馀人,而中州籍作家约占人数的1/10,所录作品为48种。而《录鬼簿》共录制剧目450馀种,中州籍作家的作品也约占作品总数的1/10。

从年代上看,除宫天挺和锺嗣成为后期作家外,其馀6人皆为前期作家。其中郑廷玉、李好古时代颇早,锺氏对郑仅知其为彰德人,其馀则一无所知;对李所知则更少于郑,李之籍贯是保定、东平或西平也弄不清楚。①

从作家出身和社会职业上看,对郑、李、陆3人毫无所考;其馀5人或"门第卑微",或"职位不振"。如赵文殷"教坊色长",姚守中"平江路吏",赵天锡"镇江府判",宫天挺"钓台书院山长",锺嗣成坎坷文人,他们多是属于中下层知识分子,在元代杂剧作家中很具有代表性。

从地域上看,作家们的分布很值得注意:除李好古为河南南部西平人外,其馀7人中有3人是北宋首都东京人,两人是豫北安阳人,1人是豫北濮阳人,1人是豫西洛阳人。剧作家们的地域分布,使我们有理由把他们和宋金时代戏曲繁荣的城市联系:东京是北宋时期戏

① 曹本《录鬼簿》于李好古名下注云"保定人,或云西平人"。天一阁《录鬼簿》又谓李为"东平人"。孙楷第先生《元曲家考略》考证李是西平人。可信。

曲人才荟萃之所，金人也曾在此建都，戏曲基础比较雄厚，即使遇到战乱和都城的变迁，其戏曲力量也不会消亡于旦夕。“破船烂了还三千钉”大概能说明这一点。宋、金、元相继，在元代，东京的杂剧作家在中州籍作家中仍居首位，豫北的安阳和濮阳，豫西的洛阳，不仅与宋金时代就很繁荣的荥阳、偃师、温县、沁阳、博爱、焦作、修武紧紧相邻，而且也和金元时期戏曲十分繁荣的晋南地区息息相通，中州剧作家与晋南剧作家在艺术上相互交流、促进也是意料中之事。

从现存剧目上看，多数作品取材历史故事或流传故事，从春秋、战国、汉、唐直至宋代都一一具备；作品内容或写人世生活，或写神话传说；剧中人物或帝王将相，或市井细民，或知识分子。多数作品虽未流传下来，但从一些剧目“题目正名”中亦可略推其剧中的某些思想。如郑廷玉的《汉高祖哭韩信》，就是对诛杀功臣而又假作悲伤的封建帝王的讽刺；《孟姜女送寒衣》则是揭露暴秦的徭役对广大人民造成的灾难和痛苦；赵文殷的《武王伐纣》则是对暴君的讨伐；姚守中的《扯诏立东宫》揭露了宫廷帝位的争夺；锺嗣成的《诈游云梦》可与《哭韩信》相对照。他们都是把矛头指向残忍、狡诈的诛杀功臣的封建君王。这些未流传下来的剧目，我们仍然可以从中看到元代河南杂剧作家对封建统治者的批判的精神。

在流传至今的 8 个剧本中，或取材历史故事（郑廷玉的《楚昭公》、宫天挺的《七里滩》和《范张鸡黍》），或取材流传故事（郑廷玉的《金凤钗》和《看钱奴》），或取材宗教故事（郑廷玉的《忍字记》），或取材神话传说（李好古的《张生煮海》），或取材于社会现实生活（郑廷玉的《后庭花》）。人物则有帝王诸侯、官吏权豪、神佛龙王、渔夫和尚、士夫文人和市井细民。思想内容则有歌颂兄弟情深、子孝妻贤的《楚昭公》；颂扬友谊信义、大骂官场和科场黑暗腐朽的《范张鸡黍》；抒发山水田园之思、轻视功名富贵的《七里滩》；讽刺贪财刻薄、为富不仁的《忍字记》和《看钱奴》；还有揭露司法吏治黑暗的《后庭花》和表现知识分子穷途末路的《金凤钗》，以及肯定征服险阻、强烈追求自由婚姻的《张生煮海》等。这些作品涉及元代社会一些重大问题，如揭露司法黑暗的《后庭花》，就写了清官包公在有权有势的官僚面前也瞻前顾后，畏首畏尾，不能秉公执法。廉访使赵忠要他“仔细审问”王翠鸾母女不知下落一案，并明白告诉他：“多因是我夫人做下违条犯法”之事。一贯刚正廉明的包公竟然顾虑重重：

> 相公道“老夫人违条犯法”，怎敢就叫他带锁披枷……你侯门深似海，利害有天来大，则这包龙图怕也不怕。老夫怎敢共夫人做两事家。

在包公的审理下，这个杀人案的主谋者廉访使夫人逍遥法外，帮凶做了替死鬼。当然，帮凶是杀人凶手，死有馀辜；但主谋者未受任何惩罚，无论如何也是司法吏治中的一个重大问题。

描写爱情主题的《张生煮海》，书生张羽经过一番曲折后终于和龙女三娘结合，欢庆之馀，三娘表达了青年男女的自由爱情理想：

> 愿普天下旷夫、怨女，便休教间阻，至诚的一个个皆如所欲。

反映考场官场黑暗、世事颠倒的《范张鸡黍》，曲折地对现实社会进行了无情的揭露：

> 有钱的无才学，有才学的却无钱，有钱的将着金帛干谒那官人每，暗暗的衙门中分付了，到举场中各自去省城殿试，岂论那文才高低。
>
> 只随朝小小的职名，被这大官人家子弟都占去了。赤紧的又自权豪势要之家，三座衙门，把的水泄不通。

科举取士制度弄虚作假，有名无实；特权阶层把持官场、垄断官场。金钱与权势主宰了社会，有才学而无权势的知识分子没有入仕之阶：“这壁挡住贤路，那壁又挡住仕途”（《荐福碑》第一折）；“如今那有钱人没名的平登省台。那无钱人有名的终淹草莱……如今他也不论文章只论财。”(《王粲登楼》第二折)宫大用、郑廷玉提出的问题,在元代很具有普遍意义。

在描写神仙道化和宿命论色彩较浓的《忍字记》和《看钱奴》二剧中,郑廷玉深感“如今人则敬衣衫不敬人”(《忍字记》)的不良世风,看到了贫富悬殊的不合理:富裕之家“有万贯家财,鸦飞不过的田产物业”……贫穷之家则是“吃了早起的,无那晚夕的”。他愤愤地道出了人世的不平:“无仁义愚浊的却有财”,“有德行聪明的嚼齑菜”(皆见《看钱奴》),可见作者并不是逃世主义者,他的笔触并未忘怀现实。当然,《看》剧的社会意义远不止此,剧中的贾仁刻薄奸诈、悭吝贪婪、为富不仁等行为,都是社会现实生活的写照。

宫天挺的《七里滩》虽然取材历史故事,但它却塑造了一个不愿与统治者合作的出世高人形象。隐士严子陵拒绝汉光武征召时竟然唱出:“你也不是我的君,我也不是你的卿……你则是十年前沽酒刘秀,我则是七里滩垂钓的严陵。”(第三折)在知识分子备受歧视的元代,这种思想是有现实意义的。

从以上可以看出,元代的中州籍杂剧作家流传下来的作品,在揭露社会黑暗与世事不平、从多方面表达进步理想方面,都达到了相当的思想深度,他们的作品将和其他优秀元剧作品一样,成为我国优秀的古代文化遗产。

在研究元杂剧工作方面作出了很大贡献,最值得提出来的是“古汴”作家锺嗣成,他不仅写了7种杂剧(皆佚)和一些散曲,更重要的是他写了一部当代杂剧史《录鬼簿》。这部戏曲论著对保存杂剧作家作品资料,增进作家相互了解与交流,对杂剧剧本的探讨与传播、艺术经验积累与提高都起了良好作用,为后世研究元代杂剧提供了极其珍贵的文献史料,在保存文化遗产与开拓戏曲史写作两方面都作出了重要贡献。

《录鬼簿》按时序分类排列作家,全书贯串了一条史的线索;在以作家为中心的前提下,为作家写小传、录剧目、评价其人其作,展现了元代杂剧的基本面貌。作为一部元人写的当代杂剧史,它是当之而无愧色(这个问题已另撰文论述,不赘)。

由于锺嗣成开始从事戏曲活动的成宗大德时代,是元代杂剧开始停滞、并逐步走向衰微的时代,“前辈”作家关汉卿、王实甫等50馀人多已下世或很少参加戏曲活动,锺氏对这些人知之甚少或根本不知,而是得到友人陆仲良从吴克斋那里获得的材料写成《录鬼簿》上卷,计作家56人,剧目349种(据曹本)。在作家小传中,锺氏不仅记下他们的姓名和籍贯,更重要的是记载了他们的交游与创作活动,使读者对这些人有更多了解和从中吸取有益的东西。如元杂剧奠基者关汉卿与杂剧作家杨显之、梁进之、费君祥等人皆有很深交往,其中和杨显之还相互讨论、修改剧作;杨显之又和杂剧艺人顺时秀交往密切,这就沟通了其他材料记载的关汉卿与杂剧艺人朱帘秀等人的关系。马致远与书会文人李时中、勾阑艺人花李郎、红字李二合作编剧,这说明元代文人杂剧作家交游的广泛。还值得提出来的是,一些教坊中人或勾阑艺人赵文殷、张国宾、花李郎、红字李二等,因兼从事杂剧创作,锺氏皆一视同仁地为他们各立条目。这对促进改变歧视艺人的不良社会风气,以利戏曲发展繁荣,起到了良好作用。

《录鬼簿》中所记“方今”一类作家多与锺氏同时,其中有年长于锺氏的父执前辈,也有他的同窗和同道挚友。他为他们写了较为具体的小传,录剧目、评剧作、评为人,同时还为其中的19人写了挽曲。与锺氏交往较密切者有宫天挺、金仁杰、曾瑞、鲍天祐、施惠、赵君卿、陈彦实、廖毅、睢景臣、周文质、李显卿、李齐贤、刘宣子、屈子敬、朱凯、陆登善、王仲元、吴朴等18人。他们在交往中涉及戏曲活动者就有曾瑞、鲍天祐、施惠等。如谓曾瑞云:“余尝接音容,获承言话,勉励之语,润益良多”;谓鲍天祐云:“余与之谈论节要,至今得其良法”;谓施惠云:“每承接款,多有高论。”这些都说明,戏曲家们的交往多有艺术经验的交流和对作品的品评,它促进了剧本创作质量的提高和剧坛的繁荣。

《录鬼簿》中还有不少曲评,其中不乏对剧本创作的探索和艺术经验的积累。如谓郑光祖“所作贪于俳谐,未免多于斧凿”;沈和甫之作“极为工巧”，又始创“南北调合腔”；陈以仁之作“多有骈丽之句”；赵良弼之作“其辞甚丽”；廖毅之作“皆不凡俗”；睢景臣之作“制作新奇”；周文质之作“文笔新奇”；曹明善之作“华丽自然”；屈子敬之作“乐章华丽”；王庸之作“清雅不俗”。这些评曲文字（兼及散曲），涉及创作中的作品立意，艺术技巧和艺术风格等问题。锺氏肯定或赞成的是：要求立意要新、行文布局要自然、风格可以多样化等。这些文艺见解是有启发、借鉴意义的。

为了更好地交流创作中的某些信息，锺氏还把杂剧体制方面的变例，同名剧作的不同作者及各种本子等，皆在其剧目下一一注明。如李文蔚《金水题红怨》、张时起《秋千记》皆注云“六折”（孟本）；白仁甫和尚仲贤皆编写《崔护谒浆》，尚剧下则注云：“次本”；孔文卿、金志甫皆编写《东窗事犯》，孔剧下注云“二本”，金剧下注云“次本”（天一阁本）。又杨显之《酷寒亭》下注云“旦、末本”①（孟本）。这些剧本信息的交流，对促进杂剧体制的完善和多样化发展，对剧本创作有关信息的交流，都起到了良好作用。

当然，作为一部当代杂剧史，锺氏的《录鬼簿》还是有种种不足之处。比如对我国戏曲渊源、发展与成熟规律的探讨，对作品内容和形式的具体分析和舞台艺术的多方面探索都还不够。600年前的锺嗣成不可能具备解决这些问题的条件，甚至他主观上也并不是很明确地要写戏曲史，只是《录鬼簿》在客观上具有戏曲史的价值。就其主观动机看，他是为了表彰杂剧作家和其他曲家，并为后学提供借鉴。这些曲家们虽然“门第卑微，职位不振”，但他们都是“高才博识，俱有可录”之人。《录鬼簿》之作是“冀乎初学之士，刻意词章，使冰寒于水，青胜于蓝”。这样的写作动机在今天仍是进步的。

1985年

① 此剧目下所注“旦、末本”，很可能是指这个剧本有正旦和正末主唱的两个本子，故朱权在《太和正音谱》中就直注云“旦、末二本”。

略论元剧作家笔下的中州社会生活

从现存的约为150种元人杂剧中初步统计，故事背景发生在中州者约为60馀种①。这个数字占全部现存作品的2/5左右，其数量和比例之大，超过了任何一个地区。

从作家方面看，前期有关汉卿、高文秀、郑廷玉、白仁甫、马致远、李文蔚、吴昌龄、王实甫、武汉臣、王仲文、石君宝、杨显之、张国宾、孙仲章、岳伯川、石子章、孟汉卿、李行甫、张寿卿和刘唐卿等20人；后

① 按故事发生主要地点，略依作家时代先后录剧目如下：

开封35种（一剧故事背景在两地者则择其一地，下同）：

拜月亭　蝴蝶梦　鲁斋郎　绯衣梦　谢天香　谇范叔　遇上皇　忍字记　金凤钗　后庭花　看钱奴　陈抟高卧　燕青博鱼　生金阁　救孝子　紫云庭　合汗衫　罗李郎　勘头巾　灰阑记　留鞋记　杀狗劝夫　风云会　替杀妻　小张屠　抱妆盒　举案齐眉　马陵道　盆儿鬼　神奴儿　合同文字　延安府　苻金锭　谢金吾　射柳捶丸

洛阳18种（附渑池1种）：

调风月　裴度还带　墙头马上　张天师　破窑记　魔合罗　红梨花　两世姻缘　桃花女　鸳鸯被　云窗梦　货郎旦　硃砂担　刘弦嫁婢　蓝采和　百花亭　碧桃花　渑池会（渑池）

郑州、荥阳、陈州、汝南、汝阳、南阳等地共计9种：

救风尘　酷寒亭　铁拐李岳　竹坞听琴（以上郑州）　降桑椹（汝南）　范张鸡黍（汝阳）　三战吕布（荥阳）　赵礼让肥（南阳）　陈州粜米（淮阳）

期有宫天挺、郑德辉、曾瑞、乔吉、秦简夫、萧德祥和王晔等7人。此外，可能还有一部分佚名作家。就地域方面说，中州社会引起了更多元剧作家的关注，它为他们提供了极为丰富的创作题材，描写中州社会生活是一个延续不断的过程。

从作品描写的具体地域看，在60馀种作品中，故事背景发生在开封者为35种，洛阳者18种（内有渑池一种），其他如郑州、陈州、荥阳、汝南、汝阳、南阳等地为9种。可以看出，具有深厚戏曲传统的开封和洛阳，在为元剧作家提供作品题材方面还保持着优势。

从作品题材方面看，其内容有各种公案、男女爱情、神仙度脱、隐居乐道、变泰发迹、道义友情以及风习民情等，可以说是涉及元代中州的广阔的社会生活。由于一些较为复杂的社会原因和文学原因，诸如文禁的严酷，某些故事长期流传所产生的社会影响等，因而在这60馀种作品中，有相当一部分取材于历史故事和流传故事。其中一些比较严格的历史故事，虽然基本上不违背历史事实的真实，但它也并不是历史事实的如实再现，而是渗透了作家对它们的社会评价和重新认识，或者是有所寄托。它们已成为元剧作家笔下的某一历史时期、某一方面社会生活的缩影，如《渑池会》、《举案齐眉》、《范张鸡黍》、《陈抟高卧》等。另外一些历史流传故事，在长期流传过程中早已经过人们不断改造而脱离了历史原貌，这些作品更多地渗透了作家的艺术加工，因而也更多地反映了元代社会现实生活，如《破窑记》、《灰阑记》、《留鞋记》等。还有不少作品从现实生活中选取题材，有时却随意假借古人名字，故意张冠李戴，移花接木，而实际写的却是社会现实生活。这类作品情况比较复杂，涉及面也较广，诸如包公、钱可、张鼎、王翛然等清官良吏审案断狱的公案戏、男女爱情戏、家庭矛盾、悲欢离合、变泰发迹等。从社会意义上看，后两类作品更能反映元代中州社会生活。故拟以这两类作品为主，探讨以下三个方面的问题：

一　揭露司法吏治黑暗

司法吏治是国家专政机关行使权力的重要表现方面，它关系着这个国家每个人的切身利益。司法吏治问题又多是从公案事件引起，而公案事件又多属刑事案件，经过官府审理然后判决。审理过程是否重证据？判决是否依法？这是评价司法吏治好坏的标准。在元代或封建社会，这类案件的发生和解决，又常常暴露出这个社会的司法吏治本身和与之相关的社会秩序问题。一个社会秩序的好坏，往往是观察这个社会政治和经济形势好坏的重要窗口。政治是否稳定？经济是否繁荣？人民是否安居乐业也总是要在社会秩序中反映出来。元代社会秩序混乱，权豪势要和一切邪恶势力横行不法是有大量材料可征的。《元典章》、《通制条格》等文献可供参考①。

在现存的20馀种反映元代中州政治生活的公案戏中，都从不同角度暴露了元代社会秩序混乱和司法吏治黑暗问题。如果从地域上看，历史上曾经是北宋政治、经济、文化中心的开封和另一古都洛阳又更为突出，以杀人害命为例就有以下多起：

开封城内赵廉访使家人王庆夺妻杀夫（《后庭花》）；

开封城内狮子店不法之徒店小二逼奸杀人（《后庭花》）；

开封城内庞衙内家权豪势要夺妻图宝杀人（《生金阁》）；

开封城内州桥热闹去处，不法妇女王腊梅图财杀人（《神奴儿》）；

开封城内王员外家，惯犯裴炎图财杀人（《绯衣梦》）；

---

① 元代权豪势要及邪恶势力横行不法见于文字记载者颇多，如《元典章》三十九《刑部》卷之一记云："一等权富豪霸之家，内有曾充官吏者，亦有曾充军役杂职者，亦有泼皮凶顽，皆非良善，以强凌弱，以众害寡，安兴横事，罗摭平民，骗其家资，夺占妻女，甚则伤害性命，不可胜言。"……又《通制条格》记云："江南三省所辖之地，民众豪富兼并之家，专令子孙弟侄，华裙骏马，跟随省官……把持官府，欺压良民，以私害公。"

开封郊区黄河岸上，惯犯陈虎图财夺妻杀人害命（《合汗衫》）；

开封近郊40里破瓦村客店，惯匪盆罐赵图财杀人（《盆儿鬼》）；

洛阳城郊不法道士夺妻杀人（《勘头巾》）；

洛阳近郊五道将军庙，不法医生图财夺妻杀人（《魔合罗》）；

洛阳郊区黑石头店及城关，惯匪白正图财夺妻，杀人害命（《硃砂担》）；

郑州城内马员外家，恶吏淫妇因奸杀人（《灰阑记》）；

中牟城内大街上，权豪势要随意打死平民（《蝴蝶梦》）；

陈州公堂赈粮官随意打死灾民（《陈州粜米》）。

从上列材料可以看出，图财害命、夺妻杀夫是这些案件的共同点。这些杀人罪犯，或为权豪势要，或为官僚家豪奴，或为杀人劫货惯犯，或为市井不法之徒。其中以惯匪惯犯为最多，权豪势要最凶狠。被害者或为一般财主员外，或为市井细民，或为个体劳动者，或为无知孩童，或为读书士人，其中以下层百姓为最多。

一面是强暴者行凶杀人，一面是善良者惨遭杀害。那些理应维护社会秩序、保障百姓生命财产安全的"父母官"又是一些什么人呢？他们在这方面又做了些什么事呢？元代官吏贪暴昏庸、司法吏治黑暗腐败是有史可征的。成宗大德七年就"罢赃污官吏凡一万八千四百七十三人"（《元史·成宗记》），这是研究者经常引用的一条材料。而元代内外有官员总额不过26000馀人①。贪官污吏所占总官员人数的比例如此之大真骇人听闻，然而却是事实。元剧中的贪官污吏形象，正是社会现实生活中贪官污吏群像的典型概括。试看《灰阑记》中那位郑州太守苏顺的一段上场白：

> 虽则居官，律令不晓，但要白银，官事便了。

苏顺的表白很有代表性，愚昧、贪狠大概是这些地方官的共同

---

① 《元典章》卷七，《吏部一·内外诸官员数》称元代官员为26690人。

点。剧本写他听不懂告状人的诉状，审断全由令史代替。据史书记载，蒙古贵族居官多不谙政事、不知刑名，甚至不识汉字。① 再加上官俸菲薄，有时还不按时支俸。过去就有人指出这是“明白放令吃人肚皮，椎剥百姓”②。当然，这只是看到了问题的一个方面，而没有看到另一个方面。除了俸禄制度问题之外，还有官僚制度本身的问题，其中最根本的一点就是统治者和百姓的对立。《魔合罗》中那个河南府所属县令对告状人下跪，声称：“但来告状的，都是衣食父母。”他听了告状人的申诉，理不出个头绪，也是请令史代替审断。《勘头巾》中那位“南京大尹”对告状人的话竟“不省的一句”，也只好请令史代劳。而这些令史中又很少有好人：《灰》剧中的赵令史就是与原告通奸、共谋毒死人命的凶手，他审理此案时当然不会去询问全部案情，而是居心要诬陷无辜的被告张海棠，劈头劈脑地把杀夫图财夺子的罪名加在张头上，进行严刑逼供：

你药杀亲夫，这是十恶大罪哩！

这都是小事，我不问你，只问你为何药死了亲夫，强夺他孩儿，混赖他家私？一一招来。

这顽皮贼骨，不打不招。左右，与我拉上去，着实打呀！

封建统治者标榜的“王法无私”，公堂上挂着“明镜高悬”的大

---

① 陶宗仪《南村辍耕录》卷二《刻名印》云：“今蒙古、色目人之为官者，多不能执笔花押，例以象牙或木刻而印之。”又叶子奇《草木子·杂俎篇下》云：“北人不识字，使之为长官或缺正官，要题判署事及写日子。〔七〕字钩不从右七而从左〔ㄔ〕转。见者为笑。”这条材料可能有点言过其实，仅供参考。

② 元代官吏俸禄菲薄，且常不能按时支俸。《历代名臣奏议》郑介夫谓：“丞相职居人臣之右，每月得俸八锭有零，一日之俸，不过十四两；若放晋之何、曾，日食万钱，虽竭私币，不能自给矣。”又程钜夫称：“江南州县官吏，自至元十七年以来，并不曾支给俸钱，真是明白放令吃人肚皮，椎剥百姓。”(《雪楼集·吏治五事·给江南官吏俸钱》)。

牌,全是自欺欺人之词。这个案件的杀人罪犯是马均卿之大娘子和奸夫赵令史,让赵来审断此案,岂非纵坏人作恶!覆盆之下,张海棠只好屈打成招。

《魔》剧中那个萧令史,也是一个污吏典型。公堂之上,他本来是要挟私报仇,下令张千责打李文道。但是,当李"舒三个指头",并说"我与你这个"之后,不仅免于责打,而且还和李讨价还价,直到满意为止。官场成了商场、交易所。这就难怪关汉卿要呼喊"覆盆难照太阳辉"呵!官府的腐朽黑暗所带来的社会秩序的混乱,那些无辜的受害者,除了被人暗算害命之外,很多人常常是睁着双眼受害而没有力量反抗和无法反抗。如秀才郭成之妻被庞衙内抢夺,还要害他性命,他哭天呼地,束手待死(《生金阁》);10 岁儿童神奴儿,苦苦哀求要勒死他的婶子,仍被婶子活活勒杀(《神奴儿》);小商人杨国用被盆罐赵劫了银子,杨哀求饶命,还是被杀后焚尸(《盆儿鬼》);小商人王文用被惯匪白正追逼,他甩不掉,躲不脱,也无法寻求官府保护,终被劫财害命。住在洛阳东关里的父亲,也被白推下井淹死,妻子被白霸占,她也无法到官府告状(《硃砂担》)。这些事实的本身就是对官府的暴露。白正最后受到惩罚是靠了神灵,这个情节很有点揶揄性质:人间官府不执法,阴曹鬼力神也怕恶人,还是"上圣"东岳太尉亲自出马为王氏父子申冤报仇,让两个鬼魂获得一点精神慰藉。实际上,这种申冤报仇,只不过是一种对罪犯的道德审判罢了。

二　描写多种多样的婚姻爱情

爱情婚姻是人们家庭生活的一个重要方面。在元剧作家笔下,中州大地的男男女女,其中主要是青年男女的爱情婚姻生活,也就成了作家描写的重要题材,在广大妇女遭受重重压迫的封建社会,她们的命运又更多地引起了作家的关注。

在现存的约为 30 馀种的以爱情婚姻为题材的元杂剧中,其中有 19 种的故事背景发生在中州大地,而洛阳、开封又更为突出。这些商品经济比较繁荣的城市，爱情婚姻问题方面表现出来的反封建民主思想也就更强烈。在这些作品里，或指腹为婚，或父母包办，或自由结合。其女主人公或为富贵人家千金小姐，或为社会下层姑娘，其中以妓女为最多。而男主人公则几乎都是青年知识分子，其中又多是不第儒生。这是不是与元代停止科举考试之后，相当一部分士人寄情声色而又幻想“双登科”有关，因为他们的团圆又总是在科举及第并得官之后才实现的。不管是属于哪种类型的作品，它们都从不同角度和不同程度上表现了对封建礼教道德的批判精神。作为文化遗产，它们还具有较强的艺术生命力。

在这类作品中，以妓女与书生的爱情婚姻故事为题材的作品就有6种，它们是《救风尘》、《谢天香》、《红梨花》、《两世姻缘》、《百花亭》和《云窗梦》。这是广大农村经济破产，城市商品经济畸形繁荣，官僚地主、豪商大贾享受腐化的产物。据《马可·波罗行记》记载，在元代，仅大都就有妓女25000人，这正是元剧中出现大量以妓女生活为题材的作品的社会基础。这些沦落风尘的姑娘，她们都有不幸的身世，家庭贫穷，卖笑求食。姑娘们一旦身入“乐籍”，特别是成了“上厅行首”，就会受到官府的更多压迫。由于她们色艺双全，地方官们就常以“唤官身”之名随意招来承宴佐酒，寻欢作乐。谢天香对众姐妹诉苦时说：“咱会弹唱的，日日官身；不会弹唱的，到得些自在。”更有甚者，有的官员为了寻衅找事，并无什么宴会待客，也以“唤官身”之名传唤。如钱大尹明知谢天香送别柳永时所填《定风波》词有“芳心事可可”句，却偏要以“唤官身”之名传唤天香，令其再唱此词，待谢唱出原句，就将以“误犯俺这讳字”（钱大尹名钱可）而加惩罚，谢就成了“典型过罪人”，柳永就不好再和谢来往。虽系“智宠”，其用心却十分险恶。

买笑追欢，苦乐随人，妓女生涯使她们很痛苦。《金钱池》中上厅行首杜蕊娘的大声呼喊：“我想一百二十行，门门都好着衣吃饭，偏俺这一门，却是谁人制下的？忒低微也呵！”她们要跳出苦海，“从良”嫁人，嫁什么人？在男尊女卑的社会，“那做丈夫的做得子弟，做子弟的做不得丈夫”。这是长期生活在开封的名妓赵盼儿多年生活观察得出来的结论。择什么人而嫁才能获得幸福生活？关于这个问题，《红梨花》中的谢金莲与梅香有一段要嫁秀才的争论，谢是这样来回答梅香的：

> 秀才每我从来羡他，提起来偏喜恰，攻书学剑是生涯。秀才每受辛苦十载寒窗下，久后他显才能一举登科甲。秀才习礼仪、学问答……

谢的认识可能有相当的代表性。许多风尘姑娘对秀才都有好感：赵盼儿很同情安秀实；韩玉箫死死生生锺情于韦皋；谢天香念念不忘柳永；贺怜怜资助王焕求取功名……她们爱秀才，秀才虽然社会地位低下，但他们有朝一日“登科甲”，自己可以盼个“夫贵妻荣”；秀才虽然也做子弟，但他们“习礼仪，学问答”，知书识礼，自己可以获得比较受人尊重的正常生活。这一切都无可非议，它包含了封建社会中那些风尘姑娘对美好幸福生活的合理追求。然而，在元代那样的封建社会，她们和秀才相爱总是有破坏者从中插入，这些人或为兼营商业的官僚子弟（《救风尘》中的周舍），或为手握巨资的军需官员（《百花亭》中的高常彬），或为“多有金银财物”的茶叶商人（《云窗梦》中的李多），这些官家子弟或富商大贾凭着自己的财势，以金钱收买鸨儿，迫她们就范。她们虽然进行了反抗，但也无济于事，或被逼嫁而走（《百花亭》中的贺怜怜），或被气病而亡（《两世姻缘》中的韩玉箫），或被转卖远地（《云窗梦》中的郑月莲），秀才们也束手无策。在“八娼”、“九儒”等级制度之下①，妓女、秀才皆被视为下等人。所谓“一举及第”、巧合

---

① 《谢叠山集·送方伯载归三山序》：“我大元典制，人有十等；一官、二吏、先之者，贵之也……七匠、八娼、九儒、十丐，后之者，贱之也。”又郑所南《心史·大义略叙》：“鞑法：一官、二吏、三僧、四道、五医、六工、七猎、八民、九儒、十丐。”

中团圆，投军立功、诛杀情敌后“夫妻重谐”，死后投生、重结“两世姻缘”等只不过是剧作家的一种幻想、一种愿望的表达，这些幻想“却终于是不会在实际社会上实现的”则是事实。①

妓女们的爱情婚姻很不幸运，其他姑娘们的爱情婚姻是否就很幸运呢？在封建专制主义礼教和“父母命、媒妁言”的婚姻制度束缚下，她们的爱情婚姻也是很不幸的。另外的十几种作品，在描写封建社会中的爱情婚姻方式及各种形式的大团圆结局方面，可以说是比较完备和丰富多彩的；或写男女主人公自由相爱、自主结合（《拜月亭》、《调风月》、《墙头马上》、《张生煮海》）；或写家长做主订婚、中经曲折后结合（《举案齐眉》、《碧桃花》）；或写指腹为婚，中经曲折后结合（《绯衣梦》、《竹坞听琴》、《合同文字》）；或写抛绣球招亲、中经曲折后结合（《破窑记》、《苻金锭》）；或写家庭遭受政治、经济上打击，因误会而结合（《鸳鸯被》）等。这些作品表现了对封建礼教道德、封建婚姻制度、世俗观念和邪恶势力的批判和对合理爱情理想的追求。然而，自由相爱、自主结合的爱情婚姻多受到封建家长或以神权力量出现的政权力量的干涉与破坏。王瑞兰是金国尚书之女，她与汉族书生蒋世隆在患难生活中自由相爱、自主结合，无论从民族融合或婚姻本身都是无可指责的，而王父却活活拆散了他们的婚姻。李千金与裴少俊自由自主地结合，并且生子育女，也被那个“替儿嫌妇”的封建家长逼离。他们都是中试后团圆，并无现实生活的必然性。徐碧桃本是封建家长做主与张道南定婚，一次偶然机会二人在花园中邂逅相遇，徐之父母大加责骂，碧桃被活活气死，死后三年，其鬼魂又与张结合。而张父竟请了会“行五雷阵法”的萨真人来捉鬼除邪，只因碧桃“有二十年阳寿未尽”，才胡乱地让其妹玉兰“食尽禄绝”，使其“借尸还魂”与道南团圆。荒诞离奇的情节，充满了剧作家对现实生活悲剧色彩的审美评价（《碧桃花》）。月宫中的桂花仙子为报一琴之德，与西洛

---

① 郑振铎：《中国文学研究·论元人所写商人、士人、妓女间的三角恋爱剧》。

书生陈世英相会并不算什么违条犯法之事。以“除尽八方鬼怪”为业的张天师却说“陈世英是花月之妖,搅缠成病”,竟然请神调将,拘来桂花仙子,责她“罪犯天条”,罚其“伴玉兔将功折罪”。张天师是现实社会生活中政权力量的代表,他审断桂花仙子一案时,还同时传讯了荷、菊、梅、桃诸花仙子与风、雪二神,可见权力很大(《张天师》)。在描写自由爱情故事一类作品中,只有王月英与郭华的相爱别具一格,女主人公对爱情的追求非常主动和大胆。这位商人家庭出身、父亲死后又自己经商的姑娘,她认为男女相爱光明正大,不必畏首畏尾:“常言道风情事那怕人知。”在她身上,更多地闪耀着市民思想的光辉。李玉英因家难而与张均卿误会结合,从实质上看还是自由婚姻。玉英的不幸遭遇则暴露了刘员外乘人之危的恶劣行为(《鸳鸯被》)。

指腹为婚是父母包办婚姻的另一种表现形式,它的盲目性表现了封建婚姻的落后性。“父母命,媒妁言”还有点客观条件做根据,而“指腹为婚”就完全是“听天由命”,不用说当事人不能做主,因为他们还未降临人间;就是双方的父母,又何曾不是完全听从“命运”安排。王闺香与李庆安,郑彩鸾与秦修然,皆是未生下来就被双方的父母代订了婚约。王、李两家倒还门第相当,一称“王半州”,一称“李十万”。李家后来衰败,王家撕毁婚约,并由此而演出一场杀人悲剧(《绯衣梦》)。郑、秦两家也是门当户对,后来双方父母皆亡,中经一番曲折巧遇结合(《竹坞听琴》)。这是封建制度没落腐朽、在婚姻方面绝对相信命运的产物,它的落后性是十分清楚的。

从现象上看,抛绣球招亲,给予了青年男女较多的婚姻选择机会,特别是青年姑娘有更多的自由,比指腹为婚或父母包办都较进步。但是,这里有三个难于解决的问题:一是能享受抛绣球招亲的都是富贵人家小姐,而不是广大平头百姓的姑娘,这种方式并不普遍。在以中州大地为故事背景的剧作中也只有《破窑记》和《荇金锭》两种。二是小姐选中的对象也多是凭外貌,即使略有接触如荇金锭与赵匡义那样也较少。刘月娥之父结彩楼,命女儿抛绣球招亲也是“凭天匹配”,婚姻仍是带有很大的盲目性和偶然性。三是当事人选中的对象不一定是父母选中的对象，这就会带来封建家长的干涉和破坏，如刘月娥与吕蒙正的婚姻。这两对青年男女后来都圆满结合，但这也并不能说明抛绣球招亲有进步性。苻金锭抛绣球与赵匡义是双方已了解对方门第；刘月娥与吕蒙正的最后结合也并不是生活逻辑的必然。刘父赶逐其女刘月娥及吕蒙正出门，又打碎了破窑中的“家活”等行动就相当绝情，寇准的“说破机关”无非给刘家找一个台阶，是剧作家调和矛盾的不成功之笔。

综观这些作品可以看出，元代中州大地流行的各种爱情婚姻方式及其结局比较全面和多种多样，除《张天师》外的各种形式的“大团圆”，整个过程充满了封建家长、政权力量的干涉和捉弄，可见自由爱情、合理婚姻与封建主义是多方面的格格不入。在那个爱情婚姻不自由的社会，李千金呼喊出的“愿普天下姻眷皆完聚”就成了一种崇高的愿望和理想，它与《西厢记》、《倩女离魂》等描写爱情之作是同一调子，是元杂剧中民主性精华的重要组成部分。

三　关注平民日常生活

我国古代文学发展到唐宋时代，普通人民的日常生活较多地逐渐进入传奇、话本等领域；元人杂剧在继承前人的基础上又有新的发展，这是作家对生活领域视野的扩大，对生活的复杂丰富有了更多认识的反映或表现。综观现存的元人杂剧，不少作品已不再是去表现金戈铁马、烟粉灵怪、忠孝节义或风花雪月，而是把笔触投向了人们的日常生活，诸如城市商业、手工业、服务性行业、世风习俗、典章制度以及某一阶层的经济生活，这是现实主义文学的发展和进步。据不完全统计，在前列几十种剧作中，除去一般的客房酒店不计外，就有 10 家解典铺、3 家打银铺（作品中或叫银匠铺），还有脂粉铺、绒线铺、生药店、烧鸭店、豆腐店、罗缎房、茶馆和一些卖儿童玩具的商店或货郎儿。此外，还有茶商人和军需商人等。从地域上看，除郑州有一家解典铺、许州有一家打银铺和陈州一家罗缎房外，其馀铺店多集中在开封和洛阳,其中又以开封最为集中。这个在北宋时代曾经是全国戏曲活动中心、金代又继续在此建都的城市,一直引起了元剧作家们的关注。剧中出现的各种各样的商业和手工业,除了表明剧中人物的职业、身份或经济地位外,有不少描写又都与刻画人物、展开剧情和解决矛盾有密切关系,从而成为作品的有机组成部分。

解典铺是封建社会城市富商大贾,利用货币作手段对穷人进行无情剥削的一种重要形式。因为他们是以货币为资本,有的解典铺也就兼放高利贷,剥削穷困之人十分残酷,这就是元代有名的"羊羔儿利",甚至一些政治上暂时倒霉的官员也在所难免。洛阳城中开解典铺的刘员外,就利用河南府尹李彦实受人谗害、丢官问罪、向他借钱之机,要挟其女李玉英在借约上签字做"保人"。一年之后,李家还不起连本带利二十个银子,刘就逼玉英为妻以抵债。在一场误会中,姑苏秀才张均卿与玉英巧遇而结成夫妇。经济上的高利贷剥削导致了一对比较美满的人间良缘(《鸳鸯被》)。开封城中解典铺的"半州王员外"也是个嗜钱如命者,"一生好打家劫舍"的裴炎拿着破旧衣裳去典当诈钱,王不仅拒不接受,而且还骂裴"歇着案",揭了裴的"老底"。裴恼羞成怒,酿成梅香被杀、李庆安受冤的大祸。把一场本是经济上的民事纠纷变做了人命官司,而棋盘街底井巷茶房三婆为争吵一桩生意却把真正杀人犯暴露出来(《绯衣梦》)。洛阳郊区以卖魔合罗为业的货郎儿高山是一场人命官司的主要证人,他提供洛阳城中生药店材料则暴露了真正杀人凶手,使人命官司得以定案,为枉死者复了仇(《魔合罗》)。银匠李四在许州城开个打银铺,权豪势要鲁斋郎以整理银壶为名而抢走了李的妻子(《鲁斋郎》)。这些商业、服务性行业和手工业的描写往往是触发或解决某一事件的契机。王月英在开封开个脂粉铺,引起了和落第书生郭华的一场自由恋爱并最后得到结合(《留鞋记》)。开封的烧鸭店和豆腐店则入木三分刻画了看钱奴贾仁的丑恶灵魂(《看钱奴》)。这些描写都不是多馀的,它大大增强了作品的生活气息。

元剧中关于中州风俗习惯的描写也颇值得一提。诸如正月十五观灯、清明节扫墓、送鞋退婚、以鱼作赌博利物(《燕青博鱼》),指腹为婚、抛绣球招亲、卖卦算命等,这些描写同样与发展剧情、刻画人物有密切关系。其中某些习俗,多是前代人们习俗的继承。如《生金阁》、《留鞋记》中描写元宵节开封观灯,《东京梦华录》就有对北宋徽宗时期元宵节东京观灯的较详记载:正月十四日,皇帝就“幸五岳观”观灯;从十五日至十九日连续五个晚上,则是军民人等任意观赏。“宣和与民同乐”,可以通宵达旦。其中“最要闹”去处则是“竞陈灯烛,光彩争华,直至达旦”。各行各业如马行、看药铺、茶房、酒肆“灯烛各出新奇”,相互竞赛。“就中莲华王家香铺灯火出群……游人无不驻足”。这样的灯展,一直延续到正月十九日,每夜“城闉不禁”、通宵达旦展出。

《生金阁》第三折描写开封灯节:

> 时遇元宵节令,预赏丰年,城里城外,不论官家民户,都要先点放花灯,与民同乐。

《留鞋记》第二折描写开封灯节:

> 车马践尘埃,罗绮笼烟霭,灯球儿月下高抬……
>
> 你看那月轮呵光满天,灯轮呵红满街,沸春风管弦一派,趁游人拥出蓬莱。
>
> 看一望琼瑶月色,似万盏琉璃世界,则见那千朵金莲五夜开。笙歌归院落,灯火映楼台……

作品中的元宵观灯,并非作者的随意点染,可有可无,而是有助于发展剧情和人物刻画。《生》剧中的王老汉等人观灯,郭成鬼魂追赶王老汉等人,包公从王老汉处得知没头鬼闹元宵之事,才有后来一系列的装神弄鬼、为民申冤除害等情节。《留》剧中的王月英,观灯时是那样心花怒放、满目春色,表现了她即将与意中人相会的喜悦。

《杀狗劝夫》中描写孙荣清明节扫墓祭祖，两个寄生虫柳隆卿、胡子转与孙荣“把盏破盘”，饮得酩酊大醉。孙在醉中又打骂前来祭扫坟墓的弟弟孙华。这些描写具体揭露了孙荣交结非人、虐待其弟的恶行。

《绯衣梦》中王半州嫌贫爱富、背信弃义退婚，其做法是：送一双布鞋和一点银子与已有婚姻之约的李庆安，意为“踏断了线脚儿，便罢了这亲事”。后遂有闺香赠银、裴炎杀梅香、李庆安受冤等情节。这些世风习俗的描写，大大增强了作品的地方色彩。

在描写人们日常生活的作品中，元代知识分子的经济生活得到了较为充分的反映。也许由于作家是知识分子，他们写自己的生活比较熟悉，因此这方面的作品也较多。其实，知识分子是社会成员的重要组成部分，他们达则上与官府乃至朝廷相连，穷则下与社会下层劳动者为伍，透过他们的日常生活，可以看到元代某些社会问题。元代知识分子政治上受压抑，经济上受贫困，“门第卑微，职位不振”，与锺嗣成所说的元曲家地位相同。据《元史·选举志序》称：“当时仕进有多歧，铨衡无定制……捕盗者以功叙，入粟者以赀进……殆所谓吏道杂而多端者欤。”由科举入仕之途废，由吏道而官者名目繁多。“所设之名未易枚举”（同上）。儒生入世者难，吏员而官者易，一时之间，遂造成轻儒重吏的社会风气。至元二十一年九月丞相火鲁孙与留梦炎言：“中书省臣奏，皆以为天下习儒者少，而由刀笔吏得官者多。”①剧作家宫天挺就曾借古人范巨卿之口，对轻儒重吏的不合理社会现象大发牢骚：“今日个秀才每遭逢着末劫，有那等刀笔吏入省登台。”元代知识分子社会地位低下，以反映中州社会生活的作品为例，也为我们提供了这方面的文字资料：他们或沦为庄农，后来被权豪势要无故打死，家庭吃官司，老妻“叫化”点残羹剩饭进牢探监（《蝴蝶梦》）；或穷得妻不以为夫，子不以为父，只好到周桥题诗卖文（《金凤钗》）；或质典亲生儿女，凑钱进京应考（《罗李郎》）；或形同乞丐，唱莲

① 《元史·选举志》。

花落寻衣觅食(《忍字记》);或出身七辈科举之家其子穷得投亲靠友,其女被逼做了娼妓(《灰阑记》);或外出逃荒,流落异地,病死他乡(《合同文字》)……

经济上如此贫穷,政治上还受到歧视。有的官僚对儒生怀有成见:“提着个秀才便不喜。”(《拜月亭》)权豪势要们对儒生更抱着敌视态度:“倘有秀才冲着我的马头,一顿就打死了。”(《生金阁》)在这样的社会风气下,一贯受到尊重的儒生们当然接受不了。“万般皆下品,唯有读书高”的优越地位失去,“十年窗下无人问,一举成名天下知”的生活道路被堵塞。他们一个个满腹牢骚,感叹万端,为自己的遭遇鸣不平:“文章教尔曹,诗书访先觉,我如今居无安、食无求饱。”(《赵礼让肥》)一个逃荒的儒生说;“我可也为甚的甘受贫,不厌勤,抵多少策顽磨钝,也只为不如人学做儒人。”(《合同文字》)一个教书的儒生说;“守着这三尺萤窗十数春,便待要千龙门一跳身。既生长在人伦,狗也有三升糠分,况道是我为人。”(《金凤钗》)一个被发妻、儿子、店小二相逼的儒生说。这是元代较为严重的特殊的社会问题。不少杂剧出现的皇帝下诏“访贤”、儒生们的“万言长策”被推荐采用,各种各样的“贤孝”之人破格走进官场……这一切恐怕都是剧作家们幻化出来的“升官图”,现实生活中并没有那样多的巧遇。考之元代史料,元代统治者是重用了一些名儒的,诸如刘秉中、郝经、姚枢、许衡等人,都受到最高统治者的特殊恩宠。然而,这只是对待少数的上层名儒,而绝大多数中下层知识分子并不受重用。在有元一代,皆有“儒户”免除杂泛差役的规定,①但并未认真贯彻执行,陆文圭《墙东类稿・廉访使孙公墓志铭》记云:“至元有诏,蠲免(儒户)身役,州县奉行不虔,差徭如故。”到皇庆时期就进一步明白宣布:“儒户杂泛差役……与民一体当差。”这大概是元剧中多有以他人酒杯浇自己块垒之作的社会现实基础。这些日常生活描写,加上涉及的元代典章制

---

① 《元史・世祖纪六》至元十三年三月戊寅:“诸路儒户通文学者三千八百九十,并免其徭役。”大德、至大年间仍有类似文字规定。

度，诸如儒户、贴户、军户、民户、站户、医户、斡脱、乐籍、社长制度等，就使作品更加充满了那个社会特定的时代色彩。

综观全文，我们似可获得以下两点认识：

1. 有元一代，一些非中州籍杂剧作家，十分关注中州大地的社会生活。“元曲四大家”或“六大家”都写过以中州为故事背景的作品，其中关汉卿一人写剧 8 种，高文秀、张国宾各写剧 2 种。这块土地有悠久的戏曲活动历史，对剧作家有很大吸引力。

2. 非中州籍作家（也包括个别中州籍作家）所写的反映中州社会生活的作品，涉及元代政治、经济、爱情婚姻、世风习俗以及典章制度等生活领域，具有进步的思想倾向性，既是研究我国元代历史的重要文献，也是我国一笔珍贵的文化遗产。

1985 年

元代三国戏简论

三国故事的流传和元代的三国戏

丰富多彩、脍炙人口的三国故事，从两晋以来就在民间流传了。目前尚能看到的裴松之注《三国志》所引的许多资料，就是当时流传故事的部分文字记录；而将故事搬上讲坛或舞台，大约是唐宋以来的事。唐初高僧道宣（公元 596～667 年）《四分律删繁补阙行事钞》卷下三《僧像致敬篇》一条小注云："似刘氏重孔明等。"唐大觉的《四分律行事钞批》卷二六《续藏》第一编第六十八套第一册则说：

> 注云"似刘氏重孔明"者，刘备也，意三国时也。……蜀有智将，姓诸葛、名高（亮）、字孔明，为王所重。刘备每言曰："寡人得孔明，如鱼得水。"后乃刘备伐魏，孔明领兵入魏，魏国与蜀战……魏家唯惧孔明，不敢前进。孔明因致病垂死，语诸人曰："主弱将强，为彼所难，若知我死，必建（遭）彼我（伐）。吾死已后，可将一袋土，置我脚下，取镜照我面。"言已气绝。后依此计，乃将孔明置于营内，于幕围之，刘家夜中领兵还退归蜀。彼魏国有善卜者，意转判云："此人未死。"何以知之？蹋土照镜，故知未死，遂不敢交战。……一月馀日，魏人方知，寻往看之，唯见死人，军兵尽散。故得免难者，孔明之策也。时人言曰："死诸葛亮怖生仲达。"仲达是魏家之将也，姓司马，名仲达。亦云："死诸葛

走生仲达。”其孔明有智量，时人号为卧龙，甚得刘氏敬重。①

关于这个故事，《三国志·诸葛传》记云：“亮疾病，卒于军，时年五十四。及军退，宣王案行其营垒处所，曰：‘天下奇才也。’”其下裴松之引《汉晋春秋》注云：

> 杨仪等整军而出，百姓奔告宣王，宣王追焉。姜维令仪反旗鸣鼓，若将向宣王者。宣王乃退，不敢偪。于是，仪结阵而去。入谷，然后发丧。宣王之退也，百姓为之谚曰：“死诸葛走生仲达。”或以告宣王，宣王曰：“吾能料生，不便料死也。”

这就是大觉注文所本。值得注意的是，“死诸葛走生仲达”明写出是“百姓为之谚曰”。这条文字资料，应是民间流传故事的文字记录。

又刘知几《史通·采撰》亦云：

> 又讹言难信，传闻多失，至如曾参杀人，不疑盗嫂，翟义不死，诸葛犹存，此皆得之于行路，传之于众口……

其中“得之于行路，传之于众口”的“诸葛犹存”故事，就是“死诸葛走生仲达”的更概括、更文雅的说法。由此可见，三国故事唐代就相当广泛地在群众中流传。

李商隐的《骄儿诗》：“或谑张飞胡，或笑邓艾吃”，一般研究者都承认是三国故事在唐代流传所产生的影响。至于这些故事是通过什么形式在传播，学术界却有不同的看法，归纳起来最有代表性的是以下三种：1. 是说话人说的三国故事，多数人主此说；2. 是傀儡戏演的三国故事，林庚先生主此说②；3. 是唐代“当时之戏剧”，任半塘先生

---

① 一粟：《谈唐代的三国故事》，转引自《文学遗产增刊》十辑。

② 林庚：《中国文学简史》第 357 页。

主此说。① 是否有这种可能，在社会秩序相对稳定、城市经济也相当繁荣的唐代，三国故事是通过多种文艺形式流传的，即说话、傀儡、戏剧等都有。就其社会效果来看，这时的戏剧很可能是属于滑稽戏一类。这样，“飞胡”、“艾吃”等故事自然是儿童也熟悉了。

在元杂剧出现以前和同时，三国故事就在说话人中流传，《东京梦华录》记载北宋时已有“说三分”科目，元至治年间刊印的《三国志平话》大约就是说话人的底本。此外，还有《关大王单刀会》、《刘先主跃檀溪》、《貂蝉女》、《甄皇后》、《铜雀台》等宋元戏文；②还有《赤壁鏖兵》、《刺董卓》、《蔡伯喈》、《襄阳会》、《大刘备》、《骂吕布》等金院本。③ 除个别戏文残存几支曲文外，其他作品都没有流传下来。这些以多种形式在民间流传的三国故事，为元代三国戏的创作提供了丰富的题材。

根据《录鬼簿》、《录鬼簿续编》及《太和正音谱》等书记载，现存的元代三国戏作品有《单刀会》、《双赴梦》、《襄阳会》、《王粲登楼》、《三战吕布》、《博望烧屯》、《千里独行》、《黄鹤楼》、《连环计》、《隔江斗智》等 10 种；有佚曲流传的有《周瑜谒鲁肃》、《曹操勘吉平》、《千里独行》④《秋风五丈原》等 4 种；仅存剧目的有《七步成章》、《哭周瑜》等 15 种，如果加上元明之间无名氏作品如《刘关张桃园三结义》等 10 馀种，其总数约计 30 种以上。

元代三国戏是流传三国故事的继承与发展

元代三国戏写的是历史上的三国故事，但它决不是严格的历史

---

① 任半塘：《唐戏弄》下册第 643—644 页。

② 钱南扬：《宋元戏文辑佚 · 前言》。

③ 陶宗仪：《辍耕录》。

④ 今存全剧《千里独行》为旦本，仅存佚曲的《千里独行》为末本。赵景深先生《元人杂剧钩沉 · 千里独行》条谓“此套曲为杂剧无疑”，可信。

剧,而是作家采用流传的三国故事为题材、曲折地反映元代社会现实生活的再创作,是元代民族矛盾和阶级矛盾影响下的产物。它的思想和艺术对后来以三国故事为题材的小说和戏剧都产生了影响,是我国古代一笔重要的文学遗产。

现存的10种元代三国戏,主要内容是描写三国鼎立前后各封建政治集团之间的矛盾冲突,其所据事实,或则凭借史书记载的一点因由,或则敷衍历史事件,或则选取民间流传故事……总之,不管是来自哪方面的题材,都是经过了作者的艺术加工而被涂上了自己时代的色彩。我们将元代三国戏和《三国志》或《三国志平话》作一比较,就可以看出它是流传三国故事的继承和发展,表现了元代人民的历史观和社会观。根据作品的主要内容,大致可以分为四个方面:

(一)写东汉末年群雄兼并的矛盾

东汉末年,阶级矛盾十分尖锐,爆发了以张角弟兄为首的黄巾军起义,摇摇欲坠的东汉王朝受到了严重的打击,一些地主阶级武装纷纷在镇压起义军中扩大自己力量,都想趁"汉皇软弱"(《单刀会》中乔公唱曲)时机夺取天下,南面称孤。先是有董卓专权,觊觎汉鼎,引起了十八路诸侯的讨伐;董卓伏诛,继之而起的是曹操的欺君罔上,号令诸侯,东汉政权名存实亡,于是乎汉室臣僚们又把斗争矛头指向曹操。在一片混战声中,刘氏宗室之间也是明刀暗箭,夺地争城,从而造成了长期的群雄混战与分裂。这段历史在元杂剧里有这样一些反映:

1. 群雄与董卓的矛盾。《三战吕布》与《连环计》可为代表。《三战吕布》不见于正史《三国志》,《孤本元明杂剧·三战吕布》提要云:

> 原标《虎牢关三战吕布》……记袁绍会合十八路诸侯,与吕布相持于虎牢关,不能取胜。曹操赴青州催粮,经过平原,遇刘、关、张三人,劝三人至虎牢关战胜吕布……三人从之。至虎牢关……孙坚罚三人辕门打躬。适吕布索孙坚击战,坚畏惧肚疼,飞又讥诮之,坚遂欲杀飞。会曹操催粮回,劝坚释飞,令其出应

吕布战，刘、关二人助之，大获全胜。袁绍遂宣旨封赏曹操及刘、关、张三人。事本《演义》，而稍为增饰。……

这个戏的内容应是来自民间流传故事，《三国志平话》所记与杂剧略同，《提要》谓杂剧"事本《演义》，而稍为增饰"云云与事实不符，实际上是《演义》受《平话》和杂剧的影响。

《连环计》亦写群雄与董卓的矛盾，事件发生在三战吕布之后，《曲海总目提要·连环计》云：

元人所撰，载王允与蔡邕，设美人连环计，以貂蝉先许吕布后送董卓，令布怒而杀卓。其事虚实各半，后来撰《连环计》者，以此为结本，又复翻换增添，互有同异。

《提要》简括了杂剧的主要内容，提到它对后来《连环计》传奇有直接影响。

值得提出来的是，杂剧的不少情节虽然取材于《三国志》中的《董卓传》《吕布传》及《后汉书·董卓传》，但在观点和内容上有两点突破了历史记载：

①为蔡邕翻案。历史上的蔡邕，是一个比较复杂的人物。《后汉书·蔡邕传》一方面记其"笃孝"、"博学"及傲视中贵豪门等事；另一方面也记其受董卓"敬重"、"及卓被诛，邕在司徒王允坐，殊不意言之而叹，有动于色"，当即被王允视为政治立场问题而"付廷尉治罪"，邕死于狱中。也就是说，他是因为同情董卓而死。不知出于什么缘故，至少在南宋时，在民间流传的蔡邕故事中，他就成了一个十足的坏人。号称"戏文之首"的《赵贞女蔡二郎》，就写蔡伯喈"弃亲背妇，为暴雷震死"①。陆游诗亦云："死后是非谁管得，满村听说蔡中郎"，都把蔡邕当做坏人。这是一桩历史冤案，"博学"、"笃孝"的

① 徐渭：《南词叙录》。

蔡邕,为什么变成了“弃亲背妇”的坏人?杂剧的作者有意为蔡邕翻案,写他一心存汉,首先对王允提出“连环计”;王允等人策划杀董,又是他诱骗董卓进宫,使其不防备时杀之,为汉家王朝立了功劳。以上是正史和平话都没有的情节,全系作者根据流传故事自撰。就其把蔡邕写成正面人物这一点来说,它很可能对后来的高则诚写《琵琶记》产生了重大影响。

②为貂蝉作传。貂蝉在正史中仅有一点模糊的影子,她若隐若现,似有似无。《三国志·吕布传》云:

> 卓常使布守中阁,布与卓侍婢私通,恐事发觉,心不自安。

又《后汉书·董卓传》云:

> 卓朝服升车,既而马惊堕泥,还入更衣。其少妻止之,卓不从,遂行。

一“侍婢”,一“少妻”,不知姓氏名谁,形象很不具体。《三国志平话》卷上记貂蝉事则稍详,谓王允夜至后花园,见貂蝉正焚香祷告,责问其故,貂蝉答曰:

> 贱妾本姓任,小字貂蝉,家长是吕布,自临兆府相失,至今不曾见面,因此烧香。

杂剧写貂蝉身世则更详尽具体,她回答王允责问曰:

> 望老爷停嗔息怒……听您孩儿慢慢的说来:您孩儿不是这里人,是忻州木耳村人氏,任昂之女,小字红昌。因汉灵帝刷选宫女,将您孩儿取入宫中,掌貂蝉冠来,因此唤做貂蝉。灵帝将您孩儿赐与丁建阳,当日吕布为丁建阳养子,丁建阳却将您孩儿

> 配与吕布为妻。后来黄巾贼作乱，俺夫妻二人阵上失散，不知吕布去向。您孩儿幸得落在老爷府中，如亲女一般看待。……昨日与奶奶在看街楼上，见一行步从摆着头踏过来，那赤兔马上可正是吕布，您孩儿因此烧香祷告，要得夫妇团圆。……

这一大段并不怎么精彩的说白，却具体地交待了貂蝉的籍贯、父名、本名、入宫、貂蝉名之由来，怎样许配吕布及其失散时间、原因等，简直是一篇相当完整的“貂蝉传”。晚出的《单刀劈四寇》杂剧第二折的貂蝉道白，基本上是抄袭《连环计》宾白写成，这是对流传故事的重大发展。

与此剧有关的还有《貂蝉女》戏文、《刺董卓》、《蔡伯喈》院本等，作品皆不传。

2. 众汉臣与曹操的矛盾。王允、吕布等人合谋诛杀董卓后，卓部将李傕、郭汜等人相继作乱，皆被曹操平息，朝政大权遂落在曹操手中，汉朝臣子又和曹操发生了矛盾冲突。写这方面题材的剧本不多，也没有完整的作品流传下来，目前能看到的只有《相府院曹公勘吉平》残曲几支，本事可参阅《平话》卷中的《曹操勘吉平》和《演义》第二十三回，《演义》受到《平话》和杂剧的影响。

3. 刘氏宗室的矛盾。在群雄割据、相互兼并倾轧的混战中，刘氏宗室之间的矛盾也暴露出来。被称作“帝室之胄”刘备兵败后依附刘表，表对备始迎后惧，终于纵容其部属害刘备，备侥幸脱险。《孤本元明杂剧提要·襄阳会》条记云：

> 记先主欲依荆州刘表，遣简雍持书往借一城屯兵，刘表见之，请先主赴会襄阳。表次子琮忌先主，欲于席间害之。长子琦示意先主速遁。琮又使王孙盗先主所乘的卢马……王孙谓此乃二公子不是，遂送先主出城，遇檀溪无渡，的卢一跃而过，遂免于难。

杂剧谓害备乃表次子所为，与史书所记略有不同。《三国志·先主传》记刘备兵败往投刘表,"表自郊迎,以上宾礼待之,益其兵,使屯新野。荆州豪杰归先主者日益多,表疑其心,阴御之。"裴松之在其下引《世语》注其事云:"备屯樊城,刘表礼焉,惮其为人,不甚信用。曾请备宴会,蒯越、蔡瑁欲因会取备,备觉之,伪如厕,潜遁出,所乘马名'的卢',骑的卢走,堕襄阳城西檀溪水中,溺不得出,备急曰:'的卢,今日厄矣,可努力。'的卢乃一踊三丈,遂得过。"拘泥于正史记载的孙盛,对刘备跃马檀溪之事根本不信,认为"此皆世俗妄说,非事实也"。正好表明他轻视民间传说的保守观点。

陈《志》裴《注》皆谓刘表是支持部属谋害刘备的后台,"疑其心"也好,"惮其为人"也好,都是暗示刘表对刘备的疑惧。《平话》与正史记载也很不同,谓备投表,表排筵请备,并对其部属曰:"不想皇叔到此。今荆州亦无亲人,吾今有皇叔、关、张,是吾之肘膊。"可见对刘备寄托了很大希望(杂剧写表要让荆州牌印与备,其精神倒是与平话一致),而表之"皇丈蒯越、蔡瑁"则有"不忿之心",并商议于宴会上"使壮士杀之",幸壮士中的"内一人"因"见皇叔面如满月,隆准龙颜",乃"私奔皇叔,附耳具说",刘备才乘机逃出,并有马跃檀溪之事。杂剧显然不是根据正史记载,而是根据民间传说故事写成。

早于此剧的有《刘先主跃檀溪》戏文和《襄阳会》院本,作品皆不传。

(二)写曹、刘两集团的矛盾

群雄兼并角逐,所剩无几,董卓、吕布先后被消灭,吉平等人图谋暗算曹操之事亦败露,"曹操死吉平,深疑皇叔"(《平话》),"无数日,曹操请玄德筵会,名曰'论英会',吓得皇叔坠其筯骨"(同上),这就是《演义》中所渲染的《曹操煮酒论英雄》一回的由来。曹、刘之间的矛盾日益突出了。杂剧反映三国鼎立前的曹、刘矛盾有《千里独行》、《博望烧屯》2 种,写鼎立之后的矛盾有《五丈原》残曲 1 种。

《千里独行》写关羽冲破曹操集团种种阻拦远投刘备的故事,《三国志 · 关羽传》记其事云:

建安五年，曹公东征，先主奔袁绍，曹公禽羽以归……及羽杀颜良，曹公知其必去，重加赏赐。羽尽封其所赐，拜书告辞，而奔先主于袁军。左右欲追之，曹公曰："彼各为其主，勿追也。"

关羽归曹，杂剧与《平话》皆有归曹前的"约三事"以及曹操种种阻拦和关羽斩蔡阳等情节，这些不同，大约是出于尊刘贬曹的原因。

《博望烧屯》写诸葛亮在博望坡火烧曹将夏侯惇的故事，《三国志·先主传》谓刘表遣备"使拒夏侯惇、于禁等于博望。……先主设伏兵，一旦自烧屯伪遁，惇等追之，为伏兵所破"。事与诸葛亮无关。《平话》中有徐庶火烧曹仁于辛冶，诸葛亮在辛冶大破曹将夏侯惇等情节。由此可见，《诸葛亮博望烧屯》自杂剧始，《演义》据此写成《博望坡军师初用兵》一回，为诸葛亮初出茅庐、大显身手张目。写同类题材的还有《烧樊城糜竺收资》杂剧，作品不传。

《五丈原》仅存一支残曲，《三国志·诸葛亮传》、《平话》及《演义》皆有记载或描写，主要写诸葛亮征魏、病死五丈原的故事，作品未流传下来，上列诸书可供参考。这个杂剧主要反映了曹、刘矛盾的长期性与尖锐性。

（三）写孙、刘两集团的矛盾

新野、樊城一战，刘备终因寡不敌众而败退，曹操带兵"百万"乘胜追击刘备，并直下江南，同时也威胁到孙权的生存与安全，形势迫使孙、刘联合抗曹。赤壁之战，曹操被打败，孙、刘之间为争夺胜利果实的明争暗斗却日益激化，反映这段历史的杂剧，前期有《黄鹤楼》与《隔江斗智》两种，后期有《单刀会》与《双赴梦》两种。

《黄鹤楼》写赤壁之战中，周瑜趁诸葛亮率领关、张追击曹操之机阴谋暗算刘备，在武昌黄鹤楼设宴请刘，诸葛亮设计使刘安全脱险。此事不见于《三国志》，《演义》亦无此情节，《平话》虽写其事，但情节与杂剧不尽相同。严敦易先生《元剧斟疑·黄鹤楼》条云：

本剧故事的来源，出诸元至治本《三国志平话》……与杂剧中刘封、关平、姜维等等关目，稍有不符，更无令箭之事。这些只是杂剧的增饰渲染，大体上杂剧完全是以《平话》为蓝本的。

杂剧是否完全以《平话》“为蓝本”姑且不论，而所谓“增饰渲染”的那些人物和关目，却正是杂剧对流传故事的艺术加工和继承发展，应该得到充分的肯定。

赤壁一战，荆州等地为刘备所得，周瑜十分不忿，乃设下美人计夺取荆州。诸葛亮识破其阴谋，乃将计就计，让刘备答允亲事，平安地娶了夫人，《隔江斗智》杂剧描写了这场矛盾冲突。

孙、刘结亲，在历史记载上就是一件带有政治色彩的艳事，《三国志·先主传》记云：

> 琦病死，群下推先主为荆州牧，治公安。权稍畏之，进妹固好。

孙权出于某种担心而“进妹固好”，说明两家联姻还是好事；而杂剧却将此事写成是周瑜、孙权搞阴谋，又谓周瑜因失败受辱而气死，显然是受到流传故事中的拥刘汉、贬孙、曹思想的影响。《曲海总目提要》的作者太拘泥于史事，说什么“剧中三气周瑜，本诸小说流传，世俗艳称，皆若实有此事，殊可哂也”，这里的“小说”如果是指《演义》，当然成了历史的颠倒；如果指的是《平话》，也抹煞了二者的不同。总之，杂剧在继承流传故事基础上有所发展，在后文谈艺术时还要论及，这里就不再赘述。

写周瑜死后之事与此剧略有关者，还有石君宝的《哭周瑜》杂剧①，作品亦不传。

周瑜既死，孙、刘两家结怨也愈来愈深，矛盾冲突也愈演愈烈。孙权曾经说过：“我若不取了荆州，不为丈夫”（《隔江斗智》一折），可见态度十分坚决。《单刀会》和《双赴梦》从不同方面反映了这一矛

① 钞本《录鬼簿》作《孙权哭周瑜》，曹本《录鬼簿》作《小乔哭周瑜》。

盾的尖锐性。

《单刀会》写鲁肃以庆贺“近退曹兵，玄德称主于汉中”之名，邀请荆州守将关羽赴筵，关羽单刀赴会，平安而返。《三国志·鲁肃传》略记其事云：

> 备既定益州，权求长沙、零、桂，备不承旨。权遣吕蒙率众进取。备闻，自还公安，遣羽争三郡。肃往益阳，与羽相拒。肃邀羽相见，各驻兵马百步上，但诸(请)将军单刀赴会。

这条材料还相当粗略，谈不上什么人物形象，也无动人的具体情节。《平话》虽写其事，人物和情节也比较简单。杂剧写关羽单刀赴会却是有声有色，引人入胜，其情节之丰富，人物形象之鲜明，都远远超过了流传故事，其中第三折(《训子》)、四折(《刀会》)长期地在舞台上演出。《演义》也根据杂剧写成了《关云长单刀赴会》一回。

随着曹、孙、刘之间的兼并混战，曹与孙的矛盾有所缓和，孙、刘之间的矛盾，却在新形势下进一步激化了，昔日之盟友变成仇敌，而仇敌反变为盟友，孙与曹终于联合起来进攻刘备集团：先是关羽被孙权所杀，荆州等地皆落入东吴之手；接着张飞部下又杀飞投吴，两家仇恨愈积愈深。《双赴梦》就是写关羽、张飞死后向刘备托梦，请其复仇的故事。杂剧所写托梦等情节，无论正史或平话皆无记载，应是作家的加工创造。《演义》七十七回写刘备思念关羽，关托梦云：“愿兄起兵，以雪弟恨”；又八十五回写关、张向刘备托梦云：“上帝以臣二人生平不失信义，皆敕令为神。哥哥与弟弟聚会不远矣。”可以看出小说受了杂剧的影响。

(四)写知识分子苦闷

在现存的古代三国戏中，《王粲登楼》是一个比较特殊的作品，它取材于三国时代的故事，却没有描写三国时代重大的社会矛盾冲突，而是通过王粲的落魄与发迹，曲折地表现了元代知识分子怀才不遇的苦闷、谒人不受礼遇的傲气凌人，抒发了对黑暗现实的不满。

这个故事不见于《平话》,与历史记载也有出入。据《三国志·王粲传》记载,王年少时"有奇才",深受左中郎将蔡邕器重。依刘表,表以其"貌寝而体弱"轻之,后归曹操,"辟为丞相椽,赐爵关内侯",曾为"销忧"而作《登楼赋》①,剧中写粲登楼作诗大概是由此生发出来的。

与这个主题略同的,还有《周瑜谒鲁肃》戏曲一套,赵景深先生《元人杂剧钩沉·周瑜谒鲁肃》说明作品的主要内容颇详:

> 此折所写曲文,记述周瑜之穷困及其政治理想。当瑜知鲁肃在孙权手下成为主要参谋人员时,拟谒之。此前曾遭人白眼(曲文《隔尾》)。至于访问鲁肃以后之事,当不外拜将统军之圆满收场。故《摘艳》作第二折,由曲文内容观之,颇为可靠。

这个戏的主要内容与史实大不相同。据《三国志·周瑜传》记载,周出身世家,"从祖父景、景子忠,皆为汉太尉。父异,洛阳令……瑜从父尚为丹阳太守"。早年就辅佐孙策打天下,根本没有谒鲁肃以求提携之事。事实正好相反,《鲁肃传》倒有这样一段记载,谓周瑜起兵时,鲁肃曾资助军粮"三千斛"。后来,鲁肃离开袁术,"南到居巢就瑜",随瑜帮助孙策打天下。这类作品多是借他人酒杯浇自己块垒,具有一定现实意义。

从以上可以看出,元代三国戏在继承和发展流传三国故事方面有以下三种情况:

1. 主要故事见于《三国志》及《裴注》、《平话》而有所发展者,如《连环计》、《襄阳会》、《千里独行》、《博望烧屯》、《隔江斗智》、《单刀会》等;

2. 主要故事不见于《三国志》及《裴注》,《平话》虽记其事,但与杂剧亦有不同者,如《三战吕布》、《黄鹤楼》等;

---

① 《昭明文选》卷十一《赋己·游览》。

3. 主要故事既不见于《三国志》及《裴注》，也不见于《平话》者，如《双赴梦》和《王粲登楼》等。

不管是属于那种情况，都有剧作者的想象加工的创造性劳动，从艺术上讲，都是再创作。

已经形成拥刘汉、贬孙、曹的思想倾向

现存的 10 种元代三国戏，除《王粲登楼》和《连环计》两种外，其馀 8 种不仅都涉及刘备集团的政治、军事和外交活动，而且这些活动又都是以刘备集团为中心。结合杂剧体制上的特点，作品主要角色的安排又使这个中心更加鲜明突出。在 8 个作品中，有 5 剧由刘备集团人物担任主角①。从矛盾冲突上看，8 剧中有 4 剧写孙、刘矛盾，两剧写曹、刘矛盾，1 剧写刘氏宗室矛盾，1 剧写诸侯之间的矛盾，其中以孙、刘之间的矛盾最为突出。

不管是写谁与谁的矛盾，也不管是谁担任主角，这些作品的基本思想倾向都是拥刘而贬孙、曹，都是突出刘备集团和汉家正统。如果说，王允心忧国事是"为这汉家宇宙"，人们还可以理解，因为那时还有一个名正言顺的汉献帝不时设朝(《连环计》)；而孙安小姐背兄弃国维护东吴对手刘备，说刘备"本是汉皇帝室亲支派，少不得将吴魏并做了刘家世界"，预言他将统一天下，那就是"女生外心"，完全丧失了东吴立场(《隔江斗智》)。还有一些作品甚至写刘即是汉，汉即是刘，将汉家刘姓当成一个整体。如刘备兵败后向刘表借城暂驻，表长子琦先说刘备是"景帝亲苗裔"，为其皇室子孙的正统身份张本；又说"普天下都是汉华裔"，暗示天下土地本是汉家之物，他有权随处"驻跸"(《襄阳会》)。周瑜请刘备过江赴筵，意欲暗算刘备，这是明眼人一

---

① 5 剧是《三战吕布》、《千里独行》、《博望烧屯》、《双赴梦》、《黄鹤楼》，其中《黄鹤楼》二折虽是正末扮禾俫，但这个"禾俫"是刘备治下的庄家后生，又为关平指路，故将他仍列入刘备集团人物。

看便知的事，而赵云却以十分肯定的口气说周瑜此举是“兴心儿图谋汉家邦”，把刘汉完全看成一体（《黄鹤楼》）。鲁肃向关羽索取荆州，关羽就以“汉家刘姓是一体”为理论武器，和鲁肃展开了争夺荆州的唇枪舌剑，使鲁肃张口结舌，无言以答①（《单刀会》）……以上作品贯串了一条中心线索，即刘、汉一体，刘备应该继承汉家基业。许多三国戏都是围绕这一中心，从多方面来突出拥刘汉而贬孙、曹的思想。

赞扬刘备政治上深得人心是元代三国戏思想内容上的一个突出特点。在这些作品里，写刘备很有政治远见，为人宽厚有德，受到人们拥护与赞扬。东汉末年，中央政权名存实亡，封建诸侯分裂割据，身为“帝室之胄”的刘备也招兵买马、逐鹿中原，以“复兴汉世”（《黄鹤楼》）自命，和“不仁不义”（《单刀会》）的董卓、“奸雄之人”（《千里独行》）的曹操相比较，当然是更能笼络人心，也更有号召力。荆州牧刘表之子刘琦称赞刘备“宽仁厚德”，东吴隐士司马徽说刘备“德行仁慈”，诸葛亮也说他是“仁德之人”。正因为这样，一些对立集团中人物也往往倒戈，在关键时刻帮助他和他的集团中人物战胜敌对者。

襄阳会上，刘琦不帮助要谋害刘备的弟弟刘琮，反而冒险泄露机密，暗示刘备逃走。不仅如此，刘琮派去暗算刘备的王孙，也甘愿承担罪责而将刘备“送出城去”（《襄阳会》）。

单刀会前，鲁肃邀请东吴皇亲乔公和隐士司马徽，商量赚关羽赴会以夺取荆州之事，而乔公自称“俺本是汉国臣僚”以示心存汉室，他们二人又都夸耀关羽之勇、赞扬诸葛亮多智以及其他将领的高强武艺，真是“灭自己的志气，长他人的威风”，他们全不支持鲁肃（《单刀会》），立场倾向十分鲜明。

周瑜定下美人计夺取荆州，而孙权之妹孙安却吃里扒外，处处维

---

① 《单刀会》四折关羽面对索讨荆州的鲁肃唱〔沉醉东风〕曲云：“想着俺汉高皇图王霸业，汉光武秉正除邪，汉献帝将董卓诛，汉皇叔把温侯灭，俺哥哥合情受汉家基业。则你这东吴国的孙权，和俺刘家却是甚枝叶？请你个不克己的先生自说。”以“汉家刘姓”为武器义正词严，鲁肃无言对答。

护刘备,对刘备的土地和部属都大加赞扬,并协助刘备平安返回,使周瑜的美人计落空(《隔江斗智》)。一个是得道多助,一个是失道寡助,倾向也很鲜明。

更有甚者,三国鼎立前,在诸侯征讨董卓的战争过程中,对刘备集团的态度有时竟成了褒贬人物的标准:曹操不以出身和地位低微而推重刘备弟兄就受到称赞;相反,孙坚则因轻视刘备弟兄而受到揶揄(《三战吕布》),拥谁贬谁的倾向十分明显。

肯定刘备集团文臣武将的智谋和武勇是三国戏思想内容的又一特点。诸葛亮的智慧和谋略在戏里写得很突出,他“才欺管、乐,智压孙、吴”,虽然隐居隆中,对天下形势却了如指掌。刘备弟兄三顾茅庐,他侃侃而谈,客观地分析了三足鼎立的历史发展趋势;博望坡一战,火烧了夏侯惇率领的10万曹兵;设计赚管通,挫败了曹操的策反阴谋(《博望烧屯》)。在和周瑜相持的明争暗斗中,他总是比周瑜高出一筹,很有预见性,从被动变主动,最后取得胜利。什么暗设陷阱的“鸿门筵”,堆着笑脸的“美人计”等等,都被一一击破,真是:“周瑜慢使千条计,怎比南阳一卧龙。”(《黄鹤楼》)“周瑜枉用千条计,输与南阳一卧龙。”(《隔江斗智》)在诸葛亮面前,孙、曹无能为力,周瑜智术短浅,夏侯惇低能可笑。还有一些作品极力宣扬刘备集团中五虎上将的武勇和战功,歌颂了他们的英雄气概,如《三战吕布》、《千里独行》、《单刀会》等。在《双赴梦》里,刘备对关、张二人的回忆,再一次赞扬了他们的高强武艺和赫赫战功。他赞扬关羽:“素衣匹马单刀会,觑敌军如儿戏,不若土和泥。杀曹仁七万军,刺颜良万万威”;赞扬张飞:“义赦了严颜罪,鞭打的督邮废,当阳桥喝回个曹孟德”……正是这些文臣武将,才使刘备能够取得荆襄和益州而建立帝王之业。三国戏里对这些人物的颂扬和肯定,有力地突出了刘备集团为中心的思想倾向。

同情刘备集团的失败,寄托强烈的复仇精神,是元代三国戏思想内容的又一重要方面,在蒙古贵族以武力征服全中国的统治初期,这一思想是有现实意义的。

孙、刘两个集团为争夺荆州进行了长期的明争暗斗，刘备派上将关羽镇守荆州，孙权则千方百计夺取，从而引起了一系列的矛盾冲突，《隔江斗智》和《单刀会》杂剧就是这一矛盾冲突的具体反映。随着三国之间相互矛盾的发展变化，关羽在战略上犯了错误，吴、魏之间结成联盟，关羽失守荆州身死，张飞也相继被部下杀害，部下又持飞首级投了东吴，刘备集团连连失败，诸葛亮面对这一系列重大不幸真是满腔悲愤，思虑万千："单注着东吴国一员骁将，砍折俺西蜀家两条金梁，这一场苦痛谁承望。再靠谁挟人捉将！再靠谁展土开疆！"作者不仅怀着极大的同情伤叹刘备集团的不幸失败，而且还以满腔的义愤表达了强烈的复仇精神，张飞鬼魂向刘备诉说："君王索怀痛忧，报了仇也快活。除了刘封，槛车里囚着三个……若是将贼臣报，君王将咱祭奠，也不用道场锣钹"、"活拿住糜芳共糜竺，阆州里张达槛车内囚，杵尖上挑定四颗头，腔子内血向成都闹市里流。"不仅如此，从张飞的倾诉中，还可以看到敌人是使用阴谋诡计将他们害死的，"俺哥哥丹凤之眼，兄弟虎豹头，中他人机彀，死的来不如个虾蟹泥鳅"①。作者对刘备集团的失败是同情的，对敌人孙权集团和内部叛贼是愤怒的。

怎样理解元代三国剧里拥刘汉而贬孙、曹的思想倾向？它有什么历史意义和现实意义？

应该承认，这一思想倾向的形成既有其历史渊源，而又是和元代社会有密切联系的。在三国故事流传过程中，这个倾向几乎是一直不断地有所继承和发展，裴松之注《三国志》所引的一些资料、唐代流传的"死诸葛走生仲达"等通俗文学、苏轼《志林》所记"王彭尝云"里巷小儿听说的三国故事，以及宋、金、元之间某些戏文和院本，都可以看到这种倾向的种种表现。

然而，任何时代以任何历史故事为题材写成的文艺作品，它又必

---

① 以上原文皆引自郑骞校订、世界书局印行《校订元刊杂剧三十种·西蜀梦》(即《双赴梦》)。

须要受到自己时代的影响和制约，元代三国戏的拥刘汉而贬孙、曹倾向虽有历史继承性，但同时它更具有自己的时代色彩。不可想象，如果元代现实社会不能接受这一基本观点，甚至根本就不容许公开宣传这个观点，那末，现存的元代三国戏就很难搬上当时的舞台，而只能在“地下”刊印和演出。可是，从《录鬼簿》、《元刊杂剧三十种》和《青楼集》等书的有关记载以及出土的元代戏剧演出文物方面看，元剧的刊刻是被允许的，演出更是很盛行的。这就说明，元代人民喜欢观看三国戏，他们接受拥刘汉而贬孙、曹的基本观点。结合元代民族压迫和阶级压迫的现实矛盾，拥护刘汉，突出刘备集团还曲折地流露和抒发了汉族人民的民族情感。可以想象得到：当舞台上刘备集团中人物大义凛然地宣扬“汉家刘姓”是正统，非刘备集团中人物背弃自己立场，从不同方面赞助刘备集团中人物的时候，饱受民族压迫的汉族人民是会引起共鸣的。当然，这些作品的题材和主题并不都是反映民族矛盾，而是元剧作家对三国历史经验的认识与总结，并通过创作剧本赋予它新的认识意义。借古喻今是文学史上被反复证明了的一条客观规律，就以元代杂剧而论，不仅是三国戏在当时十分流行，还有以宋代故事为题材的水浒戏和包公戏不同样也是当时的流行剧目吗？从时代上去找原因，那就不难发现，它是和元代农民起义频仍、元代司法吏治黑暗密切相关的。正是在这个意义上，元代三国戏除了反映元代人民的历史观和社会观之外，还同时渗透了汉族人民反对民族压迫的时代精神。

民间文学色彩浓厚的艺术特色

在我国文学史上，一些早期出现的优秀戏剧或小说，它们的故事多曾在民间长期流传，受到各个时代民间艺人的不断加工创造和丰富发展，因而这些作品还常常保留着民间文学的特色，元代的三国戏、水浒戏和包公戏，晚出的《三国演义》、《水浒传》等小说都是这样的作品。在这类作品中，元代三国戏在描写人物和叙述故事方面，大都具有浓厚的民间文学色彩。

元代三国戏塑造人物时曾经选用了较多的民间传说故事,它们具有夸张的浪漫成分和比较朴素的粗犷风格,如张飞的勇猛、鲁莽而幽默就写得十分出色。

前面提到的8种三国戏,有3种以张飞为主角(《三战吕布》、《黄鹤楼》、《双赴梦》),另有3种虽然不是主角(《千里独行》、《博望烧屯》、《隔江斗智》),但是,这个形象还是鲜明的,也是独具特点的。和吕布交战,写他战前的英雄气概(《三战吕布》一折〔河西后庭花〕、二折〔尾声〕、三折〔尾声〕等)、战败吕布后胜利豪情(上剧四折〔五官端正好〕、〔滚绣球〕、〔小梁州〕),都是有声有色。东吴隐士司马徽曾经夸耀张飞的神威,说他在当阳阻挡曹兵时,“瞅一瞅,漫天尘土桥先断;喝一声,拍岸惊涛水倒流”(《单刀会》二折)。不少作品还提到他在石亭驿前摔杀袁术之子袁襄(襄亦作祥),从不同方面描写他的勇猛。还有一些作品写了他的鲁莽粗直而又知过能改。刘备第三次去卧龙岗拜谒诸葛亮,他就很不耐烦,说徐庶推荐诸葛亮是“脱身之计”,诸葛亮是“不省得什么”的“村夫”;到了卧龙岗,又是“村夫”长、“村夫”短,说诸葛亮与他“拿枪牵马”他也不要;又要挟说诸葛亮“若不随”着下山,就要火烧卧龙岗,并把他“搠杀”。诸葛亮是否有真才实学,没有经过他的检验,他就根本不相信。他的鲁莽很有些近于简单粗野了。曹兵前来挑战,他的请战方式与一般人也很不相同,他对诸葛亮说:“兀那村夫,那里有人不敢去的去处,我张飞走一遭去!”完全是一副挑战口吻。临战前他又轻率地以头打赌,输了又向诸葛亮请罪,承认自己“鲁莽”,并“乞望宽恕”,从心里发出“这军师真是能也”的赞叹,对诸葛亮才真正口服心服(《博望烧屯》)。

张飞不仅鲁莽粗直,有时还十分幽默而有风趣。周瑜用“美人计”夺取荆州,诸葛亮与周“隔江斗智”,安排他换过刘备夫妇乘坐的翠鸾车,让他们上马先回。接着写他换马上车,当面羞辱周瑜:

(张飞云:)小校,牵着我的马,待我上的这翠鸾车,自在的坐

> 坐。……（周瑜同甘宁、凌统上）……（甘宁云：）兀那前面行的，不是小姐的翠鸾车。元帅亲自赶上，问他个回去的缘故。……（周瑜做下马、跪科云：）小姐，某周瑜定了三计，推孙、刘结亲，暗取荆州……今日……这是某赚将之计……（张飞做揭帘子科，云：）兀那周瑜，你认的我老三么？好一个"赚将之计"！亏你不羞，我老三若不看你在车前这一跪面上，我就一枪在你这匹夫胸脯上戳个透明窟笼。（周瑜做气科，云：）原来是张飞在翠鸾车上坐着，我枉跪了他这一场，兀的不气杀我也！（做气倒科）（《隔江斗智》）

以上的桥断水逆、摔杀袁襄、周瑜下跪等描写，都带有浓厚的民间文学色彩。

三国戏的不少作品还写了关羽的忠贞勇烈和诸葛亮的过人智谋。《千里独行》和《单刀会》等集中描写关羽"约三事"在政治上的坚定性与策略上的灵活性；挂印封金则写他的"忠贞勇烈"的高洁品德；刀挑锦袍写其粗豪机智；夺关斩将写其武勇；单刀赴会、力驳鲁肃写其胆识过人与大义凛然，以上不少故事为正史所无，而是来自民间传说。写诸葛亮善于分析客观事物和很有预见性，同样也具有民间传说色彩。隆中决策写其预见历史发展趋势；火烧博望写其行兵布阵足智多谋；祭东风、留令箭，写其处处有心……虽然这个人物身上保留了很多民间传说的成分，但是还没有后来《演义》中那种"多智而近妖"（鲁迅《中国小说史略》）的弱点。

还值得一提的是，三国戏里写了几个很有见识、并且参与当时政治斗争的女性形象，在一定程度上表现了反封建民主精神。

貂蝉执行义父王允"谋图董卓，重整朝纲"的"连环计"，她不惜牺牲色相，陪伴董卓，终使其计成功，诰封"国君"（《连环计》）；甘夫人在徐州与刘备失散而成了曹操的俘虏，她思念刘备，心怀天下、识破曹操"三计"、为关羽向刘、张解释误会，终使其恢复桃园之盟（《千里独行》）；孙权之妹孙安颇有独立人格，周瑜使用"美人计"利用她嫁与刘备之机夺取荆州，她帮助刘备冲破重重封锁，平安渡过重重难关（《隔江斗智》）。

考之正史，除甘夫人见于《三国志》外，貂蝉、孙安皆是流传故事中人物，她们参与三国鼎立前后的一些政治活动，都是民间艺人的加工创造。

在描写一些次要人物的时候，三国戏还常常把人物的绰号写进戏里以突出人物的个性特点。如“大胆姜维”形容其胆大，他曾奉命扮渔父去黄鹤楼以献鱼为名向刘备授计，可谓深入虎穴（《黄鹤楼》）；“九牛许褚”形容其力大如牛（《襄阳会》、《千里独行》等），袁绍就说吕布“有九牛之力，万夫不当之勇”（《三战吕布》），晚出的《单刀劈四寇》写许褚上场自称“胆力无边号九牛”都是这个绰号的注脚；“百计张辽”写其人很有智谋，诸葛亮领兵追赶曹操时就说“先拿住百计张辽，直赶上奸雄曹操”（《黄鹤楼》），可见在诸葛亮眼里，张辽也是个足智多谋之人；“一目夏侯惇传”写其人的生理缺陷，据《三国志·夏侯惇传》记载：“太祖自徐州还，惇从征吕布，为流矢所中，伤左目”。裴松之在其下引《魏略》注云：“时夏侯渊与惇俱为将军，军中号惇为‘盲夏侯’。惇恶之，每照镜恚怒，辄扑镜于地。”可见他是不愿别人提他有缺陷的。张飞和诸葛亮打赌时说：“我也不信，我豹头环眼，倒拿不住一目的夏侯惇”（《博望烧屯》），这不仅写了夏侯惇的生理缺陷，同时也表现了张飞幽默而有风趣的性格特点。

从编述故事方面看，元代三国戏的民间文学色彩也相当浓厚，并且在流传故事基础上还有创造性的发展。如《三国志平话》写周瑜跪张飞受辱事原是这样：周瑜等带兵追及孙夫人：“车前下马，鞠躬施礼。……周瑜高叫：‘刘备负恩之贼！’夫人笑，令人搭起帘儿，使周瑜再觑车中。周瑜叫一声，金疮血涌如泉……却说周瑜伏病数日，言：‘孙夫人故交（叫）刘备走了。’”《平话》只写刘备先走，并无张飞坐车、周瑜下跪、张飞当面羞辱周瑜等情节，可见杂剧写周瑜跪张飞是在流传故事基础上的创造性发展。又如《三国志平话》写吕布杀丁建阳的原因有两种说法：丁的家人说吕布“不为别事，为了丞相一匹马，故杀了丁丞相”;吕布申辩时则说“非为马杀主公”,因“主公常辱我,以此杀了丁丞相是实”。杂剧则写吕布为丁建阳“濯足”时议论“足上生瘤”前程如何,吕布“一金盆打杀了丁建阳”(《三战吕布》),后者更具有浓厚而粗犷的民间文学色彩。又如董卓死后被焚尸点灯故事,《平话》并无记载。《三国志·董卓传》引《英雄记》云:卓死之后,“卓素肥,膏流浸地,草为之丹。守尸吏暝以为大炷,置卓脐中以为灯,光明达旦,如是积日”。杂剧根据流传故事,写董卓“脐盛七李”(《三战吕布》)更有民间文学的浪漫夸张成分。

综合全文可以看出,元代三国戏,它第一次把三国故事大规模地搬上舞台,对传播三国故事起了推动作用;它丰富、发展了三国故事情节与人物,对后世的戏曲和小说产生了很大影响;它保留了不见于它书的民间传说,具有认识意义和史料价值……总之,它是我国古代戏曲史和文学史上一笔重要的文学遗产。

1980年10月初稿12月修改

《元代包公戏选注》前言

在现存元人杂剧中，以某一历史人物为中心、选取有关历史资料和民间故事传说为题材进行再创作的作品，就其数量之多、流传之广和影响之大来说，恐怕要算包公戏最为突出了。清代戏曲评论家焦循在《剧说》中引《新齐谐》云：

> 乾隆年间，广东三水县前搭台演戏。一日，演包孝肃断乌盆，净方扮孝肃坐，见有披发带伤人跪台间作申冤状，净惊起避之。台下人相与哗然，其声达于县署。县令着役查问，净以所见对。令传净至，嘱："仍如前装。如再有见，可引至县堂。"净领命，其鬼果又见……令即着净同皂役二名尾之，视往何处。净随鬼行数里，见入一冢中，冢乃邑中富室王监生葬母处。净与皂将竹枝插地志之。令乘舆往，严讯王监生，生请开墓以明己冤。开未二三尺，见一尸颜色如生。以诘监生，生云："其时送葬人数百，共观下土，并无此尸……"令韪其言，复问："汝视封土毕归家否？"监生曰："视母棺下土后，即返家，以后事皆土工为之。"令曰："得之矣，速唤众土工来！"见其状貌凶恶，喝曰："汝等杀人事发觉，毋庸再隐！"众土工大骇服。盖王监生归家后，有孤客负囊乞火，利其囊中物，以锄碎其首，埋王母棺上，加土填之，并无知者。令乃尽致之法。相传谋命时，众谓曰："要得伸冤，除非包

龙图再世。”故藉净扮龙图来伸冤云。①

《新齐谐》又名《子不语》，作者袁枚在序言中声称，此书“乃广采游心骇耳之事，妄言妄听，记而存之”。虽为小说家言，中涉荒诞不经之事，不足作为信史，但其事仍有所本，所谓“游心骇耳之事”，可能是指流行民间的故事传说。这个戏班子所演的《断乌盆》，是从元杂剧《盆儿鬼》发展改编而来。这里所引，就是包公戏在人民群众中所产生影响的生动记录。

不仅此也，包公戏的影响还远及国外。据有关消息报道：美国哈佛大学就出版了南加州立大学中国文学教授乔治·海顿翻译的《陈州放粮》、《乌盆计》和《后庭花》。译者认为这三出戏“具有讽刺的幽默感和‘是’战胜‘非’的那股专心致志的热情。”另外，译书卷末还附有《蝴蝶梦》、《窦娥冤》、《灰阑记》、《合汗衫》等 27 种元明公案戏和包公戏的目录。② 由此可见，优秀的文学艺术遗产，它的影响是不受国界限制的。

包公戏为什么会有如此深远的影响？下面拟就包公其人、包公故事在民间的流传，元代包公戏的基本主题及其成就作一简要说明。

一

我们口头上常说的包公是一个有名的历史人物，他姓包名拯，字希仁。由于人们对他的尊敬，小说戏曲中多称他为“包公”。他是庐州合肥（今安徽合肥）人，生于宋真宗咸平二年，卒于宋仁宗嘉祐七年（公元 999 年～1062 年）。28 岁时进士及第，先后知天长县，擢天章阁待制，除龙图阁学士，知庐州，权知开封府，拜枢密副使等。从历史

① 《剧说》卷六（《中国古典戏曲论著集成》八）。《新齐谐》卷十一《冤鬼戏台告状》条文字略有出入。

② 《参考消息》1980 年 9 月 8 日。

上看，他是一个刚直廉明而又具有政治远见的清官，一个既得到封建统治者信任同时又为人民所歌颂的人物。还在北宋时人们对他就仰慕备至。他去世不久，西羌俞龙珂因慕其为人，归宋后就乞赐姓包，神宗皇帝“如其请，名顺”。[①] 又河州辖药归宗，亦赐姓包名约[②]，以示其信任。南宋初年，包公之名就远播民间，有“孝肃包公，名塞宇宙，小夫贱隶，类能谈之”之誉[③]。其声名之大，影响之深，远远超过一般王公贵族和显要官员。

包公会受到朝野上下如此崇高的赞扬，那是有其多方面原因的，其中最主要一点就是，他是一个既维护封建统治阶级利益而又比较同情人民疾苦的官员。在他的官场生涯中，曾主张多方面的政治改革，诸如整顿吏治、加强边防、轻徭薄赋等都有所涉及，尤其对整顿吏治，更是不遗余力。据《宋史本传》云：

> 拯立朝刚毅，贵戚宦官为之敛手，闻者皆惮之，人以包拯笑比“黄河清”……京师为之语曰：“关节不到，有阎罗包老。”

对于违法贪赃官吏，尤其深恶痛绝，务欲惩之而后快。他曾上书皇帝，请求重治贩运私盐以肥己的淮南转运按察使司勋郎中张可久；对那个“不顾条制，苛政暴敛”，从而激怒了“山下居民”聚众造反，但并未受到应有的惩罚的江南西路转运使王逵一再进行弹劾，要求对这个“害民蠹化”之徒作“降黜”处分，以使“天下酷吏稍知警惧”。[④] 他又在《乞不用赃吏》中说：

---

① 王巩：《甲申杂记》第二十事。

② 李焘：《续资治通鉴长编》。

③ 吴祇若：绍兴二十七年包拯《奏议集》卢州刻本序。见中华书局《包拯集》149 页。

④ 《包拯集·弹王逵》。

臣闻廉者，民之表也；贪者，民之贼也。今天下郡县至广，官吏至众，而赃污擿发，无日无之。洎具案来上，或横贷以全其生，或推恩以除其衅，虽有重律，仅同空文，贪猥之徒，殊无畏惮……欲乞今后应臣僚犯赃抵罪，不从轻贷，并依条施行，纵遇大赦，更不录用……如此，则廉吏知所劝，贪夫知所惧矣。

从严惩治贪赃之徒，是他一生中恪守的一条为政原则，虽子孙亦不宽免。他曾嘱其家人曰："后世子孙仕宦有犯赃者，不得放归本家，死，不得葬大茔中。不从吾志，非吾子若孙也。"①在任庐州知府期间，"有从舅犯法，希仁挞之，自是亲旧皆屏息"②。后来舞台上演出的《铡包勉》或《包公陪情》等大义灭亲的包公戏，很可能就是从这类故事演绎而来。

包公执法断案，史书上记载的有诉"盗割人牛舌"案③、断"编民犯法当杖脊"案④、亲手鞭挞从舅案等，实际上，比较完整的审案断狱，只有"盗割人牛舌"一案而已。

然而，流传的包公故事却没有拘泥于史实的真实，何况历史记载中也渗入了民间传说的素材。当然，这些都还说不上是文学的艺术加工，更说不上是典型化。南宋以来，包公故事通过文艺形式在民间流传就比较多了，从话本《三现身》、《合同文字记》到宋杂剧《陈驴儿风雪包待制》、金院本《蝴蝶梦》、《刁包待制》，以及戏文《陈州粜米》和《小孙屠》等，包公故事大量地进入文艺领域，其中流传下来的话本《三现身》和戏文《小孙屠》就已经把包公神化。包公在人们心目中就是一个既能断人，又能审鬼的清官。如《小孙屠》二十一出包公上场云：

人间私语，天闻若雷。包拯便是。奉敕命云间下，敕判断开

①③ 《宋史·包拯传》。

②④ 朱熹：《五朝名臣言行录》引王禹玉言，见《包拯集》。

封。日判阳间夜判阴，管取人人无屈，定教个个无冤。

可见包公已成为传奇式人物被搬上舞台。特别是元代杂剧，包公这一历史人物更是不断地被美化、神化和典型化，包公故事一直在民间流传，长期不衰。传说中的包公下陈州，至今还在当地群众中有很大影响①。一个封建社会中的官员，能像包公那样在群众中享有如此盛名的人实在不多。无论是清官海瑞，或者况锺，相比之下，都不免稍有逊色。

元代有多少包公戏？根据《录鬼簿》、《录鬼簿续编》及《太和正音谱》等书记载，现存的元代包公戏共12种，其中杂剧11种，它们是《蝴蝶梦》、《鲁斋郎》、《后庭花》、《生金阁》、《灰阑记》、《留鞋记》、《合同文字》、《陈州粜米》、《盆儿鬼》、《神奴儿》、《替杀妻》等（另有《小孙屠》戏文1种）。流传至今的全部元人杂剧不过150本左右，而包公戏就有11种，从这里也可以看出它在我国文学史上的地位。

二

元代包公戏，虽然有真实的历史人物作为基础，但它并不是严格意义上的历史剧，而是文艺创作。它的主要题材来源并非出自史书记载，而是来源于民间故事传说；剧中展现的生活也不是宋代包公从政活动的再现，而是元代社会现实生活的典型概括，是元代社会矛盾斗争的产物。

这个本子所选的8种包公戏，主要内容是描写社会不平与冤案繁多，人民希望官吏贤良和政治清平，因此，揭露社会黑暗、歌颂清官执法、表达人民的希望和理想，也就成了元代包公戏的基本主题。

元代是一个阶级压迫与民族压迫都十分严重的时代，也是我国

① 见拙文《〈陈州粜米〉与河南淮阳流传的包公放粮故事》，河南师范大学学报1981年第1期，另见本书第196页。

历史上政治最黑暗的一个封建王朝。蒙古奴隶主在以武力统一全中国的过程中,同时也带来了具有原始性的、残暴的政治统治和经济掠夺,蒙古贵族、汉族大地主、大官僚,以及依附于他们的土豪恶霸等各种邪恶势力,构成了一个人人害怕、人人恼恨而又很难惩治的特权阶层。这个特权阶层在元人杂剧里被称为"权豪势要",包公戏中对权豪势要的描写,是揭露元代社会政治黑暗的重要组成部分。

"权豪势要",是一个经常出现在现存元人杂剧中的特权阶层。据不完全统计,揭露这些人为非作歹的作品就有《望江亭》、《蝴蝶梦》、《鲁斋郎》、《金凤钗》、《双献功》、《燕青博鱼》、《黄花峪》、《生金阁》、《谢金吾》、《延安府》和《陈州粜米》等11种,其中属于包公戏的4种(《蝴》、《鲁》、《生》、《陈》),水浒戏3种,其他公案戏4种。

《鲁斋郎》中的鲁斋郎自称"小官鲁斋郎";《生金阁》中的庞衙内自称"小官姓庞名勣,官封衙内之职";《陈州粜米》中的刘衙内自称"小官刘衙内",其子称"小衙内",颇像个衙内世家;《蝴蝶梦》中的葛彪虽然只称"是个权豪势要之家,打死人不偿命",而未有官职,但是,从被他打死的王老汉亲属累称其为"国戚皇亲"、"皇亲葛彪"来看,这个人至少是与宫廷有点什么瓜葛,不然,他生前不会那样横行霸道,随意将人打死;死后虽无亲属上堂打官司,但是却使包公断案作难,这就隐约地透露出人物的特殊政治身份。

以上4剧中有两剧提到"衙内",一剧提到"斋郎",而"衙内"、"斋郎"都不是职官名称。宋、金、元以来,"衙内"多指贵家子弟,如周密《齐东野语》、董解元《西厢记》以及《水浒传》中所提到的"衙内"皆可为证①。至于"斋郎",本是侍候皇帝祭祀的执事人员,更说不上是有什么权势的职官。但是,元剧中的这些自称"衙内"和"斋

---

① 关于"衙内"的解释:周密《齐东野语》卷十《牙》字条云:"牙者,旗也……太守出,有门旗……后人遂以为衙。……或以衙为廨舍,儿子为衙内。"又董解元《西厢记》卷七等处称郑恒为郑衙内,《水浒传》称高俅义子为高衙内,皆指没有官职的贵家子弟。

郎”的人却有很大的权势。他们不惧官府，不畏王法，任意巧取豪夺，随心践踏人民。《生金阁》中庞衙内在掠夺别人财物时有几句口头禅：“他家里倒有，我家里倒无，教那伴当每借将来。”所谓“借”者，不过是白拿白要、白抢白夺的代名词也。在庞衙内看来，世界上的物质财富，奇珍异宝，乃至美女艳姬，都该归他一人占有，别人有了，怎能容忍！“我的就是我的，你的也是我的”，这就是他的生活逻辑！他凭着自己的权势，不择手段地掠夺了数不清的财富。① 看着谁不顺心，动不动就要人“目下就死”。告官吗，“谁敢便收词接状”！这种带有原始性的剥削阶级占有欲，伴随而来的必然是对无辜人民进行野蛮的迫害。不到半天时间，为了夺取一件宝物和一个有夫之妇，就以残忍手段杀害了两条人命。从这个人物身上，我们看到了元代权豪势要的贪婪和凶残本质。

《鲁斋郎》中的鲁斋郎，是属于另一类型的权豪势要典型人物。他为人也很凶残：“动不动挑人眼，剔人骨，剥人皮”，是一个丧失人性的穷凶极恶的恶霸。然而，有的时候，他表现得也很狡猾，迫害善良时并不都是张牙舞爪，凶相毕露；而是装斯文，不动声色，如他以修补银壶为借口，不费什么力气就抢走了银匠李四之妻。李四怀着对官府的糊涂幻想要去告状，颇有点名气的郑州孔目张珪原想主持正义，他对李四夸海口：“谁欺负你来？我便着人拿去，谁不知我张珪的名儿！”李四告诉他是鲁斋郎抢走了他的妻子。刚才义行于色的孔目，顿时就吓得魂不附体，连忙“掩口”阻止李四：“早是在我这里，若在别处，性命也送了你的。”他还告诉李四：“你不如休和他争，忍气吞声罢。”李四只好饱含屈辱，忍气吞声回家。

事隔不久，张珪的妻子也被鲁斋郎霸占。先是鲁打弹子伤了张的小孩，张未看清是谁，只骂了声“弟子孩儿”，鲁就以张骂他为借口，逼迫张把妻子送上门去。他对张珪说：“你这厮该死！怎敢骂我？这罪过且不饶。你近前将耳朵来：把你媳妇明日送到我宅子里来，若来

---

① 庞衙内对郭成夸耀他家里的奇珍异宝无数，可见其掠夺财物之多。

迟了，二罪俱罚。”什么礼教道德，什么官府王法，通通都被践踏在鲁斋郎的兽蹄之下。值得注意的是，他对张珪的吩咐，并没有大声喊叫，而是几乎近于不动声色的悄声耳语，就这样，那个自诩在社会上还有点“名儿”的张珪，也只好听从命令，“夫主婚，妻招婿……妻嫁人，夫做媒”，受到比李四更大的屈辱，忍气吞声地把妻子送上门去。他的妻子还天真地要他“拣个大衙门”去告状，他无可奈何地告诉妻子说：“他便要我张珪的头，不怕我不就送去与他。如今只要你做个夫人，也还算是好的。”这些揭露，非常深刻有力。

《蝴蝶梦》中的葛彪和《陈州粜米》中的杨金吾、刘得中，这三个权豪势要的行径有一个共同特点，就是轻贱百姓，践踏王法。葛彪无故打死乡民王老汉后还说：“这老子诈死赖我，我也不怕……随你那里告来！”刘得中用御赐紫金锤猛打张憋古后也说：“把你那性命则当根灯草……随你那里告我去！”这又是多么霸道和凶狠！他们真是无法无天，罪大恶极。

在这里，我们不禁要提出一个问题，当权豪势要们横行不法、恣意残害百姓的时候，那些本应“奉职循理”①的地方官府，又是怎样主持公道、伸张正义呢？包公戏中描写的一些官吏很形象地回答了这个问题。作品中的官吏，或是昏庸无能之辈，或是贪婪无耻之徒。他们审狱断案，既不管事实证据，也不要王条律法，而是以有无贿赂为标准。只要金银到手，管他冤枉不冤枉，覆盆之下，不知有多少冤魂怨鬼！《灰阑记》中的郑州太守苏顺上场就自我表白：

虽则居官，律令不晓，但要白银，官事便了。

这个既昏庸而又贪婪的郑州太守还自我吹嘘，说什么自己虽不“精明”，但不“作威作福”，因而“保全了无数世人”，厚着脸皮为自己的无能评功摆好。他的下属赵令史则是心狠手毒，执法犯法，既与一个

---

① 《史记·循吏列传》第五十九。

坏女人通奸，又合谋毒死其夫，诬陷好人，霸占财产，是一个很坏的恶吏。

未选入这个本子的另一包公戏《神奴儿》中那个县官虽然糊涂，但他还有点自知之明。自己断不了人命官司，总是请外郎宋了人代他审断，而宋则是一个酷吏典型。他挟私报仇，贪婪成性，擅作威福，一见原告李德义，就以不借凳子之事要打，李伸出三个指头表示愿意送银子，他就马上换了嘴脸："你那两个指头瘸？……晚夕送来。"堂堂官府衙门，竟成了行贿受贿的交易所。无辜的陈氏，就在他的严刑逼供下问成死罪。"衙门从古向南开，就中无个不冤哉！"受迫害人民的出路在哪里？啸聚山林，依靠自己力量起来造反，这当然是一条理想的出路，《酷寒亭》中那个护桥龙宋彬就走了这条道路。而更多的人，或者说元剧作家把更多的受迫害者的出路却寄托在第三者身上：或是绿林英雄，或是鬼魂神道，或是清官良吏。包公戏的作者，就把受害人的希望寄托在清官包公身上。张撇古临死前嘱咐儿子："若要与我陈州百姓除了这害呵……则除是包龙图那个铁面没人情！"真实地表现了受迫害人民的愿望。

三

包公戏里的包公是开封府尹，是北宋首都的地方长官，一个封建社会中的清官典型。关于他的为官情况，《后庭花》第三折〔双调新水令〕曲有云："钦承圣敕坐南衙，掌刑名纠察奸诈……凭着我懒劣村沙，谁敢道侥幸奸猾。莫说百姓人家，便是官宦贤达，绰见了包龙图影儿也怕。"所谓"懒劣村沙"者，即不畏权势、不顺人情之谓也。包公常常以此自诩："我和那权豪每结下些山海也似冤仇"，"我从来不劣方头……我偏和那有势力的官人每卯酉"（皆见《陈州粜米》第二折）。智斩鲁斋郎与庞衙内、诛杀刘得中、杨金吾与赵令史，罢郑州太守苏顺之官，流放作恶的公人董超、薛霸，都突出地表现了他的刚正品质。

历史上的包公，是清官，是真实的历史人物；剧中的包公，从本质上说，符合历史真实，是艺术典型。在司法吏治十分黑暗、社会秩序极其混乱的元代，在他身上，寄托了千千万万受迫害人民的希望与理想。人们赞扬他的斗争智慧，歌颂他的刚正品质，描写他白天断人，夜晚审鬼，把他美化和神化，使他由历史的清官变为舞台上的清官典型。

开封府尹，这个北宋首都的行政长官，并不是什么美差使。帝辇之下，王公贵族飞扬跋扈，权豪势要横行不法，一个小小府尹，如何治理得了。因此，剧作家们不仅赋予他刚正品质和斗争智慧，还同时给他以极大权力，不少剧中写他有势剑金牌，专门"体察滥官污吏，与百姓伸冤理枉"(《灰阑记》)，可以便宜行事，先斩后奏。

在8个戏中，《灰阑记》、《留鞋记》和《陈州粜米》，3剧都写包公有势剑金牌，但真正使用它的只有《陈州粜米》。这就是说，包公审案断狱，主要不是依靠皇帝赐与的特权，不是像张道士作法那样，只要念什么"太上老君急急如律令"就能除怪降妖；他是依靠了斗争智慧和经验。在审案过程中，他很重视调查研究和证据落实，断案时，也就能做到准确无误和公正执法。

在8个戏中，直接标明包公运用智慧审案断狱的就有《鲁斋郎》、《后庭花》、《灰阑记》、《生金阁》和《合同文字》等5种。他的丰富斗争智慧和经验，常常使罪犯们原形毕露，难逃法网；枉死者申冤报仇，受屈者平反昭雪。《后庭花》、《生金阁》与《合同文字》，3剧都是写包公审案，用计取得物证，从而使坏人无所逃匿，受到应有惩罚。《灰阑记》则是一桩颇为棘手的冤案，大娘子因奸谋杀丈夫，强夺小娘子所生之子，霸占全部家产，反而诬告小娘子犯罪。审理此案的正好是大娘子的奸夫，再加上到堂的证人又都被大娘子收买，小娘子被屈打成招，并送开封府"定罪"，案件对小娘子十分不利。包公复审此案，看完"申文"后就提出问题："我老夫想来，药死丈夫，恶妇人也，常有这事。只是强夺正妻所生之子，是儿子怎么好强夺的？况奸夫又无指实，恐其中或有冤枉。"这一问问得好，强夺别人之子为己子，违悖人之常情，"是儿子怎么好强夺的"。捉奸要双，这是奸情案的起码常识,“况奸夫又无指实”,“恐其中或有冤枉”,他不能不提出怀疑,但并没有作出肯定的结论。这样既大胆地提出问题,同时又很谨慎地对待问题的态度是科学的,“申文”中的矛盾,只有通过复审才能解决。于是,他立即“暗地着人吊取原告,并干证人等到来,以凭覆勘”。同时先从小娘子那里了解案情,接着就以孩子是谁所养为突破口。大娘子一口咬定孩子是她所养,被她收买过的街坊邻居和接身婆还是“当厅硬证”,复审仍然不利于小娘子。包公计上心来:“此一桩则除是恁般”……乃设下“灰阑拽子”之计。命令二人将灰阑中的孩子拽出,谁拽出孩子就判断是谁所养。大娘子用力拽出了孩子,小娘子“两次三番,不用一些气力拽那孩儿”,包公不依“律意”,而推以“人情”,他从小娘子不愿“损伤”亲生儿子的行动中审出了真伪,终于案情大白,好人得救,坏人伏法。

《鲁斋郎》一剧写包公冒着犯“欺君”之罪的危险和皇帝开了个玩笑。鲁的罪恶人人知晓,包公也掌握了可靠的证据,但是,勘断此案还有两点困难:一是鲁和皇帝有关系,二是没有受害者或亲属前来告状。包公重事实、重证据,决不容许这个恶霸长期横行不法。他巧妙地避开了皇帝“明察秋毫”的“圣眼”,主动呈文,把罪犯“鲁斋郎”三字写成“鱼齐即”上奏,待皇帝御笔“亲判斩字”之后再加笔添画,还其真名,并立即将鲁押赴市曹处斩。皇帝事后虽然查看文卷,但在事实面前,也不得不来个顺水推舟,只好说“合该斩首”,对包公也无可奈何。

《后庭花》和《生金阁》都是鬼戏,剧中都出现了鬼魂,最后又都是包公用计取得物证断案。《后》剧中的鬼魂没有上堂诉冤,包公先在李顺家里找到了李的尸体;又根据王翠鸾鬼魂所作《后庭花》词推断其已死,并从死者信物碧桃花上有“长命富贵”四字,去寻找“宜人新年”的另一“桃符”,从而在店小二井中捞出翠鸾的尸体,案情终于大白。全剧主要写包公重视调查研究,寻找证据,而不是宣扬神鬼。《生》剧中的鬼魂虽然上场赶人,上堂诉冤,鬼气比较浓厚,但是,包公审案断狱还是重事实、重证据。他掌握了受害者亲属告状的“词因”,

又设计从罪犯那里赚出了可作物证定案的生金阁。在人证物证面前,杀人者依律伏法,受冤者冤仇得报。审理“合同文字”一案,包公独出心裁,要告状的刘安住打另一方——刘的伯父刘天祥,以便从中辨别真伪。这个举动看似荒唐而实合人情:“为甚侄儿不将伯父打,可知亲者原来则是亲。”果然赚出物证,案情终于大白。以上三剧都赞扬了包公的智慧。

《陈州粜米》中的包公虽然带着御赐的势剑金牌,但他审理案件时并不是依靠牌剑圣旨,而是依靠人证小懒古、王粉莲和物证紫金锤。他去陈州,一路上微服私访,替妓女王粉莲“笼驴”,从而查实了刘得中、杨金吾贪污灾粮、迫害灾民的罪行。刘衙内讨来了赦书,只是船到江心,补漏已迟。包公早已料到,并果断地作出决定:“赦未来,先杀坏”,及时地将二人正法。其高明之处,远远超过了权豪势要刘衙内和那位没有出场的“聪睿”的皇帝。

《留鞋记》中虽无坏人作奸犯科,但也牵涉到人命,包公派人到现场进行实地调查,无意中将死者救活,疑案得到解决,仍然是对包公智慧的歌颂。

从以上可以看出,包公断案靠的是智慧,是调查研究,证据落实,并据此秉公断案,严格执法。

包公作为一个艺术典型,在他身上寄托了元代受迫害人民的希望与理想,起过历史的进步作用。他审理冤狱疑案,打击权豪势要和一切邪恶势力,执行封建王法,虽然是维护统治阶级利益,但也同时为人民所拥护。正是在执行王法这一点上,人民和统治阶级的矛盾得到暂时的缓和或调解,才对他一致地采取了肯定态度。8 种包公戏,有 5 种直接歌颂王法无私,其余几种则是赞扬包公审案清楚,赏罚分明。从本质上说,仍然包含了对王法的歌颂。

这里,有一个正确评价包公所维护的封建王法问题。按照马克思主义者的观点看来，任何法律“都只是表明和记载经济关系的要求”①。在封建生产关系还没有质的变化的时候，在司法吏治极其黑暗的元代，清官执行封建王法就是“代表着秩序”②，是限制“不法的状态”的存在和发展③，这对社会的进步是必要的，在一定历史条件下也是必然的。那种认为清官比贪官更坏的说法很难使人信服。

四

一个封建社会的剧作家，无论是选取现实生活中的题材，或者是选取历史故事、民间传说故事的题材，只要它能表现作家生活的那个社会的时代精神，那末，他的作品就能获得传世的艺术生命力。元代包公戏正是在这方面取得了可喜的成就。

这 8 个包公戏思想艺术价值的主要表现，就是深刻地揭露元代社会政治黑暗腐败，描写包公审案断狱，真实地表现出二者的内在联系。在这些作品里，不管是写敌对性质的人命案，或者是写非敌对性质的民事纠葛；不管是写世俗生活的人间事态，或者是写人鬼混杂的荒诞情节，从作品总倾向上看，它们所展现出来的主要生活图景都不是虚幻的神鬼世界，而是逼真的元代社会现实生活的典型概括。所歌颂的清官包公，也不是超凡入圣的神道，而是一个可以理解的封建官员。这些植根于现实生活的描写，表现出多方面的社会意义。特别值得称道的是，剧中对权豪势要罪恶和官府黑暗的揭露，对包公并不是时时、事事都公正执法的描写，表现了使人信服不疑的时代精

① 马克思：《哲学的贫困》第一章《科学的发现》，见《马克思恩格斯全集》第 4 卷 122 页。

② 恩格斯遗稿：《论封建制度的瓦解和民族国家的产生》，见《马克思恩格斯全集》第 21 卷 453 页。

③ 恩格斯：《英国状况 · 英国宪法》，见《马克思恩格斯全集》第 1 卷 702 页。

神，从而把包公戏的思想性推向一个更高的境界。

权豪势要的罪恶活动，涉及当时的政治制度、司法制度以及法律、道德等重大问题。这些人物的出现，并不是剧作家们的主观臆造，而是元代阶级压迫与民族压迫交织的特殊社会条件下的产物。据《元典章》三十九《刑部》卷之一《迁徙·豪霸凶徒迁徙》条记云：

> 本部照得大德七年十一月十三日，中书省据江西、福建道本使宣抚呈巡行江西。据诸人言告，一等权富豪霸之家，内有曾充官吏者，亦有曾充军役杂职者，亦有泼皮凶顽，皆非良善，以强凌弱，以众害寡，妄兴横事，罗摭平民，骗其家资，夺占妻女，甚则伤害性命，不可胜言。交结官府，视同一家。小民既受其欺，有司亦为所侮，非理害民，纵其奸恶。……

又《通制条格》卷二十八《杂令·违例取息》条云：

> 至元二十年十一月二十日，中书省奏，哈剌章富强官豪势要人每根底放利钱呵，限满时将媳妇孩儿女孩儿拖将去，面皮上刺着印子做奴婢……

这两条资料比较集中地对权豪势要的身份地位及其罪恶作了简单的概括，他们之中有现职官员，有退职或罢职官员，有土豪恶霸，有地痞流氓……总之，这是一个有官有民而又不官不民的特权阶层。他们的“夺占妻女，甚则伤害性命，小民既受其欺，有司亦为所侮”的行径，与包公戏中的权豪势要相对照，完全可以对号入座。那个鲁斋郎，“苦害良民，强夺人家妻女”，谁不顺从，谁就“该死”；那个庞衙内强夺秀才郭成之妻时说：“你若不与我，我着你目下就死。”他们的横行霸道和种种不法，不仅是老百姓深受其苦，就是官府也无可奈何。统治者看到他们会激化和人民的矛盾，并威胁着自己的安全，于是不得不明文申令加以禁治和打击，对那些“权移官府，威行乡井，淫暴贪虐，累犯不悛者”，一律“徙远恶之地屯种”①。为了防止他们与官府勾结，还严禁各级地方官吏与他们交往，违者双方皆严惩不贷②。又《元典章》五十七《刑部》十九《诸禁・禁豪霸》也列了“豪霸红粉壁迤北屯粮”、“禁富势擅锢奴隶”、“禁治行凶泼皮”等条款。这些条款不可谓不苛细，但在现实生活中并不能真正执行。如果不是包公秉公执法，这些人将会长期逍遥法外，人民也将遭受更多灾难。

在这里，我们又要提出另外一个问题，这些权豪势要们之所以如此横行不法，是否仅仅因为官吏的贪婪昏庸和徇私枉法？事实证明不完全是这样。在这些人的背后，还有封建最高统治者对他们的支持，也就是说，他们的后台还有皇帝。鲁斋郎动不动就杀人挖眼剥皮，“强夺人家妻女，犯法百端”，显然不是初次犯罪。包公用计将他“智斩”，皇帝还出面干预，亲自查看“文书”。刘得中、杨金吾贪污灾粮，杀害灾民，皇帝虽然已派员前往勘问，但接着又发出赦书，包庇罪犯。皇亲葛彪，无故打死平民王老汉，王之子为父报仇将葛打死，包公断案十分为难，因有未出面的宫廷压力……这一切都说明权豪势要仗势欺人受到皇帝的纵容和包庇。作者把矛头指向了最高封建统治者，是有深刻意义的。

权豪势要如此横行不法并不是一个孤立的社会现象，它与元代政治黑暗腐败——特别是与司法吏治的黑暗腐败有直接关系。据《元典章》刑部二《不得法外枉勘》条记云：“大德七年五月，行省准中书省咨该刑部呈，会验奏准至元新格内一款……今之官吏不体圣朝恤刑之意，不思仁恕，专尚苛刻，每于鞠狱问事之际，不察有无赃验，不审可信情节，或惧不获正贼之责，或贪照察之名，或私偏徇，或挟宿

---

① 《元史・刑法四・杂犯》。

② 《元典章》三十九《刑部》卷之一《迁徙・豪霸凶徒迁徙》条云：“各处行省已下大小官吏，非亲戚不得与所部豪霸等户，往来交通，受其馈献一切之物。如有违犯，官吏依‘取受不枉法’例科断。其豪霸……初犯于本罪上比常人加二等断罪……再犯，痛行断罪，移徙，三犯，断罪移徙边远。”

怒,不问重轻,辄加拷掠,严行法外凌虐,囚人不胜苦楚。锻炼之词,何求而不得,致令枉死无辜。”……由于官吏的贪污受贿,挟报私仇,滥施刑法,草菅人命种种不法行为,才造成各种各样的冤狱。据史书记载,仅在元成宗大德七年所揭发出来的贪官污吏就有 18473 人和冤狱 5176 起。[①] 成宗大德时期,这个所谓承平之世尚有如此多的贪官污吏和冤狱,其他时期司法吏治的黑暗腐败也就可想而知。包公戏中所写的冤狱错案,王老汉、张珪、李四、郭成、老嬷嬷、张海棠、张懒古等屈死者和受冤者,还有苏顺和赵令史等贪官污吏,正是当时司法吏治黑暗腐败的典型概括。这些描写深深植根于元代社会现实生活之中,理想中的清官包公就在这个典型环境中审案断狱,他也不能不受到这个时代的影响。

从总的倾向上说,包公戏中的包公是能够严格执法和公正断案的,剧作家们对他也是尽情歌颂和美化的。但是,这些剧作家总是不能忘怀现实,他们非常忠于现实生活,而现实生活中却是贪官污吏充斥官府,根本没有那样理想的清官,因而戏中的包公也就不可能完美无缺,不可能时时、事事都能做到铁面无私和公正执法。对待一些棘手案件,他也是葫芦提地徇情枉法了事。不管作者写得如何隐曲,我们还是可以看到包公身上的这些弱点。

《蝴蝶梦》中的人命案并不复杂。皇亲葛彪无故打死王老汉,王的三个儿子又把葛彪打死。按照元代法律规定,包公完全可以依据法律条文秉公断结[②]。可是,葛彪是皇亲国戚,被人打死,如不问罪,皇帝岂肯善罢甘休?于是,在没有葛彪亲属或家人上堂的情况下,包公还是不听王母的申诉就大动刑法,要王母交出一子为葛彪“偿命”。只是在“母贤子孝”的感召下,包公才糊里糊涂地把偷马贼赵顽驴拉来做了替死鬼。按照法律规定,赵顽驴罪不当死[③]。退一步说,即使

---

① 《元史·成宗纪》。

② 《元史·刑法四》:“诸人杀死其父,子殴之死者,不坐。”

③ 《元史·刑法三》:“盗马者,初犯为首八十七,徒二年……再犯加等。”

当死，他和葛彪一案也是风马牛不相及，没有任何理由叫他去替别人"偿命"。包公审断此案，既表彰了"贤孝"，又不得罪皇帝，只是错杀了一个偷马贼。这是和法律开玩笑，是不贪赃而枉法，是对包公的贬抑。

如果说，《蝴蝶梦》一案写了包公不敢得罪皇帝，表现出这个封建官员的局限与弱点，那末，《后庭花》一案则写了他不敢得罪显要官员，其局限和弱点则更进一步暴露出来。他奉命审理赵廉访家中王翠鸾母女下落不明一案，此案牵涉到廉访夫人，而审断结果，却是主谋者廉访夫人未受任何惩罚而了结。这就难怪，在元代就有"糊突包待制"①故事流传民间了。

包公，这位人民理想中的清官，他为人民办过一些好事，起过历史进步作用，但他毕竟是一个封建地主阶级政权的官员，一个被元代剧作家塑造的艺术典型，在他身上，不可能不受到那个时代的影响。在那几乎是无官不贪的元代，进步剧作家对这个理想中的人物注入了自己时代的评价。即使刚直不阿、清正廉明如包公那样的清官，他也同其他封建官员一样带有自己时代和阶级的局限和弱点。"为政不得罪于巨室"，可能是封建官员行而不言的做官哲学！元代包公戏如此真实地描写包公审案断狱，在极力歌颂他公正执法的同时，也写了他徇情枉法的弱点，渗透了剧作家生活的那个社会的深厚特色。

作为历史人物的包拯离世已经900多年，元代包公戏传世也有600馀年之久，并对后世产生了广泛而深远的影响。不少作品经受了时间的考验，至今还在舞台上演出。剧作家们对元代社会政治黑暗腐败的揭露，真实地描写包公审案断狱，赋予包公刚正品质和斗争智慧，寄托了人民的希望与理想，这是我们古典戏曲中民主性精华的重要组成部分，对我们今天仍有认识、启发和借鉴意义。

---

① 曹楝亭刊本《录鬼簿·江泽民》后载剧目《糊突包待制》，可见元代有"包公糊突"故事。目前尚流传的扬剧《包龙图错断狄龙案》，据扬剧改编的豫剧《包公误》等，皆谓包公错误断案，很可能与元代流传的"包公糊突"故事有关。

这个本子所选的8种元代包公戏，都以中华书局1958年出版的《元曲选》为底本，参校《古名家杂剧》、《古今杂剧选》、《关汉卿戏曲集》、《元人杂剧选》、《关汉卿杂剧选》及《元杂剧选注》等古今版本和注本。其次序排列，略依《录鬼簿》，并参考《元曲选》及《元代杂剧全目》著录。每剧剧前有简要的“作者略介”，对著作权有争议之作，则择其善者而从。每剧均加简注。校文全放入注中，不一一列出。在这8种戏中，其中4种虽然有专家学者的校注，使拙注受益良多，但由于个人水平有限，闻见不广，错误疏漏，在所难免，敬待读者和专家批评指正。

元代包公戏新探

一、元剧中的包公形象是元代人民理想化的清官

在文艺创作中，一些取材于历史人物或流传故事的作品，总是根据自己时代的要求和作家对这些人物、事件的认识来进行创作的。这些作品就当然不是某一具体历史人物活动的再现，而是作家的再创作，是属于那个时代的产物。人们的愿望和理想被倾注在作品人物身上，这些人物也就成了穿着古代人的服装，而扮演着现实社会生活中某一类型人物的重要角色。元代包公戏中的包公形象，就是这一类型人物的代表之一。

宋史本传评包拯为人“立朝刚毅，贵戚宦官为之敛手，闻者皆惮之……京师为之语曰：‘关节不到，有阎罗包老。’”从他一生的政治活动中可以看出，他是一个刚直不阿、清正廉明的封建官员。他做地方官时就以整顿吏治、不徇私情、不惧权势、严格执法而知名①。在中央朝廷做官，目睹政治黑暗腐败，民族矛盾也日趋尖锐，他主张改

① 宋史本传及《五朝名臣言行录》（见《包拯集·附录参考资料》）等书记载，包拯做地方官时革除“凡诉讼不得径造庭下……使得至前陈曲直”而由吏役代转呈文等弊端，知庐州时亲自鞭挞其犯法的从舅，知端州“岁满不持一砚归”，又拆毁“中贵势族”侵占惠民河公地所筑之园榭等。

革政治，严明赏罚，精选官吏，淘汰冗员；①还主张“练兵选将，务实边备”（《宋史本传》）和轻徭薄赋，宽免钱粮。在整顿吏治方面，他更是毕生不遗馀力，主张对贪官污吏应是“纵遇大赦，更不录用”。他嘱咐家人曰：“后世子孙仕宦有犯赃者，不得放归本家；死，不得葬大茔中。不从吾志，非吾子若孙也。”②在任庐州知府期间，“有从舅犯法，希仁挞之，自是亲旧皆屏息”③。这种大义灭亲的行为，很可能就是后来舞台上演出的《铡包勉》、《包公陪情》等故事的素材来源。

然而，在流传故事中，人们对那些一时还不见成效的改革不感兴趣，只突出了他是一个清官典型。

从宋金元以来，包公故事就通过话本、戏文和院本等文艺形式广泛地在民间流传。《合同文字》话本写了包公运用智慧和经验审清一件疑案；《三现身》话本④、《包待制判断盆儿鬼》⑤和《小孙屠》戏文⑥，进一步将他写成一个既能断人、又能审鬼的清官典型，人们把历史记载的“关节不到，有阎罗包老”二语具体化和形象化了。另一院本《刁包待制》虽无作品流传下来，观其题目，大约是赞扬包公智慧过人之作。

包公故事在元代被大量地搬上舞台，仅杂剧就有 17 种，其中流传至今的作品还有 11 种，其数量之多，在以历史人物为中心的元人杂剧中，是十分突出的。在这些作品里，历史人物包拯不断地被美化和典型化。从故事题材上看，不少作品取材现实生活，把精明审案、

---

① 分别见中华书局《包拯集》中《七事》、《请选利州路转运使》、《再请选转运提刑》和《论冗官财用》等。

② 《宋史·包拯传》。

③ 《五朝名臣言行录》。

④ 《醉翁谈录》记有话本题目《三现身》，作品佚失，《警世通言》保留了这个故事。

⑤ 《永乐大典》戏文目录，作品佚失。

⑥ 《小孙屠》戏文二十一出包公上场白云：“日间判阳夜判阴，管取人人无屈，定教个个无冤。”

公正断狱的希望寄托在包公身上，如《鲁斋郎》、《后庭花》、《生金阁》、《神奴儿》、《替杀妻》、《盆儿鬼》、《陈州粜米》等，这些冤狱的平反或疑案的审清，与历史上的包公本无关系。据史书记载，包公审断疑案，只有“诉盗割牛舌”一案而已①。还有一些作品的故事则是张冠李戴，把历史上其他人的审案断狱事件加以改造后移植于包公，如《蝴蝶梦》②、《灰阑记》③和《留鞋记》④等。在这些作品中，原来的公正裁判人齐宣公、黄霸和某县令等人都被包公所代替了。这种作法，甚至对后来的龙图公案之类的小说，也产生了很大影响。近代小说研究者钱静方曾经说：“宋之最能判狱者曰包龙图，几于妇竖皆知。然包公所断之案，见于史者，不过一事，馀皆小说家掠他人之美，而为包公有也。”⑤元代包公戏的作者应是始作俑者。后世的各种包公故事小说亦步亦趋，争相“掠他人之美”以加在包公身上。赵景深先生在《包公传说》、《百回本〈包公案〉》等专文中论述颇详⑥。

作为一个被理想化的清官典型，元代包公戏中的包公形象有两点表现很突出：

一是包公不畏权势、不庇下属。包公戏中写了不少权豪势要，他们或是贵家子弟，或是政府官员，或是泼皮无赖，或是皇亲国戚。这些人势压官府，欺凌百姓，有最高统治者皇帝作后台。那些身为百姓父母的地方官，或者是贪婪无耻之辈，或者是昏庸无能之徒。包公对这些人都毫不留情地给予应有的惩罚。他杀了庞衙内、鲁斋郎、刘得中、杨金吾；又杀了赵令史，罢了郑州太守苏顺之官；又给予“不知法律，错勘平人”的开封府所属县官和外郎“各杖一百，永不叙用”的惩

① 《五朝名臣言行录》。

② 《列女传》齐义母故事。

③ 《风俗通》记东汉黄霸故事，又琐罗门故事等。

④ 《幽明录》、《绿窗新话》等。

⑤ 《小说丛考·包公案考》。

⑥ 赵景深：《中国小说丛考》。

罚;甚至公人董超、薛霸也以“有事受财”而被“杖一百,发远恶地面充军”,对所有作奸犯科之人都给予应得的惩处。

二是富有斗争智慧。元剧中的包公形象,在审案断狱中,不仅是严格执法的清官,而且还是智慧的化身。他收养了被鲁斋郎迫害的张珪和李四的子女,手里就有了人证,然后才定下“欺君”之计将鲁“智斩”。被庞衙内铡死的秀才郭成鬼魂到公堂诉冤,虽然还不足为凭,但接着就有死者亲属郭妻和老嬷嬷之子前来告状。包公便掌握了人证,当“智赚生金阁”之计实现之时,也就是进一步取得物证之日,在人证物证俱全的情况下,才将庞衙内斩首正法。赵令史与马均卿之妻通奸,又合谋将马毒死,再诬马之小娘子张海棠药杀丈夫、强夺儿子、图谋家产;他们还买通证人,把张海棠问成死罪;包公设下“灰阑拽子”计,终于审清案情,好人得救,坏人伏法。孝子刘安住被伯母骗走享有家产权的凭据“合同文字”,包公设计令安住打其伯父,又伪将他关入监牢,并诈传其因伤致死……终于赚出重要物证“合同文字”,使案情真相大白。

元代是司法吏治极其黑暗腐败的时代,贪官污吏充斥官府,冤狱错案遍布人间。据史书记载,仅元成宗大德七年就揭发出贪官污吏18473人和冤狱5176起①。成宗大德时期是元代的承平盛世,尚有如此众多的贪官污吏和冤狱,其他时期也就可想而知。所以,包公戏对元代黑暗现实具有深刻的批判意义。

二、元剧中的包公不是时时事事都严格执法

社会生活的复杂和千变万化,带来了人的复杂和千变万化。评价一个历史人物或艺术形象,当然要看他的主导方面,但对他的次要方面也不能无视或忽略。

元剧中的包公形象的主导方面应当肯定,也是剧作家们极力歌

① 《元史·成宗纪》。

颂的方面，但是，他毕竟是封建统治阶级中的一员，对待本阶级成员（包括犯罪者）和对人民的态度，对个人的得失和安危，他不会不去考虑，也不会毫无变化。在审理一些比较棘手的案件时，他也会放纵罪犯和枉杀罪不当死者。《后庭花》和《蝴蝶梦》二剧就为我们提供了这样的实例。

《后庭花》写包公奉赵廉访之命，承审家中王翠鸾母女下落不明一案，而此案却牵涉到廉访夫人。翠鸾母女本是皇帝赐与赵廉访的，廉访夫人出于嫉妒，吩咐堂候官王庆将母女杀死，并由此而连累到李顺也丧了命。王庆奉命后，逼其所属李顺下手，李将二人买放，王因和李妻通奸，乘机将李杀害。翠鸾与其母逃散，又被店小二逼奸不遂致死。究其根源，廉访夫人是这件人命案的主谋。廉访不见翠鸾母女下落，夫人和王庆又相互推卸责任，才将此案交与包公，并明白告诉他："这桩事其中必有暗昧，你与我仔细究问，多因是我夫人做下违条犯法也。"可见他心里也很不踏实。包公接受任务时就诚惶诚恐，疑虑重重：

> 相公道"老夫人违条犯法"，怎敢就叫他带锁披枷……你侯门似海深，利害有天来大，则这包龙图怕也不怕。老夫怎敢共夫人做两事家……枉把村老子就公厅上唬杀！

从审案到定案的全过程，不能说包公没有掌握到充分的证据，但奇怪的是，杀人犯王庆始终没有一句可资定案的口供。包公向赵廉访汇报案情也只是说王庆和店小二皆是因奸杀人，却只字不提案件起因和主谋者。赵廉访当然心照不宣，并毫不客气地拿回判案权，说什么，"这桩事我尽知了也，一行人听我下断"，只将二人押赴市曹处决，自己的夫人却在包公审案的保护伞下，逍遥法外。事后，包公得到"剖决精明"的考评和"三级高升"的破格提拔。在司法吏治极其黑暗的元代,难怪就有“糊突包待制”故事在民间流传了①。

在封建社会,裙带关系常常是官府处理问题的重要依凭,特别是执法时更是如此。“王子犯法,与民同罪”,多是宣教条文;在更多的情况下,则是“刑不上大夫”。赵廉访明知夫人可能“违条犯法”,但在结案时却并不提起;包公明知就里而假装糊涂,也不能说是公正廉明。他深深地懂得:为政不得罪于巨室。这就是葫芦提案件的“谜底”。

《蝴蝶梦》则是另外一种类型的案件。案件的一方是平头百姓,一方是皇亲国戚,双方都死了人。根据法律,此案也不难审断。皇亲葛彪无故打死中牟县平民王老汉,王的三个儿子又把葛彪打死。被包公斥责为“糊涂”的中牟县县令将王氏母子四人押送开封府治罪。这场人命官司并不复杂,一方先打死人,另一方是子报父仇,又将凶手打死。法律条文规定得十分清楚:

> 诸人杀其父,子殴之死者,不坐。应于杀父者之家征烧埋银五十两。②

不管王母懂不懂得法律,但她是根据情理进行申诉:“那斯每情理难容,俺孩儿杀人可恕。”完全符合律条。奇怪的是,葛彪一方并无亲属或别的宫廷人物到堂,而包公却不听王母的申诉就大动刑法。硬要她交出一子为葛彪“偿命”。由于王氏母子四人争相担“罪”,在母贤子孝的感召下,包公才糊里糊涂地将偷马贼赵顽驴代王氏之子偿了葛彪之命。在这里,包公至少犯了两大错误:

一是不该断王氏之子为葛彪偿命,理由如前;二是枉杀了赵顽

---

① 《录鬼簿·江泽民》有《糊突包待制》剧目。作品已佚,说明元代有“包公胡涂”故事流传。目前尚流传的扬剧有《包公错断狄龙案》,豫剧、黄梅戏皆有《包公误》,可能受“包公胡涂”故事影响。

② 《元史·刑法志》。

驴。按法律规定:“盗马者,初犯为首八十七,徒二年,为从七十七,徒一年半,再犯加等,罪止一百七,出军。”①赵顽驴罪不当死。退一步说,即使当死,他和葛彪一案也是风马牛不相及。

包公审断此案,既表彰了“贤孝”,又不得罪皇亲和皇帝,只是枉杀了一个偷马贼。包公如此错断,大概是受到宫廷人物的压力。既不能得罪达官显要,更不能得罪宫廷势力和皇帝。阶级与时代的局限,使这个既忠于统治阶级而又比较同情人民疾苦的清官也不能违背历史的辩证法。

三、《留鞋记》是一出别具一格的元代包公戏

在流传至今的元代包公戏中,作品的基本题材多是写好人横遭迫害、蒙受冤枉,坏人横行霸道、法外逍遥,经过包公审案断狱,好人平反或得救,坏人则得到应有的惩罚。唯有《留鞋记》别具一格,从人物形象的塑造,矛盾冲突的展开和解决都表现出一些新的意义。

作品主要写了一个市民姑娘王月英和秀才郭华的爱情故事。严敦易先生说此剧“是一本烟花粉黛性质的儿女风情戏,但因为其中有包待制的出场勘断,故也可以列为公案剧之一”②。这个论断颇为中肯。

此剧本事最早见于刘义庆的《幽明录·买粉儿》,大意谓一个青年男子因爱慕市中一卖胡粉女郎,因“无由自达,乃托买粉”。久之,女问其故,男告以“相爱乐”之意,女感其诚而约会于男住所,因纵欲而“欢踊遂死”。男父母从所买胡粉中找到女郎,并诉之于官府。女郎自认不讳,顾往哭尸,“县令许焉”,径往恸哭,“男豁然更生”,二人遂为夫妇(《太平广记》卷二百七十四亦载此条,个别文字略有出

---

① 《元史·刑法志》。

② 严敦易:《元剧斟疑·留鞋记》。

入)。宋人话本《绿窗新话》有《郭华买脂慕粉郎》对原故事有所发展,其主要点是:青年男子叫郭华,“家富好学”,由儒而商;女郎卖胭脂粉;女约郭去后花园小亭幽会,郭“因遇亲友话”耽误,“女久候不来,乃留一鞋而入”;郭至拾鞋,“哽怆归去,以口吞之,气噎而绝”;店主人见华未死,“于喉中得鞋”,又从脂粉找到女,女与其父往店看视,“华已苏”,店主人为媒,二人结为夫妇。话本有了男子的姓名、身份,情节也较原来故事丰富,又去掉了“欢跃遂死”庸俗情节,这是一大发展。宋元戏文有《王月英月下留鞋》①,出现了女郎的真实名字。因作品佚失,无法窥知其具体内容。

杂剧《留鞋记》从主要故事上看,摒除了流传故事中纵欲、吞鞋等庸俗描写(剧本写郭吞下包鞋的罗帕,庸俗成分仍未完全摒除),又以独特的艺术构思去塑造主要人物王月英的形象,安排矛盾冲突的开展和解决,使这出兼有风情戏和公案戏特色的作品从多方面表现出它的别具一格。

一是矛盾冲突别具一格。剧中男主人公爱情波折,既不是来自坏人作奸犯科,也不是来自封建家长或任何其他势力出面阻挠破坏,而是因为男方醉酒误约,事后悔恨吞帕自噎。不管是暂时受连累的相国寺和尚,或者是当事人王月英,他们也都是无罪者。又是人命案,又不是对抗性矛盾冲突。郭华醉酒误约,酒醒误吞罗帕,琴童误扭和尚为凶手……一切皆从“误”中生出。剧本题目正名为“郭秀才沉醉误花期,王月英元夜留鞋记”,关键在一“误”字。比起那些公式化格局的作品高明多了。

二是女主人公王月英别具一格。包公审问的人命案主要对象王月英,既不是大家闺秀,也不是小家碧玉,而是一个出生繁华都市的商人之家,本人又亲自经商的市民姑娘,这个姑娘在对待生活、爱情方面都带有市民特点。她的家庭以经营胭脂为业,从家里有使女梅香为伴来看,大约属于小康之家;父死之后,竟要抛头露面,接待来往

① 徐渭:《南词叙录·宋元旧篇》。

购买胭脂的顾客,又说明其家庭并非很殷实富有。长期的都市生活,又亲自经营生意,耳濡目染,一言一行,多与封建礼教大相违悖。她的生活意趣、道德观念都与一般封建淑女(元剧中此种人很多,不赘举)或农村姑娘(《秋胡戏妻》中的罗梅英等)不同。她既不深居闺阁描鸾绣凤,也不挎篮背筐采桑拾柴,而是坐守胭脂铺,希望生意兴隆。郭华多次来买脂粉,凭着她的观察力,看出郭是"把这脂粉作因由";经过一番心照不宣的试探性对话,她就以诗柬约郭于元宵节之夜至相国寺观音殿相会。在她看来,女子主动、大胆追求爱情,是古已有之,毫不足怪。她列举了卓文君、薛琼琼、韩彩云、崔莺莺等事例以鼓励送信的梅香,又向梅香表示不怕一切风险:

> 便犯出风流罪,暗约下雨云期。常言道:"风情事那怕人知。"

今天看来,这些想法和作法可能不会受到非议,可是在元代,却是了不起的亵渎封建礼教的行为。郭华醉卧观音殿不醒,她一直等到四更天才留下罗帕与绣鞋为表记而去。公堂之上被包公问出真情,她就将心事全盘托出。这是一个具有新思想的依靠自己经商为生的市民姑娘。在元人杂剧中,也是一个独一无二、别具一格的姑娘。

三是包公的审断别具一格。包公审断此案,不是像审断其他案件那样自以为是地就宣布"一行人听我下断",而是颇有点"民主"精神。郭华复活,案情弄清,是否作成二人婚事,不必再问,就可断结。可是包公并不宣判,而是先问王母:"可肯将那女孩儿嫁那秀才?"作为一家之长的王母也不包办代替,而是征求女儿的意见,她回答包公:"爷爷问我女孩儿肯,便嫁了他罢。"这位市民姑娘也不谦让,而是真正做主,对母亲和包公表白心事:"俺娘亲敢自专,待择取英贤匹配婵娟……问什么鸾胶续断弦,巴不得顺水便推船。呀!谢恩官肯见怜,休拗折并头莲,莫掐杀双飞燕!"包公这时才正式宣判。女主人公王月英对包公表达了带有笑谑意味的又是十分真挚的感激：

> 呀！也不枉了一春常费买花钱，谁承望包龙图倒与我递丝鞭，赢得个洛阳女儿笑语阗，都道这风情不浅！

“包龙图倒与我递丝鞭”，这是一个市民女儿意想不到之事，又是她感到万分幸运之事。除《留鞋记》外，《鲁斋郎》中的包公不仅“智斩”恶霸，而且还将自己收养的两家被害者的子女互配婚姻。已佚的《包待制判断胭花鬼》也可能是写包公审理与风情有关的剧目。这一切都说明包公是元代人民多方面歌颂的、理想化的清官典型。有的研究者认为《留鞋记》的恋爱事件“并用不到包待制的强项或智慧，才能够获得解决。任何一个‘贤府尹’并来一节断语，便可收束终场”①虽有一定道理，但没有考虑到元代人民把包公理想化的这一历史要求。

1982 年 3 月

---

① 徐渭：《南词叙录·宋元旧篇》。

《陈州粜米》与河南淮阳流传的包公放粮故事

无名氏的《陈州粜米》,是一个取材于民间故事写成的优秀元人杂剧,在以包公放粮故事为题材的传统戏曲中,它是最早的优秀作品之一。在河南的淮阳,至今尚流传的包公放粮故事,却又很明显地受到杂剧的影响。

古代的陈州,就是现在的河南淮阳。《读史方舆纪要》卷四十七《河南二·陈州》条记云:

> 古庖牺氏所都……汉置淮阳国,治陈县。更始初,封张卬为淮阳王。……后周改为陈州……大业初,改州为淮阳郡,唐复为陈州,亦曰淮阳郡……宋仍曰陈州,宣和初升为淮宁府……金复为陈州,元因之。……

《陈州府志》、《淮阳县志》和《淮宁县志》等书与此记载略同,包公下陈州放粮故事,至今仍在淮阳流传不衰。

历史上是否真有包公下陈州放粮一事姑且不论,仅从目前尚在淮阳流传的包公放粮故事的质朴粗犷和具有丰富想象力等方面可以看出,它是根据《陈州粜米》杂剧添枝加叶和演绎附会而来,直接地受到杂剧的影响。

无论是杂剧《陈州粜米》或流传淮阳的包公放粮故事,对人物的形象塑造和故事情节的安排,都可以看到人民群众的艺术加工,渗透了人民群众的思想情感，对后世产生了很大影响。

一

《陈州粜米》主要写宋仁宗时陈州发生旱灾，赈粮官贪污害民、包公下陈州放粮和为民除害的故事。

作为历史人物的包拯（公元999～1026年），北宋仁宗时人。由于人们对他的尊敬，小说、戏曲中多称他为包公。和包公同时代的司马光在《涑水纪闻》中说他“为人刚严，不可干以私，京师为之语曰：‘关节不到，有阎罗包老。’吏民畏服。远近称之。”其友人吴奎也称他“峻节高志，凌乎青云。”①《宋史本传》亦谓其“立朝刚毅，贵戚宦官为之敛手，闻者皆惮之。”②他曾任天章阁待制，除授龙图阁学士，权知开封府，官拜枢密副使等职。在做官期间，他大胆地整顿吏治，打击权贵，③受到朝野好评。又曾多次上书皇帝，奏请《请免陈州添折见钱》、《请救济江淮饥民》、《请支义仓米赈给百姓》等，以减轻人民负担和安定人民生活。但是，在目前能看到的史料中，还没有发现他去陈州放粮及与放粮有关的刘衙内、刘得中和杨金吾等历史人物，因此，《陈州粜米》尽管写的是宋代包拯故事，但它决不是历史剧，而是元代社会现实生活的艺术概括。

在元代，河南的天灾是史不绝书的，其中涉及陈州的就有以下一些记载：

世祖至元二十五年五月

---

① 吴奎：《枢密副使赠礼部尚书包公墓志铭》。

② 《宋史》卷三百一十六《列传》七十五。

③ 《宋史·本传》云：“旧制：凡讼诉不得径造庭下。拯开正门，使得至前陈曲直，吏不敢欺。中官势族筑园榭，侵惠民河，以故河塞不通。适京师大水，拯乃悉毁去。……张方平为三司使，坐买豪民产，拯劾奏之……”

河决汴梁。太康、通许、杞三县，陈、颍二州皆被害。①

世祖至元二十七年十一月

河决祥符义唐湾，太康、通许、陈、颍二州大被其患。②

成宗大德八年六月

益津蝗。汴梁……陈州霖雨，蠲其田租。③

仁宗皇庆二年六月

河决陈、亳、睢州、开封……没民田庐。④

又据《元史·食货志·赈恤》条记云：

延佑二年，河南、归德、南阳、徐、邳、陈、蔡……等处水……皆免其民户税粮。……

征之元代米价，亦可推断杂剧是反映元代社会现实生活的。据记载：

京师赈粜之制，至元十二年始行……凡白米每石减钞五两，南粳米减钞三两，岁以为常。成宗元贞元年，以京师米贵……发粮七万馀石粜之，白粳米每石中统钞一十五两，白米每石一十二两，糙米每石六两五钱。⑤

统治者考虑到陈州的灾情严重："亢旱三年，六科不收，黎民苦楚，几至相食"，所以"钦定"白米每石售银五两，与历史上记载的米

---

① 《元史·本记》十五《世祖》十二。

② 《元史·本记》十六《世祖》十三。

③ 《元史·本记》二十一《成宗》四。

④ 《元史·本记》二十四《仁宗》一。

⑤ 《元史·食货》四《赈恤》。

价大致相符。虽然，赈粮官私将米价提高一倍，但比起京师白米每石售银十二两的价格来说，还是较为便宜，所以灾民们还是愿意倾家荡产，凑钱买米。这大概算是统治者对灾民施行的一点“仁政”。

然而，统治者的救灾“仁政”，并没有给灾民带来更多好处。元代不仅天灾频仍，而且救灾工作又总是弊端百出，人民深受其苦（刘致《上高监司》套曲可供参考）。虽设有“义仓”、“常平仓”等机构以济民困，但“行之既久，名存而实废”。过去的史学家也认为这是“有司之过”①。正是在这种情况下，人民才把解除苦难的希望，寄托在素有“刚直不阿”的清官包公身上，杂剧中的包公形象也就更多地表现了人民的愿望与理想。

元代社会既然如此黑暗，作者为什么没有直接面对现实，而要把故事的背景推移到宋代呢？考之元代钳制人民思想的法律就略可窥知一二。

法律明文规定：“诸妄撰词曲，诬人以犯上恶言者，处死。”②“诸乱制词曲，为讥议者，流。”③同情人民疾苦的作家，既要面对现实以反映人民的苦难和愿望，又要避开现实以免遭受统治者文网的罗织，就只好采取借古喻今手法，以写古人古事来影射元代社会，而历史人物和流传故事中的包拯又以“清官”闻名④，正好适应了这种客观要求，这就是杂剧产生的社会基础。

---

① 《元史·食货》四《常平义仓》。

② 《元史·刑法》三《大恶》。

③ 《元史·刑法》四《禁令》。

④ 宋元以来的包公故事，见于文字记载的有罗烨《醉翁谈录·小说开辟》节“公案”类有《三现身》目录（即《警世通言》中《三现身龙图断冤》所本）；《清平山堂话本》中有《合同文字》（大概是元剧《合同文字》所本）；《永乐大典》中记载的宋元戏文中则有《包待制判断盆儿鬼》、《宦门子弟错立身》第五出〔鹊踏枝〕曲《包待制上陈州粜米》戏文等。以上皆写包公以清官身份断案。

二

《陈州粜米》真实地反映了元代人民的苦难，表达了人民要求解脱苦难的愿望与理想。作品不仅勾勒了陈州的严重天灾，揭露了赈粮贪官的凶残，描写了受迫害人民的反抗，而且还按照人民的愿望，把包公写得刚正而有智谋，执法而又不泥法，从而增强了作品的戏剧性，充满了浓厚的民间文学色彩。如写包公要干预刘衙内之子打死灾民张㪍古一案，但他见刘后却以退为进，将刘戏弄而不动声色。他先说自己“年迈不能为官”，要“致仕闲居”；接着又佯装拒绝范仲淹等推荐他去陈州放粮勘案的提议；当刘劝他去陈州时，他就顺水推舟，马上答应，刘吃惊、后悔而又毫无办法。又如写他虽然带着势剑金牌，但并不显露“钦差”身份，而是打扮成“村老子”去微服私访；在私访过程中，又不惜屈身为妓女王粉莲“笼驴”，甚至被吊起来也不露真相。最值得称道的是，他勘断此案时，下了一道极不寻常的命令：

> 张千，拿过刘得中来，就着小㪍古也将那金锤将这厮打死者！

以牙还牙，当然是百分之百地符合人民心愿，但是决不符合统治者制定的法律，所以他又下命令：“张千，与我拿下小㪍古者”，最后才巧妙地利用“只赦活的，不赦死的”赦书免了小㪍古杀死长官之罪。①

现在河南淮阳流传的包公下陈州放粮的故事，在杂剧的基础上又得到丰富和发展。其大意是说，宋仁宗庆历四年，陈州大旱，皇帝

---

① 《元史·刑法》四《杀伤》条云：“诸部民殴死官长，主谋及下手者皆处死。”包公下令叫小㪍古打死小衙内而不受惩罚在现实生活中是不可能的。剧尾情节充满了人民的幻想。

派四国舅(庞太师之子,排行第四,一说是曹国舅)前往放粮赈灾,①并规定了米价。四国舅到陈州后不仅私自提高米价,而且在米内二八掺沙,人民怨声载道。仁宗赐包公三道"御札",叫他去查办此事。包公将"御札"改为"御铡",带往陈州私访。四国舅闻知包公将要到来,就下令紧关城门,搜查行人。包公得到女艺人林三姐的帮助,乔装打扮进到城里;在金龙桥铡了四国舅,又将米内沙土飏出,堆成一大土丘,叫"平粮冢"。林因掩护包公进城有功,得到平粮冢全部土地,并享受永世免粮的"恩典"。

这个故事尽管对杂剧里的人物身份、作用、遭遇结局有所改变,情节有所增加与演绎,对某些自然现象也作了附会解释等等,但是,我们对这些改变和增加的情节,还是可以作出比较合理的解释,并看出它受到杂剧的多方面影响。现将其中的主要部分说明如下:

(一)小衙内、杨金吾与四国舅

杂剧中的赈粮官是出身于权豪势要之家的小衙内和杨金吾。衙内、金吾在元剧中常常是指那些仗势欺人、无恶不作的特权阶层。人民群众常常把他们和最高统治者皇帝联系在一起。如《蝴蝶梦》中的权豪势要葛彪打死平民王老汉,王妻和儿子赶到现场,葛彪蛮不讲理,以势压人。王妻就和他讲理:

> 若是俺到官时,和您去对情词,使不着国戚皇亲,玉叶金枝。便是他龙孙帝子,打杀人要吃官司。

在人民心目中,除了皇帝,大概就是皇帝的亲属最有权势。《陈州粜米》中的赈粮官竟敢把"钦定"米价私自提高一倍,又胆敢毫无顾忌地随意打死灾民;他们的罪行暴露后,皇帝还发来赦书,一定是皇亲国戚才有这么大的胆子和面子!因此,在杂剧里还是一般权豪

---

① 京剧《打銮驾》(李万春藏本)中被派往陈州赈灾的官员是庞国舅,与流传故事略同。

势要之家的小衙内和杨金吾，在流传故事中就被改为四国舅。这个变化更多地表现了人民的合理想象与加工创造。

（二）势剑金牌与御铡

杂剧中的包公带着皇帝赐的势剑金牌去陈州放粮勘案，而小衙内等去陈州时也带着皇帝赐的紫金锤。要是他们拿着此锤和势剑金牌相对抗，很可能会出现不好解决矛盾的局面。幸好，这位不知名的作者比较高明，他让杨金吾把紫金锤送到妓女王粉莲家里，包公就以“金锤当酒”之罪先杀了杨金吾，矛盾才算解决。

流传的包公放粮故事没有皇帝赐的金牌势剑，而是包公用计取得了办案杀人的“御铡”。其大意是：

仁宗叫包公去陈州查办粮食一案，包公回奏说：“小臣有多大官儿，怎敢去查办四国舅！”仁宗说：“赐你三道御札，什么事都好办了。你去准备吧。”

包公回来，心生一计，叫相国寺的铁工绘制三口“御铡图”。铁工绘制了龙头铡、虎头铡和狗头铡图形。送交之后，因惧祸而逃走他乡。

包公把铡图献给仁宗，仁宗看也不看，就含含糊糊地说：“不用看了，你拿去看着办吧。”包公随即命人按图形打了三口“御铡”带往陈州。①

流传故事巧妙地突出了包公的智慧，暴露了皇帝的愚蠢，渗透了人民的想象成分，表现了对封建最高统治者的批判精神。

（三）王粉莲与林三姐

杂剧中王粉莲是一个被损害的下层妇女形象。刘得中、杨金吾拿她寻欢作乐，她是一个烟花妓女；包公又以她接纳紫金锤之罪责打三十大棍，她又成了交通贪官的罪人。应该说王粉莲是无辜的，杂剧

---

① 《打銮驾》二十三场宋仁宗对包公下旨：“圣旨一道，命你前往陈州查办。恩赐‘御札’三道，命你连夜造齐，明日早晨回奏。”接着就写包公手下谋士公孙策将“御札”改为“御铡”，其中龙头铡铡皇亲国戚，虎头铡铡贪官污吏，狗头铡铡恶棍刁民。与流传故事略同。

对她的处理也不尽恰当的：不是生活的逼迫，她决不会做妓女，当然也没有后来的“犯罪”行为。流传的包公放粮故事对这个人物的处理作了大胆的改动，把一个受侮辱、受损害的社会下层妇女，改而成为帮助包公为民申冤除害的有功的民间艺人。其大意是这样：

四国舅听说包公要来陈州，就立即下令四门紧闭查来往行人，包公一连几天进不到城里，就在城外北关徘徊。适值江湖艺人林三姐要进城卖艺，包公请林帮忙，林叫包改换服装，背着大鼓，王朝、马汉等也都换了服装，背着其他道具，一同进到城里。传说包公这年是45岁。

在淮阳一带乃至周围地区，至今还忌讳说某某人今年45岁。一般总是把45说成44或46岁，就是避讳包公45岁扮“王八”背鼓进城之事。这个避讳很可能是从庆历四年包公正好是45岁附会出来的。一般人轻贱妓女，这种“为贤者讳”也反映了包公放粮故事在群众中的影响。因为它表明：包公是值得人民尊敬的“贤者”。

（四）北关的土地爷塑像

据很多当地的老年人说，淮阳县城北关的土地爷神像与其他地方的不同。他头带相爷帽，身着相爷袍。这样的塑像是包公下陈州放粮之后才出现的。

据说包公当年在北关改换装束时，曾把官帽戴在土地爷头上，把官袍穿在土地爷身上。放粮之后，再也无法取掉帽子和衣服，它们已和神像粘在一起。这是土地爷帮助包公进城有功而得到的嘉奖。有的老年人说，这个神像在解放初期犹存。

是否有这样的可能，包公下陈州放粮故事流传以后，当地的好事者为了附会其事，而有意塑造了那样一个独特的土地爷神像呢？如果真是这样，也可以说明放粮故事的影响了。

（五）金龙桥的结巴草

杂剧写包公到了陈州，逮捕了刘得中和杨金吾等有关人犯，并一一作了发落。流传故事说包公进到城里，逮捕了四国舅，查明罪恶属实，就将他押出东门外金龙桥（一说叫金陵桥）用龙头铡铡死。从此，金龙桥的结巴草根变成红色，相传为四国舅之血所染。

金龙桥，地方志上确有这座桥名的记载。据清人永铭纂修的《淮宁县志》卷三《疆城志·桥梁》条记云：

> 金龙桥，在东门内月波寺后。

月波寺今已不存，桥在淮阳县东门城关学校之后。这里地势较低洼，桥身已被淹没，坍塌的桥头尚露出水面。据当地一些老年人说，这里的结巴草根就是呈红色。

结巴草根呈红色很可能与水土有关，这种附会解释在另外的包公故事里也有反映，①它包含了美化坏人的封建糟粕。

（六）平粮冢和免粮皇契

杂剧写包公下陈州放粮，实际上只写了他为民申冤除害，而没有写他放粮之事。人民不仅要求包公铲除权豪势要，而且还要求包公解决吃饭问题。关于这，群众中还流传着这样的故事：包公铡了四国舅，搬掉了压在陈州人民头上的大石头，就在城东南约八里的大朱庄把米内沙土飏出，飏出的沙土竟堆成了小土丘，其面积约有100余亩（至今尚有30余亩），群众叫它为“平粮冢”。

据1916年宋撰卿重修《淮阳县志》卷二《地舆志下·古迹》条记载，和平粮冢有关或相近的地点就有三处：

> 贮粮台　在城东南五里，俗呼平粮冢。高二丈，大一顷，有四门，林木郁然。未详何代所筑。

---

① 开封东南郊赤仓至今还流传着包公铡郭槐的故事。大意谓太监郭槐，帮助宋真宗妃子刘美人迫害李美人，将李所生婴儿（即后来的宋仁宗）换成剥皮死狸猫，再诬李生下妖怪。真宗怒欲杀李，经群臣救免。刘又派郭放火烧宫，李逃出京城，过着悲苦生活。包公从陈州放粮回京，李告状。包上奏仁宗，经过曲折过程，将郭押至赤仓铡死。传说这里的结巴草根也是红色，同样是美化坏人。

平粮冢　在城东南八里，一云即贮粮台。

古粮城　在城北三里蔡河滨。相传包公监粮处。

群众的讹传，修志书者也无法考实，以致把这个故事弄得有些混乱，好像争诸葛亮故居卧龙岗一样，给人以"管它襄阳南阳"之感。这也算是群众对包公放粮一事的评价吧。

为了酬谢林三姐掩护进城之功，包公在放粮结束后就上奏皇帝，请将平粮冢的全部土地赏给林三姐，并发给"永世免粮"的黄色丝绢"皇契"。传说每当改朝换代，"皇契"上都另盖新的官印。1966 年 5 月，林家后人还有一个五保户老太太林王氏，因年老体弱耳聋，什么也记不清楚和说不清楚。那块黄色丝绢"皇契"，也因辗转相传而下落不明。

对林家土地不纳公粮一事，能不能作这样的推测？林的祖先是不是依仗某种权势、或有特殊功劳和值得旌奖的"义行"，皇帝因此宽免了他家的公粮。群众对林家享受特权不满，就编了这个故事去辱骂林家的老祖宗是妓女，并以反话正说的方式表现出来。如果这样推测大致不错的话，又可以看出流传的包公放粮故事的思想比较复杂，我们要有区别地对待它的精华与糟粕。

综合以上可以看出，《陈州粜米》杂剧中流传的包公放粮故事，本来就是在人民中流传的包公故事基础上，经过作家艺术加工制造出来的；而淮阳流传的包公放粮故事又在杂剧的基础上不断加工制造，使故事情节更加丰富，对某些人物的处理也更加合理，并从某些方面加强了对皇帝的批判。当然，流传故事也有不如杂剧之处，比如它去掉了不该去掉的张憋古被打死及其儿子小憋古以牙还牙报仇雪恨事件，增加了不应该增加的四国舅被铡死后血染结巴草根等画蛇添足的情节，从而使故事的思想性受到某些削弱。

三

《陈州粜米》和淮阳流传的包公放粮故事，在群众中产生了很大影响。这个故事除了在许多地方戏里演出以外，它的影响还表现在以下三个方面：

（一）撰修地方志者累书包公放粮故事，并不视之为附会传说

除上引《淮阳县志》关于“古粮城”为“包公放粮处”的记载外，还有该书卷十八《艺文下·辑类文》载贾恪《重建包孝肃公庙碑》亦云：

> 包公名拯，字希仁……天性峻严，不苟合，未尝伪为辞色。人谓其笑比黄河清……迨今四百馀年，所在士民，闻其风犹知敬畏。陈州公监粜之处，除奸革弊，民受其惠。故其祠立于仓中，礼所宜也。

又崔应阶纂修的《陈州府志》卷十四《名宦》条亦记云：

> 包拯字希仁……立朝刚毅。时陈饥，朝命贵戚曹某往监粜。其人凭宠怙势，搀秕糠掊克，民苦不胜。事闻，赐金牌，命拯往廉之。拯潜入陈城，杂郡民中求粜。忤豪贵，受詈，因出金牌示之，众皆震栗。正刑明禁，立平粜法。豪贵伏诛，民赖全活。

这条材料，可能和曹国舅赈灾舞弊和包公微服私访等情节有密切关系。

（二）淮阳一带不说包公坏话，一片歌功颂德

1966 年 5 月中旬至 6 月初，笔者曾赴淮阳调查包公放粮故事，翻阅了有关文字资料，参观了有关传说包公放粮故事的遗址遗迹，访问了年岁很大的老人。问及包公放粮故事，没有一个人说包公不好。不仅如此，其他地方传说包公下陈州放粮时镇压了陈州的农民起义或渔民起义，又说包公在太康、灵宝等地还奸污民女……从淮阳到商水的一系列调查访问，这些传说都得不到证实。被访问的老人几乎都是异口同声地说："我们没听说过。"提起包公，也总是称之为"包青天"、"好人"。这些评价是否都是对包公的溢美之词，应该相信群众是有识别能力的。

（三）附会解释放粮故事，寄托人民对包公的怀念

在我国历史上，统治阶级成员中确实出现过一些既维护本阶级利益，又比较同情人民疾苦，铁面无私，严格执法的正直官员。因为他们为人民办过一些好事，对社会发展起过进步作用，人们就以不同方式表达对他们的怀念。宋代的包拯，明代的况锺和海瑞等都是这样的人物。

传说中的包公下陈州放粮，既能为民申冤除害，又能从物质上使人民得到真正的好处，人民就把当地的平粮冢来历、金龙桥的结巴草根、北关土地爷的奇异塑像以及45岁的忌讳等自然现象或世风习俗，并不怎么合理地和包公放粮故事附会在一起。这就说明凡是为人民办过好事哪怕是传说中办过好事的历史人物，人民也会对他作出公正的评价，以寄托自己的怀念。

包公生活的时代已经过去900多年了，《陈州粜米》杂剧问世少说也有600多年。日月炳煌，江河流逝，而包公放粮故事，却至今流传不衰，在对待历史人物的态度上，是否可以给我们一点启发呢？

1981年

元代水浒戏简论

北宋末年，山东宋江领导的一次农民起义，虽然在封建统治阶级镇压下失败了，但是，以宋江为首的30几位主要英雄人物活动为中心的水浒故事，却不断在民间广泛流传。抛开史书的记载不论，在宋、元之间，仅仅通过各种文艺形式传播水浒故事的，就有说话艺人的话本、文人的绘画和诗歌等。到了元代，水浒故事不仅被画家“传写”上画面，被说话艺人搬上讲台，而且也被剧作家和演员搬上舞台。在长期的流传过程中，水浒故事不断丰富发展，英雄人物形象也更加鲜明突出。特别是元代的水浒戏，它在表现主题和塑造人物方面所作出的贡献及其在文学史上的地位，都是很值得一提的。

然而，在“四人帮”制造的“评《水浒》”运动中，早于明代《水浒传》小说的元代水浒戏，也被加以“美化宋江”、“宣扬替天行道”、“歌颂投降”等罪名而横加批判和随意否定了。在那个时候，水浒研究中的一些学术性问题成了禁区，人们的思想被禁锢在一个不能自由驰骋的小天地里，党的“双百”方针受到严重践踏。不论是评论《水浒传》小说或元代水浒戏，只要涉及“替天行道”或“忠义”等字样，都毫无例外地受到批判和讨伐，从而造成了水浒研究中的一场空前浩劫。元代的水浒戏，作为一笔重要的文学遗产，今天我们应该拨乱反正，从作品实际出发，重新对它的思想和艺术以及在文学史上的地位，作出恰当的评价来。

除暴安良是元代水浒戏的基本主题

据一些研究者推断，元代的水浒戏大约有30馀种①，流传至今者有10种，其中有6种可以推断为元人所作。它们是《黑旋风双献功》、《同乐院燕青博鱼》、《梁山泊黑旋风负荆》、《大妇小妇还牢末》、《争报恩三虎下山》和《鲁智深喜赏黄花峪》。另外有《梁山五虎大劫牢》、《梁山七虎闹铜台》、《王矮虎大闹东平府》和《宋公明排九宫八卦阵》4种，从思想倾向和艺术风格上看，可能是明人作品，其他20几种皆不传。

元代的水浒戏如此之多，是与元代农民起义频仍有密切关系的。不管剧作家出于什么动机，这些水浒戏在客观上都是借宋代农民起义故事，来抒发元代人民对黑暗现实的不满和对起义英雄的怀念与颂扬之情。因此，它不仅是前代水浒故事的继承和发展，而且更重要的是元代社会现实生活——特别是元代阶级斗争影响下的产物。

从现存的6种水浒戏可以看出，"替天行道"、除暴安良是它的基本主题。这个主题的重大意义在于揭露了元代社会政治的黑暗，表达了人民的愿望与理想。

在现存的6种水浒戏中，有3种写了权豪势要为非作歹，倚势欺人(**《双献功》**、**《燕青博鱼》**、**《黄花峪》**)，有4种写了奸夫淫妇(有的权豪势要就是奸夫)倾陷人命(**《双献功》**、**《燕青博鱼》**、**《还牢末》**、**《争报恩》**)，

---

① 聂绀弩《水浒是怎样写成的》(《人民文学》1953年6月号)统计元代水浒戏为32种，其中有《梁山五虎下劫牢》等4种未肯定为元人作品。从作品思想倾向和艺术风格上推断，此4种非元人所作。又据《光明日报》1978年7月25日《〈李逵负荆〉摭谈》一文称，元代水浒戏为33种(未列剧目)，并说明内有7种属于"元明间的作品，它们的确切的写作时代尚难断定"。聂文统计32种中除4种为明人作品外，尚有28种，加上《录鬼簿续编》记有演鲁智深故事的《消灾寺》1种，《太和正音谱》记似与杨志等12人押送"花石纲"有关的《搬运太湖石》1种，故推断元代水浒戏约为30种。

最后都是经过梁山英雄的斗争，才惩罚了恶棍，救护了好人。这就是元代水浒戏宣扬“替天行道”的实质。

各种类型的恶棍，凡是被梁山英雄诛杀的几乎都有梁山英雄头领宋江的一段判词或其他人的颂语，这些判词和颂语又总是要宣扬“替天行道”、“忠义”或“天理”等来突出作品的思想倾向。如《双献功》第四折宋江词云：“白衙内倚势挟权，泼贱妇暗合团圆，孙孔目反遭缧绁，有口也怎得伸冤。黑旋风拔刀相助，双献头号令山前。宋公明替天行道，到今日庆赏开筵。”《燕青博鱼》第四折宋江宣布杀了杨衙内和王腊梅后有词云：“这的是与民除害，不枉了浪子燕青。”《还牢末》第四折宋江宣布将赵令史和萧娥“剖腹剜心”后亦有词云：“俺梁山泊远近驰名，要替天行道公平……早准备庆喜筵席，显见得天理分明。”《争报恩》第四折李千娇唱〔随尾〕曲歌颂梁山英雄亦云：“谢得你梁山泊上多忠义，救了咱重生再世。”《黄花峪》第四折宋江宣布将蔡衙内“杀坏了者”后亦有词云：“……虽落草替天行道，明罪犯斩首街前。”

不仅如此，那个《李逵负荆》杂剧，虽然也写了诛杀坏人，但并不是杀的奸夫淫妇，而宋江的判词亦云：“宋公明行道替天，众英雄聚义林泉。李山儿拔刀相助，老王林父子团圆。”

以上6剧有4剧提出“替天行道”，其中一剧还同时提出“天理分明”，一剧提出“与民除害”，一剧提出“梁山泊上多忠义”。而各种提法，其中心或是“替天行道”，或是“替天行道”的具体解释。

如果不是抽象地去评论“替天行道”，而是从作品实际出发，我们就不难发现，水浒戏中提出的“替天行道”，只不过是梁山起义军的政治口号或斗争手段，而除暴安良才是这个口号的具体内容。不能说这个口号没有包含“忠君”观念，也不能说它的革命性是彻底的，但是，在没有先进阶级及其政党为领导的封建社会下的农民革命，即使“杀去东京，夺了鸟位”（《水浒传》中李逵语），黄袍加身，取得政权，难道不是仍然不能推翻人剥削人的封建制度吗？因此，我们不应超越历史许可的条件对古代作家提出不应该提出的要求，相反，我们首先应当看到他们提出这一口号的革命性。在阶级矛盾与民族矛盾都十分尖锐激烈的元代,不仅水浒戏的作者利用梁山英雄提出的“替天行道”口号向封建统治阶级及一切邪恶势力进行斗争,而且还有其他元剧作家也借古人之口,把“替天行道”作为进行政治斗争和夺取政权的口号。如无名氏《千里独行》杂剧〔仙吕点绛唇〕一曲,关羽就唱出:“我则待创立王朝,替天行道,诛奸暴。”①这同样也是不能随意加上宣扬“忠君”、“投降”之类的罪名而否定得了的。

水浒戏中的“替天行道”,是针对元代黑暗社会,特别是针对封建统治者不“替天行道”而提出的一个革命口号,对它进行评价时不能脱离作品提供的具体情节和涉及的生活范围。结合作品中梁山英雄的活动进行分析,所谓“天”,不管是象征天上玉帝或人间皇帝,都是指人们幻想中有至高无上权力的施行“仁政”的统治者;所谓道,就是体现天意的道理,也就是应该怎样做和不应该怎样做之意。结合作品,就是梁山英雄行使“天意”的除暴安良行为。封建统治者不仅不除暴安良,而且还纵容、庇护坏人行凶作恶。正是在官府的纵容和庇护下,那些“衙内”之流的权豪势要或其他坏人,才敢肆无忌惮地横行不法。他们或则夺人妻女,将人吊打;或则随意抓人,致人死地;或则“借衙”坐堂,捉人下牢……而封建官府对这些不法之徒不仅不管不问,而且还利用权势,助纣为虐。总之,他们不“替天行道”。在这种情况下,梁山英雄诛杀权豪势要或其他坏人就是“替天行道”了。《黄花峪》中秀才刘庆甫之妻被蔡衙内抢走后的一段道白说:“我别处告,近不的他,直往梁山上告宋江哥哥走一遭去”,还有《燕青博鱼》中的“为民除害”判词,都从不同方面对这一口号做了最好的解释。因此,“替天行道”、除暴安良就是在元代政治黑暗、社会秩序混乱、人民渴望草泽英雄解除苦难情况下出现在水浒戏中的、带有重大革命意义的主题,它是与元代此伏彼起的阶级斗争息息相通的。

还有这样一些作品,它们虽然在某种意义上也涉及“替天行道”、

① 赵景深:《元人杂剧钩沉 · 千里独行》。

除暴安良的主题，也有梁山英雄诛杀坏人的情节，但是，这些作品的主要内容却不是写梁山英雄与坏人的斗争，而是在展开矛盾冲突中，从另一方面显示出作品具有更重要的社会意义。他们或者描写梁山英雄之间的误会引起的矛盾冲突，提出了义军内部的建设原则；或者描写梁山义军头领招请江湖好汉上山，以壮大义军队伍力量。它们从不同方面都提出了义军队伍的建设问题。《李逵负荆》和《还牢末》就是这一类型的代表作品。

《李逵负荆》描写一个山村酒店主王林之女被冒充宋江、鲁智深的歹徒抢走，李逵闻知此事，和宋、鲁引起一场误会。经过当面对证，真相大白，捉住歹徒，误会消除。

过去的一些研究者在评价这部作品时，多看重其"表现梁山义军和人民群众的血肉关系"一面，这一点当然是不能忽视的。但是，必须指出的是，作品的主要矛盾冲突是由于梁山义军头领内部之间的误会引起和展开的，这一矛盾冲突的产生、发展和解决，向我们提出了一个具有严肃意义的重大问题，即梁山起义军队伍内部的建设原则问题。

李逵听到王林当面控告宋江、鲁智深抢走他的亲女，应该怎么办？宋是山寨之主，又是结义的兄长；而王林之女被抢，人民利益受到损害。是维护弟兄们之间的"义气"和山寨头领的威信？还是维护义军纪律和人民利益？他毫不迟疑地选择了后者，并以生命作代价，去和自己认为是不义之徒的宋江进行斗争。他嘲讽宋江，要砍倒上书"替天行道"的杏黄旗，以头打赌……负荆请罪和杀了歹徒，这一切说明，他是在用生命来维护梁山义军队伍内部的纪律和人民利益不可侵犯的根本原则。问题弄清，误会消除，英雄头领又在新的基础上团结起来了。今天重新阅读这个作品，还可以看到这一主题深远的社会意义。

《还牢末》的思想和艺术都并不怎么高明，过去的研究者也多不重视它。但是，这部作品却从一个侧面描写了梁山义军是在怎样扩大队伍。东平府的五衙都领史进、刘唐都有"一身好本事"，虽然他们又都是封建官府的爪牙,但“他二人有心待要上梁山”,愿意走上反抗封建统治者的革命道路,梁山义军头领宋江打听得实,就先后派李逵和阮小五前往招请。由于梁山义军的威信和号召力量,刘唐克服了褊狭不义的弱点,救出受他迫害的李孔目,一同上了梁山。第四折宋江有词云:“俺梁山泊远近驰名……结交尽四海豪英。……今日个英雄聚会,一个个上应罡星”,革命事业的发达兴旺,重要的一条经验就是要善于延揽人才。惺惺惜惺惺,好汉爱好汉。他们就是这样招请既有本领而又愿意革命的人上山以壮大义军队伍。它虽然不是作品的主题,但这一思想的重要社会意义却是不能忽视的。

如果不是企图简单地否定这些水浒戏,实事求是地指出它的缺陷或局限也是必要的。比如:现存的6种水浒戏,题材范围还比较狭窄,没有正面地、广阔地描写官逼民反、“乱自上作”(金圣叹评《水浒》语)的革命斗争生活;只反豪霸,“不反皇帝”,有革命性,同时也有局限性等。当然,就总的方面来说仍是瑕不掩瑜,其思想倾向的主要方面还是值得肯定的。

李逵是元代水浒戏中最突出的英雄形象

李逵是元代水浒戏中被写得最多、也是最成功的英雄形象。在可以确认是元人所作的30种作品中,有12种是以李逵为主角,它们是《黑旋风诗酒丽春园》、《黑旋风大闹牡丹园》、《黑旋风敷衍刘耍要》、《黑旋风斗鸡会》、《黑旋风穷风月》、《黑旋风乔教学》、《黑旋风双献功》、《黑旋风借尸还魂》、《板踏儿黑旋风》、《黑旋风老收心》、《梁山泊黑旋风负荆》和《黑旋风乔断案》(据锺嗣成《录鬼簿》)。另外还有《还牢末》、《黄花峪》两种,李逵也是其中的重要角色之一。这就是说,在元代水浒戏里,竟有14种是以李逵为主角,或者李逵是其中的重要角色。他几乎占了全部元代水浒戏的1/2。

在现存的6种水浒戏中,李逵也是十分重要的人物。《李逵负荆》、《双献功》二剧是以李逵为主角;《还牢末》的题目正名作“李山儿生死报恩人,都孔目风雨还牢末";《黄花峪》的二、三折是正末扮李逵,题目正名作"李山儿打探水南寨,鲁智深喜赏黄花峪"。他在剧中的地位仍很重要。

以上4剧中的李逵,除了具有鲁莽粗直、嫉恶如仇特点外,还表现了他的粗中有细和机智灵活的一面,形象是丰满的。

杏花庄酒店店主王林,向前来饮酒的李逵诉说女儿被"贼汉夺将去了"之事。"贼汉"二字触犯了李逵的忌讳,他决不容许有人对梁山义军进行污辱。一怒之下,甚至就要动手打人,放火烧房。他怒气冲冲地对王林说"兀那老子,你说得是,万事皆休;说的不是了,我不道的饶你哩"。王林详细地诉说自称宋江和鲁智深的强人夺走其女的经过,并拿出宋留下的"红绢搭膊"做证物。不由李逵不相信这是事实,他毫不怀疑宋江干了坏事。

回到梁山,他"磨拳擦掌"、"怒气如雷,可不道他是谁我是谁",要和宋江"见个到底"。在聚义堂上见了宋江,也不唱喏施礼,也不寒暄问好,就满口"新郎"、"娇客",带着嘲讽、挑衅的口气发话:"俺宋公明在那里?请出来和俺拜两拜,俺有些零碎金银在这里,送与嫂嫂做拜见钱。"接着还把鲁智深也捎带上:"俺哥哥要娶妻,这秃厮会作媒。"他越想越气越恼怒,就拔出板斧,要砍倒"替天行道"的杏黄旗。他决不能容忍"梁山泊有天无日",让山寨头领为非作歹;他受不了群众的议论,说"梁山泊水不甜、人不义",使义军威信受到损害。他以生命为代价,决心和宋江、鲁智深打赌对质,找王林当面相认。这些描写,充分表现了李逵无比热爱梁山起义事业和坚决维护人民利益的高贵品质。

真相大白,负荆请罪,又表现了李逵的粗直可敬,知过能改。他当众承认是自己"一时间没见识",请求宋江责罚,这也是英雄人物身上的可贵品德。

还要提出来的是,作品如果仅仅写了李逵粗直的一面,这个形象还不能说是很丰满的。可贵的是,它同时还写了人物的粗中有细,颇有点"心眼儿"。他向王林索要宋江抢夺其女的证据;对质前又告诫宋江莫言语,好让王林大胆认人;王认清二人不是抢夺女儿的歹徒,他又怪宋江“吓”王、又怪鲁智深不该“先喝一声”……总之,他非常细心地防止别人捣鬼,自己被捉弄。如果说,这些描写表现了李逵并非一味鲁莽粗直,而是粗中有细的话,那么,在《双献功》和《黄花峪》二剧中还可以进一步看到,他还是一个善于随机应变、很富有斗争智慧的英雄人物。

《双献功》剧中的孙孔目是宋江结拜的兄长,李逵自告奋勇保护孙去泰安神州烧香,权豪势要白衙内与孙后妻郭念儿通奸,又乘其不防之机在路途中将郭拐走,并借衙坐堂将孙打入死囚牢。

怎么办?他不能丢开不管,返回梁山求救又来不及。就在这样“无计可施”的情况下想出“一个主意”:将自己“打扮做个庄家呆后生,提着这饭罐儿”,前往探监,乘机救人。他小心地打听监牢去处;到了牢房前又装作不懂得“拽动牵铃索”,而是拣了半截砖去敲门,并故意问牢子:“叔待、叔待,你家里有人么?”明知是监狱而偏说是牢子“家里”,是十分辛辣而又合乎“庄家”口吻的嘲讽!对牢子又是“支揖”,又自称“孩儿每是个庄家”,并编造假话,说孙孔目下乡“劝农”时曾住他家,认了亲戚。一席合情合理的话骗取了牢子的信任,进牢之后又巧妙地麻翻了牢子,救出了孙孔目。他虽然深入虎穴却似入无人之境,机智巧妙地进行斗争,直到取得胜利。

《黄花峪》剧中的李逵遇到了另一种类型的对手。权豪势要蔡衙内比白衙内更有权势,他不必依仗官府就可以在光天化日之下抢走有夫之妇李幼奴,吊打其夫刘庆甫。而救人的地点又是十八层水南寨,是个大地主庄园。他不认得李,仅仅拿着李给其夫的木梳做信物,困难是不少的。怎样救出李幼奴,他不能不费一番思索。他决定“打扮做个货郎儿,担着些零碎去寻那艳质”,并想好了办法去应付各种情况。“绕村坊,寻门户”,进到了水南寨。他高声吆喝:“买来买来!卖的是调搽宫粉,麝香胭脂,柏油灯草,破铁也换。”见到李后,他说出枣木梳,道出刘庆甫,终于顺利地救出李幼奴。

从以上可以看出,元代水浒戏中的李逵不仅鲁莽粗直,而且粗中有细，很有斗争智慧，简直是一个智勇双全的英雄人物。元以后的水浒戏或《水浒传》小说在描写李逵时常常忽略了这一点，有时甚至歪曲了英雄人物的性格。

元代水浒戏在我国文学史上占有重要地位

元代的30种水浒戏，虽然只有1/5的作品流传下来，但是，它对我国“水浒文学”的贡献及其在文学史上的地位，还是很值得一提的。下面拟分三个方面来谈：

（一）第一次大规模地把水浒故事搬上舞台

元代以前的水浒故事，多借说话艺人或画家、诗人传播，从文字资料上看都比较粗略。《醉翁谈录》所记仅有几个人物条目而无情节，《宣和遗事》虽有情节而情节简略。至于高如、李嵩的绘画，因无作品流传，无法窥知其具体内容。龚圣与《宋江三十六人赞》仅是对英雄人物绰号的评语，人物形象和故事情节亦难揣摩。元代的水浒戏是综合性的舞台艺术，它具有一般戏剧“道人情，状物态”的特点①，十分形象地把水浒英雄人物的活动搬上舞台，对水浒故事的传播起了很大推动作用。

（二）提供了前代流传水浒故事所没有的东西

为了说明元代水浒戏提供了前代流传水浒故事所没有的东西，简略地回顾一下元代以前水浒故事在文艺领域的流传情况还是有必要的。

如上所述，宋元之间流传的水浒故事，最早见于文字记载的，大约是南宋罗烨的《醉翁谈录·小说开辟》节，它记载说话人的题目有《石头孙立》、《青面兽》、《花和尚》和《武行者》。这只是几个极其简略的人物条目而无任何具体情节，也没有提供可供研究的故事，只说明几个英雄人物的绰号而已。

---

① 王国维：《宋元戏曲考序》。

稍晚一点的《宣和遗事》，大约是宋元之间说话艺人所依据的说话底本。该书分前后两集，标目 290 馀条，其中约有 9 条记载了以宋江为中心的某些梁山英雄人物名字及其活动的故事，比《醉翁谈录》所记有很大的突破与发展。除新增英雄人物和丰富故事情节外，《石头孙立》和《青面兽》等人的形象比较具体了。这时的水浒故事虽已初具规模，但是具体情节还是比较简略。

龚圣与所作《宋江三十六赞并序》，对梁山主要英雄人物写了概括性的评语，《序》里记载宋元之间有高如、李嵩等人曾"传写"梁山故事，赞词则是对英雄人物的绰号加以解释。其中值得提出来的有两点：一是提示某些英雄人物性格特点和对他们的评价，如赞宋江、李逵、关胜、鲁智深等；二是保留了征方腊的某些情节，如赞张顺等。这些赞词对分析人物性格和探索水浒故事的发展演变有参考价值。

元代水浒戏从两个方面提供了前代流传水浒故事所没有的东西：

1. 发展了人物形象

现存的 6 种元代水浒戏，共有 19 个英雄人物出场，他们是宋江、吴学究、李逵、燕青、鲁智深、刘唐、史进、阮小五、关胜、徐宁、花荣、杨雄、李俊、雷横、卢俊义、武松、王矮虎、呼延灼和张顺。其中宋江 6 剧皆出场，李逵、吴学究皆 4 剧出场，其他或 2 剧或 1 剧出场。在 19 人中，李逵、鲁智深、杨雄等形象比较丰富而富有特色，尤以李逵最为突出。

李逵之名不见于《醉翁谈录》，史书上虽有同姓名者，但与梁山英雄李逵毫无关系①。《宣和遗事》中其名凡两见：一是九天玄女庙天书上 36 人姓名有"黑旋风李逵"；二是宋江得天书后"只得带领朱同、雷横、李逵……等九人，直奔梁山泺上。"《宋江三十六人赞》在《黑旋风李逵》条下有四句评语云："风有大小，不辨雌雄，山谷之中，遇尔亦凶。"评语虽有助于理解李逵的性格特点，如李乱动板斧、不讲策略之类，但并未提供可供研究的具体情节。

---

① 余嘉锡：《宋江三十六人考实 · 黑旋风李逵》。

元剧中的李逵是被写得最多,也是最生动、最成功的英雄人物。他不仅鲁莽粗直、智勇双全,而且还敢于蔑视封建社会现存秩序,很有风趣地向不合理的黑暗现实挑战。现存的"黑旋风"戏已如前述,下面仅从一些作品已佚、而剧目犹存的资料中,看看这个人物在元代舞台上的风貌。《乔断案》、《乔教学》、《穷风月》、《丽春园》、《斗鸡会》和《借尸还魂》等剧目,提示了他曾经嘲弄官府、蔑视礼法、轻慢腐儒、讥讽名士和揶揄神佛仙鬼,其中某些情节,还在后来的《水浒传》小说中保存下来。在元代水浒戏里,他是最使人喜爱的英雄人物。

鲁智深,在《醉翁谈录》中记有《花和尚》条目,可见关于他的故事,在民间流传较早。《宣和遗事》中其名凡三见:一是天书上 36 人姓名有"花和尚鲁智深";二是宋江上梁山聚义时提出"今会中只少了三人",其中之一就是"花和尚鲁智深";三是朝廷派呼延灼征剿宋江时,有"僧人鲁智深反叛,亦来投奔宋江"。《宋江三十六人赞》对鲁的评语提示了大闹山门等情节,其评语云:"有飞飞儿,出家尤好,与尔同袍,佛也被恼。"元剧中的鲁智深,着重突出了他天真幽默和富有正义感。在《负荆》剧里,李逵误信人言宋江抢夺民女,是鲁作媒,回梁山就闹个不休,山寨之人都摸不着头脑,他讥讽李逵说:"你看这厮,到山下去噇了多少酒,醉的来似踹不杀的老鼠一般,知他支支的说什么哩!"几句话表现了鲁的坦然不怕怀疑和李的气急说话不清的神态。李以脑袋和宋打赌,并要拉上鲁作陪,鲁讥讽李说:"我这光头,不赌他罢,省的叫你不利市。"真是快人快语而又富有风趣。后又以义气为重,协助李捉住歹徒。不知出于什么原因,在《水浒传》小说中,他在《负荆》剧里扮演的角色却被转移到柴进身上了。

杨雄原作王雄,其名最早见于《宣和遗事》,凡两见:一是押送"花石纲"时作"指使";二是天书上 36 人姓名作"赛关索王雄",龚圣与改作"赛关索杨雄"。可见在流传过程中,其名字尚不能确定。龚赞其人云:"关索之雄,超之亦贤,能持义勇,自命何全。"对杨之"义勇"很称许,但仍未提供可供研究的具体情节。元剧中的杨雄,则是一个肝胆照人的英雄。他对善良的扶助,对权豪势要的恼恨以及对梁山义军“替天行道”的宣传，都被写得很有特色。晚出的小说《水浒传》，尽管丰富了杨雄的活动故事，但其初次出现在书中时被踢杀羊张保捉弄挟持、幸遇石秀解救的描写，与水浒戏中的杨雄相比较，还是有相形见绌之感。

2. 丰富了故事情节

元代水浒戏的故事情节是十分丰富的，从现存30种剧目可以看出，围绕李逵为中心的剧目特别多，故事情节也特别丰富。其中《双献功》、《李逵负荆》、《乔断案》、《乔教学》等还可以在《水浒传》小说中看到某些情节。其馀如《穷风月》、《丽春园》、《牡丹园》、《斗鸡会》和《借尸还魂》等富于浪漫色彩的“黑旋风”故事也可能是别开生面和绚丽多姿的。还有武松故事也比较丰富，《武松大报仇》、《折担儿武松》、《窄袖儿武松》等剧目，至少包括了打虎、杀西门庆、杀嫂等情节，这些都是前代流传水浒故事中所没有的新东西。另外，还有燕青故事、鲁智深故事、花荣故事以及扈三娘故事等也超过了前代。总之，从宋元流传的水浒故事到元代的水浒戏，其故事情节是愈来愈丰富了。

（三）元以后的水浒戏难以为继

元以后的水浒戏，据傅惜华、杜颖陶先生编的《水浒戏曲集》共收元明清水浒戏21种①，其中杂剧15种，传奇6种。除去前面所举元人作品6种外，尚有《黑旋风仗义疏财》、《豹子和尚自还俗》、《梁山五虎大劫牢》、《梁山七虎闹铜台》、《王矮虎大闹东平府》、《宋公明排九宫八卦阵》、《宋公明闹元宵》、《戴院长神行蓟州道》、《十字坡》（以上杂剧），《宝剑记》、《灵宝刀》、《义侠记》、《水浒记》、《闹元宵》和《偷甲记》（以上传奇）等15种。有些作品虽然在不同程度上曲折

① 何心：《水浒研究》第二十章第十七节《水浒传奇》计列剧目26种，其中与《水浒戏曲集》重复者7种，尚有19种。又王玉章先生《杂剧传奇中的李逵》（1951年7月21日《光明日报》）一文称，以水浒故事为题材的杂剧传奇“一共有70种左右”，除去元代水浒戏30种外，明清水浒戏约有40种。

地反映了作者那个时代的政治斗争和他们的道德观念，但许多作品都失去了元代水浒戏那种思想健康、风格质朴的特色，不少作品还有这样一些共同点：

1. 从题材上看，多取材于《水浒传》小说，只是略加穿凿、稍事铺排而成。它们缺乏思想和艺术独创性，因而也失去了艺术魅力。如《九宫八卦阵》、《闹元宵》、《神行蓟州道》、《十字坡》、《宝剑记》、《灵宝刀》、《义侠记》和《水浒记》等。有的作品也增添一些情节，如《宝剑记》写林冲之婢锦儿代主出嫁自杀、林妻出家为尼、后与林团圆。这大约是鲁迅先生说的“必令生旦当场团圆，方肯放手者”（《坟·论睁了眼看》）一类。有的作品关目还在较长时间内作为单折子戏演出，①这些关目的思想和艺术都不是很出色的。

2. 从思想倾向上看，多数作品都宣扬招安，一些作品诬蔑梁山英雄，鼓吹阶级调和与阶级投降。如《黑旋风仗义疏财》、《闹元宵》、《宝剑记》、《灵宝刀》、《义侠记》和《闹元宵》等都热衷于宣扬招安。这些作品受到《宣和遗事》和《水浒传》小说消极部分的明显影响。

还有少数作品诬蔑梁山英雄，大搞阶级调和与阶级投降。如《王矮虎大闹东平府》，写关胜、呼延灼等捉住去追捕王矮虎和徐宁的杨衙内等人，并将他们押送梁山，而宋江、吴学究等却把这个与梁山义军为敌的敌人，看成是已经放下屠刀的佛门弟子。他们对杨等不仅不予治罪，而且对杨当众侮辱梁山义军也无动于衷，还高高兴兴地放杨等回去。②

还有个别作品，恣意攻击梁山英雄是鼠窃狗偷、打家劫舍和杀人

---

① 据《缀白裘》统计，清代演出水浒故事的单折子戏，选自昆腔系统有《义侠记》、《蜈蚣岭》、《水浒记》、《翠屏山》、《虎囊弹》和《雁翎甲》等 6 种，剧目约 20 出。选自梆子腔系统的剧目有九折，其中《落店》、《偷鸡》、《盗甲》、《闹店》较好，其关目本事多出于《水浒传》，其他折子戏并不出色。

② 《王矮虎大闹东平府》写杨衙内与宋江的一段谈话：“衙内云：宋公明，我不家去了；留下我，我也做贼罢。这里倒好耍子哩！（宋江饮酒科）（云：）酒够了，好快乐也。衙内、社头、里长，都饶你性命，与我下山去者！”

放火的盗贼，如明初皇室文人周宪王朱有炖写的《豹子和尚自还俗》杂剧，先是攻击鲁智深“擅自杀害了平人”，被责打四十大棍，忿而出家。接着写李逵、鲁妻、鲁母等前往劝其还俗归山，鲁皆不从。后是宋江派人假意要打其母，鲁怒而出面厮打，宋等以其“破斋”为借口，说服鲁重返梁山。

十分恶毒的是，作者不仅利用梁山英雄及其亲属对梁山义军进行攻击，而且在全剧结束时还利用“题目”来攻击梁山义军。① 可以这样说，这个杂剧从头至尾都浸透着这位皇室王爷对农民起义军的刻骨仇恨，其立场的反动是毫不掩饰的。

总之，不管从思想到艺术，明清的水浒戏，都远远不如元代的水浒戏了。

（说明：引用剧中原文，或从《元曲选》，或从《水浒戏曲集》，未一一注明。）

1982 年

---

① 《豹子和尚自还俗》写鲁智深出家后回忆梁山生活是：“想起那昔日模样，身穿着短裙窄袴，手搭着黑油枪，风高时杀人放火；月高时窬窟剜墙。”李逵劝鲁还山时也说：“似你这做僧人每日辛苦……有甚好处？俺做贼的十分快活：攒家私；干衣食；又不犯本钱。”鲁妻相劝时也说：“你留下这个贼孩子，你教的他会做贼了，送还我，养活我”……最后的“题目”是：“修行办道僧做僧，厮打相争贼是贼”，竭尽诬蔑攻击之能事。

简谈孟汉卿的《智勘魔合罗》

在流传至今的元代公案戏中，一些清官良吏审案断狱，往往采取了非现实的虚幻手法，利用鬼神作为破案的突破口，人们常说的"写戏无法，出个菩萨"，就是对这种手法的批评。《硃砂担》、《盆儿鬼》、《神奴儿》，是地道的神鬼戏；就是《窦娥冤》，也曾让窦娥鬼魂托梦清官、质证公堂，使其冤仇得到昭雪。当然，对神鬼的描写，还需要进行具体分析而不能笼统否定，但是，和另外一些公案戏相比较，也不能不看到它们之间在思想和艺术方面的某些差别。像《灰阑记》、《勘头巾》、《陈州粜米》等，这些戏中冤狱疑案的侦破，都是依靠了审案者的智慧和经验，因而它的现实性也就更强一些。除此之外，还有这样一种情况，清官良吏在审案过程中表面上也装神弄鬼，但是他们实际上并不相信鬼神，而是以此作为幌子，同时运用各种手段进行调查研究，取得人证物证，终使案情大白，冤狱平反，好人得救，坏人伏法。在这些表面上看似荒诞不经、而实际上却非常合理可信的戏剧冲突中，作品宣扬了无神论思想，表现了可贵的现实主义精神，孟汉卿的《智勘魔合罗》就是这样一部作品。

一

《魔合罗》写了坏人李文道谋财害命，杀兄夺嫂，其嫂刘玉娘不从，反被诬为"合毒药杀死亲夫"，官府判刘死罪，河南府六案都孔目张鼎为刘玉娘平反。“张鼎智勘魔合罗”，就是张鼎“智勘”刘玉娘冤狱，这是全剧的一条中心线索。

张鼎为人正直而多智，是良吏中之佼佼者。在发现和审理刘玉娘冤案过程中，他充分施展了自己的才智，终于使受冤者刀下得救，杀人者被“斩首云阳”，冤案得到平反。

刘玉娘一案的案情相当隐蔽而曲折，罪犯李文道以医为业，绰号“赛卢医”。卢医本指古代名医扁鹊，卢是扁鹊住的地方，故称扁鹊为“卢医”。元剧中的“赛卢医”则是反其意而用之，他们都是以行医为业的坏人。《窦娥冤》中的赛卢医杀人赖债，《救孝子》中的赛卢医抢夺妇女，《魔合罗》中的赛卢医也是坏人。他作案狡猾，杀人劫物后没有留下什么罪证；打官司又很刁顽，竟然在公堂之上公开行贿，官府也就屈从其意而将无罪的刘玉娘问成死罪。那个新来河南府的王府尹虽然重勘此案，但他并没有对案情进行认真的调查研究，就草草地将刘玉娘判了斩刑。这些描写，对元代司法吏治的黑暗腐败是有揭露意义的。由于两级官府定案，要为这样的冤狱平反，的确不是一件容易的事。

张鼎为刘玉娘平反，经历了一个相当曲折的过程，从冤案的发现、初步调查、提出案情疑点、承担重审责任、选定破案突破口、发现魔合罗、勘问魔合罗、勘问高山和李文道父子到案情大白、冤狱平反，在这一系列活动中，他的才智得到了充分的发挥。由于他善于察言观色，准确而又及时地抓住案情矛盾，大胆而又敏锐地提出问题，这一冤案才被发现，受冤者刘玉娘才免做刀下之鬼。当刘玉娘将被“押出市曹、杀坏了者”的关键时刻，他见她“带着枷锁，眼泪不住点儿流下”，根据“存乎人者莫良于眸子，眸子不能掩其恶”的经验，就初步判断她“必然冤枉”。当然，仅凭这一点现象和个人初步印象，还是不可能做出正确结论来的。正确的结论来于周密的调查，这是人所共知的常识。接着他就对案情做了初步的调查研究：先是当面询问了刘玉娘的“词因”，后又查看了原来定案的“供状”，他抓住案情矛盾，大胆地提出问题。他对王府尹和承办此案的萧令史提出此案死者李德昌的银子、去刘玉娘家中的“寄信人”、刘玉娘的“奸夫”、毒死李德昌的“毒药”等四条人证物证皆不落实的问题。王府尹指东说西，不做正面回答；萧令史怪他“多管”闲事，对此十分不满。他怀着对受冤者的同情，以“人命事关天关地”为重，直言不讳地把造成冤案的责任归在王府尹和萧令史身上：

> 早是这为官的性忒刚，则你这为吏的见不长，则这一桩公事总荒唐。那寄信人怎好不细访，更少这奸夫招状……可怎生葫芦提推拥他上云阳？

王府尹刚愎自用，不允许下级说他的不是；萧令史不仅见识不高明（县官和令史贪赃枉法事始终未暴露，他们最后是因“不才”被治罪的）错勘了好人和坏人，而且还恶意地进行挑拨，说张鼎骂府尹“葫芦提”。府尹恼羞成怒，大骂张鼎是“欺压”上级的“贼吏”，并责成他三天问成此案，否则将以“势剑铜铡”处死。

张鼎的遭遇表明，在那黑暗腐败的元代社会，主持正义之人常常要吃苦头：“我好意儿劝他家，将一个恶头儿揣与自己”，这大约是张鼎为吏多年切身体验的概括。府尹责成他三天问成此案，分明是恼怒后的有意报复，可是他又无法加以拒绝。他虽然有点后悔和埋怨，但还是怀着对受冤者的同情和对杀人者的痛恨，决心审理这一冤案，要“直教平人无事罪人偿”。

审案从哪里着手？四条不落实的人证物证，也是破案的四条线索，先抓住哪条线索，是颇要费一番心机的。他“闷恹恹废寝忘食……要搜寻百谋千计”。如何准确地选拔破案突破口，多方面启发受冤者提供破案线索也就显得十分重要。根据当时掌握的案情，找到那个去刘玉娘家中送信的“寄信人”就找到了破案的线索。李德昌病卧五道将军庙，其妻刘玉娘闻讯急忙前往，李被扶回家中就死去，死前未留下片言只语，显然是在庙里中毒。而李在庙里之事，除刘玉娘外，只有那个“寄信人”知道，因此，他选定“寄信人”为破案的突破口。应该承认，这个选择是相当高明的。他传来刘玉娘，接二连三地对她提出询问,问寄信人与其夫是“同买卖”的“新伴当”,还是“原茶酒旧相知”?又问寄信人“他可也怎生来寄家书,因甚上通消息”?又问寄信人“身材是长共短?肌肉儿瘦和肥?他可是面皮黑,面皮黄?他可是有髭髯,无髭髯?”又问寄信人是家住“小巷东”,还是“大街西”?“他可是甚坊曲,甚庄村?何姓字,何名讳”?又问寄信人何事来城里:“莫不是买油面为节食?莫不是裁段匹作秋衣?”……他对寄信人的姓名、年龄、身材高低、面儿肥瘦、皮肤颜色、家庭住址、进城原因以及和死者的关系,等等,任何一个细微末节,都一一问到,多方面启发刘玉娘,而刘玉娘什么也回答不上来。

这时的张鼎既没有失去信心,也没有责怪刘玉娘,而是继续想方设法提问,让刘玉娘思考。此案发生已经一年了,是否能从时间方面启开刘玉娘的思路?他随意问张千:“明日是甚日?”张千回答:“明日是七月七。”①果然,这一问一答就打开了她的思路,她想起了去年七月七,“有一个卖魔合罗的寄信来”,还给了孩子“一个魔合罗儿”。魔合罗是一个土木雕塑的神像,它在审案过程中的首次提出,使案情发展到一个新的阶段。

张鼎拿到寄信人留下的魔合罗,但还是不知道寄信人的名字,于是就故弄玄虚,装神弄鬼。他吩咐张千焚起香来,又是祈求祷告,又是慷慨许愿,正式勘问魔合罗:

> 魔合罗,是谁图财致命?李德昌怎生入门就死了?
>
> 要分别那不明白的重刑名,魔合罗,全在你。你若出脱了这妇衔冤,我教人将你享祭,煞强如小儿博戏。
>
> 魔合罗,是谁杀了李德昌来?你对我说咱!

---

① 《元刊杂剧三十种》于此处有以下一段宾白:“(做寻思了。云:)是几日寄信来?(旦云。)(正末云:)是七月七日。”情节较《元曲选》本更联贯一些。(引文见徐沁君先生《新校元刊杂剧三十种》)

魔合罗既听不懂他的话，更不可能回答他所提出的问题。在几番提问都得不到回答之后，他对魔合罗又是责怪，又是嘲讽：

> 枉塑你似观音像仪，怎无那半点儿慈悲面皮？

在现实生活中，破案是不能依靠那些泥塑木雕的神灵的，张鼎何尝不懂得这个道理。他对魔合罗做强做智地反复勘问，并不是真正希望它说出杀人罪犯的名字，而是想借此启发刘玉娘提供找到寄信人的线索，以便为破案打开道路，这就是“智勘魔合罗”的真正奥秘。

他拿着魔合罗，煞有介事地反复把玩、审视：“我彻上下，细观窥，到底。”终于从魔合罗底座下发现了高山的名字。他喜出望外，以为找到了真正的杀人罪犯：“我则道在那壁，原来在这里。谁想这底座儿下包藏着杀人贼。”并立即吩咐张千，将高山“一步一棍打将来”。勘问魔合罗是为了勘人的真正意图再也不需掩盖了。

可又出人意料之外，被抓来的高山，虽经严加审讯，而他却毫无惧色。张鼎问他：“怎生图财致命了李德昌？”要他“从实招来”。他又是承认塑魔合罗，又是承认替李德昌送信，又是承认认识刘玉娘，还有这么画押签字，通通都不在话下，就是不承认“图财害命”，这一切不能不引起张鼎的怀疑。① 他把高山叫到跟前，再细细地进行勘问：“你和他从头里传消息，沿路上曾撞着谁？”“比及你见到刘玉娘呵，城中先见谁来？”启发高山认真思考。

高山毫不隐瞒地回答说曾见到赛卢医。这是一条新线索。张鼎先问刘玉娘是否认识赛卢医；知道他们是叔嫂关系后又问：“叔嫂可和睦”；知道他们不和睦时才真正喜出望外：“听言罢，闷渐消，添欢

---

① 《元刊杂剧三十种》写张鼎勘问高山得不到满意回答后唱〔古鲍老〕曲云：“他合数说半日，依本分话儿有道理。恰参详了一会儿，干剌，这人有暗昧。则这婆娘屈，可更这汉虚，是他官司逼。”《元曲选》本无此曲，情节不甚连贯。（引文同上）

喜。这官司才是实。”他巧妙地在李文道父子之间制造矛盾:“只着这些儿见识,瞒过这老无知。”诱使其父说出真情,使案情真相大白。“刘玉娘供明无事”,“李文道谋杀兄长,押赴市曹处斩”。刘玉娘冤案得到昭雪,“智勘魔合罗”成功了。张鼎在审案过程中表现出来的出色才智,他重视调查研究的科学态度,实事求是的唯物主义精神,在今天仍有很大教育意义。

二

元杂剧中的公案戏,有不少善于写剧中物的作品,这些剧中物都作为“砌末(道具)被搬上舞台,而成为综合性舞台艺术的组成部分。一些清官良吏在审理案件时,或因触发某种剧中物而发现重要的破案线索,如《魔合罗》、《勘头巾》、《后庭花》等;或因获得某种剧中物而成为断案的重要物证,如《金凤钗》、《生金阁》等。其中《魔合罗》更有独自的特点,它在充满浪漫色彩的情节中表现了可贵的现实主义精神。

魔合罗作为剧本名字是需要做些说明的。据《东京梦华录》、《梦粱录》和《武林旧事》诸书记载,魔合罗又名磨喝乐、摩睺罗孩儿,是宋元时期流行于民间的土木雕塑神像。七月七日夕,妇女、小孩多用来“乞巧”。据此剧所写,作品中的魔合罗神像是雕塑的观音大士,民间传说她是大慈大悲、救苦救难观世音菩萨。小商人李德昌被其弟毒死,妻子刘玉娘又蒙受不白之冤,这一死一冤的市井百姓,其苦难是十分深重的。观音菩萨的出现,大概有这样的寓意:人们希望菩萨来救苦救难。

然而,这个塑成观音像的魔合罗,她根本就不解人性,又哪里能通事理?所以张鼎说她:“枉塑你似观音像仪,怎无那半点儿慈悲面皮?”世界上并没有什么神仙来解脱众生苦难,作者似乎从严酷的生活现实中看到了这一点,然而,他还是从刻画人物、展开剧情和解决矛盾的需要出发,十分着意地描写了魔合罗。

据粗略统计，魔合罗这个名字在作品中出现过 20 馀次。下面就是对魔合罗的一些重要描写：

高山挑着魔合罗到五道将军庙避雨，既写了高山的“货郎儿”身份，也写了他和李德昌在庙中相识，使案件的重要关系人进入矛盾冲突之中；

高山送魔合罗给李德昌的儿子佛留，不仅写这个小商人离家后，其家生活发生困难（刘玉娘“买菜的钱也无”），也写了高山重信义（魔合罗底座下有高山名字，表明已寄信），他被更深地卷入矛盾冲突之中；

张鼎反复启发刘玉娘回忆寄信人情况，最后引出魔合罗，极力渲染魔合罗出现的重要，既推动了剧情的发展，又描写了张鼎审理此案的决心、信心和细心；

张鼎拿到魔合罗，又是焚香、祷告、许愿，又是嘲笑、埋怨、责难，又是反复把玩、审视、窥测，表现审理此案的认真、严肃和煞费苦心，真是：“投至我勘问出强贼，早忧愁的寸肠粉碎。闷恹恹废寝忘食……难决断，这其间须详细索用心机，要搜寻百谋千计”；

张鼎发现魔合罗底座下有高山的名字，以为找到了“杀人贼”，立即吩咐将高山“一步一棍打将来”，既推动了剧情的发展，也写了他对坏人的痛恨；

由魔合罗引出高山，由高山引出赛卢医，终于案情大白，解决了矛盾。

通过以上简略概括可以看出，作者写魔合罗是写物又写人，写物是为了写人。为了推动剧情的发展和解决矛盾，就这方面说，作者对魔合罗的描写是成功的；但是，这并不是说，作者就相信魔合罗真能“通灵显圣”、能说出“是谁杀了李德昌来”。这位世传的大慈大悲、救苦救难观世音菩萨，她既没有保佑李德昌不遭横死和刘玉娘不受冤枉，也没有说出害死李德昌和诬陷刘玉娘的坏人的名字。她在作品中不过是张鼎装神弄鬼、借以寻找破案线索的偶像：“枉塑你似观音像仪，怎无那半点儿慈悲面皮?”作者对她的嘲笑和责难很有道理。

1983 年

张国宾简论

古代艺人杂剧作家最早引起人们注意的，大约是宋代东京那个“曾撰杂剧本子”的孟角球了①。一个受到社会传统偏见的艺人剧作者，居然引起了那个曾经“寓游京国，目睹耳闻，殆非一日”的、见多识广的灌圃耐得翁的注目②，这表明宋代杂剧已经在社会生活中产生了相当影响。如果以当时《目连救母》杂剧能在一地连续上演七八个晚上而使“观者增倍”一事为例，③大概是可以说明一些问题的。当然，宋杂剧还并不成熟，剧作家和艺人的社会地位也还低下，就是这位已经受到社会注目的艺人作家，也仅仅留下一个也许还是艺名的名字，而“杂剧本子”却没有留传下来。

到了元代，杂剧发展成熟了，这种成熟不仅表现为体制的完美，同时还表现为下层社会人物纷纷登上舞台而成为主角，内容上则有了更多的新的思想和生活情趣。在“内而京师，外而郡邑，皆有所谓勾栏”的风气之下，④杂剧艺术的社会影响日益增大，人们的观念也不断改变，剧作家和艺人的社会地位也随之提高，一些文人作家不仅

---

① 灌圃耐得翁：《都城纪胜 · 瓦舍众伎》。

② 灌圃耐得翁：《都城纪胜序》。

③ 孟元老：《东京梦华录 · 中元节》。

④ 夏伯和：《青楼集志》。

与艺人交友①,甚至还与他们合作编写剧本②。锺嗣成写《录鬼簿》更是一反传统,他不仅为文人作家树碑立传,而且对艺人作家也都一视同仁,把他们和圣贤忠孝并列,称他们为“不死之鬼”③。其中如赵文殷“教坊色长”,张国宾“教坊勾管”,花李郎、红字李二又皆为“教坊色长”刘要和之婿。为他们立小传,录剧目,这是一种“得罪于圣门”的“悖礼”行动,一种把艺人也看做“人”的进步行为,也是杂剧艺术社会影响日益增大风气下的产物。在上述四人中,赵文殷作剧 4 种,皆不传;花李郎作剧 3 种,其中 1 种不传,两种有佚曲传世,与马致远等人合作写剧 1 种,今存;红字李二作剧 5 种,皆不传,与马致远等人合作写剧 1 种,今存。只有张国宾最为幸运,所作杂剧 4 种,就有两种流传下来。他是我国古代最早的有完整剧本流传下来的艺人作家。

一

最早记载张国宾其人其作的是元人锺嗣成的《录鬼簿》。由于此书有多种版本,而各种版本既有文字详略之不同,同时还有文字歧异等问题。试以几种有代表性的版本为例:

被誉为“现存比较最接近于锺嗣成原著的一种珍贵的古本”《说集》本④,只立“张国宾”条目和著录剧目 5 种,没有为张氏写小传(孟称舜刊本同);

被称为“重要异常”的增补本天一阁蓝格钞本中张国宾小传则云:

---

① 剧作家和艺人有交往者如关汉卿与珠帘秀,白仁甫与天然秀,杨显之与顺时秀等。

② 马致远与花李郎、红字李二合作编写《黄粱梦》。

③ 锺嗣成:《录鬼簿序》。

④ 皆见《中国古典戏曲论著集成(二)·录鬼簿提要》。

张国宾，教坊勾管①。（马廉《录鬼簿新校注》同）

被称为“大约渊源于1345年（元至正五年）以后锺嗣成重订的一种古本”曹楝亭刻本其张国宾小传则云：

张国宾，大都人，即喜时营教坊勾管②。（王国维校注本、重订曲苑本、散曲丛刊本同）

以上记载虽较简略，但它的底本渊源皆出于元人之手，是目前能看到的最为可信的文字资料。

再看明人的记载。朱权《太和正音谱·娼夫不入群英四人共十一本》前引赵子昂语云：

娼夫之词名曰“绿巾词”。其词虽有切者，亦不可以“乐府”称也，故入于娼夫之列。

后列“张酷贫”其名及著录剧目3种。其后又云：

娼夫自春秋之世有之。异类托姓，有名无字。……张酷贫讹传张国宾，非也。

一个艺人作家取名为“国宾”竟也遭到指责！朱权是贬低艺人剧作家张国宾等人的始作俑者，对后世产生了坏影响。

贾仲名增补《凌波仙》挽张国宾词云：

教坊总管喜时丰，斗米三钱大德中，饱食终日心无用。……

---

①② 皆见《中国古典戏曲论著集成（二）·录鬼簿提要》。

臧晋叔《元曲选·元群英所撰杂剧》为张氏列二目:其一“张国瑶一本”;其二“张酷贫三本”。又称张酷贫为“不得与名士并列”的“娼夫”。

清人梁廷楠《曲话》、姚燮《今乐考证》皆作“张酷贫”,梁氏称为“娼夫”,姚氏则引赵子昂一段有关贬低“娼夫”的文字。二人对艺人剧作家都有较深的传统偏见。

根据以上所引,除《说集》本《录鬼簿》无张国宾小传外,其馀诸本《录鬼簿》都称张为大都人,后人著述涉及张氏籍贯者亦无异说,而对张的名字和作品等则有颇多分歧。

先说张的名字。

这位艺人杂剧作家是叫张国宾、张国宝、张国瑶,或是叫张酷贫?

根据一般取名字的习惯,“国宝”有点难于入耳,“国宾”似较妥。“宾”、“宝”二字形近而误。姚燮以为“‘瑶’又‘宝’字之误”(**《今乐考证》**)。严敦易先生则进一步提出“国瑶”的“‘瑶’字是‘宝’字的破体字错刊者”(**《元剧斟疑》**)。关于“酷贫”,或以为是张之“艺名”(**傅惜华《元代杂剧全目》等**),或以为“酷贫疑即国宾之同音”(**《曲海总目提要》**),或以“酷贫”为“蔑视戏曲艺人的一种附会”(**《元明北杂剧总目考略》**),后说甚有道理。由于诸本《录鬼簿》为作家立条目时或取名或取字的混乱,张国宾是名或是字仍然说不清楚。朱权所谓“异类托姓,有名无字”含有对艺人作家的污辱性质,并无任何佐证材料,仍不能说明问题。

再说“喜时营教坊勾管”。

“喜时营”是张氏“艺名”还是教坊名?“喜时丰”之“丰”是否是“喜时营”之“营”的“笔误”?有无“教坊勾管”其名?对以上问题试作一些辨析:

一些研究者认为“喜时营”是张氏“艺名”而非教坊名。这里有理解问题和断句问题。如果把“喜时营”理解为“艺名”,其断句必然是“喜时营,教坊勾管”;反之,则断为“喜时营教坊勾管”。以个人愚见,“喜时营”是教坊名而非艺名,后者断句较合理。

"喜时丰"始见于贾仲名增补《凌波仙》挽词首句"教坊总管喜时丰。"如果不是孤立地去理解"喜时丰"三字，而是把它和下句"斗升三钱大德中"联系起来，挽词之意就十分清楚。"喜时丰"者，主要是说张国宾生逢丰年盛世，实在可喜也，因此，"丰"非"营"之"笔误"，更非张氏"艺名"。

"教坊勾管"应是"教坊管勾"之误。元代有"教坊管勾"设置，属礼部教坊司。《元史·百官志》云：

> 教坊司，秩从五品。掌承应乐人及管领兴和等署五百户。中统二年始置。至元十二年，升正五品。十七年，改提点教坊司……二十五年，隶礼部。……其属三：兴和署，秩从六品。署令二员，署丞二员，管勾二员。……

一些研究者多沿用《录鬼簿》"教坊勾管"等文字，贺昌群、么书仪等对此作了纠正①。

教坊司中之管勾是署令、署丞以下的具体办事人，具体掌管艺人演出等活动，是不入流的属员。从教坊司的设置和张国宾《合汗衫》中称开封为南京等材料推测，他大约是由金入元，从事戏曲活动主要在世祖至元时期。至于贾仲名所称的"总管"云云，不过是对张的溢美之词，并无什么实际意义。

最后说张的剧作。

与许多元剧作家一样，即使是有一些名气的作者，他们的剧作也由于种种原因而未能流传后世；就是一些作品流传下来，其著作权往往也弄得十分混乱。据元人著录，张国宾所作杂剧或 5 种，或 4 种，或 3 种。《说集》本《录鬼簿》录 5 种：《汗衫记》、《钉一钉》、《相府院》、《高祖还乡》、《薛仁贵衣锦还乡》；天一阁《录鬼簿》录 4 种：《七

---

① 贺昌群：《元曲概论》（民国十九年商务印书馆）第七章《元曲的作家》；《中国大百科全书》（戏曲、曲艺卷）么书仪撰写《张国宾》条。

里滩》、《高祖还乡》、《汗衫记》、《衣锦还乡》;曹楝亭本《录鬼簿》录3种:《汉高祖衣锦还乡》、《薛仁贵衣锦还乡》、《相国寺公孙汗衫记》。根据多方考订是:《说集》本漏掉花李郎条目,而误将他的剧目《钉一钉》、《相府院》2剧作入张氏名下,又少录《七里滩》1目。曹楝亭本则少《七里滩》1目,而多录《相国寺》1目。

明人著录张氏剧作最足称道者有二人,一是朱权,二是臧晋叔。朱权《太和正音谱》著录张酷贫剧作3种:《汗衫记》、《高祖还乡》、《薛仁贵衣锦还乡》。臧晋叔《元曲选》既在《罗李郎大闹相国寺》作品标题下署名“张国宝撰”,又在《元群英所撰杂剧》后列“张国瑶一本”《罗李郎》,其下还注云“一作《大闹相国寺》”,其后又再列“张酷贫共三本”:《合汗衫记》、《薛仁贵》、《高祖还乡》。

朱权著录虽不完备,但还明白清楚,而臧晋叔之题署或著录则矛盾百出。在臧氏看来,国宝、国瑶皆指一人,剧作都是《罗李郎》。国瑶那本剧目下的注文是一剧而二名,并不是否定二人非一人。而张酷贫名下却无《罗李郎》或《大闹相国寺》,可见国瑶、国宝不是张酷贫,而前人所记,国瑶、国宝、酷贫又皆是张国宾。由于作家名写的混乱,其剧目也弄得难以辨析清楚。

近代以来,提及张氏作品者或作3种(王国维《宋元戏曲考》),或作4种(《今乐考证》、《元明北杂剧总目考略》等),或作5种(《元代杂剧全目》)。据专家们考订,天一阁钞本《录鬼簿》著录4种最为可信,这4种剧目是《七里滩》、《高祖还乡》、《汗衫记》和《衣锦还乡》。现存《汗衫记》和《衣锦还乡》两种;现存《七里滩》的作者问题尚有分歧,多数研究者认为是宫大用所作。

由以上可知,这位元代艺人杂剧作家叫张国宾,大都人,由金入元,任喜时营教坊管勾。作剧4种,今存两种。从事戏曲活动的主要时间大约是元世祖至元时期。

二

从流传剧目看，张国宾的4种杂剧，其中3种皆有历史人物和部分史实作为根据，可见他爱好历史、熟悉历史，并有一定文化修养；从流传至今的一种历史故事剧看，他虽取材历史故事但又不拘泥于历史真实，而是更多地重视民间传说，并结合自己的生活体验进行加工创造。流传至今的另一种杂剧则是从现实生活中取材，但又明显地受到流传故事的影响。这位艺人作者是一个既有相当书本知识而又同时很熟悉社会生活的人。

无论是历史故事剧或是世俗生活剧，也无论是对故事题材的改造、人物的处理，以及矛盾冲突的解决，又都表现了作者鲜明的善恶是非观和进步的历史观，两者紧密结合，而后者又服从于前者。总之，这位剧作家又是一个十分热爱现实生活的艺人。

下面试以《合汗衫》、《薛仁贵》二剧为例，先说《合汗衫》。这是张国宾从现实生活取材而又受到流传故事影响的家庭生活剧，故事背景发生在金元之间的南京城（金时称开封为南京），主要写了一家开解典铺的人家的悲欢离合故事。故事给予人们极大启发：行善施恩者遭人暗算，做恶者阴谋得逞；汗衫分而家庭分，汗衫合而家庭圆。这样的事件在生活中并非荒诞不经，但同时又带有传奇色彩。《太平广记·报应》类就有三则故事描写了类似情节。《陈义郎》中的周茂方忘恩负义、杀夫夺妻，后来一件“血迹衫子”出现，诱使受冤者得报冤仇。另外两篇《崔尉子》和《李文敏》皆以烧破衫子之出现而诱发杀人案件，终使凶犯伏法，受害者得报冤仇。张国宾可能会受到这些流传故事某些情节的启发，但他主要从现实生活取材，既没有因袭流传故事的具体情节，也没有宣扬流传故事中的“报应”思想，更没有像个别流传故事那样，让受害者去承担不应该承担的“以不早自陈，断合从坐，其子哀请而免”的折磨①。和流传故事的作者相比较，张国宾比前辈作家更忠实于现实生活，更同情善良无辜者。在强梁横行、人民生命财产毫无保障的元代社会，作者笔下的李玉娘，一个孤身弱女子，面对杀人犯的迫害，她不仅当时无力反抗，而且事后也不敢告官府，与《窦娥冤》、《硃砂担》、《盆儿鬼》等作品某些情节很相似，受迫害的主人公都是无力反抗邪恶势力的善良者。

张国宾根据一定的社会道德观去臧否作品中的人物：陈虎居心不良，恩将仇报，终受严惩；赵兴孙行侠仗义，恩怨分明，令人崇敬；对张员外一家，则充满了赞扬、惋惜与同情。他们乐善好施，宽厚待人，但又有点不分良善，几乎是施仁爱于自认为不是坏人的一切人，尤其是张员外的优柔寡断又是全家遭祸的重要原因。他先是看到陈虎“生的有些恶相”，但未能阻止儿子与陈虎“认义”为兄弟，并将其留在家中做“护臂”；继而发现陈虎为人心“狠”，但又未能驱使其离家，而只以好言开导了结；后识破陈虎欺骗儿子去徐州东岳庙求神问卜是“谎诈”之言，但又未能说服儿子不要前往，以致儿子被推入黄河，媳妇被其霸占……最后在巧合中遇难呈祥，全家才得团圆。真是“善有善报，恶有恶报”，表现了作者善善恶恶的是非观和道德观。

从作品展现的社会风貌看，张国宾十分熟悉元代社会市井生活：店小二打发陈虎出店时的谎言与无情嘴脸；陈虎刚免于饥寒之苦就摆起“二员外”架子去欺负另一受“危困”之人；开解典铺出身的张孝友去徐州求神问卜还要兼做有“十倍利钱”的买卖，这一切都写得合情合理。尤其是张员外夫妇沦为乞丐后饱受饥寒之苦的酸辛更是催人泪下，逼真感人：

> 我绕着他后巷前街，叫化些剩汤和这残菜，我受尽了些雪压

---

① 李昉：《太平广记》卷一百二十一《报应二十·崔尉子》记其府官诛孙氏之后欲罪崔尉之妻：“而妻以不早自陈，断合从坐。其子哀请而免。”受害者饱受折磨。

波风筛……

哎哟可则俺两口儿都老迈……天那也是俺注定的合受这饥寒债。我如今无铺无盖教我冷难挨，肯分的雪又紧风偏大，到晚来可便不敢番(翻)身，拳成做一块。

直到目前为止，我们虽无任何具体材料说明此中有作家自己的生活感受，但是，从那些具有真实情感的具体描写中，我们却可以感受到作者的脉搏与穷苦百姓的脉搏似乎在同时跳动。在这里，一般常用的"同情人民疾苦"之类的话就显得有点笼统，无论是"白骨露于野，千里无鸡鸣"，或是"朱门酒肉臭，路有冻死骨"，这些著名诗句，确实表现了曹操和杜甫对广大人民的同情。但是如果与张国宾的曲文相比较，我们又不能不承认有站在人民之外和站在人民之中的差别，而这一点是不能以诗歌抒情、杂剧"代言"可以解释得清楚的。

再说《薛仁贵》。这是历史故事剧，剧中的薛仁贵、张士贵、徐茂功、杜如晦、葛苏文(或作盖苏文)等皆是历史人物；薛仁贵"三箭定天山"也确是历史事实。但是，杂剧并不是去再现历史，它并没有拘泥于史实的真实，而是更多地广采民间传说去进行加工改造。据现存资料可知，至少在宋人李昉辑《太平广记》之前，薛仁贵故事就在民间流传了。《广记》一九一卷载《薛仁贵》故事一则，记有薛仁贵威慑突厥等情节。宋、金以来，薛仁贵故事一直流传不衰。《永乐大典》卷五四二二《辽》字条所辑《唐太宗征辽》和《薛仁贵征辽事略》大概是这个时期说话人说话的文字资料记录。其《事略》开篇诗有云：

三皇五帝夏、商、周，秦汉三分吴、魏、刘；晋、宋、齐、梁南北史，隋、唐、五代、宋、金收。

这虽是说话人的套语，但最后一句却透露了《事略》产生的时代信息。它大约写作在宋、金之末或元代初年，其内容多本史实，同时也保留了更多的民间传说特点。张国宾的《薛仁贵》即使不是受《事略》的直接影响,但至少二者的故事渊源有共同之处。

薛仁贵投军张士贵为部下,征高丽、三箭定天山等皆有史实为据。但杂剧与史书所记并不完全相合,尤其是张士贵冒薛之功更非事实,而是根据民间传说加以演绎。考之《旧唐书·薛仁贵列传》,薛"三箭定天山"乃是征九姓突厥而非征高丽,其时间是唐高宗显庆三年(公元657年):"时九姓(突厥)有众十馀万,会骁将数十人迎来挑战。仁贵发三矢、射杀三人,自(疑"其"误)馀一时下马请降。……军中歌曰:'将军三箭定天山,战士长歌入汉关。'九姓自此衰弱,不复更为边患。"至于张士贵冒功,更属子虚乌有。据《旧唐书·张士贵列传》记载,张本绿林豪杰,高祖李渊"降书招怀之……拜右光禄大夫。累有战功。……后迁左领军大将军,改封虢国公,显庆初卒,赠荆州都督,陪葬昭陵。"以上记载张氏出身、经历及卒年都很具体。他既于"显庆初"死去,就不大有可能参与显庆三年征九姓突厥之战;即使参与这次战斗,史书上也并无图赖薛仁贵功劳之事。作为唐代名将,张士贵还是一个开国功臣,玄武门之变,他与尉迟敬德、房玄龄、杜如晦、长孙无忌等共同镇压了李建成、李元吉等人的叛乱。而这样一个人,在流传故事中却逐渐地被丑化。据《薛仁贵征辽事略》记载,薛去张士贵处投军时,张以其名字犯讳,就下令将薛"推出教场"斩首,因程咬金搭救获免。后打败摩利支,士贵独占其功,有王孙谔打抱不平,张对薛仁贵说:"数次不荐足下,非不待荐,恐帝重用,尔必离我,怎奈何老拙也!以此留公保我。若平辽,毕其功奏帝未晚。"仁贵曰:"馀功皆不要,若逢摩利支,我一戟两箭建功,恁时肯奏仁贵么?"张士贵自与仁贵结为心交。

不管编了许多花言巧语,张士贵的心术不正怎么也掩盖不了。杂剧是否直接受到《事略》影响姑不具论,但张士贵冒功是作者要极力铺写的重要关目之一则为事实。他千方百计地要图赖薛的功劳,不惜采取种种可鄙可笑手段去压制和打击薛仁贵:或以无人作证而侥幸冒功;或以地位尊卑不同而仗势冒功;或以诬人低能而昧心冒功。与平话《事略》中的张士贵相比较，他没有使用任何花言巧语以作掩饰之词，就是要强赖薛仁贵的功劳。民间色彩愈来愈浓厚了。

“张士贵混赖薛仁贵的功劳”，证据确凿，无可置辩。也许还有点“刑不上大夫”等原因，徐茂功“奉圣人的命”却宣布：“张士贵混赖薛仁贵的功劳，按军令本当斩首。姑免项上一刀，打为庶民百姓”。“本当斩首”有“军令”为据；“姑免项上一刀”则没有说出任何理由。这个政治无赖只被开除了军籍。

在元代，人们对冒官冒功的政治骗子十分痛恨，法律规定：“诸冒名入仕者，杖六十七，夺所受命，追俸发原籍”。“诸诈以军功受举入仕者，罢之，仍夺所受命。”①“诈以军功”入仕尚不允许，明目张胆地混赖他人功劳当然应受到惩罚，这种类似情况，其他元杂剧中也有反映。《荐福碑》中财主张镐图赖了秀才张浩之官，在途中又欲谋杀张浩以灭口，终以“诈图官爵，杀坏平人”之罪受到了“明正典刑”的惩处。《衣袄车》中的黄轸图赖狄青军功，又欲谋杀知情人刘庆以灭口，最后也落了个“推转杀坏”的可耻下场。这些剧作家和张国宾一样，他们都痛恨奸诈邪恶，而赞扬忠诚老实。在那“贤和愚无分辨”、“好和歹没条道”②、“为善的受贫穷命更短，造恶的享富贵又寿延”的是非颠倒的黑暗社会，③张国宾的是非观念是应该肯定的。

对剧中重要人物薛仁贵，作家在他身上倾注了进步的生活理想：摆脱贫困，立功报国。薛仁贵不安心农家生活而要投军以求改换门庭，这种变泰发迹思想是对多灾多难农村生活的厌弃和对美好生活的追求，是劳动人民朴素的生活观念，它洋溢着一种积极向上的奋发精神。薛仁贵要求父母允许他投军时说：

---

① 《元史·刑法四》。

② 元无名氏散曲〔中吕朝天子〕《志感》“不读书有权”，“不读书最高”二首。

③ 关汉卿：《窦娥冤》第三折。

今当国家用人之际，要得扫除夷虏，肃靖边疆，凭着您孩儿学成武艺，智勇双全。若在两阵之间，怕不马到成功。但博得一官半职，回来改换家门，也与父母添些光彩。

他不是幻想什么达官赏识或贵人提拔，而是要凭自己的本事去创功立业，对前途充满了信心。这是一切不劳而获的寄生阶级所不可能有的生活信念。他把个人、家庭和国家利益结合在一起了。

在封建社会，平头百姓要想做官大致有两条路可走：有文才的凭着胸中之才，参加科举考试，步入仕途，个别人则是献上什么“万言长策”，被皇帝看中后破格录用；有武艺的就仗自己的一刀一枪，血战沙场，杀敌立功，博取个封妻荫子。张国宾生活的元初，科举制度废止，“士无入仕之阶，或习刀笔以为吏胥，或执仆役以事官僚，或作技巧贩鬻以为工匠商贾”①。元剧作家常常发出“儒人不如人”的感叹，就是这一倒退落后现实的反映。现在我们还不能肯定地说张国宾就是对元初统治者鄙儒轻文采取了批判态度，但是，作者的《合汗衫》是否可以给我们一些启发：作品中的肯定人物张员外开解典铺，儿子张孝友继承其业，孙子陈豹是武状元，赵兴孙是商人又兼江湖好汉。……或是商人，或是武士，没有一个以儒为业之人。未流传下来的《严子陵垂钓七里滩》是歌颂不与统治者效力的隐者；另一本《歌大风高祖还乡》则是敷演“以马上得天下”的刘邦的片断生活。作者没有写文士们的春风得意、打马游街、御赐琼林筵之类，因为现实社会没有提供这类题材。平头百姓的出路在那里？像薛仁贵那样凭着“十八般武艺”和“满腹兵书”去博取功名富贵当然是好事。然而，作者也看到了这条道路并不平坦，薛仁贵“过海平辽，五十四件大功”、三箭定天山，打败了朝廷大臣们视之为“猛虎当途”的危险敌人葛苏文……这样多的军功皆被总管张士贵混赖，难怪他对“圣明天子”也有微词：“枉了唐天子这般神圣，也还上明不知下暗哩。”“上明不知下暗”恐

① 《元史·选举一》。

怕是作者讽喻政治的画龙点睛之笔。

从作品展现的社会风光看，张国宾还十分熟悉元代农村生活。这不仅表现为青年农民薛仁贵的变泰发迹理想的追求，而且也表现为对农村日常生活的生动描写，如寒食节扫墓的热闹景象和饮食的质朴习俗：

> 正值着日暖风微，一家家上坟准备，准备些节下茶食：菜馒头，瓢漏粉，鸡豚狗彘。这的是甚所乔为，直吃的恁般沙势！
>
> 今日正百五寒食，上坟的都是同乡共里，吃酒用瓦钵和这磁杯。

薛仁贵和伴哥的一问一答写得很有特色，他们本是儿时的同村伙伴，现在是一个做官了，一个仍旧是农民，互相已不认识。一个坐在马上喝着"兀那厮"，一个跪在地下应着"小人也"。薛仁贵地位的变化也带来了思想感情的变化，他和伴哥之间已经挖下一条难以逾越的鸿沟了。

抱着改换家门目的的薛仁贵，这时最关心的是家中父母；而这位老实的农民一见官员下乡，担心的却是"敛科税"。作者十分真实地写出了此时此境不同人物的不同心理状态。尤其是伴哥对少年时代和薛驴哥孩提生活的具体回忆更是活灵活现，生动感人：

> 俺两个也曾麦场上拾谷穗，也曾树梢上摘青梨，也曾倒骑牛背品腔笛，也曾偷的那生瓜来连皮吃。

拾谷穗、摘青梨、倒骑牛背、偷吃生瓜……这一连串农村少年生活情景写得多么逼真和生动。在以农村生活为题材的同类元杂剧中，可以说张国宾把它"写绝了"！我们能不能说，这些描写包含有作者对自己儿时生活的回忆成分？回答恐怕应该是肯定的。一个生长在城市的剧作家，或者是虽然生长在农村、但与农民生活保持有很大距离的富贵人家子弟，他们无论如何也是写不出农村少年儿时生活的真实情感的。此外，薛仁贵的父亲——一个老年农民，他面对贵官、小姐和得了官的儿子，那种惊喜之情也被写得活灵活现：他又是述说此前的灵鹊晚噪、喜蛛挂檐、眼跳不止、灯花乱爆等种种喜兆；又是夸耀"勇烈之夫"的儿子、"糟糠之妇"的柳氏、"宰相之家"的小姐……语语从肺腑中自然流出，洋溢着浓厚的农村生活气息。这同样也凝聚了作者的真情实感。

薛仁贵三箭定天山、张士贵赖功故事长期在民间流传，元末明初无名氏的《飞刀对箭》杂剧和明成化年间的《新刊全相唐薛仁贵跨海征辽故事》说唱词话，都以不同方式把这一故事继续搬上舞台或讲台。在故事的流传方面，张国宾的《薛仁贵》杂剧起了承前启后作用。

综观以上可以看出，这位艺人杂剧作家，其生平事迹虽然不甚清楚；但从他现存的两种杂剧中，我们还是可以推想其生活经历和思想品德。他出生在农村，生活很贫苦，略有文化知识，喜爱杂剧艺术；后入城市，因有一定文化和精于杂剧艺术而做了"教坊管勾"。由于他植根于农村和市井生活，和社会下层人民保持有密切联系，常常从他们的角度来观察和评价社会生活，因而对贫苦百姓怀有深切的同情，对贫而有志、凭本事博取功名富贵者予以赞扬，对富而好施者给予肯定，对忘恩负义、夺人之功者给予鞭笞。他有鲜明的善恶是非道德观和进步的历史观。在元代杂剧史上，他该占有一席地位。

1987 年 9 月

曾瑞简论

一

曾瑞是我国元代写一剧而留名的杂剧作家之一。据锺嗣成《录鬼簿》记载：

> 瑞字瑞卿，大兴人。自北来南，喜江、浙人才之多，羡钱塘景物之盛，因而家焉。神采卓异，衣冠整肃，优游于市井，洒然如神仙中人。志不屈物，故不愿仕。自号褐夫。江、淮之达者，岁时馈送不绝，遂得以徜徉卒岁。临终之日，诣门吊者以千数。余尝接音容，获承言话，勉励之语，润益良多。善丹青，能隐语、小曲。有《诗酒馀音》行于世。

《录鬼簿》记载了曾瑞的原籍、客籍、"自北来南"原因、经济来源、志趣、交游、才艺、著作、去世时景况等，言之凿凿，甚为具体。锺嗣成是元代戏剧家，《录鬼簿》又是一部当代杂剧史，曾瑞又是与他"相知"的"方今已亡名公才人"，其所言必有根据，而决非道听途说。据孙楷第先生考证，锺写《录鬼簿》时，曾瑞"年已逾七十，于嗣成为前辈"①。二人关系如此密切，其所记是可信的。

① 孙楷第：《元曲家考略·曾瑞卿》。

又据元人林景熙《霁山先生集》卷四《孤竹斋记》所记，还可推测曾氏家世简况和本人的交游生活。林氏谓曾“家世平州（今河北省卢县北），祖、父皆学而仕”，后徙于燕（今北京）。不知什么时候和原因到了昆阳（今河南省叶县），与林景熙结识。林赞其言谈“蛟腾虎跃，轩然而异”，“凡有作”又常请教于林，他们也可以称得上是文字交。曾因祖籍平滦为“古孤竹国”之地，故“取而名斋，以示不忘”，并请林为之记以“广之”。

“孤竹”本古之国名。据《史记·伯夷列传》“孤竹君之二子”句引《正义·括地志》云：“孤竹故城在平州卢龙县南十二里，殷时诸侯孤竹国也，姓墨胎氏。”伯夷、叔齐，因皆不愿继承父位而“逃去”；后又阻武王伐纣不成，周灭纣后而“义不食周粟”，[①]遂饿死于首阳山。后世对二人对武王之态度或褒或贬，但对其不愿继承父位的高洁行为还是给予了充分的肯定。林氏对曾瑞既劝慰其“不可离世而立于独”，又赞扬其“耿介”品格。

孙楷第先生认为：“此文记瑞卿字里风采性格，皆与《录鬼簿》合。故余断定此以‘孤竹’名斋之曾瑞卿，即曲家曾瑞卿。”[②]又从地名之演变推测林氏撰文时间及二人年岁：“唐之平州，在元为平滦路。大德四年，改称永平路。此文犹谓平滦，知作于大德四年以前，且持论宽博，知作文时去至元丙子已远。以文推之，文似作于至元末元贞初。又观其行文语气，于瑞卿为前辈。景熙卒至大三年，年六十九。元贞初年五十馀。如瑞卿此时为三十馀岁人，则当生于中统初。”[③]对曾氏生年推测大致可信。

林氏谓曾瑞祖籍平州，后迁燕，与《录鬼簿》谓曾氏“大兴人”并不矛盾，都没有超出北京的大范围。这里要提出的是另外一个问题：《录鬼簿》谓曾氏因喜钱塘人物与景物而“自北来南”，林氏却只字未提，更不知道他客死杭州等。是不是曾瑞去杭之前曾在昆阳小住（比

---

① 《史记·伯夷列传》。

②③ 孙楷第：《元曲家考略·曾瑞卿》。

如他的父辈曾在昆阳做官等原因)?或者是定居杭州后曾游历昆阳?观其所写《留鞋记》杂剧,其故事背景正是在河南开封,剧中提到的王月英其家开的胭脂铺地址就在"相国寺西",时令则是观灯的元宵佳节,这与开封的寺庙今名和习俗完全相符,他完全有可能从昆阳来到开封。以个人浅见,前者的可能性更大,他是去杭州之前在昆阳与林相识的。从这以后,写《孤竹斋记》的林景熙和曾瑞就天各一方,彼此也就毫无所知了。

曾瑞的交游,有名字可考者,唯锺嗣成与林景熙二人。其所交往,一是谈论文事,二是请林记其书房取名"孤竹斋"之由来。无论是文事或逸事,又都与功名富贵绝缘。锺氏称其"志不屈物,故不愿仕",林氏赞其"耿介"为人,都说明他不愿做官,也不愿和做官的人来往。那些对他"岁时馈送不绝"的"江、淮之达者",或慕其名的"江湖儒士"、或诵其为人的"市井儿童"①,或在他去世时"以千数"的"诣门吊者",一律都没有名字流传下来。流传至今的酬唱赠答之作,也不过是杂剧艺人喜温柔一个艺名而已②。对于衮衮诸公,他"乐幽闲,不解趋承"③,回避了。对于生活的追求,他淡泊名利,纵情诗酒,流连山水,有时也去"莺花寨"、"雨云乡"逢场作戏④,逞一逞"浪子风流"⑤。这些都是他的一个重要生活侧面。从一些散曲推测,他似曾游历过福建崇安分水关⑥,又重返大都小住⑦。锺嗣成公元 1330 年写《录鬼簿序》时曾瑞已卒,孙楷第先生推断他此时"年已逾七十,于

---

①③ 锺嗣成挽曾瑞《凌波仙》词。

② 曾瑞有〔梧叶儿〕《赠喜温柔》十首。

④ 曾瑞散曲〔快活三过朝天子〕《老风情》云:"莺花寨不受敌,雨云乡纳降旗"句。

⑤ 关汉卿〔南吕·一枝花〕《不伏老》套。

⑥ 曾瑞有〔山坡羊·过青哥儿〕《过分水关》散曲,观其内容,是一篇作者记游之作。分水关,在今福建省崇安县,距江西很近。作者有可能到此一游。

⑦ 曾瑞〔般涉调·哨遍〕《思乡》套似写在大都思念杭州之情:"正宴乐皇都,忽忆吴山,顿思越境。"

嗣成犹为前辈”。据此往上推算,他大约生于世祖中统初年(公元1260年),卒于文宗至顺元年(公元1330年)以前。

曾瑞著有《留鞋记》杂剧1种,散曲则多见于曲选、曲谱之中。隋树森先生辑《全元散曲》最为完备,其中辑有曾瑞小令95首,套数17套。另据孙楷第先生考证,所画《山水图》至明代犹存①。所编《诗酒馀音》及所写隐语等皆不传。

二

《留鞋记》是曾瑞唯一的一部杂剧著作,故《录鬼簿》著目为《才子佳人误元宵》而不名《留鞋记》曾引起过作者问题的争论②。王季思先生《从〈留鞋记〉看曾瑞在元曲家中的地位》一文③,结合作者散曲内容,指出“风格跟《留鞋记》的曲词十分接近”;又将曾氏〔黄钟·醉花阴〕《元宵忆旧》套曲内容与《留鞋记》作了对比,指出“他有跟《留鞋记》中人物类似的经历”。这些论断,有力地说明了《留鞋记》确是曾瑞的作品。另外还可补充一证:反映在《留鞋记》剧中女主人公王月英身上那种蔑视封建礼法、把自己追求自由爱情看做正当行为的“风情事那怕人知”的思想,在曾瑞的散曲中有同样的表现,如〔中吕·快活三过朝天子〕《老风情》有句云:“得遇知心,私情机密,有风声我怕谁。”两相比较,如出一辙,曾瑞对《留鞋记》的著作权是不必怀疑的。

《留鞋记》主要写王月英与郭华的爱情故事。大意谓王月英母女

---

① 孙楷第:《元曲家考略·曾瑞卿》。

② 此剧作者历来有两说:一说是曾瑞,主此说者有臧晋叔、王国维、隋树森、王季思先生等;一说是无名氏,主此说者有朱权、《录鬼簿续编》的作者、严敦易、傅惜华先生等。

③ 中山大学学报哲学社会科学论丛《古代戏曲论丛》第2辑,1985年10月出版。

在开封相国寺西开胭脂铺度日。洛阳秀才郭华来汴赴考不中,因慕月英之美而日以买脂粉为由接近月英。月英写书约郭于元宵节晚上在相国寺观音殿相会,郭因醉酒卧观音殿不醒,月英等至四更后才以罗帕包鞋为表记而去。郭酒醒后悔恨不已,遂吞帕噎倒气绝。其书童以寺僧谋杀主人罪告至开封府。包公命张千扮货郎寻找失鞋之人,终将月英母女捉拿。问出原委后,复押月英去殿中寻罗帕,月英将罗帕从郭口中取出,郭复活。包公判二人结为夫妇。

杂剧取材于流传故事。最早记载这个故事的是南朝宋人刘义庆的《幽明录·买粉儿》。这则故事的主要情节是:青年男女以买卖胡粉而通款曲。女至男方家幽会,男因兴奋过度而"欢踊遂死"。男方父母以胡粉寻得女,女"具以实陈",并往哭尸。男复活,二人结为夫妇。

故事虽然没有写出男女主人公的姓名,但是却肯定了青年男女私相"爱乐"与大胆的结合,这也是一种对封建礼教的挑战行为了。女子哭尸,男子死而复活,双双结成夫妻,表达了爱情战胜死亡的理想。后来的"崔护谒浆"等同类题材从中受到启发。

在商品经济十分繁荣的两宋时代,皇都风月主人编《绿窗新话》辑《郭华买脂慕女郎》故事一则,对流传故事有很大发展。大意谓由儒而商的郭华,因买脂粉而与店中女郎通款曲,女约郭次日去后花园小亭相会。"及期,华因遇亲友话"误约,女候至二鼓留鞋为记而去。郭悔恨吞鞋,"气噎而绝"。店主人据鞋、粉寻得女。女与郭父同往视郭。郭复活,二人结为夫妇。

从《买粉儿》到《留鞋记》、《郭华买脂慕女郎》是一次重大的发展。男主人公的名字出现了,还增添了一些重要情节,其中最主要的有以下三点:

1. 二人约定了时间、地点相会之后,郭华误约;

2. 女郎"久候不来",乃留鞋为记而去;

3. 郭悔恨吞鞋,"气噎而绝"。

有了郭华误约、女郎留鞋、郭华吞鞋等情节,为曾瑞写《留鞋记》

奠定了良好的基础。有的研究者指出，它“实为元人杂剧《王月英元夜留鞋记》所本”①，很有道理。

可能早于曾瑞杂剧的“宋元旧篇”有《王月英元夜留鞋记》戏文②，作品虽然不传，而女主人公的名字却传了下来；“元夜”的提示，也为曾瑞安排男女主人公约会时间提供了根据。总之，戏文对杂剧的创作是产生了影响的。

曾瑞的《留鞋记》虽然从流传故事取材，但它并不是流传故事的翻版。与前代作者相比较，他对爱情婚姻问题的认识更全面、发掘更深刻，他看到了市民意识的觉醒、力量的强大和对社会生活的多方面影响。在创作过程中，他结合个人生活阅历和经历，以自己对男女爱情婚姻的理解，对流传故事作了新的认识，增添了前人所没有的东西：爱情自由、婚姻自主、官府支持。从表面上看，流传故事也不是没有上述思想，但是，从深处分析，就会发现作者思想上具有前人所没有的一些新的东西。在他笔下的爱情自由，不是一般青年男女因感情冲动的一见相倾，而是男主人公追求爱情经过迂回曲折和长期等待，女主人公在对爱情有了较清醒认识之后才发展为行动的。婚姻自主，也不是一般才子佳人那样私下约会，生米煮成熟饭，迫使封建家长承认既成事实，然后状元及第、洞房花烛，而是受礼教压迫最深的女主人公当着官府和封建家长，在公堂上理直气壮地自己做主。官府支持，也不是某个贤明官员旌奖义夫节妇，主观地下个断语，促成男女主人公团圆，而是官员先倾听女方家长及当事人意见之后才下断语，把“本等该问罪的”女子判为“永远团圆”。官府对男女主人公自由爱情的支持表明，封建王法和礼教在青年男女正当的自由爱情面前让步了，退却了。曾瑞对爱情婚姻的认识，一直贯穿在整个作品之中，它表现了作者强烈的反封建民主思想和对现存社会秩序的批判精神。

---

① 古典文学出版社 1957 年版《绿窗新话》校补者周夷按语。

② 徐渭：《南词叙录》。

和流传故事一样，《留鞋记》剧情也是从郭华因慕胭脂铺女郎“骄色”、就“每推买胭脂粉”而互通款曲开始的。所不同的是，作品写了这位名叫王月英的女郎为什么会坐铺经商和非同一般的生活意趣。王月英是独生女儿，父亲去世，母亲年过五旬，铺中并无伙计帮忙，因此，她不得不抛头露面，坐铺营业。长期的都市生活，又亲自经营生意，耳濡目染，一言一行，也就很容易越出封建礼教道德种种清规戒律，她的生活意趣和社会价值观念也就发生了变化。她坐守胭脂铺，希望买卖通畅，生意兴隆，“这早晚怎不见人买胭脂那！”可见她关心的是生意、是挣钱，她是一个自食其力的市民姑娘。这位市民姑娘在追求爱情方面不仅表现得十分主动和大胆，而且这种主动和大胆还是建立在理性认识基础之上，是带有一定自觉意识的行为。凭着她的观察力，看出“早使过了偌多千”钱财来买脂粉的郭华是“把这脂粉作因由”，她不仅没有回避，相反，她还主动与之搭话；主动为郭买脂粉当参谋；主动以诗柬约会；主动留下罗帕与绣鞋。……当然，类似这样以男方首先向女方表示爱情，女方愿意接受后就十分主动大胆的情节，在其他小说、戏剧中也并非罕见，如孙玉娘之于杨曼卿①、李千金之于裴少俊②、琼莲之于张羽③等。这些作品中的女主人公对爱情的追求也是十分主动、炽热和执著的，但是，如果和《留鞋记》中女主人公王月英相比较，就会发现前者或有一定感情基础，或未能完全摆脱封建礼教的束缚；而后者虽然也生活在封建礼教统治之下的封建社会，也受到一定程度的礼教的约束，但在总的思想性格上却比前者更大胆、更无所顾忌：

（梅香云：）母亲知道呵，可怎了也？（正旦唱：）休怕我母亲知，抵多少姻缘相会：卓文君驾香车归故里，汉相如到他乡发志

---

① 皇都风月主人：《绿窗新话·杨生私通孙玉娘》。

② 白朴：《墙头马上》杂剧。

③ 李好古：《张生煮海》杂剧。

气；薛琼琼有宿缘仙世期，崔怀宝花园中成匹配；韩彩云芙蓉亭遇故知，崔伯英两团圆直到底。

这的是佳人有意，都做了年少的夫妻，那会真诗就是我傍州例。便犯出风流罪，暗约下雨云期，常言道："风情事那怕人知！"

她不怕封建家长知晓，不管社会舆论指责。在王月英看来，从古至今，风流韵事不仅多得很，而且还传为美谈。卓文君、薛琼琼、韩彩云等都是因为"佳人有意"才"都做了年少的夫妻"。这些人都是自己效法的榜样，没有什么可怕。即使"犯出风流罪"，也要"暗约下雨云期"。这里不仅有"古已如此"的根据，恐怕更重要的还是现实生活中风流韵事的支持。这表明她对自己所追求的爱情有坚定的信念，有不顾一切、勇往直前的进取精神。她主动约郭华相会，并如期赴约。郭华酒醉误约悔恨吞帕"噎倒"。风月案变成了人命案，母女二人被传讼公堂。而郭华复活，人命案本可撤销，包公或以"背地通书，约人私会"之名对其治罪；或听其择配，从宽发落；或就此下断，促使结合，他完全有权决定。而这位元代人民心目中的包公，一位受到市民意识影响的封建政府官员，却没有采取上述任何一种办法，倒是别出心裁地询问王母："如今那秀才幸得不死，你可肯将女孩嫁与那秀才么？"颇有点民主作风。作为一家之长的王母也没有妄作主张，她对女儿的婚事也不包办代替，而是征求女儿本人意见。她回答包公说："爷爷问我，女孩儿肯，便嫁了他吧。"王月英没有羞羞答答不语，也没有谦让推与母亲做主，而是以女儿家特有的方式对母亲和包公吐露心事，做到了自己真正做主："俺娘亲敢自专，待择英贤匹配婵娟，……问什么鸾胶续断弦，巴不得顺水便推船。呀！谢恩官肯见怜，休拗折并头莲，莫掐杀双飞燕。"听完母女回答，包公才正式宣判说："既如此，你一行人听老夫下断……"前一句三个字，充分表现了一个封建政府的地方官员对婚姻当事人自主权利的尊重。这桩婚事，家长不包办代替，封建官府支持，当事人真正做主，作者看到了元代市民意识在追求自由爱情中的真正觉醒及其所产生的深广影响。

曾瑞生活的杭州，在南宋时就十分繁荣。据时人所记，其“山水明秀，民物康阜”，超过了北宋东京“十倍”[①]。其他姑且不说，仅以街市点灯之耗费就可见一斑：“庆元(宋宁宗时代，公元1195～1200年)间……巷陌爪札，欢门挂灯，南至龙山，北至北新桥，四十里灯光不绝……挂灯或用玉栅，或用罗帛，或纸灯，或装故事，你我相赛。”[②]蒙古灭宋，杭州没有遭到多大破坏，关汉卿〔南吕·一枝花〕《杭州景》就描写了改朝换代后的杭州城，仍然是“满城中绣幕风帘，一哄地人烟凑集”、“百十里街衢整齐，万馀家楼阁参差”的繁荣景象。作者生活在这样一个市民力量比较强大的都市，又与“市井”下层人物联系密切，耳濡目染，受到他们的影响，表现他们的愿望与要求，这是很自然之事。具体到《留鞋记》来说，作者还渗透了自己在北方的生活经历，如前面所述，他完全有可能来到宋、金两代建都的开封，观看过开封的元宵灯节，不然，《元宵忆旧》套曲和《留鞋记》中的元宵观灯就不可能写得那样逼真和生动。

《元宵忆旧》：

冻雪才消腊梅谢，却早击碎泥牛应节。柳眼吐些些，时序相催，斗把鳌山结。

业缘心肠，那烦恼何时彻？对景伤情，怎捱如年夜。灯火阑珊，似万朵金莲谢；车马阗阗，赛一火鸳鸯社。

《留鞋记》二折：

车马践尘埃，罗绮笼烟霭，灯球儿月下高抬。这回偿了鸳鸯债，则愿的今朝赛。

天澄澄恰二更，人纷纷闹九垓……你看那月轮呵光满天，灯

---

① 灌圃耐得翁：《都城纪胜序》。

② 西湖老人：《繁胜录》。

轮呵红满街，沸春风管弦一派，趁游人拥出蓬莱。莫不是六鳌海上扶山下，莫不是双凤云中驾辇来，直恁的人马相挨。

从套曲首句看，这不是回忆南方的灯节，而是回忆开封的灯节。开封元宵的灯节，在北宋时就十分隆重，上至天子，下至庶民，都争相欣赏。《东京梦华录·元宵》记云：

正月十五日元宵，大内前自岁前冬至后。开封府缚山棚……奇术异能，歌舞百戏，鳞鳞相切，乐声嘈杂十馀里……至正月七日，人使朝辞出门，灯山上彩，金碧相射，锦绣交辉。……彩山左右，以彩结文殊、普贤、跨狮子白象，各于手指出水五道，其手摇动。

开封的元宵观灯，历代相传，至今不衰。由此可见，《留鞋记》不仅取材流传故事，而且也确实有作者与剧中人物"类似的经历"，它表现了作者的进步思想，渗透了他一段悖逆礼教的生活体验。就作品矛盾中冲突的展开与解决、人物形象的塑造来说，曾瑞对丰富多彩的元杂剧是作出了自己贡献的。

三

在元代散曲作家中，曾瑞也可以算得上是多产作家之一。他现存的百首(含套数，下同)左右的散曲，在文学史上也可以占一席地位。

散曲作为一种合乐可歌的诗歌体裁，它与文学史上的诗歌一样，也是以言志、抒怀、咏物、写景为其主要特点的。由于文学作品总是要通过作家头脑的主观认识、加工才能创造出来，因此，不管写什么对象，总也摆脱不了作家的主观色彩。所谓情景交融，物我渗透，大概就是对这一特殊现象的解释。在他现存的百首左右散曲中，按其题材不同大致可以分为写男女之情、个人之志、客观之物等三个方面。这三个方面不是彼此无缘、各不相干，相反，而是互相渗透，互为表里，情志结合，物我混一。其中写男女之情者数量最大，新思想也最突出。根据粗略统计，这类作品大约有60首左右。

男女不能自由相爱，这是封建礼教重压之下的一个突出问题。作者结合多方面的生活感受，为那些情天情海中的痴男怨女呼喊，如〔中吕·喜春来〕《相思》二首之一云：

> 你残花态那衣叩，咱减腰围攒带钩，这般情绪几时休。思配偶，争奈不自由。

如此毫不掩饰地喊出“不自由”，这在文人作品中是不多见的。在对待男女自由爱情方面，有的作品还表现了与《留鞋记》中相似的思想，如前面所引《老风情》曲：“得遇知心，私情机密，有风声我怕谁！你任谁，问伊，硬抵着头皮讳。”与《留鞋记》中“风情事那怕人知”完全是一个调子。这是作者对封建礼教的大胆挑战。

还有不少作品表现了作者的情爱观念，反映了痴男怨女们由于种种原因所带来的离愁别恨之苦。如〔南吕·四块玉〕《闺情》三首，〔南吕·骂玉郎过感皇恩采茶歌〕《四时闺怨》四首、《闺情》一首，〔中吕·喜春来〕《离情》一首，〔中吕·山坡羊〕《妓怨》一首，〔黄钟·醉花阴〕《元宵忆旧》套、《怀离》套等，这些作品，除了写思妇们的痛苦之外，有的作品还写出了与情人离别是出于外力压迫。如〔喜春来〕《离愁》云：

> 奴因寄恨招灾祸，他为寻芳中网罗，柳嫌花妒百千合。成间阔，教俺怎存活。

大概是女子给情人写信约会，情人前来赴约遭到打击而被迫分离。

从留存的一些散曲看，作者与身处社会下层的歌儿舞女还有过比较密切的接触，有一段“莺花寨”、“雨云乡”的“浪子”生活经历，如〔中吕·红绣鞋〕《风情》十首、〔商调·梧叶儿〕《赠喜温柔》十首、〔黄钟·醉花阴〕《元宵忆旧》套等。其中《赠喜温柔》十首很值得一谈。

据《青楼集》记载：

喜温柔，曾九之妻也，姿色秀丽，而举止温柔。淮、浙驰名，老而不衰。

《说集》本《青楼集》谓喜温柔“姓曹氏”、“善化（花）旦杂剧”①，是杂剧演员。作者与她交往是在她与曾九结婚之前或以后则弄不清楚。从曲文看，她色艺双全，“蟾宫闭，花儿羞，莺呖呖，啭歌讴。……都压尽墙花路柳”；个性比较强，“心肠拽，模样兜。……偏能会将没作有”、“寻破绽，觅优头，将恩爱变成仇。去呵咒，来呵瞅，……省可里扭头拗手”、“闲寻斗，不肯休，折证倒看谁羞。……自落得出乖弄丑”。看来，这位色艺双全的女艺人，经常与作者闹别扭，对曾瑞的某些行为也似乎很不放心，“他垂钓，谁上钩，休妆赖，几曾有，得你意，平生够。……怎禁你行监坐守”。可能有一个女子对曾瑞很好，以致喜温柔很不愿意，对他步步相随，形影不离。这类作品，大概是作者冶游生活的真实写照。

作者与歌儿舞女相处，可能因为缠头不丰还带来过不愉快。在他的一些散曲里，多次提到苏卿、双生故事以发抒其不平静的心情。如〔南吕·四块玉〕《嘲妓家》云：“奴非不爱双生俊，孛老严，坡撇狠，钱上紧”；〔中吕·喜春来〕《妓家》云：“无钱难解双生闷，有钞能驱倩女魂”；〔中吕·快活三过朝天子〕《劝娼》云：“敬富嫌贫，贤愚不辨，想苏卿也识见浅”；〔越调·斗鹌鹑〕《风情》套云：“苏卿不嫁穷双渐，败旗儿莫飐。”鸨儿嫌贫爱富，送旧迎新，把妓女当成觅钱工具，逼迫

① 据《中国古典戏曲论著集成（二）·青楼集·喜温柔》校文。

她们赶逐花光了钱财的子弟，乃是司空见惯之事。关汉卿的《金钱池》、石君宝的《曲江池》都写了这类题材，曾瑞对此的感受也很深刻。

这位“志不屈物”的作者，还有30来首感怀叹世之作。在这些作品里，他直抒对人世功名富贵、人我是非的见解，表达了对诗酒隐逸生活的追求。诚然，和许多封建知识分子一样，曾瑞有过“功名希望何时就，书剑飘零是日休”（〔喜春来〕《未遂》）的追求和所求不遂的感叹；也看到了仕途到处都是“万丈潭，千寻坎”（〔四块玉〕《述怀》）的陷阱，谁要掉进去就将像吴中之蚕，落个“皮作锦，茧做丝，蛹烫死”（〔四块玉〕《叹世》）的可悲下场。他回顾了历史人物的不同遭遇，否定了图虚名而落实祸的屈原的“无转醒”，肯定了“正当权肯觅个脱身术”的范蠡“有见识”（〔快活三过朝天子〕《警世》）。他认为一切名利都似“梦中身，石中火，水中盐”（〔行香子〕《叹世》），完全不可依恃；“谁才能谁霸道谁王佐，只落得高冢麒麟卧”，到头来都是一样下场。大至争夺天下，小至个人遭遇，都是命运安排，“气难吞，吴、魏亡了诸葛；道不行，齐、梁丧了孟轲，天数难那”。伯夷、叔齐、屈原、墨子、许由等人们所称道的先贤，也不是自己学习的榜样，自己追求的是诗酒隐逸的平安生活：“学刘伶般酒里酡，做坡仙般诗里魔，乐闲身有何不可。”不管人世一切宠辱成败，人我是非，自己抱定了一个信念：“养拙潜身躲灾祸，由恁是非满乾坤也近不得我”（以上皆见〔正宫·端正好〕《自序》套曲）。否定功名利禄、人我是非，追求远离尘世纠纷的恬适之境，完全可以和马致远的〔双调·夜行船〕《秋思》套相媲美。

曾瑞还写了一些写景咏物的散曲。无论是写自然之景，或是写生活中常见之物，字里行间，又都渗透了作者的社会评价和个人感情色彩。在一些描写自然景物的作品中，或写西湖之景，以抒发清高出世之情（〔正宫·醉太平〕“相邀士夫”首）；或咏雪天之梅，以抒发不与世俗同流合污的雅致（〔喜春来〕《咏雪梅》）；或写江村渔家之乐，以抒发对恬淡生活的追求（〔喜春来〕《江村即事》）；或写暮秋水光山色，以抒发游子飘零之感（〔山坡羊·过青哥儿〕《过分水关》）。这些作品，从不同方面表现了作者是一个不求世俗名利的“神仙中人”。

另外一些咏物的作品，多是借物言志，表达作者对社会某些生活现象的观感和评价。如〔般涉调·哨遍〕《古镜》套，就以咏古镜之名，以表达对人才被埋没的感叹和对理想政治的追求，既指出了“古镜”虽然“分毫无缕瑕，光莹洁玉宣”，能够使人“愁观衰貌，喜照芳妍”，似还公正；但是，这种“衰貌”、“芳妍”只是人的表面现象，而不是人的内在本质：“可怜内洁几曾知，鸾台无用空悬。”对于“古镜”来说，它毫无能力辨识。这里表达了一个德才兼备而生不逢辰的士人的牢骚情绪。对于现实政治，作者也寄托了一些理想：“若回光返照仁人面，廉洁分明自然显。”“返照”云云，就是要执政诸公去发现和辨识操守“廉洁”的“仁人”，而这种寄托的依据，却正好暴露了执政诸公的不明和世事的不平。

《秋扇》套也是一篇借物言志之作。作者对趋炎附势的得志小人进行了形象的讽刺，说他们“充直性见火随斜，便屈节”，喻其投靠权贵，卑躬屈膝，攀缘而上；得志之后，便“自谓奇绝，要和时辈争优劣”，权力在手，便争名逐利，不可一世。其实，他们“本人间器物，妆世上英杰”。这些人呼朋引类，结成同党，本事甚微，却卖弄风流：“最难甘递互相抬贴，卖弄他风流蕴藉，只能驱一握掌中风，几曾将烦暑除绝。”大旱之年，他们不顾百姓死活，仍旧施虐作恶：

> 苗稼枯木叶焦，涌泉涸井脉竭，晒曝得田亩龟纹裂。犹随酷吏临轩阁，不播仁风到窟穴，民灾孽。障虚名有剩，慰残喘无些。

《羊诉冤》套写得很有特点。作品赋予动物以人性，巧妙地倾吐了人世之不平。套曲以某种类型人物的不公正遭遇喻于羊之遭遇中，以羊之“性善”、“克己”（“舍命于家，就死成仁，杀身报国”诸句），反而受到屠伯的任意宰割为题，抒发了对现实社会中“老实人吃亏”现象的不平之气。作品以“诉冤”形式出现很具有现实的针对

性。在元代,天理不公,是非颠倒,在作家生活的时代,本是这样的社会现实:

> 为善的受贫穷更命短,造恶的享富贵又寿延。(《窦娥冤》三折)
>
> 不读书有权,不识字有钱,不晓事倒有人夸荐。老天只恁忒心偏,贤和愚无分辨。(无名氏〔迎仙客〕《志感》二首之一)

类似的作品,还有前期作家姚守中的《牛诉冤》套,或略与作者同时的刘时中的《代马诉冤》套。它们都是不得其平而鸣之作。

总之,上面这些作品,它们从总体上表达了作者对黑暗政治的不满、对不平世事的批判、对恬静无争的隐士生活的追求……曾瑞确实是一个值得"江湖儒士"欣羡、"市井儿童"称颂的"懒趋权势,不就功名"(〔般涉调·哨遍〕《思乡》套)的高人。

1987 年 9 月

元剧宾白的作者和评价问题

元杂剧是以歌曲、宾白、科、舞等手段表演一个完整故事的综合性舞台艺术,剧中的宾白自应是全剧的有机组织部分,这是不言而喻的。然而,过去的一些研究者在评论元剧时,或者是重曲轻白,或者以评曲文代替对作品的全面评价,更有甚者,他们还怀疑、否认元剧宾白是原剧作者所写,这对我们今天正确继承元剧遗产和借鉴其创作实践经验,都有可能产生片面性的影响,因此有必要作一些探讨。

一

在元杂剧盛行的元代,一些研究者评论元剧时并不是只重曲文而不及其他的。如元人锺嗣成在评价元剧作家作品时,就是既重视作品曲文的艺术性,同时又批评过分追求词藻的华丽工整而欠自然之作。他赞扬赵良弼"所编《梨花雨》,其词甚丽",宫天挺"更词章,压倒元、白";但同时也反对人工雕琢,批评了元曲四大家之一的郑光祖,说他"所作贪于俳谐,未免多于斧凿"。值得称道的是,他十分热情地赞赏范康的《杜子美游曲江》"一下笔即新奇",鲍天祐之作"多使人感动咏叹"①。从以上可以看出,锺氏的评论,既注意曲文的华

① 见锺嗣成《录鬼簿》:《赵良弼》、《宫天挺》、《郑德辉》、《范康》、《鲍天祐》诸条。

丽优美，又反对雕琢斧凿，同时更强调作品的创新和剧情感人。

元末明初的贾仲名评价元剧作家作品不仅曲文关目并重，而且还更多地强调关目。他对《录鬼簿》中一些元剧作家所补作的《凌波仙》吊词，就常有“关目奇，曲牌新”（《陈宁甫》条）、“《贬夜郎》，关目风骚”（《王伯成》条）、“《不认尸》，关目嘉”（《王仲文》条）、“汉韦贤，关目辉光，《斩邓通》，文词亮”（《费唐臣》条）、“《因祸致福》关目冷，……《疏者下船》，安顿精华”（《郑廷玉》条）等重视关目的评论。

明初皇室文人朱权写了一部《太和正音谱》，他在《古今群英乐府格势》一节中，对元人杂剧作家和散曲作家82人的曲文作了概括性的评价。什么“马东篱之词如朝阳鸣凤，其词典雅清丽……有振鬣长鸣、万马皆喑之意……宜列群英之上”；“张小山之词如瑶天笙鹤”；“白仁甫之词如鹏抟九霄，风骨磊磈，词源滂沛……宜冠于首”；“乔梦符之词如精鳌鼓浪”；“费唐臣之词如三峡波涛”；“王实甫之词如花间美人，铺叙委婉，深得骚人之趣，极有佳句，若玉环之出浴华清，绿珠之采莲洛浦”；“关汉卿之词如琼筵醉客。观其词语，乃可上可下之才”；“郑德辉之词如九天珠玉”；“薛昂夫之词如雪窗翠竹”；“顾均泽之词如雪中乔木”；“李文蔚之词如雪压苍松”；“纪君祥之词如雪里梅花”……

朱氏对少数作家的个别评语有可取之处，如马致远之词“典雅清丽”、“王实甫之词如花间美人”等。其馀的对许多作家作品的评价不仅不准确，而且有些评价根本就不正确，如说关汉卿之曲文“乃可上可下之才”就是。还有一些评语显然是在凑数，没有明确指出曲文的独特风格。故王骥德在《曲律》中批评朱氏云：

> 《正音谱》所列元人，各有品目，然不足为凭。……又前八十二人有评，后一百五十人漫无可否，笔力竭耳，非真有所甄别其间也。

这个批评是颇中肯的。我们根据朱氏的评语去读元曲，是很难分辨出有些作家曲文的独特风貌的。

当然，从锺嗣成、贾仲名到朱权，他们虽然都不重视宾白，但是他们谁也没有明确贬低宾白，或否定宾白是原剧作者所写的意思。

臧晋叔在明神宗万历四十三年写的《元曲选序》中第一次表达了贬低元剧宾白的议论，他在谈到元代以曲取士的传闻时说：

> 或谓元取士有填词科，若今括帖然……或又谓主司所定题目外，止曲名及韵耳。其宾白则演剧时伶人自为之，故多鄙俚蹈袭之语。……此皆予所不辨。

这里提出了两个问题：一是元剧宾白乃演员"演剧时……自为之"，是宾白的作者问题；二是宾白的"鄙俚蹈袭"，是对宾白的评价问题。不过，臧氏对这些议论并未置可否，而以"予所不辨"轻轻带过。他的态度还是比较慎重的。

明神宗万历四十四年写了《曲律·自序》的王骥德，在本书《杂论三十九上》一节中说：

> 元人诸剧，为曲皆佳，而白则猥鄙俚亵，不似文人口吻。盖由当时皆教坊乐工先撰成间架说白，却命供奉词臣作曲，谓之填词。凡乐工所撰，士流耻为更改，故事款多悖理，辞句多不通。不似今作南曲者尽出一手，要不得为诸君子所庇也。

王氏的评论，其要点有二：一是元剧宾白乃"乐工所撰"，非原剧作者所写；二是元剧宾白不仅"猥鄙俚俗，不似文人口吻"，而且"事款多悖理，辞句多不通"。有名字可考的毫不隐晦地贬低元剧宾白的，王骥德大概是始作俑者。以后的研究者对元剧宾白的或褒或贬，多是引臧氏《元曲选序》的记述为证，反而把王氏的论述忽略了。

解放以后，对元剧宾白的评论引起了研究者的注意，其中也有比较符合实际的见解，如有位研究者说："杂剧中的说白，有一部分是作者写的,也有一部分是后来人所增加的。”这个推断是大致可信的。但是,当这位研究者谈到原有宾白和后来所增加的宾白“混在一处”而无法具体分清时,却对“一部分是作者写的”推断又产生怀疑了。他说:“白话文的写作技术,到了明朝嘉靖以后才成熟……因此,明刊本的宾白,里面必须经过明人的大力修改。究竟保存了原作多少面目,是值得考虑的。”①

要是说“明刊本”中部分元剧宾白经过“修改”还大体可信,而说“大力修改”则不尽然。至于说元代白话文“不成熟”,从而怀疑元剧宾白的可靠性,这就更难使人信服了。

还有一位研究者重复了臧氏的议论,并以此作为根据去评价一些元剧重要作家,这位研究者说:

> 关、马、郑、白、王等一般知识分子不过是执笔人……而且他们所写的也只限于歌曲这一部分。根据明人臧晋叔的说法,杂剧里的对话和独白全是演员加上去的。他说:“其宾白则演剧时伶人自为之”,可见元剧是民间艺人和知识分子的集体创作,不单是知识分子的东西。②

这位研究者忽略了臧氏对他记述的议论所持的保留态度,而说这是臧氏的“说法”,并以此为根据,否定元剧宾白是原剧作家所写,而认为是“民间艺人和知识分子的集体创作”,作家们不过只写了“歌曲这一部分”,这就说明很有必要进一步开展讨论。

综合以上种种说法,归纳起来主要是两个问题:一是元剧宾白的作者隶属问题;二是对宾白的评价问题。其中特别是对宾白“蹈袭”现象的评价问题。

---

① 《元明清戏曲研究论文集》二集第 53 – 54 页,人民文学出版社。

② 《元明清戏曲研究论文集》第 286 页,作家出版社。

二

元剧宾白是“乐工先撰成间架说白”，或是演员“演剧时……自为之”，或是原剧作者所写，这不仅是宾白所有权的隶属问题，同时也涉及对作家作品成就的全面评价问题。

个人的粗浅看法是：原剧宾白基本上是原剧作者所写，演出时和后来的明刊本有所增删润饰，但著作权还是原剧作者而不是其他任何人。其理由主要有以下两点：

（一）从剧作家创作实践看：元人杂剧既然是一种综合性的舞台艺术，剧作者在创作时必然要考虑到舞台演出的实际效果，去编写适合舞台演出的剧本。如果像王骥德所说那样，由“教坊乐工撰成间架说白”，然后才由作家据此填词。这一套严格的创作程序对作家的约束，恐怕比“主题先行”还要令人难以忍受，因为那个“先撰成”的“间架说白”死死地把作家的手捆起来了。这种做法肯定是写不出好作品来的，也是很难令人相信的。至于元剧宾白为“伶人自为”的说法，王国维在《宋元戏曲考》里早就提出了不同意见，他说：

> 至谓宾白为伶人自为，其说亦颇难通。元剧之词，大抵曲白相生，苟不兼作白，则曲亦无从作，此最易明之理也。

这是对元剧宾白为伶人所作最明确提出反对意见的人，是很有价值的见解。一个有经验或比较有经验的作家，特别是那些“玉京书会，燕赵才人”①，寄身于勾栏瓦肆，或者随同“散乐”冲州撞府，“面敷粉墨……偶倡优而不辞”的优秀作家②，他们是不会违背艺术创作原则去编写剧本的。如果他们写剧本时只是依“间架”填词，而宾白则

① 贾仲名：《书录鬼簿后》。

② 臧晋叔：《元曲选序二》。

让“伶人自为之”，那么，在演出的时候，由于演员伎艺高低、经验多少的不同，对角色和剧情的体会也必然会有深有浅，就很可能出现人物宾白的“百花齐放”，从而影响到舞台演出效果，而舞台演出的好坏又不仅要影响到作家的声誉，更重要的也是很现实的，首先就要影响到“票房价值”，影响到作家和演员的生活。因此剧作家写剧时既要重视曲文，同时也要重视宾白、科、舞乃至提示舞台效果，这不是作家主观上能够违背得了的艺术创作原则。

（二）从现存元剧作品实际看：元人杂剧既然是一种综合性的舞台艺术，剧中的宾白当然是全剧的有机组成部分。一本仅有曲文而没有宾白的杂剧，就很难使读者掌握其完整的剧情，那些不唱曲文、只有宾白、常常又是代表矛盾冲突一方的次要角色及其他非主要角色，也就得不到应有的刻画与描写，这对展开戏剧冲突、表现主题都将带来很大影响。因此，如何运用宾白去描写主角以外的次要角色，是每一个有见识的作家都必须要考虑和解决的重要问题。

困难的是，流传至今的元人杂剧，90%左右都是明人刊本，这些本子保存了多少元剧原貌还是一个值得研究的问题。幸好，我们在今天还能看到《元刊杂剧三十种》这个海内孤本。这个本子虽然宾白脱漏不全者甚多，但是却最能反映元剧原貌，它是元人刻的元杂剧，是当时坊间的流行本。王国维指出：“此本虽出自坊间，多讹别之字，而元剧之真面目，独赖是以见。”①对于这个本子的宾白脱漏现象，王氏在《宋元戏曲考》中也有一段精辟的分析。他在“元剧之结构”部分中说：

> 至《元刊杂剧三十种》，则有曲无白者诚多，然其与《元曲选》复出者，字句亦略同，而有曲白相生之妙。恐坊间刊刻时，删去其白，如今日坊刊脚本然。盖白则人人皆知，而曲则听者不能尽解。此种刊本，当为供观剧者之便故也。……且周宪王时代，

① 王国维：《元刊杂剧三十种》题记。

去元未远，观其所自刊杂剧，曲白俱全；则元剧亦当如此。愈以知臧说之不足信矣。

《元刊杂剧三十种》中宾白脱漏或全无，并非原剧作者未写，而是“坊间刊刻时，删去其白，如今日坊刊脚本然”。这就是王氏的结论。下面试以《三十种》和《元曲选》复出的几个作品作一对照以见一斑。

《元刊杂剧三十种》：	《元曲选》：
《任风子》（正末扮屠家引旦上，坐定，云：）自家姓任，任屠的便是。的亲的三口儿，在这终南县居住。为我每日好乞那酒，人口顺都叫我做任风子。颇有些家私，但见弟兄每生受的，我便借与他些钱物做本，并不要利息，因此上相识伴书（疑是“当”误）每能将我厮敬。今日是自家生日，小孩儿又是满月，怕有相识弟兄每来时，大嫂筛着热酒着，看有什么人来。	《任风子》一折（正末扮任屠同旦李氏上，云：）自家终南山甘河镇人氏，姓任，是个操刀屠户，嫡亲的两口儿家属，浑家李氏，近新来生了一个小厮儿，今日是我生辰之日又是孩儿满月，众兄弟送些礼物来。大嫂，你去安排酒食茶饭等待，兄弟每这早晚敢待来也。
《竹叶舟》（外末扮陈季卿上，云：）小生姓陈名季卿，武林馀杭人也。幼年习儒业，来到京师应举不及第，流落于此。正值冬天，下着纷纷扬扬大雪。好命薄啊！猛想起来，此间青龙寺惠安长老，乃是小生故乡	《竹叶舟》楔子（冲末扮陈季卿上，诗云：）惭愧微名落礼闱，飘零不异孤雁飞。连天大厦无栖处，来岁如今归未归。小姓陈，双生名季卿。武林馀杭人氏。幼习儒业，颇有文名。只因时运未通，应举不

人也,今日去投奔一遭。	第,流落不能归家,况值暮冬天道,雨雪虽霁,寒威转添,似小生这等举目无亲,怎免饥寒之叹。(做叹科,云:)嗨!我陈季卿好命薄也!我想起来,那终南山青龙寺,有个惠安长老,他与小生同乡,甚是交好……则索向终南山投谒惠安长老,走一遭去来。
《魔合罗》(正末同旦上,云:)自家李德昌便是。妻刘氏。有个小孩儿,嫡亲三口儿,在这河南府居住,开着个绒线铺。有叔叔李伯英,与叔伯弟兄李文锋,开着个生药铺,对着门住。如今我往南昌做买卖去,浑家在意看家咱。	《魔合罗》楔子(正末扮李德昌同旦,徕上,云:)自家李德昌是也。这个是我浑家刘玉娘,这个是我孩儿佛留,我开着个绒线铺。这对门是我叔父李彦实,有个兄弟唤做李文道,乃是医士。我在这长街市上算了一卦,道我有一百日灾难,千里之外可躲。我今一来躲灾,二来往南昌做些买卖。大嫂,咱三口儿辞叔父去来。

现将以上三剧的部分宾白作一比较,就可以看出两种不同刊本宾白的一些异同之处:

1. 从《元刊杂剧三十种》到《元曲选》,同一作品、同一人物和同一种情境下的宾白,基本上差别不大,看不出后者对前者是“大力修改”(各剧情况不尽相同),前者在主要方面写出了宾白的主要内容及其表达方式,后者略有增饰和删改。

2. 元刊本的宾白相当简练而又流畅,具有剧本宾白的音乐美和节奏感的特点，它表明元代白话文已发展得比较成熟。今天我们还能读到的宋、金、元话本或说唱文学中的白话文，正是元剧宾白赖以提高的基础或条件。除此之外，我们还可以从流传至今的宋元戏文《小孙屠》等三种的宾白得到证明①。

3. 有的元刊本比明刊本的宾白健康和富有表现力。如元刊本《魔合罗》中就没有李得昌算卦躲灾等情节，明刊本反而增加了宿命论的东西；元刊本《任风子》的宾白先介绍任屠嗜酒和讲义气，为后面铺叙剧情、展开冲突创造了条件。

总之，就元刊本宾白已具的规模和语言的流畅成熟来看，可以说明元剧宾白基本上是原剧作者所作。

三

对元剧宾白怎样进行评价，也就是怎样理解它在作品中的地位与作用问题，过去一些有见识的研究者，他们有不少见解至今仍有启发意义。

那个曾经贬低元剧宾白的王骥德，他虽然认为元剧宾白“猥鄙俚俗”，但他也并不是一般地否定宾白在剧中的地位和作用；相反，他倒是十分重视宾白的描写，并结合当时传奇的创作实践，发表过一些有益的看法。如《曲律·宾白第三十四》云：

---

① 宋元戏文《小孙屠》等三十种的宾白已相当成熟，如《小孙屠》孙必达一段宾白：“自家姓孙，双名必达。祖居开封，不幸家父先亡，堂上只有萱亲，年纪高迈。有兄弟孙必贵，至亲者止有三人。谢贺老天，可以安居。幸遇时丰年稔，日霁风和，曾约几个朋友，因时行乐。如何不见到来。”又《宦门子弟错立身》颜寿马的一段宾白：“自家颜寿马的便是。父亲是女真人氏，见任河南府同知，前日有东平府散乐王金榜来这里做场。看了这妇人，有如三十三天天上女，七十二洞洞中仙。有沉鱼落雁之容，闭月羞花之貌。鹘飞顶上，犹如仙子下瑶池；兔去身边，不若恒娥离月殿。瞒着我爹爹，叫左右请他来书院中再整前欢，多少是好。”

> 宾白，亦曰说白。有“定场白”，初出场时，以四六饰句者是也。有“对口白”，各人散语是也。定场白稍露才华，然不可深晦。《紫箫》诸白，皆绝好四六，惜人不能识；《琵琶》黄门白，只是寻常语头，略加贯串，人人晓得，所以至今不废。对口白须明白简质，用不得太文字；凡用之、乎、者、也，俱非当家……诸戏曲之工者，白未必佳，其难不下于曲。

王氏十分明确地提出了写宾白的要求，即不要“深晦”难懂，而要“明白简质”；并指出，在创作实践中存在着“曲之工者，白未必佳，其难不下于白”的现象，以提醒剧作家对宾白描写的高度重视。

很重视舞台演出效果的剧作家和戏剧理论家李渔，比较系统地阐述了曲白相生的道理。他在《闲情偶寄》中说：

> 尝谓：曲之有白，就文字论之，则犹经、文之于传、注……就人身论之，则如肢、体之于血、脉，非但不可相无，且觉稍有不称，即因此贱彼，竟作无用观者。故知宾白一道，当与曲文等视。有最得意之曲文，即当有最得意之宾白……常有因得一句好白而引起无限曲情，又有填一首好词而生出无穷话柄者。

以下便对写宾白提出了具体要求，这些要求是：“声务铿锵”、“语求肖似”、“词别繁简”、“字分南北”、“文贵洁净”、“意取尖新”、“少用方言”、“时防漏孔”等。这里涉及宾白语言的音乐美、性格化、通俗化、繁简得当、具有创造性等重要方面，是作者多年从事戏剧创作和观察体验舞台演出的总结，对我们今天的戏剧创作仍有启发和借鉴意义。

李渔在前人研究的基础上，更明确地强调了“曲白相生”的相辅相成关系，即“因得一句好白而引起无限曲情”、“填一首好词而生出无穷话柄者”。一些成功的杂剧也正是这样，如《窦娥冤》第一折，写窦娥在“自报家门”之后，深有感慨地说：“窦娥也，你这命好苦也呵！”接着就引出〔仙吕点绛唇〕以下四支自叹命苦的曲文。又如《李逵负荆》第一则，写了李逵的两句说白：“人道我梁山无有景致，俺打那厮的嘴”，接着就引出一支情景交融的〔醉中天〕曲文，这就是“因得一句好白而引起无限曲情”者。另外，还有因“填一首好词而生出无穷话柄者”。如《汉宫秋》第三折〔落梅风〕一曲，汉元帝唱出了将要与昭君分离的痛苦，接着就引出了昭君脱下汉装、吟诗明志的一段宾白。又如《陈州粜米》第三折〔梁州第七〕一曲，包公对张千唱道：“如今的离陈州不远，便有人将咱凌贱，你也则诈眼儿不看见；骑着马，揣着牌，自向前，休得要捋袖揎拳。”接着就引出包公和妓女王粉莲一大段宾白，“生出无穷话柄”。以上数例似可说明，“曲白相生”是元剧作家处理二者关系的一条成功经验，它在交代故事、连接曲文、刻画人物、展开戏剧冲突和表现主题等方面，都起着十分重要的作用，它在作品中的地位是不容忽视的。

还有元剧宾白的“蹈袭”问题。

在元人杂剧中，确实有一些宾白相互“蹈袭”的现象，如坏人干坏事时常说的调侃语：“凭着俺这等好心，天也与俺半碗饭吃”（后句或作“天也与俺半条糖吃”）；妄图占人妻女、痴想作新郎的调侃语：“帽儿光光，做个新郎，袖儿窄窄，做个娇客”；对某人做事令人不能容忍的义愤语“杀人可恕，情理难容”等等。怎样理解这些“蹈袭”现象？如果慎重一点，是否可以把这种“蹈袭”改称为“雷同”。因为有些宾白是当时流行的生活成语，姓张的作家可以用，姓李的作家也可以用，再加以很多剧作家的时代先后并不能确考，似乎很难肯定说谁“蹈袭”谁。这是一种情况。另外一种情况是指人物的“定场白”，即“四六饰句”一类的雷同现象。其中最常见的有以下几种：

（一）老年妇女的定场白

1. 为生活所累，无法摆脱苦恼。《玉壶春》第一折（老旦扮卜儿上）（诗云：）

教你当家不当家，及至当家乱如麻。
早晨起来七件事，柴米油盐酱醋茶。

以上宾白又见《百花亭》第一折和《度柳翠》楔子等。

2. 感叹年光易逝，宣扬随遇而安。《窦娥冤》楔子（卜儿蔡婆上，诗云：）

花有重开日，人无再少年。不须长富贵，安乐是神仙。

以上宾白又见《倩女离魂》楔子、《秋胡戏妻》第一折、《范张鸡黍》第一折、《铁拐李》第一折，及《刘弘嫁婢》第一折等。个别文字略有不同。

（二）老年男子的定场白

1. 人财两旺，心满意足。《荐福碑》第一折（净扮张镐上，诗云：）

段段田苗接远村，太公庄上戏儿孙。
庄农只得锄铇力，答贺天公雨露恩。

以上宾白又见《秋胡戏妻》第二折、《伍员吹箫》第三折、《渔樵记》第二折及《延安府》第一折等。个别文字略有出入。

2. 岁月易逝，无所作为。《蝴蝶梦》楔子（外扮孛老同正旦引冲末扮王大、王二、丑扮王三上，诗云：）

月过十五光明少，人到中年万事休。
儿孙自有儿孙福，莫与儿孙作远忧。

以上宾白又见《魔合罗》楔子、《渔樵记》第三折等。与此内容略同、文字上有较大出入者和《生金阁》楔子（孛老诗云：）

急急光阴似水流，等闲白了少年头。
月过十五光明少，人到中年万事休。

以上宾白又见《硃砂担》楔子。《桃花女》第一折等。

3. 万事天定，非人力所能及。《燕青博鱼》第一折（燕大诗云：）

耕牛无宿料，仓鼠有馀量。万事分已定，浮生空自忙。

以上宾白又见《儿女团圆》第二折、《桃花女》楔子、《货郎旦》第一折及《看钱奴》第二折等。

（三）市井小民，主要是店小二的定场白

1. 为生活奔劳，感叹年华易老。《双献功》第一折（丑扮店小二上，诗云：）

买卖归来汗未消，上床犹自想来朝。
为甚当有头先白，一夜起来七八遭。

以上宾白又见《酷寒亭》第三折、《生金阁》第三折、《遇上皇》第一折、《范张鸡黍》第一折、《衣袄车》第二折等。个别字句略有不同。

2. 插科打诨，笑语解嘲。《后庭花》第三折（净扮店小二上，诗云：）

酒店门前七尺布，过来过往寻主顾。昨日做了十瓮酒，倒有九缸似头醋。

以上宾白又见《王粲登楼》第一折、《看钱奴》第二折等。此外，还有《岳阳楼》第一折、《灰阑记》第三折、《燕青博鱼》第一折，《盆儿鬼》第一折等，其内容略同而词句不同的诨白皆属此类。

（四）正面官员的定场白

《玉镜台》第四折(外扮王府尹引祗从上,诗云:)

龙楼凤阁九重城,新筑沙堤宰相行。我贵我荣君莫羡,十年前是一书生。

以上宾白又见《荐福碑》第一折、《王粲登楼》第一折、《破窑记》第四折、《金凤钗》第一折、《范张鸡黍》第二折、《陈母教子》第二折、《赤壁赋》第一折、《冻苏秦》第三折等。这些官员们自夸功名富贵凭个人努力奋斗取得,颇有些矜骄之意。

（五）贪官污吏的定场白

1. 贪婪糊涂的地方官。《遇上皇》第一折(净扮臧府尹引张千上,云:)

官人清似水,外郎白似面。水面打一和,糊涂做一片。

以上宾白又见《勘头巾》第二折、《魔合罗》第二折、《神奴儿》第三折等。文字略有不同。

2. 如虎似狼的吏役。《勘头巾》第二折(张千上,诗云:)

手执无情棒,怀揣滴泪钱。晓行虎狼路,夜伴死尸眠。

以上宾白又见《还牢末》第二折、《村乐堂》第三折等。

（六）权豪势要的定场白

"权豪势要"是元代统治阶级中的特权阶层人物。他们横行霸道,欺压善良,不畏官府,不惧王法。上场时多是念说:"花花太岁为第一,浪子丧门世无对,街上小民闻吾怕,我是权豪势要某衙内。"以上宾白并见《望江亭》第二折、《燕青博鱼》第一折、《生金阁》第一折、《金凤钗》第三折、《陈州粜米》楔子等。各剧文字略有出入,主要意思相同。

怎样理解上面列举的宾白雷同现象？按照臧氏的所谓“蹈袭”，其意是说后来的剧作家因袭前人。这种看法，未必就可成为定论。其主要理由有以下两点：

1. 有些雷同的宾白是当时流行的生活成语，剧作家可以随意运用，而不能说是谁抄袭谁。如：“早晨起来七件事，柴米油盐酱醋茶”；“月过十五光明少，人到中年万事休”；“儿孙自有儿孙福，莫与儿孙做马牛”……皆为群众所熟知，剧作家在经过一番选择加工之后就写进作品中，说不上是谁抄袭谁的问题。

2. 古代戏曲表演艺术的程式化对剧作家很有影响，所谓程式化，就是指戏曲表演中一套又一套的带有规律性的动作。如跑马、射箭、开门、关门、上楼、下楼、打躬作揖等动作，都有一套固定的格式。这个特点反映在作家运用宾白描写人物时，就是人物的类型化。但是还不能说它是公式化，因为这些宾白不仅有雄厚的群众基础，而且本身就很有表现力，观众听到、读者读到这些宾白，就会理解这个角色是属于哪一类型的人物。如上引“教你当家不当家”四句，都是出自“上厅行首”的母亲之口，这些宾白就高度地概括了操“下贱”生涯的老年妇女的悲哀。又如“花有重开日”四句，上引 8 剧中就有 6 剧的卜儿都是寡妇，1 剧的卜儿之夫出家，名为有夫而实为守寡，只有 1 剧是夫妇同存。这些宾白则概括了老年寡妇们随遇而安的心理状态。又如“花花太岁为第一”的成串宾白，都是“权豪势要”无法无天的自我暴露，而且毫无一个例外。

以上宾白的类型化，多是用在人物出场时的“定场白”中，其他宾白则是根据人物、主题的需要和具体情境的不同要求而定。也就是说，人物“定场白”的类型化，并不等于人物性格或形象的公式化。元剧中有很多成功的宾白和次要人物就可以说明这一点。考虑到以上种种原因，就不会对元剧中雷同的宾白简单地予以否定了。

元人杂剧虽然是我国古代歌舞剧最早成熟的戏剧，但也正是由于它“最早”，在表演体制上有其自身的特点和局限，如次要角色不能歌曲（楔子例外，个别作品有所突破），剧作家就只能充分运用其作用仅次于曲文的宾白和其他手段去描写次要人物，这就最大限度地发挥了宾白的作用。一些成功的元剧宾白是整部作品的有机组成部分。它与剧本的曲文同是优秀遗产，对我们今天的创作仍有启发借鉴意义。

1979 年 10 月初稿，12 月修改

略谈元剧中的舞蹈

元人杂剧是我国古代戏曲史上的第一个黄金时代，它的出现标志着我国古代歌舞戏发展的成熟。元人周德清在《中原音韵》中说："乐府之盛、之备、之难，莫如今时。其盛，则至缙绅闾阎歌咏者众。其备，则自关、郑、白、马一制新作。"如果把这段话仅仅理解为上列"元曲四大家"对元剧体制完成的贡献，那恐怕是不够全面的。应该说，它还包含了元剧艺术形式的完美与成熟，而这种成熟的艺术形式中的舞蹈，又是其中的重要组成部分。

元剧中的舞蹈，见于文字记载的大致有以下两种情况：

一是融入科范表演之中，并成为舞台形体动作的一种程式

这种程式化的舞蹈，多融入科范表演之中，从文字上看，二者常常混写在一起。徐渭《南词叙录》说："科：相见、作揖、进拜、舞蹈、坐跪之类，身之所行，皆谓之科。"元剧中的"相见科"、"开门科"、"做悲科"之类皆是。当然，演员不是把生活动作原样地搬上舞台，而是根据剧本规定的情节将它美化为舞蹈动作。由于明人刊刻剧本时将科、舞混写，或者干脆略而不写，现在能从文字上找到根据的就是臣子参见皇帝时的"拜舞"。如：

1. 白朴《梧桐雨》一折，张九龄参见唐明皇：

（外见拜舞科）（**见《元明杂剧》**）

2. 马致远《青衫泪》四折：

（内侍云：）宣到裴兴奴见驾。（正旦拜舞科）

3. 费唐臣《贬黄州》四折：

（驾云：）宣过来。（杨、马见驾，拜舞科）（以上见《元曲选》）

4. 罗贯中《风云会》四折：

（众王拜科）（普唱：）

则见他曲躬躬拜舞丹墀，似这等纳士称臣。

（普云：）奉圣旨：教四国君臣，演习礼仪，随长朝官拜舞者。（《元曲选外编》）

以上“拜舞”不是脱离剧情的舞蹈，而是生活中臣子参见皇帝时的“再拜舞蹈”之类礼仪被美化的舞台动作。这些动作经过不断积累与提高，久而久之，不仅成为一种比较固定的表演程式，并且后世的戏曲表演也把它继承下来。如汤显祖《牡丹亭》第五十五出《圆驾》写杜丽娘参见皇帝：

（内）奏事人扬尘舞蹈。（旦作舞蹈，呼“万岁万岁”介）

当然，以上“扬尘舞蹈”或“拜舞”都不能算是纯粹的舞蹈，它不能脱离臣子参见皇帝时的具体环境，而只是一种在生活基础上、经过提炼加工和美化的舞蹈动作而已。

二是穿插在剧情表演中，多有音乐配合，成为整个舞台艺术的有机组成部分

这类舞蹈保留在元剧中的文字资料比较多，如：

1. 白朴《梧桐雨》楔子：

（安禄山起谢云：）谢主公不杀之恩。（做跳舞科）（正末云：）这是什么？（安禄山云：）这是胡旋舞。

又二折：

（高力士云：）请娘娘登盘，演一回霓裳之舞。（正末云：）依卿奏者。（正旦做舞）（众乐擗掇科）（《元曲选》）

2. 王实甫《丽春堂》四折：

（夫人云：）老相公稳便，我着那歌儿舞女来伏侍老相公。（正末云：）……左右，动起细乐者。（唱：）

舞蹁跹翠长袖，击鼍鼓奏笙簧……（《元曲选》）

3. 郑廷玉《后庭花》二折：

（正末带酒上，云：）……我索还家去来。（唱：）

〔梁州第七〕……（带云：）我来到后巷里舞一回咱。（做舞科）（《元曲选》）

4. 吴昌龄《东坡梦》一折：

（东坡云：）吾兄请了。（行者唱舞科）

又二折：

（东坡云：）小娘子会舞会唱么？（四友云：）俺姊妹们都也

会唱。(东坡云:)有劳四位舞一回、唱一回……(四友舞唱介)(《元曲选》)

5. 史九敬先《庄周梦》一折:

(胡蝶仙子上)(舞一折,下)(《元曲选外编》)

6. 乔吉《扬州梦》楔子:

(张太守云:)好好,你歌舞一回,伏侍相公咱。(旦歌舞科)(《元曲选》)

7. 贾仲名《金童玉女》一折:

(正末云:)……着我那歌儿舞女过来。(扮歌儿引细乐上,舞科)(唱:)……

又四折:

(金母云:)女真家多会歌舞,您俩个带舞带唱,我试看咱。(正末同旦舞科,唱:)……(《元曲选》)

8. 佚名《蓝采和》三折:

(正末舞科,念:)踏踏歌,蓝采和,人生几何……(《元曲选外编》)

9. 佚名《射柳垂丸》四折:

(范仲淹云:)……今日庆设筵宴。犒劳功臣。一壁厢歌儿舞女,大吹大擂……一壁厢动乐者。(外动乐器,舞科)(《元曲选外编》)

从上录这些穿插在剧中表演的舞蹈材料中,至少可以说明以下几个问题:

1. 从时代上看,无论是元代前期作家或后期作家,乃至元明之间的作家,他们的作品都保留了这方面的文字资料,可见其穿插在剧中表演的舞蹈是一直不衰的。

2. 从舞蹈角色上看,有主角,也有非主角;有男角,也有女角;有剧情中人物,也有剧情外的专业性歌舞演员;可见其穿插的舞蹈表演的广泛运用。

3. 从时间和空间上看,舞蹈表演的时间有长有短,规模有大有小,起舞者从一人到四人不等,其中的"舞一回"、"舞一折",有的还配合三支歌曲,可见其表演时间比较长,规模也比较大。

4. 从名目上看,有胡旋舞、霓裳舞和未写明的当时流行的舞蹈,由此可见其花样繁多和丰富多彩。

5. 从效果上看,多数舞蹈主要是烘托气氛、展开场面、表现人物激情,而与情节的进展没有什么关系。少数舞蹈推动了剧情的发展,如安禄山因跳胡旋舞而获得了唐明皇的信任,官拜节度使,才有后来的叛乱,并造成李、杨的悲剧;蓝采和一边唱、一边舞,表明其出家决心,引起了妻子的阻拦……总之,不管与剧情有无关系,这些穿插在剧中的舞蹈表演都会产生良好的舞台效果。

上面列举的那些舞蹈,多数是当时流行的歌舞,如"舞一回"、"舞一折"以及未写明的,那些歌儿舞女们表演的舞蹈皆属此类。另外还有一些舞蹈则是古典乐舞的继承,如胡旋舞、霓裳舞等。

先说胡旋舞。据唐人段安节《乐府杂录·舞工》记云:

舞者,乐之容也……古之能者,不可胜计,即有健舞、软舞、字舞、花舞、马舞。健舞曲有稜大、阿连、柘枝、剑器、胡旋、胡腾。

据段书所记,可知"胡旋"乃舞蹈名,属健舞类,以舞曲称"胡旋"而得名。段书《俳优》条记述此舞的表演情况是:"于一小圆毬子上舞,纵横腾踏。两足终不离于球子上。"

"胡旋"之为舞蹈可以肯定,历史上的安禄山又确实善舞"胡旋"。据《旧唐书·安禄山传》记载:安"每行以肩膊左右,抬挽其身,方能移步,至玄宗前作胡旋舞,疾如风焉"。白居易《胡旋女》一诗对此舞作了极为生动的描写:

> 胡旋女,心应弦,手应鼓。弦歌一声双袖举,回雪飘飘转蓬舞。……天宝季年时欲变,臣妾人人学圆转;中有太真与禄山,二人最能道胡旋。……禄山胡旋迷君眼,兵过黄河疑未反。……

白诗所写有两点很值得重视:一是胡旋舞在天宝年间很风行一时,特别是风行于宫廷之中;二是安禄山最善胡旋舞,并以此赢得了唐明皇的信任,以致安禄山的叛军已"过黄河"而唐明皇还不相信。由此可见,白朴写《梧桐雨》时还注意了细节的历史真实性。

再说霓裳舞。"霓裳"是古曲名,唐人崔令钦《教坊记·曲名》条有《拂霓裳》、《霓裳》二曲名,当与杨玉环所舞之"霓裳"有关系。关于这套舞曲的由来,其说法颇有些浪漫色彩。由于唐明皇是历史上有名的酖于酒色、溺于歌舞的"风流天子",宠妃所舞之"霓裳"也就很容易和他的风流韵事连在一起。据宋人王灼《碧鸡漫志》卷三所记,这套曲的作者就有三种说法:一说为河西节度使杨敬述所献或所作;一说是唐明皇游月宫,"归作霓裳羽衣曲"或"传"此曲;一说是"西凉创作,明皇润色"。总之,这套舞曲之由来和唐明皇的声色歌舞生活有密切关系。《梧桐雨》写唐明皇正在欣赏杨玉环霓裳舞的时候,却传来了"安禄山反叛"的消息,这就有助于再现这位"风流天子”荒淫怠政，才使安禄山敢于反叛的唐代由盛到衰的历史风貌。与前面所举的胡旋舞一样，白朴在《梧桐雨》中选取这两段舞蹈是有其深刻寓意的。

（附记：1961 年 10 月，笔者曾以《元人杂剧中的舞蹈资料》为题写了一篇读曲札记，见《光明日报·文学遗产》386 期。该文有不少疏漏，兹据历年来读书所得写成此文，以作前文的补充和修正。）

1984 年

元杂剧作家人数辨正

——读《录鬼簿》札记

《录鬼簿》是中外治元曲或中国古代戏曲史者经常引用的一部重要著作。在这部著作里，作者锺嗣成对“有闻”的元杂剧作家写了详略不同的小传，并著录其作品名目、评价作家作品得失和影响，为我们今天的研究工作提供了丰富而又可贵的文献史料。然而，由于不同版本《录鬼簿》所记杂剧作家人数不尽相同，再加上有些杂剧作家和非杂剧作家同列，因此，在一些论著中涉及统计杂剧作家人数的具体数字时，就常常出现一些不准确的数字，如《中国戏剧史讲座》云：

> 根据元末锺嗣成所著《录鬼簿》记载的作家与作品，其撰有杂剧者共为一百十一人……

《中国戏曲通史》亦云：

> 据元代人锺嗣成在《录鬼簿》中的记载，他所知道的“名誉昭然”的作家一百五十二人中，除散曲作家之外，杂剧作家就达九十馀人……

还有一本《中国文学简史》亦云：

> 根据锺嗣成《录鬼簿》以及《录鬼簿续编》的记载，元代杂剧

作家约近二百人……

三书统计的数字,最少者和最多者竟相差一倍左右,这到底是怎么一回事?

一经查对原著便发现,以上统计数字都不准确或不够准确。

愚意以为,统计《录鬼簿》记载元杂剧作家人数,似应考虑以下三个前提:

(一)所统计元杂剧作家必须是《录鬼簿》中记载的作家,兼及《续编》者亦应是《续编》中记载的作家。上述论著都是写明以《录鬼簿》或兼及《续编》为根据的。

(二)所统计元杂剧作家必须是著录有剧目、或明白写出参与某剧编撰者(如汪勉之未录剧目,却在其小传中写明"鲍吉甫所编《曹娥泣江》,公作二折")。因为锺氏所记包括了散曲、南戏、院本、诸宫调等作家在内。

(三)所统计的未列剧目的元杂剧作家,必须是据他书补出剧目者(如范冰壶名下补《鹔鹴裘》剧目及其合编者 3 人)。

根据以上三点,试查阅诸本《录鬼簿》,竟没有一种超过 85 人以上。如天一阁蓝格写本正续《录鬼簿》记载"前辈才人有所编传奇行于世者"56 人,"方今才人相知者为之作传,以《凌波仙》曲吊之"18 人,以上共计 74 人;又明末孟称舜校刻本《录鬼簿》记载"前辈已死名公才人,有所编传奇行于世者"52 人,"方今已死名公才人,相知者为之作传,以《凌波仙》吊之"9 人,"方今知名才人"6 人,以上共计 67 人;又清初曹楝亭刊本《录鬼簿》记载"前辈已死名公才人,有所编传奇行于世者"56 人,"方今已亡名公才人,余相知者为之作传,以《凌波仙》曲吊之"12 人,"方今才人相知者,纪其姓名行实所编"12 人;又据《太和正音谱》补范冰壶《鹔鹴裘》及合作写此剧者施君美、黄德润、沈珙之 3 人,以上共计 84 人。又如近人马廉《录鬼簿新校注》本是以天一阁蓝格钞本为底本,故作家人数实与天一阁本相同。由于马氏在校注过程中参考了其他版本、曲谱和曲选,增补了底本没有的作家名字，仅有名字而未著录剧目者则补其剧目，作家的总人数较任何本子都多。在“前辈已死名公才人”中，据《元曲选》补李致远 1 人，计 57 人；在“方今才人相知者中”，据《太和正音谱》补范冰壶剧目《鹔鹴裘》及其合作者 3 人（见前）；又据曹本《录鬼簿》补萧德祥、陆仲良、朱士凯、王日新、孙子羽、张鸣善 6 人，计 28 人，以上共计 85 人。锺氏《录鬼簿》原无李致远其人，如严格按照三个前提统计，仍为 84 人。

明人无名氏的《录鬼簿续编》虽非锺氏所作，但有的论著统计元杂剧作家人数时也把本书的作家计算在内，所以还不能不说说这个本子所记载的作家人数。

据天一阁本《续编》记载，此本共记元末明初曲家 71 人，其中著录剧目者共 20 人，马廉新校注本增补为 28 人。

根据以上统计，锺嗣成《录鬼簿》记载著录剧目或根据他书补目的元杂剧作家，以曹刊本为最多，计 84 人；以孟刊本为最少，计 67 人；马廉新校注本虽然作家总数为 85 人，但其中李致远 1 人不见于诸本《录鬼簿》，实际人数也未超过曹本。至于《续编》中的一些作家，如谷子敬、汤舜民、杨景贤、贾仲明、王子一、杨文奎、刘东生（后三人仅见于马廉校注本）等 7 人，他们在《太和正音谱》中都被列入“国朝”（即明朝）作家，这些人在元代恐怕还未跻身剧坛，很难统计在元杂剧作家中也是理所当然。因此《续编》中的元杂剧作家不会是很多的。

一些研究者说《录鬼簿》记载元杂剧作家为 111 人者，可能是据《说集》本①连散曲作家也统计在内的数字；说 90 馀人者，可能是把《续编》中的部分作家也统计在内的数字；说近 200 人者，或是笔误，

① 《说集》本《录鬼簿》未见。据《中国古典戏曲论著集成（二）·录鬼簿提要》介绍：“这是现存比较最接近于锺嗣成原著的一种珍贵的古本。”“此本所著录的戏曲、散曲作家，约分为六类……共计作家一百十一人。”有的戏曲史著作可能据此数字统计。

或是排印误,或者是约莫估计之词则不得而知。总之,以上都不是锺氏《录鬼簿》(个别论著兼及《续编》)中所载元杂剧作家人数却是事实。

1983 年

锺嗣成生卒年辨析

在我国古代戏曲史上，元代的锺嗣成是一个有很大贡献的戏曲家。他的贡献既不是写了不幸没有流传下来的7种杂剧和篇目不详的“文集”与“隐语”，也不是幸而流传下来的为数不多的散曲，而是呕心沥血历时十馀年写成的一部戏曲论著《录鬼簿》，这才引起了人们的关注。在这部珍贵的戏曲论著里，他对那些受到封建社会轻视和冷漠的曲家（主要是元杂剧作家）怀着极大的敬意与热情，多方面搜集材料为他们树碑立传，歌颂他们的功绩，赞扬他们的德行；对自己，却毫不计较个人得失，不显露个人的东西。书中除了写明序言时间、记述“相知”一类的某些作家不得不涉及个人行踪外，其馀则一字不提，甚至连自己的创作——无论是乐府小曲或杂剧，也常常是“传之于人”而“每不遗稿”，更不用说有其他什么个人小传之类的东西传世了。这对我们今天探索他的生卒年代造成了很大困难，但我们并不去责怪他的“粗心”，相反，而是为他的广阔襟怀而肃然起敬！

一般地说，考订一个作家的生平或生卒年，主要是为了更好地理解他的作品；但对锺嗣成来说则不完全是这样，这是因为：他从事戏曲活动的时代是杂剧开始从繁荣走向停滞并逐步衰微的时代，而《录鬼簿》所记又几乎全是“前辈”和“方今”杂剧作品的实录，一字一句多具有史料价值，对于我们探讨元代杂剧的繁荣与衰微很有帮助，因而有理由引起我们对他生卒年的关注。

目前，对锺氏的生卒年问题还有不同看法，或谓锺生于公元1275年，1360年尚“在世”①；或谓锺生于1281年，卒于1350年“以前”②；或谓锺“约为1279年至1360年”③；或谓锺“至至顺元年为《录鬼簿》时，年约五十馀；至至正五年补书《录鬼簿·乔梦符》时，年约七十”④。上列诸家不同看法，主要不是立论根据的分歧，而是对一些相同论据作了不同含义的理解。当然，对资料的引用，也各有所侧重，不管持哪种看法，这些研究对进一步探讨锺氏的生卒年都大有裨益。笔者不揣浅陋，愿步诸家后尘，对锺氏的生卒年，略述一点浅见，以就教于专家和读者。

对以上诸家的有些看法，我是赞同的，如说锺生于1275年，至正五年时“年约七十”等；但对某些资料的具体解释还略有不同看法，如对“总角”的具体年岁，《自序丑斋》套曲“三十岁”的理解、郝经题《蟾宫曲》时锺是否在世等。此外，还结合读《录鬼簿》所得，对材料也略有所补。我的初步看法是：他生于1275年卒于1345年或略后。其理由如次：

（一）据《录鬼簿》修订周文质小传时间推断锺氏生于1275年

从锺氏《录鬼簿》序言可知，此书初稿完成于元文宗至顺元年（公元1330年）；又从《录鬼簿》记载二位曲家卒年和一位曲家活动可知，初稿完成后还作过修订，这三位曲家就是乔吉甫、周文质和李显卿。乔卒于顺帝至正五年（公元1345年）；周卒于顺帝元统二年（公元1334年）；至正辛巳（公元1341年）时李尚“由台州经庆元”与作者相晤，此时李尚在世。以上说明锺氏至少在乔吉甫死后作过一次修订，从而解决了自序时间与所记曲家卒年时间的矛盾。而以上3人中，周文质的卒年时间和作者所发的感慨又最为可贵，它为我们推

① 吴晓铃：《元曲作家生卒新考·四锺嗣成》，1939年油印本。

② 容肇祖：《元曲家锺嗣成传》，1941年2月1日《星岛日报》俗文学版。

③ 冯沅君：《古剧说汇·古剧四考跋·才人考·关汉卿的年代》。

④ 孙楷第：《元曲家考略·锺嗣成》。

断锺氏的生年提供了重要根据。其记述有云：

> 文质字仲彬，其先建德人，后居杭州，因而家。……学问该博，资性工巧，文笔新奇。……善丹青，能歌舞，明曲调，谐音律。……余与之交，二十年未尝跬步离也。元统二年六月，余自吴江回，公已抱病，盛暑中，止以为痈疖之毒，而不经意也。……病及五月，而无瞑眩之药。十一月五日，卒于正寝。呜呼痛哉！始余编此集，公及见之，题其姓名于未死鬼之列，尝与论及亡友，未尝不握手痛惋，而公亦中年而殁，则余辈衰老萎惫者，又何以久于人世也欤！

与周相交20年"未尝跬步离"的同道挚友锺嗣成，对其友人患病时间、所患病名、治疗服药过程、去世年、月、日，皆记述历历，十分具体。材料直接可靠，我们似可置信不疑。

周文质死于元统二年（公元1334年），患的是"痈疖之毒"一类毒疮，从6月发病到11月去世约5个月时间，享年40馀岁，故云"中年而殁"。仔细玩味，周氏小传对研究锺氏生年很有帮助。一谓周"中年而殁"，二自叹"衰老萎惫"就透露了消息。古谓40馀岁为中年，以70为老①，如周去世时锺氏就发出了如此这般的感叹，二人相差年岁当在20岁以上，他们就应该是"忘年之交"。而观其周传中的"公已抱病"、"公及见之"、"而公亦中年而殁"等称呼，则他们的年岁不会相差如此之大。据此，锺氏修订周传就不大可能是周去世的当年，而是以后的若干年。从《录鬼簿》记载的年代看，乔吉甫去世最晚，他卒于至正五年（公元1345年），周传的最后修订时间放在这一年比较合适。从这以后，就再也没有发现关于锺氏活动的文字资料了。如果说他本年大约为70岁的话，那末，从1345年上推70年即公元1275年，也就是锺氏的生年。

---

① 《礼记·曲礼》："七十曰老而传。"

（二）从锺和赵良弼师事邓善之等人的年岁推断锺氏生于1275年

在探索锺氏生年引证的材料中，赵良弼小传是研究者经常引用的重要材料之一。其小传记云：

> 良弼字君卿，东平人。总角时，与余同里闬，同发蒙，同师邓善之、曹克明、刘声之三先生，又于省府同笔砚。

赵为"总角"年龄，锺亦应大致如是，"同发蒙，同师邓善之"等已说得很具体。这里需要弄清楚两个问题：一是邓善之等人在杭州开馆授徒的时间，二是"总角时"锺的具体年岁。

邓善之名文原，《元史·邓文原列传》云：

> 邓文原字善之……绵州人。父漳，徙钱塘。文原年十五，通《春秋》……至元二十七年，行中书省辟为杭州路儒学正。大德二年，调崇德州教授。

根据这条材料，锺氏等师事邓文原只能在至元二十七年至大德二年间（公元1290～1308年），而具体年代则很难肯定。一位研究者推断："考锺氏从邓善之受业，当在至元二十七年（公元1290年）善之任杭州路儒学正的时候"①；又一位研究者认为，锺氏从邓善之受业时间在"尚无确证"的情况下，"较合理的假定是将这件事放在至元末年"②（公元1294年）；还有一位研究者则认为，"继先师邓文原，当在至元末，元贞初……其时继先年尚少"③。可见研究者对这一问题的看法并不统一。我赞同第一种看法，锺氏从邓受业是在至元二十七年。

---

① 吴晓铃：《元曲作家生卒新考·四锺嗣成》，1939年油印本。

② 冯沅君：《古剧说汇·古剧四考跋·才人考·关汉卿的年代》。

③ 孙楷第：《元曲家考略·锺嗣成》。

关于锺氏“总角时”的具体年岁，研究者们或谓“既云总角，似乎这时候锺氏诸人的年龄，最大也不过是二十岁”①；或谓“他从游邓时已十七八岁”②。二说虽然不同，但相去还不甚远。

愚意以为，要解决锺氏等人从邓善之等人学习年代和“总角时”锺的岁数问题，似可从对“总角”的解释入手。古代男女未成年前束发为两结，状如角，故称“总角”。《诗经 · 齐风 · 甫田》云：“婉兮娈兮，总角丱兮”，其注云：“总角，聚两髦也。”指的是未冠之童。《说文解字注》“僮”云：“未冠也。”又引《杂记》注云：“童，未成人之称。”《学记》注云：“成童，十五以上，引伸为僮蒙。”又刘熙《释名 · 释长幼》云：“人始生曰婴儿…… 十五曰童，故《礼》有阳童。”以上所引文字，归结起来就是“总角”为“童”（或僮），“童”为十五岁。也就是说，锺、赵师事邓文原时都是这个年纪。如果说他们于至元二十七年（公元 1290 年）邓始作杭州路儒学正时就从邓受业大致不谬的话，那末，从 1290 年上推 15 年就是 1275 年，也就是锺的生年，正好与前面所谈锺氏最后修订周文质小传的时间相吻合。至于师事曹克明、刘声之的时间当然要往后推，孙楷第先生对此论证颇详③。

（三）《自序丑斋》套曲中的“三十岁”不能作为推断锺氏生年的依据

那套《自序丑斋》套曲，在文字资料十分缺少的条件下，还不失为研究锺氏生平的资料。这个资料虽有“自序”性质，但套曲毕竟是文学作品，而不是作家的自编年谱或自传，所涉及年代的字句也就很难孤立地当做信史材料使用。如曲中有句云：

> 有一日黄榜招收，丑陋的，准拟夺魁。
> 枕上寻思，心头怒起，空长三十岁，暗想九千回。

---

① 吴晓铃：《元曲作家生卒新考 · 四锺嗣成》，1939 年油印本。

② 冯沅君：《古剧说汇 · 古剧四考跋 · 才人考 · 关汉卿的年代》。

③ 孙楷第：《元曲家考略 · 锺嗣成》。

一位研究者对以上曲文作了如下解释：

> 嗣成在三十岁自序《丑斋·一枝花》曲中曾说道："有一日黄榜招收，丑陋的，准拟夺魁。"可见他本来是很有意于功名的。元仁宗皇庆二年(公元1313年)初行科举，这时嗣成年纪约在三十左右，自序丑斋大约作于这时。①

这个解释还值得商榷。一般说来，诗词曲中的数字多是约数而非成数，如"摽有梅，其实三兮"、"摽有梅，其实七兮"、"一日不见，如三月兮"、"一日不见，如三秋兮"等。所谓"实三"、"实七"、"三月"、"三秋"皆不是成数。再说，就这一首套曲中，也还有涉及年代的其他曲文，如〔梁州〕曲云：

> 子为外貌儿不中抬举，因此内才儿不得便宜，半生未得文章力。

据习惯，人活到50岁左右才能称"半生"，如都一一具体指实，锺氏写此曲时到底是30岁或50岁呢？岂不自相矛盾？

我们不妨这样理解锺氏的《自序丑斋》套曲，他写此曲时不一定是30岁，更不一定要和"仁宗皇庆二年初行科举"作必然的联系，他完全可以写在恢复科举考试之前或以后的若干年。元代知识分子对停止科举考试和仕途不得意而发牢骚的作品是很多的，如马致远的〔拨不断〕"叹寒儒，漫读书"首和《荐福碑》杂剧，郑德辉的《王粲登楼》等。锺氏的套曲也可能是因为没有机会通过科举考试取得功名富贵而牢骚不平。友人朱凯谓其"累试于有司，命不克遇"，指的就是功名不遂之事。他怀念友人睢景臣〔凌波仙〕曲亦有句云："功名事，岁月过，又待如何"，就不像是对逝者的惋惜之语，倒是很像自己因功

---

① 容肇祖《元曲家锺嗣成传》，1941年2月1日《星岛日报》俗文学版。

名不遂、借他人酒杯浇自己块垒而发的牢骚。“半生未得文章力”表明作者功名不成，此时年纪已经不小；“有一日黄榜招收丑陋的”则表明：“黄榜招收”不是“丑陋的”已经进行了若干年。据此，锺氏写套曲的时间在恢复科举之后的若干年的可能性较大。当然，有可能是作者在没有恢复科举前随意虚拟年岁而借题发辉，以宣泄“胸中耿耿者”①。总之，套曲中的“三十岁”不是成数，在没有其他佐证材料的情况下，不能当做信史材料去推断锺氏的生年。

还有一首吊赵良弼的〔凌波仙〕曲，也是锺氏借吊友人而又同时抒发自我伤感之作。其曲云：

> 闲中袖手刻新词，醉后挥毫写旧诗，两般总是龙蛇字。不风流，难会此，更文才，宿世天资。感夜雨，梨花梦；叹秋风，两鬓丝；住人间，能有多时？

曲中高度地赞扬了赵的风流才华，表达了作者对这位既是同窗又是同道好友的深沉怀念。但从“感夜雨”以后，那些文字就很不像是在吊念亡者，倒很像是作者出自内心深处的自我伤怀的发泄。“夜雨”、“梨花”指赵氏的杂剧《春夜梨花雨》，最后四句则是作者的自伤自叹，“两鬓丝”正是他50馀岁日渐衰老之态的自我写照。孙楷第先生也认为，锺氏“至至顺元年为《录鬼簿》时，年约五十馀”②。自序作于1330年，上推50馀年，亦与锺氏生于1275年基本相吻合。

（四）郝经题《蟾宫曲》时锺已不在人世

关于锺氏的卒年，目前的种种论断，其主要根据有两条：一是乔吉甫卒于至正五年（公元1345年）时锺尚在世，研究者没有不同意见；二是郝经题《蟾宫曲》署于至正二十年（公元1360年），此时锺是否在世就有不同看法。有的研究者认为锺氏此时还活着；有的研究

① 朱凯：《录鬼簿序》。

② 孙楷第：《元曲家考略 · 锺嗣成》。

者虽然基本上同意此说，但又略有保留。① 我认为郝经题辞时锺氏已死。为了便于说明问题，现将曲文全录如下：

何人千古风骚，如意珊瑚，弱水鲸鳌，纸上功名，曲中恩怨，话里渔樵。叹雾阁云窗梦杳，想风魄月魂谁招？裹骊珠，泪冷鲛绡；续鹍弦，指冻鸾胶。传芳名，玉兔挥毫；谱遗音，彩凤衔箫。

郝氏高度地赞扬了锺的才华，而又伤其坎坷不遇。曲文中明写出的“叹”和“想”不像是对锺氏《录鬼簿》中诸曲家的叹惋，因为书中的“方今才人”并未去世，而很像是对已死的《录鬼簿》的作者寄托无穷的思念。“泪冷”、“指冻”，表现的感情非常真挚深沉。为了悼念这位同道友好和传播其著作，悲痛之馀，才题了这首《蟾宫曲》。也就是说，郝经题此曲时锺氏已死，他没有能活到这个时候，曲文的基本情调完全可以证实这一点。不可想象，一个“德业辉光，文行温润”（朱凯序），从大德七年（公元 1303 年）就跻身文坛，至正五年（公元 1345 年）尚在从事著述的戏剧家，我们就再也找不到他以后 15 年的任何活动的文字资料了。除了他不在人世之外，还有什么其他重要原因呢？再看看他的《录鬼簿》，从初稿写成于 1330 年算起，到 1345 年还在继续作修订工作，所花费的心血不能说不多，而今天能看到的各种版本《录鬼簿》，文字上都不是很完整，除了部分原因是抄刻有误外，而“不及最后修订”可能也是一个极其重要的原因。也就是说，从 1345 年或略后，作者大概就不在人世了。因此，锺氏的卒年断在 1345 年或略后，可能符合实际一些。

从 1275 年至 1345 年（或略后），这是一个很有意义的历史阶段。

---

① 冯沅君先生在《关汉卿的年代》一文中认为，锺氏“约为 1290 年至 1360 年。”但又在该文㊗注中评述吴晓铃先生《新考》涉及锺氏卒年时云：“吴定在一三六〇年左右，说他活了八十馀岁，想是因为郝经为《录鬼簿》作题辞是一三六〇年，此时锺尚在。”“想是”一词就非肯定语气，可见对此说又略有保留。

锺氏的一生,经历了元世祖建国号为"大元"(公元 1271 年)以来、至元朝的最后一个皇帝顺帝时期,他长期居住在经济、文化都很繁荣的杭州城,其耳闻目睹,如实记录下来都有史料价值。他的主要活动,大约是在杂剧南移的成宗时期。大德七年,他与曲家睢景臣结识,至少可以说是跻身文坛之始。这个时候,元杂剧继承宋金杂剧院本、蒙古时代(指未建"大元"前)杂剧和"至元盛世"的繁荣,在元贞、大德之初,也可能还呈现出某些相对繁荣景象,但从总的方面来说,像关汉卿、王实甫、高文秀、石君宝等"前辈名公才人"多已下世,或者很少从事创作,以致十分关心剧坛活动的锺嗣成对他们也毫无所闻,只有为自己出生太晚、"不得预几席之末"而发出无可奈何的感叹,到写《录鬼簿》时就称他们"前辈已死名公才人"了。从杂剧发展实际情况看,元贞、大德时期,杂剧已开始停滞和逐步走向衰微,锺氏生当其时,并已步入文坛。为了撰写《录鬼簿》,他只能间接地从友人陆仲良处去获得前辈作家的"编撰"材料,写下了他们的名号、籍贯、简历和剧目;又从自己从事戏剧活动的交游中,直接获得了"方今"作家们的材料,写下了"方今"一类已死未死作家们的小传,著录其剧目,并为已死的 19 位"相知者"写了吊曲。从这些记述看来,他目睹了杂剧的衰微不振,并对此不振景象表示了一个戏剧家的关注,这种关注有时也在对那些相知者的评价和悼念中流露出来。如他批评了被当时"伶伦辈称为'郑老先生'",并被元人周德清誉为"四大家"之一的郑光祖,说郑"所作贪于俳偕,未免多于斧凿",有刻意追求形式华美的文风;又在"方今已亡名公才人,余相知者"吊词中直接写出杂剧的衰微,如吊陈以仁词云:"钱塘人物尽飘零,赖有斯人最老成",对杂剧南移后杭州的剧作家们流落分散表现了无穷的感慨,这与元杂剧后期衰微的实际情况完全相符。

《录鬼簿》是一部极其难得的元人写的当代杂剧史,是我国古代戏剧史的开山之作。作者写书的目的是要表彰那些可与圣贤忠孝并提的杂剧作家和其他作家,并使后学者"冰寒于水,青胜于蓝"(自序),其用心"诚可嘉尚"(邵元长题辞),值得称赞。锺嗣成不是借人传己，只是在记述一些老友挚友的某些活动与卒年时，因无法避开和个人关系才透露了一点自己的消息，我们今天也才有可能从中推断出他的生卒年代，这也许是作者始料不及的“纸上功名”吧！

（附记：本文初稿据冯沅君先生《古剧说汇·古剧四考跋·才人考·关汉卿的年代》注⑮介绍吴晓铃、容肇祖二先生文章内容，于1983年10月写成。修改时承蒙隋树森先生惠寄珍藏吴先生《元曲作家生卒新考》和康保成同志抄寄容先生《元曲家锺嗣成传》，特致谢意。）

1984年7月

《黑旋风敷演刘耍和》辨析

——读《录鬼簿》札记

那个以写水浒戏知名而寿不永的“都下人号‘小汉卿’”的高文秀，在他留存的8种水浒剧目中有一剧目叫《黑旋风敷演刘耍和》。人所共知，黑旋风是梁山英雄李逵的诨名，而刘耍和为何许人，不是一下子就能说清楚的。如从剧目语法句式看，刘耍和是剧中人物，全剧内容是李逵扮演刘耍和故事。要是社会生活中没有刘耍和其人，这个人物也未尝不可理解为高文秀的创造。可巧的是，刘耍和确确实实是社会生活中的人，甚至是和高约略同时，其时代自然要比李逵晚得多。如此，“黑旋风敷演刘耍和，就成了历史的颠倒，早已死去的人倒能扮演未出生的人的故事”，好像是在闹一场“张飞打岳飞，打得满天飞”的大笑话！

刘耍和是一个什么人？怎样正确理解这个剧目的文字？

先说刘耍和是什么人。根据现已获知的材料，略按时代顺序分列如下：

金末元初人杜仁杰《庄家不识勾阑》〔六煞〕云：

> 说道“前截儿院本调风月，背后么末敷演刘耍和”。

么末是杂剧的别名，冯沅君先生等早有论述。① 仅在《录鬼簿》

---

① 冯沅君：《古剧说汇·古剧四考跋·才人考·院本名称》。

中，贾仲名所补《凌波仙》吊曲就有高文秀、侯正卿、石君宝、花李郎等使用过“么末”一词，其含义亦是指杂剧。据此可知，刘要和是元初人，一个杂剧演员。

又《永乐大典戏文三种·宦门子弟错立身》第十二出王恩深刁难要进戏班的完颜寿马时，两人有一段问答：

> 不争你要来我家，我孩儿要招个做杂剧的。（生唱：）
> 子这撇末区老赚，我学那刘要和行踪步迹。

刘要和不仅是一个杂剧演员，而且还是一个颇负盛名的杂剧演员。他长于“行踪步迹”，做工表演很不错，以至完颜寿马以自己学得刘的伎艺作为要进“王金榜戏班”的有利条件。时间仍是在元初。

又《录鬼簿》“前辈已死名公才人”中的花李郎、红字李二名上皆注云“刘要和婿”（曹本红字李二下还作“教坊刘要和婿”）。李郎、李二大约为元贞、大德年间人，刘是他们的岳父，还能承值教坊，年岁当然比二李大，如二李为二十馀岁，刘大约为五十馀岁，仍是元初人。

又陶宗仪《南村辍耕录》卷二十五《院本名目》条云：

> 唐有传奇，宋有戏曲……金有院本、杂剧、诸宫调，院本、杂剧，其实一也。国朝，院本、杂剧，始厘而二之……教坊色长魏、武、刘三人，鼎新编辑。魏长于念诵，武长于筋斗，刘长于科泛，至今乐人犹宗之。

此书成于元末，有“至正丙午夏六月，江阴孙作大雅序”为证。据陶氏记述口气，这位教坊刘色长，就是前面几处提到的刘要和。他是元初剧本、杂剧“始厘而二”时的“鼎新编辑”，是金院本向元杂剧过渡时期的戏剧改革家，他主要是通过舞台演出来参加戏剧革新的。他的专长伎艺是“科泛”，是做工表演，与《错立身》中完颜寿马夸口时所唱的“我学那刘耍和行踪步迹”相吻合。时间仍是元代初年。

从金末元初的杜仁杰到元末的陶宗仪,他们所提到的刘耍和或刘色长都是一个人,前者是他的名字,后者是他在教坊的职务,是元初人,是杂剧繁荣的“至元盛世”时期著名的杂剧演员,戏剧改革家。他对杂剧的繁荣作出了值得称道的贡献,在戏剧界享有很高声誉和很大影响,以至元末时陶宗仪还以“至今乐人犹宗之”一语记下了他和另外两位色长的功绩。

再说怎样理解剧目的文字。

我曾在一篇《元代的杂剧演员》小文第⑥注中注云:“《录鬼簿》高文秀名下有《黑旋风敷演刘耍和》。此条目应系误抄误刻,正文似应作‘《黑旋风》敷演——刘耍和’。”①也就是说,这个剧目叫《黑旋风》,敷演者是刘耍和,即刘耍和扮演黑旋风故事。关于这个戏的内容,王严同志的《一代名优刘耍和》一文剖析很精详,②可供参考。

这里还有一个问题,在剧目下标出演员名字是否合理?《黑旋风》是否是孤例?要回答这些问题,还得从刘、高的地位和当时演出习惯谈起。

刘是元初活跃在舞台上的著名杂剧演员,高亦为元初著名杂剧作家,观其作品数量之多(作剧32种,数量上仅次于关汉卿),“都下人”以“捻杂剧班头”的关汉卿的名字作他的诨名,可见其在当时是颇有影响的。他写的《黑旋风》,演出时大概很受观众欢迎;刘又是名角,剧团演此剧时不仅标出剧目,而且还同时标出主要演员名字,这种做法完全符合当时演出惯例。③

另外还有锺氏写《录鬼簿》的材料来源和抄写、刊刻方面的问题。

---

① 河南省戏曲工作室编《戏曲艺术》1982年第2期,另见本书第302页注①。

② 河南省戏曲工作室编《戏曲艺术》1983年第2期。

③ 参看《古剧说汇·古剧四考·做场考》。

锺氏虽然在大德七年和曲家睢景臣订交，说明他至少在此时已步入文坛，但是他对前期作家作品材料并不熟悉，曾以“余生也晚，不得预几席之末”而发出过感慨。那些包括高文秀在内的“前辈已死名公才人”的材料，并非他和作家交往而直接获得，而是从出生北方的曲家那里获得的。关于这，锺氏在《录鬼簿》卷上最后有一段文字云：

> 右前辈编撰传奇名公……姑叙其姓名于右。其所编撰，余友陆君仲良得之于克斋先生吴公，然亦未尽其详。

陆是锺的朋友，又与吴有交往，吴是材料的直接提供者，二人皆《录鬼簿》中人，被列入“方今才人相知者”一类。小传记吴名仁卿，字弘道，号克斋先生，历仕府判致仕，有《金缕新声》行于世，并著录剧目《子房货剑》等 4 种，其籍贯及其他著述皆阙如。孙楷第先生《元曲家考略》引吴著《中州启札》许善胜序，知吴为金台蒲阴（属中书省保定路祁州所领县）人，①大德五年官行省检校。除写杂剧和散曲外，还有《中州启札》传世。他对北方曲家较有了解，所提供的材料虽然“未尽其详”，但总的说来仍明白可信。是不是有这样的可能，吴氏在抄录剧目时，把主演此剧闻名的演员名字也同时抄上，而抄刻《录鬼簿》者未将“敷演（者）刘要和”用小号字体以示区别（《录鬼簿》中与此相类似的情况是用小号字体排印的，详见后文），误以为正文而混在一起了。

在《录鬼簿》中，剧目下标出演员名字并非孤例，吴仁卿提供的材料有，锺氏自己搜得的材料也有，如孟称舜本孔文卿《东窗事犯》下即注云“杨驹儿做者”（天一阁本作“杨驹儿按”，皆小号字体），孔是“前辈已死名公才人”，与高文秀属同一类型。又曹楝亭本金仁杰《周公旦抱子设朝》下亦注云“喜春来按”（小号字体），金是锺“相知”的同道友好，在《录鬼簿》中被列入“方今已亡名公才人”类，时代比高晚

---

① 《元史·地理志一》。

而年龄长于锺(锺自称"余自幼时闻公之名")。杨驹儿、喜春来都是杂剧演员名字,锺氏著录某些剧目时并注明演员名字表明,演员和剧作家从不同方面对杂剧繁荣作出贡献之功不可磨灭。

1985 年

元代的杂剧演员

元人杂剧是我国古代最早成熟的戏剧。不少甘居风尘、“不屑仕进”①的剧作家呕心沥血地从事杂剧创作②，从而促进了杂剧的繁荣。作为一门综合性的舞台艺术，剧作家写的剧本主要是为了舞台演出，而不是案头阅读。因此，要使剧本更好地适合舞台演出的需要，就不仅要求剧作家懂得必要的舞台实践知识，而且还要求他们与演员合作，参考演员通过艺术实践提出的意见去修改剧本，以利于提高剧本质量。就这个意义上说，元代杂剧的繁荣，当时的杂剧演员是作出了贡献的。而不幸的是，由于我国古代戏曲艺术长期地受到封建士大夫的轻视，于是乎绝大多数元剧作家生前潦倒坎坷，死后也湮没无闻；演戏的艺人，当然就更不值一顾了，这是我国戏剧史上很不公平的事。为了不致使他们的功绩长期被埋没，在文字资料虽然还很缺少的条件下，我们还是应该对这些演员的名字、生活、伎艺专长及其贡献等方面做一些探索，给予他们应有的历史地位。

---

① 郗经：《青楼集序》。

② 关于元剧作家呕心沥血地从事创作实例，如何良俊《曲话》记云：“世传实甫作《西厢》，至碧云天，黄花地，西风紧，北雁南飞，构想甚苦，思竭，扑地遂死”；又锺嗣成《录鬼簿》描述鲍天祐创作时艰苦形状词云：“平生词翰在宫商，两字推敲付锦囊，耸吟肩，有似疯魔状。苦劳心，呕断肠……唯先生，占断排场。”

一

记载元代杂剧演员名字和事迹的文字资料，元人夏廷芝《青楼集》可以称得上是这方面的一部专书了。该书记载元代杂剧演员事迹大致有以下三种情况：

1. 直接写明某某是杂剧演员，在全书中是多数；

2. 根据上下文或全书，可以推断某某是杂剧演员，在全书中是少数；

3. 以其他文字资料作补证，可以肯定某某是杂剧演员，在全书中是个别人。

为了便于说明问题，现将其名字抄录如下：

珠帘秀　　顺时秀　　南春宴　　宋六嫂①　　周人爱　　玉叶儿

瑶池景　　贾岛春　　王玉带　　冯六六　　王榭燕　　王庭燕

周兽头　　刘信香　　司燕奴　　班真真　　程巧儿　　李赵奴

天然秀　　国玉第　　魏道道　　赛帘秀②　　天锡秀　　天生秀

赐恩深　　张心哥　　王巧儿③　　王奔儿　　度丰年　　平阳奴

郭次香　　韩兽头　　赵偏惜　　王玉梅　　李芝秀　　朱锦秀

小玉梅　　匾　匾　　安太平　　宝　宝　　赵真真　　西夏秀

李娇儿　　张奔儿　　芙蓉秀　　翠荷秀　　和当当　　鸾　童

---

① 本条未写明宋是杂剧演员，下文写“精杂剧”的司燕奴，“声名与宋、郭相颉颃”，宋即宋六嫂，郭即顺时秀。故推断宋为杂剧演员。

② 本条亦未写明赛帘秀是杂剧演员，但他说是珠帘秀之“高弟”，珠为著名杂剧演员，赛自应向珠学戏，又观其记赛“出入门户，步线行针……声遏行云”等，亦是指演戏而言，故推断其为杂剧演员。

③ 本条仅谓王巧儿“歌舞颜色，称于京师，陈云峤与之狎”等，未明写她是杂剧演员。据元人陶宗仪《辍耕录》卷十五云：“王巧儿，京师旦色也，陈云峤同知与之狎”……。王既是“旦色”，故肯定其为杂剧演员。

汪怜怜　米里哈　顾山山　大都秀　　小春宴　孙秀秀
玳瑁斂　象牛头　帘前秀　任国恩　　燕山秀　荆坚坚
王心奇　李定奴　帽儿王

（据《中国古典戏曲论著集成（二）·青楼集》）

以上记载杂剧演员63人，除此之外，散见于他书或文物的还有赵文殷、张国宾、红字李二、花李郎、杨驹儿、刘要和、喜春来①、宜时秀②、忠都秀、张德好③等，如加上《蓝采和》中的杂剧演员蓝采和、喜千金、小采和、兰山景、王把色、李薄头等，有名字可考的元代杂剧演员共计79人。当然这个数字是很不完备的，就是写《青楼集》的这位作者，他还曾经计划写一部关于男演员的专书。他在《青楼集》志里特别申言：

我朝混一区宇，殆将百年。天下歌舞之妓，何啻亿万……因集成编，题曰《青楼集》。……庶使后来者知承平之日，虽女伶亦有其人，可谓盛矣！至若末泥，则又叙诸别录云。

不知此书是未写成，或者是写成后佚失，我们无法说清楚。但

---

① 锺嗣成《录鬼簿》（天一阁本）孔文卿《东窗事犯》下注云："二本，杨驹儿按"，又同书（曹楝亭本）金仁杰《周公旦抱子设朝》下注云："喜春来按。"杨与喜皆为杂剧演员，刘要和亦为杂剧演员，其特证有二：1.《错立身》戏文十二出完颜寿马要去王金榜剧团当演员。王父说"我孩儿要招个做杂剧的"，完颜寿马上答云："我学那刘要和行踪步迹"；2. 曹刻本《录鬼簿》高文秀名下有《黑旋风敷演刘要和》。此条剧目应系误抄误刻，正文似应作"《黑旋风》敷演——刘要和"。

② 张国宾《罗李郎》杂剧一折。

③ 山西省洪洞县明应王庙壁画题为"太行散乐忠都秀在此作场"。忠都秀为杂剧演员；又山西省万荣县孤山风伯雨师庙元代舞台前石柱顶部刻有"尧都大行散乐人张德好在此作场，大德五年（公元1301年）三月清明"等字，张德好亦为杂剧演员。

是，这条材料至少可以说明，除《青楼集》所记以女伶为主的60馀名杂剧演员外，尚有若干有名可考的“末泥”可以“叙诸别录”。由此可见，元代有名的杂剧演员还是大有其人的。按一般常理而论，演员总是比剧作家多，元剧作家有名字可考者尚有80馀人①，元剧演员肯定要大大超过这个数字。可惜今天无法知道他们的名字了。

在上列79人中，女演员占的比例较大，约为62人；男演员占的比例较小，约为17人。值得提出来的是，在几十名杂剧演员中，还有少数民族出身的演员。如《青楼集》里所记的米里哈，作者赞这位“回回旦色”有云：“歌喉清宛，妙入神品”，她是以唱腔动听而知名，是少数民族出身的女子对元剧繁荣作出贡献的代表人物之一。

二

元代杂剧演员的生活是辛苦和不幸的，他们学戏演戏，传艺带徒，还要承应官府，侍候达官贵人和王孙公子。有的人到了晚年流落江湖，不得其所。

学戏演戏是演员们的主要工作。伎艺高超而又经验丰富的演员还要同时传艺带徒。如珠帘秀的弟子就有赛帘秀和燕山秀；王奔儿“为教师以终”，当然是传徒授艺；赵偏惜“江淮间多师事之”，带的弟子一定不会少。其他还有母女相传、或授艺而未写出者，也肯定是大有其人的。

这些杂剧演员和很多艺人一样，除了业务活动之外，还要应付“唤官身”的差使。这是一种官差，带有强迫性质，稍有不慎，就将受到责罚，如《蓝采和》杂剧中写蓝采和因“失误官身”，官府就要动刑责打。此外，他们还要经常陪侍达官贵人和王孙公子的饮筵，这是一方花钱，一方卖艺。虽非官差，但因双方社会地位悬殊，演员总是要小心侍候，百般承旨，不敢稍有得罪。如《青楼集》记郭顺卿（艺名顺

① 据锺嗣成《录鬼簿》统计。

时秀)本与“文士”王元鼎相好,而参政阿鲁温“欲瞩意于郭”,夺人之爱,他当面问郭云:“我何如王元鼎?”郭很为难,既不愿舍王,又不敢得罪参政,只好说奉承话,就十分委婉地答曰:“参政,宰臣也,元鼎、文士也,经纶朝政,致君泽民,则元鼎不及参政;嘲风弄月,惜玉怜香,则参政不敢望元鼎。”这位好色的参政,才只好“一笑而罢”。可见达官贵人不易侍候。

还有一些杂剧演员,到晚年还颠沛流离,过着不安定的生活。如王奔儿先是做了金王府张总管“侧室”,张死之后就“流落江湖,为教师以终”。李秀芝是张总管的另一“侧室”。她的遭遇比王奔儿更为不幸,张死之后,由于生活逼迫,只好“复为娼”,跳出火坑,又堕入深渊,命运实在可悲。还有汪怜怜,她是涅古伯经历的“侧室”。涅死后不愿再受世俗折磨而“髡发为尼”,以晨钟暮鼓、青灯黄卷相伴,孤寂地了此一身。那个“良家子”出身的顾山山,始嫁乐人李小大,倒也志趣相投。李死,“华亭县长哈剌不花置于侧室”,不知什么原因,十二年后又“复居乐籍”了。……当这些女演员们年轻貌美、“色艺俱绝”之时,达官贵人和王孙公子们,就凭着他们的金钱和地位加以玩弄,或者娶到家里做妾;一旦年老色衰,就弃之如草芥,她们只能含着辛酸的眼泪苟度残生,这个社会对她们也实在太不公平了。

三

元代杂剧演员对杂剧艺术是热爱的,又是具有表演艺术伎艺专长的。有的演员是夫妻或全家、两代或三代皆以演戏为职业。这对伎艺的传授和提高都起了良好的作用。其中夫妻皆演员的有安太平与匾匾、帘前秀与任国恩、李定奴与帽儿王等。全家皆是演员的有蓝采和、喜千金、小采和、蓝山景等。两代皆是演员的有天锡秀与其女天生秀、赵真真与其女西夏秀,和当当与其女鸾童等。三代皆是演员的有小玉梅与其女匾匾、外孙女宝宝等。以上现象不能完全归之为生活所迫,而是和他们热爱这个职业有关系,如《蓝采和》杂剧中的演

员许坚(艺名蓝采和)对其演戏生涯就作了这样的描述:

> 试看我行针步线,俺在这梁园城一交却又早二十年,常则是与人方便。会客周全,做一段有憎爱、劝贤孝新院本,觅几文济饥寒、得温暖养家钱。俺这里不比别州县,学这几分薄艺,胜似千顷良田。

可见他对演戏生涯是满意的,甚至是充满了自豪感的。尤其是结尾两句,还在一定程度上摆脱了封建地主阶级剥削思想的束缚:"学这几分薄艺,胜似千顷良田",表达了这位在"梁园城"演戏20年的中年艺人对戏剧艺术的热爱,对那些追求良田、过不劳而获生活的剥削者的鄙视。

正是因为他们热爱杂剧艺术,并且在长期的舞台实践中不断提高表演水平,因而他们都有值得称赞的伎艺专长。有的演员不仅精于扮演某类角色,而且还是多面手。如珠帘秀"杂剧当今独步,驾头、花旦、软末泥等,悉造其妙";顺时秀"杂剧为闺怨最高,驾头诸旦本亦甚得体";天然秀"闺怨杂剧为当时第一手,花旦、驾头亦臻其妙";还有赵偏惜、朱锦绣、燕山秀等,皆是"旦末双全,杂剧无比"。有的演员专工某一类角色,由于伎艺超绝不凡,而赢得了"温柔旦"、"风流旦"之誉,如张奔儿和李娇儿皆长于"花旦杂剧",一个是"姿容丰格,妙于一时";一个是"姿容姝丽,意度闲雅",她们从不同方面获得了人们的好评。有的女演员还克服了生理上的弱点,长于扮演活动量较大的男角,如南春宴"长于驾头杂剧";国玉第"长于绿林杂剧";天然秀"善绿林杂剧,足甚小而步武甚壮";平阳奴"一目眇,四体文绣,精于绿林杂剧"等。还有一些演员博闻强记,聪慧绝伦,如李芝秀能"记杂剧三百馀段"。小春宴演出前将许多剧目贴出"任看官选拣需索"。关于这方面的实际情况,还可以从其他文字资料中得到印证,如《蓝采和》杂剧写钟离权要度脱许坚,故意向许寻衅,要许将其所记杂剧数出任他挑选,许就一连数了《金水题红怨》、《诗酒丽春园》等7

种杂剧名目。封建社会的杂剧演员，他们的文化水平都不甚高，学戏的主要途径或手段是眼观（表演）、耳听（曲文和说白）和心记，在这样条件下，能熟记那么多剧目，是要下很大功夫才能做到的。总之，这些演员具有多方面的伎艺专长，他们对表演艺术有发展和贡献，不应该长期被埋没。

四

元代杂剧演员对元剧的繁荣作出了自己的贡献，其主要表现有以下两个方面：

（一）登台演出，扩大杂剧影响

向广大人民群众宣传杂剧的思想和艺术，培养和提高他们对杂剧艺术的欣赏兴趣和审美能力，主要不是依靠阅读杂剧剧本，而是通过观看舞台演出。演出的任务当然首先落在演员身上。

元代杂剧演员的演出是十分辛勤的。他们或者冲州撞府，服侍普天下看官，如“东平散乐王金榜”剧团就从山西到了河南；或则比较长期地扎根在某地，当地群众欢迎他们的演出，如“梁园末泥蓝采和”剧团就在“梁园城”演戏达20年之久。从上列70馀人的演出活动看，他们经常演戏的地方就有河北、江苏、浙江、安徽、湖南、湖北、山西、河南等省，可见其演出地域之广。

他们的演出又是成功的，得到了观众的好评。如

> 顺时秀……杂剧为闺怨最高……刘时中待制尝以“金簧玉管，凤吟鸾鸣”拟其音韵。
>
> 赛帘秀……中年双目皆无所睹，然其出门入户，步线行针，不差毫发，有目莫之及焉。声遏行云，乃古今绝唱。
>
> 王玉梅……身材短小，而声韵清圆，故锺继先有“声似磬圆，身如磬槌”之诮云。
>
> 朱锦绣……杂剧旦末双全，而歌声坠梁尘。

赵真真……善杂剧，有绕梁之声。

以上对各种不同类型演员的唱腔和做工的赞美，说明他们的演出是成功的，影响是大的。元人杜善夫的散曲，写一个农民进城花"二百钱"买票看戏①，这说明喜欢看戏的不仅是城市居民，而且也有乡下农民。由此可见，杂剧演员们的辛勤演出，为扩大杂剧影响、促进元剧繁荣所起的重大作用。

（二）联系杂剧作家、帮助作家修改剧本或从事创作

杂剧作为一门综合性的舞台艺术，剧作家和演员很容易建立密切关系。演员需要根据剧本规定的情节进入角色，而剧作家也需要参考演员的意见去修改剧本，我们目前虽未发现这方面的直接材料，但是也可以从一些片片断断文字记载中推测出他们之间的关系。如元剧奠基者关汉卿和著名杂剧演员珠帘秀就有密切交往。贾仲名吊关氏《凌波仙》词中赞扬他"驱梨园领袖，总编修师首，捻杂剧班头"；臧晋叔在《元曲选序二》中也说他"躬践排场，面敷粉墨……偶倡优而不辞"。他既是杂剧作家，同时又是导演和演员。他和珠帘秀之间可能有过很好的合作关系②。田汉同志在占有大量史料基础上写的《关汉卿》话剧，就把他们的关系作了艺术的再现。优秀的元剧作家王实甫经常来往于"风月营"、"莺花寨"、"翠红乡"，表明他与歌儿舞女关系密切，其中一定会有杂剧演员。写过《酷寒亭》等 7 种杂剧的杨显之和关汉卿是至交朋友，他因参与讨论和修改关的剧作而得到了"杨补丁"的绰号，他大约是一位辈分很高的"书会才人"。杨和演员的关系也很值得重视，当时的著名演员顺时秀称他为"伯父"，而顺时秀的本名叫郭顺卿，人称"郭二姐"，可见她和杨并非一家，而是同道中一个晚辈对长辈的尊敬称呼，由此可以从另一个角度看到演员和作家关系的亲密。也许由于关、杨、珠、郭的关系，把更多的杂剧作

---

① 杨朝英《太平乐府·杜善夫·庄家不识勾阑》。

② 见关汉卿散曲《赠珠帘秀》套。

家和演员联系在一起了。此外,天然秀和白仁甫的关系①,郑光祖和“伶伦辈”的关系也都值得称述②。还有和书会有关系的剧作家如赵公辅、岳伯川、赵子祥、马致远、李时中、花李郎、红字李二(后二人很可能就是杂剧演员,他们参与杂剧创作,曾和马致远等人合作写戏)、顾仲卿、张国宾等,也多有可能和杂剧演员关系密切。这些演员对剧作家修改剧本肯定会有所帮助,也许是出于封建文人的偏见而不承认其功劳,也许是看不到他们的作用而忽略了。

还有一种值得注意的情况,某个杂剧演员对演某剧某角色十分出色,剧作家为了发挥其伎艺专长,可能为演员专门编写剧本。关于这方面有两条资料可供研究:其一是《录鬼簿》(天一阁本)孔文卿《东窗事犯》下注云“二本,杨驹儿按”;其二是《录鬼簿》(曹楝亭本)金仁杰《周公旦抱子设朝》下注云“喜春来按”。

杨驹儿和喜春来都是元代杂剧演员。喜的事迹不可考,杨大约是元初至元中叶人,和曲家张可久、贯云石、乔吉等有交往。其女杨买奴“美姿容,善讴唱”,事见《青楼集》。锺氏记载元剧作家 80 馀人,录剧目 400 馀种,为什么单单在这两位作家的两种作品下特别注明某某人演出?是演员以演此剧而闻名,还是剧作家专为某个演员而写这个剧本,并在创作过程中得到这个演员的很大帮助?

根据一般常识,某个演员以演某剧某种角色或某个人物而闻名者有之,如《青楼集》中的赐恩深,就被称之为“邦老赵家”,言其擅长扮演“邦老”一类恶人;张奔儿被誉为“温柔旦”,李娇儿被誉为“风流旦”,言其擅长演某一类型的旦角。但是,迄今为止,尚未发现元代有用剧名来称呼演员的实例,因此,第一种推想是可以排除的。

关于第二种推想,看来是比较合理的。某个演员擅长扮演某剧某种角色或某个人物,剧作家就可以为了发挥其表演特长而为之编

---

① 《青楼集·天然秀》条云:“高洁凝重,尤为白仁甫、李溉之所爱赏云。”

② 《录鬼簿·郑光祖》条云:“公之所作,不待备述。名香天下,声振闺阁,伶伦辈称‘郑老先生’,皆知其为德辉也。”

写适合其演出的剧本。《东窗事犯》和《抱子设朝》可能就是这样的实例。在写戏过程中,剧作家为了把戏写得更好,他和演员就必然要经常相互琢磨、研讨,其合作关系当然要比一般人密切得多,而其中的某些演员又具有相当的文化水平,对剧作家写戏也会有更大的帮助。就以杨驹儿为例,他能和曲家乔吉、张可久、贯云石等人交往,以致死后张可久还写曲以寄托怀念①,他的文化修养可能是不低的。正是在这种情况下,作家写出的剧本著作权也发生了问题,如杨驹儿演孔文卿写的《东窗事犯》杂剧,早已见于明人天一阁本《录鬼簿》,可是另一明钞本《录鬼簿》却在此剧下注云"二本杨驹儿接"②,杨似乎成了此剧的另一作者。到清代曹楝亭刊本《录鬼簿》更是以讹传讹,他竟在此剧下直注为"一云杨驹儿作"了。孔文卿对此剧的著作权在人们心目中越来越发生动摇,以上混乱现象,虽然主要是抄录和刊刻有误造成,但同时也可以看到杨对此剧的写成所起的作用。如果杨根本就未参与孔氏的创作活动,锺嗣成就不会有那样一条注文(即"杨驹儿按"),传闻中也不会把他当成作者。如果这个推测不是完全谬误,这里也可以看出元剧演员对元剧繁荣的贡献了。

1982 年

① 张可久散曲有〔南吕·骂玉郎过感皇恩采茶歌〕《杨驹儿墓园》有句云:"人去小红亭,题情犹是酸斋赠,……琴已亡伯牙,酒不到刘伶,……明年来此赏清明,窗掩梨花庭院静,小楼风雨共谁听。"可见杨与贯、张二人有交往,尤其是与张之情谊更深。

② 据上海古籍出版社 1978 年出版《录鬼簿》(外 4 种)第 22 页。

后　　记

1959 年秋至 1960 年秋，我在北京师范大学中文系进修时，有幸到北京大学聆听我国著名戏曲史家、戏曲评论家、中山大学教授王季思老师讲授“古典戏曲”课，从此增强了我对古代戏曲的兴趣。回来之后，结合教学读书，积累了一些资料，写过读曲杂记和评价作品的小文。由于种种原因，十多年过去了，学业上没有什么进展。近几年来，为了教学的需要，才又集中精力读了一些元曲方面的书籍，并先后为中文系高年级学生和元明清文学研究生开设了“元杂剧研究”和“元人杂剧史”课程。

几年来，在读书和教学过程中，碰到了一些逼人思考和需要作出解释的问题。诸如：谁最先写了我国第一部戏曲史？元杂剧繁荣的社会原因是什么？元杂剧分几期、各期的年代断限在什么时代？元杂剧是否只反映了元代民族矛盾、有没有反映元代民族融合，它们是如何反映的？怎样对元杂剧进行不同类型的综合性考察？还有一些其他值得研讨的问题。这些问题的困扰促使自己陆陆续续写了一组稿子，提出了一些很不成熟、可能还有错误的个人看法。这些稿子绝大部分已在刊物上公开发表，大致有以下三方面内容：一是对剧史的探索；二是从不同角度对作家作品的评价；三是对杂剧艺术形式、剧作家、剧目、演员等的杂记杂考，其中多有商榷、辨析文字。当然，这仅是就一篇稿子的主要内容而言，并不是说三者之间毫无关系。

《论稿》所收篇目，都是 1979 年以来写的文字。凡是已公开发表者，基本观点都不作任何改动，其他方面也只作文字上的修补与调整；有的稿子中的某些观点并不一致，甚至和自己以前发表的观点并不相同，这次也都一律不加修改，如发表在后的《两期说》就修正了先发表的《评锺嗣成〈录鬼簿〉》和《试论元剧的繁荣》的"三期说"、以及元成宗时代属于前期下限年代断限的看法。现仍保留原来文字，以便看出个人在学习道路上的探索轨迹。

《论稿》中的一些稿子，曾经得到王季思老师的批阅、指导；这次又蒙王老师为《论稿》赐写序言，教诲、关怀、鼓励之情，令人铭感难忘。

这些稿子能够裒集成一个小册子印出来，主要是得到了学校领导和出版社有关同志的支持和帮助，谨在此表示衷心的感谢。

对于元杂剧，个人只是在学习道路上作了些初步探索。由于水平所限，错误疏漏在所难免，敬请专家和读者批评指正。

作者

1987 年 12 月 15 日于河南大学

《元杂剧论稿》续编

李春祥教授曾以《元杂剧论稿》享誉学界,惜盛年早逝。现将先生相关遗作九篇收为《续编》,聊寄后学感怀。

《汉宫秋》评价中的几个问题

《汉宫秋》是一部在艺术上具有独特成就而同时在思想上存在着严重缺陷的剧作。历代以来，它一直受到戏剧研究者的重视和过高的评价，在许多评语中不乏言过其实的溢美之辞①，明代戏剧工作者臧晋叔还在《元曲选》中把它列为第一，由此可见这部作品在过去文学史上的地位。这样名实不相符的现象应该怎样解释呢？毛泽东说："文艺批评有两个标准，一个是政治标准，一个是艺术标准。……各个阶级社会中的各个阶级都有不同的政治标准和不同的艺术标准。"②那些封建阶级文人正是从他们所属阶级的政治、艺术标准出发来批评这一剧作，当然不可能得出名实相符的结论来，这是显而易见的。

解放以来，对《汉宫秋》的研究有了很大变化，不少同志用马列主义立场、观点、方法来研究这一剧作，而且取得了不少的成就。当然，这还不等于说研究中就没有一点问题，据笔者浅见，这些问题主要

---

① 过去对《汉宫秋》的评价有不少溢美之辞，焦循《剧说》云："马东篱《汉宫秋》一剧，可称绝调。"又梁廷枏《曲话》在引《汉宫秋》一折〔混江龙〕及〔赚煞〕曲文之后评道："写景写情，当行出色。"又王季烈《螾庐曲谈》在引《汉宫秋》一折〔混江龙〕等曲文后亦评道："皆词旨妍丽。"焦循评价，言过其实。梁廷枏与王季烈之评语，则是以曲代戏，专在文辞上着眼。

② 毛泽东：《在延安文艺座谈会上的讲话》。

是，对作品的成就评价过高，对其缺陷讳而不言；有的甚至把糟粕当成精华来宣扬，从而拔高古人。下面仅对这些问题谈谈个人的一些粗浅看法。

一

《汉宫秋》的主要成就在于作者把昭君和番故事作了创造性的处理，在一定程度上反映了元代人民反抗民族压迫的思想情感；对毛延寿的鞭笞，对五鹿充宗等人的谴责与讽刺，对元帝的某些暴露性描写，也在一定程度上反映了元代人民对汉奸的痛恨，对妥协投降者的愤慨和对腐朽昏庸的皇帝的批判，毫无疑义，这些都是值得肯定的。

还应该特别指出来的是：作者对历史上流传的昭君和番故事的创造性处理所取得的独特成就。历史上的昭君以一个宫女的身份被汉元帝赐给呼韩邪单于，昭君去到番邦后生子育女。而马致远却大胆地改变了这一基本情节，被番王以武力胁迫前去和亲的昭君不再是一个宫女，而是汉元帝最宠幸的妃子，她在国外敌人大兵压境、国内无力御侮的情势下被迫前去和亲，但她没有去到番邦，而是在“番汉交界去处”投江自杀了。这一情节的重大改变，反映了元代人民不甘忍受异族统治者凌辱的反抗精神。王昭君这个在历史上并不被人重视的弱女子却因为《汉宫秋》的出现而获得了新的生命。作者这一大胆的艺术独创基本上符合人民对昭君和亲的看法，如今尚流传在呼和浩特的"昭君坟"①故事就是最好的证明。

然而也必须指出,《汉宫秋》毕竟是古代的剧作,马致远又是一个在民族压迫十分严重的元代积极追求功名富贵和所求不遂而又消极逃避现实斗争的作家,他在其他作品中所表现出来的有害思想不可能在这部重要的作品中没有反映,《汉宫秋》中所存在的调和民族矛盾、宣扬不以暴力抗恶的奴性、封建忠君观念乃至名利思想等缺陷就充分说明了这一点。

二

揭示民族压迫问题、对民族压迫表现了反抗,而又同时存在着调和民族压迫的矛盾,宣扬勿以暴力抗恶的奴性,这是《汉宫秋》存在的严重缺陷之一。这一缺陷主要表现在对番王呼韩邪单于这一形象的处理上,其中又特别是集中在对他绑押毛延寿回汉朝这一情节的处理上。

本来,作者对番王形象的塑造是瑕瑜并存的:一方面,作者把他塑造成汉朝的敌人,昭君悲剧的决定者,与汉朝有不可调和的矛盾。这是主要的一面。可是另一方面,作者又主观地让他在昭君投江自杀后"恍悟"(借用一位研究者的评语)过来,依旧与汉朝和好,从而调和了这一不可调和的矛盾。对于这一复杂现象,我们本来应该进

---

① 1961 年 10 月 14 日《光明日报》,《昭君坟漫话》这样记述当地人民传述"昭君坟"故事:"为了免去刀兵答应嫁到北国的昭君娘娘,走到黑河又怎么思念家乡,怎么投河而死,人们打捞尸首怎么没打捞着,只把打捞来的鞋袜埋起来,就是现在的昭君坟。"……

昭君未去番邦而是"投河而死"的传说如果早于《汉宫秋》,那就说明马致远受了民间传说影响;如果晚于《汉宫秋》,则说明马致远的作品影响了人民。不管前者或后者,它都说明了作者的观点与人民的看法是基本一致的。《汉宫秋》以前流传的昭君故事,见于文字记载者还没有"投河而死"之说,看来可以说是作者的创见。

行全面而又具体的分析，可是有一位研究者却是这样来评价番王："作者在开首楔子中写单于上场，自称汉朝外甥……态度是和好的，由于卖国贼毛延寿的挑拨，才大动干戈，要以武力勒索美人。后来，昭君以死明志，大大感动了单于，于是将毛延寿押回治罪，依旧与汉朝结合，永为甥舅"。不仅如此，这位研究者对作者的如此处理还大加赞扬，说什么"作者在元代深受民族压迫之苦的时候，代表了汉族人民豁达风度，提倡民族大家庭和睦，实是具有真知灼见的伟大作家"。[1] 但实际情形却并不是这样的。

番王上场，自称"是汉朝外甥……称藩汉室"，也就是说，番汉之间是亲戚而又藩属的关系。接着又写他这次出来的目的是向汉朝"遣使进贡"与"请公主"为婚，这是把前一关系更加具体化，仅从这点看来，似乎也可以说他的"态度是和好的"，两国的关系似乎也是正常的。然而，我们只要把这一段人物关系的介绍与全剧的基本情节及其主要矛盾联系起来理解，其客观意义就不是如此了。称臣纳贡等介绍，主要作用是向观众交待番汉之间的关系，这个交待对以后的矛盾冲突预示了正义、邪恶及是非问题：为甥者强夺其舅母为妻固属不合，何况其舅还是与自己有君臣关系的汉朝皇帝！

随着剧情的发展，番王向汉朝"请嫁公主"，元帝"以公主尚幼为辞"，他就因此"心中好不自在"，而且打算"起兵南侵"。这一情节是发生在毛延寿献图之前，也就是说，即使没有毛延寿的叛国投敌，番汉关系已经开始恶化，番王已经产生以武力逼亲的邪念了。当然，这时他还不知道昭君生得美丽，逼亲对象还不一定就是昭君，但不管是谁，作为以武力逼亲的民族矛盾性质却是无法改变得了的。就在这个时候，毛延寿前来献图了，他就乘此机会，指名道姓要昭君和亲，这怎么能把昭君悲剧的主要责任推在毛延寿身上呢？又怎么能说是"由于卖国贼毛延寿的挑拨，才大动干戈，要以武力勒索美人"呢？作为一个卑鄙无耻的汉奸毛延寿，他的献图出卖对昭君悲剧的造成是

---

① 《戏剧报》1961 年第四期《〈汉宫秋〉杂剧的思想与艺术》。

有一定责任的,但是决定昭君悲剧却不是他而是外族敌人番王。因为番王的胁迫,才使昭君离开汉宫;因为番王的胁迫,才使昭君投江自杀。作者虽然揭露了汉奸毛延寿的罪恶行为,但也不能改变昭君悲剧的民族压迫性质。

昭君投江后,番王的确把毛延寿绑送回汉朝处治,对作者的这一处理,是否可以理解为番王受到了“感动”呢?或者是作者在“提倡民族大家庭和睦”呢?甚至是表现了“作者在元代深受民族压迫之苦的时候,代表了汉族人民豁达风度”呢?我们还是看看作品的具体描写罢:“昭君不肯入番,投江而死”,这个异族统治者就连连感叹“可惜、可惜!”表现出一种失望与懊恼之情。正如他自己所说:“人也死了,枉与汉朝结下这般仇隙”,真是有点划不来。于是就把责任推在毛延寿身上:“都是毛延寿那厮搬弄出来的”,并乘机把毛延寿绑送回汉朝处治,这完全是一种廉价的外交手段。表面的和好并不能阻碍他今后找种种借口再以武力威胁汉朝,作者把这一场严肃的民族压迫事件,就以一个死有馀辜的汉奸之被处治作为了矛盾的最好调解人!很显然,作者如此处理番汉关系是没有根据的,是不符合作品本身发展的必然规律的。

不难想象,一个生活在民族压迫十分深重时代的作家,面对民族压迫的主题,竟然采取了调和矛盾的作法,要受压迫者去与压迫者讲“和睦”,去表现“豁达风度”,而不是揭露矛盾、动员人民以反抗手段解除其压迫,这哪里是作者的什么“真知灼见!”而只能是在宣扬勿以暴力抗恶的奴性,那些对此大加赞赏的研究者,实际上是把糟粕当成精华来宣扬了。这种观点在理论上是错误的,在实践中也是有害的。

如何对待历史上的民族压迫问题,毛泽东在《中国革命与中国共产党》一文中指出:“中华民族的各族人民都反对外来民族的压迫,都要用反抗的手段解除这种压迫。”我国过去的历史证明了这一论断的完全正确。不须去找过多的证据,仅以元代的汉族人民为例,从宋末到元亡,他们就从来没有停止过以武装起义去反抗蒙古统治者的民族压迫与阶级压迫,这就是最好的证明。如果按照作者那种调和矛盾的办法和某些研究者所宣扬的“豁达风度”之类去对待民族压迫的现实，那就无疑是要受压迫者忍受压迫，而不是“用反抗的手段解除这种压迫”了。

按照这位研究者的看法，一个生活在十三、四世纪的封建阶级作家，似乎具备了我们今天对待民族关系的观点，这是把我们今天才可能具有的先进思想强加在古人头上了，正如黑格尔所说：“人们总是很容易把我们所熟悉的东西加到古人身上去，改变了古人。”①这恐怕不能说是一种历史主义态度。

三

在民族压迫的现实面前采取了消极逃避态度，在汉元帝身上的反映也是较为突出的。作品对元帝所作的暴露性描写无可非议，对他的同情也不是全无道理。人们批判他的腐朽昏庸而又同情他遭受外敌的欺辱；作品还借他的口骂了汉奸，谴责了不抵抗主义的妥协者，毫无疑问，这些描写都有一定进步意义。

然而也必须指出，在这个人物身上表现出来的逃避矛盾斗争的消极思想又是相当浓厚的。外敌番王以武力胁迫强夺了他的妃子，他没有办法使群臣出力御侮，一则大骂汉奸毛延寿“忘恩咬主”；再则责备不抵抗主义的群臣“甘请了皇家俸”而不能“分破帝王忧”。对于敌人呢？则“似箭穿着雁口”，全无只言片语表示反抗。当然，汉奸可恨，不抵抗主义者可恼，然而这些也不能为敌人的恃强欺人开脱罪责，有些研究者对此讳而不言，这是不够全面的。

还要指出，作者在这个人物身上所表现的相当浓厚的封建忠君思想，不但对元帝的同情包含有这个成分，就是在一些具体描写中也常常是毫不掩盖地流露出来。作者在暴露元帝腐朽昏庸的同时又千方百计为之开脱：本来是元帝感到“后宫寂寞”，已有选妃之念，作者

---

① 黑格尔：《哲学史演讲录》第一卷第 112 页。

却让近臣毛延寿逢君之恶,促使其大选天下美女;本来是元帝荒淫无度弄坏了身子,作者却偏说是"一半儿为国忧民,一半儿愁花病酒";本来是元帝荒淫怠政,以致造成文治不修、武功不备,可是在大敌当前,国家无力御侮的时候,作者却把责任全推在文武群臣身上:"我养军千日,用军一时;空有满朝文武,那一个与我退的番兵!""你们甘请了皇家俸,着甚的分破帝王忧?"对群臣责备尽至;本来是元帝昏庸无能,作者却把他写得近似善良:"俺又不曾彻青霄高盖起摘星楼"、"俺无那鼎镬边滚热油"……这一切都是在承认和肯定封建宫廷生活的合理性、君臣关系的合理性的前提下来描写元帝的,这些描写是很明显的封建性糟粕(谴责群臣不抵抗主义还有进步的一面),一些研究者对此不加批判,恐怕也很难说是全面的观点。

四

作为一个不甘受敌人番王凌辱压迫和具有民族气节的爱国妇女,昭君形象还是塑造得比较成功的,绝大多数研究者都肯定了这一点。然而有些肯定也还存在一些问题,笼统的歌颂,不符合作品实际的赞美,因而抽掉了这个人物身上所具有的复杂的社会内容。有位研究者在评价昭君形象时这样地说:"王昭君,这是一朵香气袭人的鲜葩","为了拯救祖国人民的灾难,她'情愿和番,以息刀兵',最后以身殉国。……这个悲剧人物的社会意义就在于,她用她的死来否定摧残她的幸福的一切暴力,以获得自身的解放。……表现了中国人民热爱祖国、追求自由幸福而敢于赴汤蹈火的高贵品质。"①够了,差不多能够美化昭君的词句都使用上了,然而,这些美化是否符合作品中的昭君形象所具有的社会意义呢?我们还是让作品来回答这个问题。

不管出自什么动机,马致远把原来一个非劳动人民家庭出身的

① 《中山大学学报》1961年第1期《马致远杂剧试论》。

昭君改为出身在"庄农人家"的姑娘①，并让她作为正面人物走上政治舞台。应该承认，这个改动是有进步意义的。然而也必须指出，作者在塑造这个人物的时候，却没有能够把握住人物的阶级实质，相反的，却是把自己主观世界中的庸俗势利观念渗透到人物形象中去了，因而也就大大地损害了人物形象的思想光辉。

昭君未入宫之前，还是一个具有庄农人家的淳朴正直品质的农村少女，她拒绝了以百两黄金换取"选为第一"的交易就是很好的证明。可是，当她在冷宫中过了十年非人生活之后竟然大变了。初见元帝就是"迎头儿称妾身，满口儿呼陛下"；接着又是诉说委屈，又是那样迫不及待地要求元帝"恩典"父母。我们不禁要提出这样的问题：一个庄农人家出身的姑娘，在宫廷中受尽了长期的折磨之后，怎么一下子就变得如此势利起来？须知道这时候她还没有被册封为明妃呀！

册封明妃之后，她就成了元帝最宠宰的妃子，你看她勤梳妆、巧打扮，殷勤地侍候元帝；元帝也"如醉如痴，久不临朝"。与冷宫生活相比较来说，这就是那位研究者所说的昭君的"自由幸福"——一个甘愿作宫廷妃子的自由幸福！追求这种自由幸福恐怕很难说是具有多么"高贵品质"，也恐怕很难说是"中国人民"的"高贵品质"。昭君只懂得入冷宫是灾难，被迫和亲是更大的灾难，而不懂得作妃子也没有幸福，那是很自然之事；我们对历史人物不能随意苛求，问题是我们今天的评论者去把那没有幸福可言的妃子生活加以美化，而且还硬加在"中国人民"头上，这就是问题的症结所在。

在番王大兵压境，以武力强迫昭君和亲，汉朝文武群臣采取不抵抗主义态度，元帝又无力指挥群臣，眼看关系到"一国生灵之命"的时候，昭君自愿请求和番是无可非议的，她与那些贪生怕死的文臣武将和怯懦无能的皇帝比较起来也是一种识大体的行为。现在的问题是

---

① 从《汉书》、《元帝纪》、《匈奴传》、《后汉书》、《南匈奴传》乃至《琴操》、《西京杂记》所记，皆无昭君出身农家姑娘之说，作者这个改动是有进步意义的。

要进一步探索昭君这时的精神状态。她是“为了拯救祖国人民的灾难”呢？或者是有其他重要原因。作品第二折对此作了这样的描写：

(旦云:)妾既蒙陛下厚恩,当效一死,以报陛下。妾情愿和番,得息刀兵,亦可名留青史。

很显然,从她的主观动机来说,“情愿和番”的主要目的是为了报元帝的“厚恩”,虽然,这在客观上也收到了“得息刀兵”的效果,但这与“为了拯救祖国人民的灾难”却有很大的区别则是肯定的。

昭君不去番邦而在路上投江自杀了,就昭君故事来说,作者比“前辈提供了新的东西”①,这样处理昭君的悲剧结局是有创见的,它反映了元代人民不甘受民族压迫的爱国思想与反抗精神,这是值得充分肯定的一点。然而,我们如果由此得出结论,说昭君是“用她的死来否定摧残她的幸福的一切暴力,以获得自身的解放”那就成为抽象的歌颂与不合实际的赞美了。

综观以上可以看出,《汉宫秋》就是这样一部充满了复杂矛盾的作品:揭露民族矛盾而又调和民族矛盾;反抗民族压迫而又宣扬勿以暴力抗恶;谴责屈辱求和、妥协投降的文武大臣而又同情更甚于大臣的皇帝;同情昭君悲剧遭遇而又为造成悲剧的敌人开脱罪责,如此等等。

我们对这样矛盾复杂的现象应该如何理解呢？毛泽东说:“作为观念形态的文艺作品,都是一定的社会生活在人类头脑中的反映的产物。”②《汉宫秋》也丝毫没有例外,它只能是元代社会生活在马致远头脑中反映的产物。要理解上述种种矛盾,只有从元代社会生活及作者对它所持态度中去找根据。

---

① 列宁:《评经济浪漫主义》。

② 毛泽东:《在延安文艺座谈会上的讲话》。

元代的民族压迫十分严重，反抗这种压迫的斗争也十分尖锐激烈，这已经是众所周知的事，而无须繁文赘述了。重要的是，马致远生活在民族矛盾如此尖锐的社会的具体表现，我们所掌握的资料实在太少，尤其是直接记载其生活的资料几乎是空白点，只有锺嗣成《录鬼簿》记载他是“大都人、号东篱，任江浙行省务官”。其馀则一无所知。

目前我们仅能根据他的作品（特别是散曲）对其生平作一“大致如此”的初步探索。

马致远出身在一个封建地主阶级的家庭，从他的一些《恬退》、《叹世》之类的散曲看来，家中还可能比较富有，正是这个阶级的基本利益所决定，他对现存的、虽然不是汉族统治的封建社会还是积极拥护的（许多史料表明，这个社会没有触犯汉族地主阶级的根本利益），这是他世界观中起决定作用的一面。另一方面，由于封建儒家思想的熏陶以及蒙古统治者施行了民族压迫政策，又使得他对异族入侵中国有所不满，因而在他身上也多多少少地有些民族感情。然而也必须说明，这在他身上是并不浓厚的，当然更谈不上是主要方面。

根据现有资料看出，他所走的生活道路也是一般封建知识分子所常走的读书应考与做官显亲的道路。远在青少年时代，他就十分热衷富贵功名，曾向统治者献诗（《黄锺尾》），希望能找到“上天”之路（《金字经》），由于种种原因，他所追求的功名富贵又不能如愿以偿，因而牢骚满腹，向那个社会倾吐了不值得同情的不平：“这壁拦住贤路，那壁又挡住仕途”（《荐福碑》一折）；“宣岩外，老了栋梁材”；“困煞中原一布衣。……登楼意，恨无上天梯”（《金字经》）。由于他的积极追逐，不知何时终于登上仕途而作了“江浙行省务官”，但他并不感到满足，要爬又爬不上去，最后终于弃官归隐了。

在元成宗初年，他和李时中等人参加了“书会”活动，并与民间艺人花李郎、红字李二等合作编剧，不过，就其所编杂剧《黄粱梦》看来，作者的消极避世思想还是很严重的，有人把《汉宫秋》归入这个时期的创作，即使如此，也无法隐讳其消极思想对作品的严重影响。

到了晚年，一方面发泄了许多苦闷与不平，同时他也并没有停止对功名富贵的追求，还在歌颂“大元洪福与天齐”（〔中吕〕《粉蝶儿》“至治华夷”首），对统治者还有较多的幻想。

从以上介绍可以看出，在民族矛盾异常尖锐的元代，马致远并不是一个具有强烈民族意识和爱国思想的作家，而是一个企图爬上统治阶级高位的封建知识分子，一个未爬上去，因而对现实又充满了牢骚苦闷的失意文人。就其所走的道路可以看出，他始终没有离开过追求功名富贵的根本目的，这样就决定了他对现存统治者不可能有彻底反抗的态度；即使有些不满也更多是从个人得失出发，这也就决定了他对统治者的反抗不可能是针锋相对，《汉宫秋》中所表现出来那些复杂矛盾思想可以从中找到曲曲折折的依据。总之，就是在元代，马致远也说不上是一个具有民族气节和恶势力坚决斗争的文人，过去不少戏曲研究者将他列入元曲大家，看来是有意无意地忽略了这条政治标准。

（说明：本文旨在探讨作为反映元代社会现实的《汉宫秋》的评价问题，有关《汉宫秋》是否应该反映汉代昭君和亲的历史真实问题，不在本文探讨范围。）

原载《开封师院学报》1965 年第 1 期

一首“新奇”的政治讽刺诗

——对散曲《高祖还乡》套的一点看法

在我国古代诗歌史上，曾经产生过一些把矛头指向时政的讽刺诗，这些作品在不同程度上都具有一定的历史进步意义；然而，在讽刺诗中，把矛头直接指向封建地主阶级总代表皇帝的诗则不多见。一方面，封建统治者决不容许侵犯君权、动摇君权，如有违犯，则格杀勿论；另一方面，他们还极力提倡、宣扬“君为臣纲”的反动思想来束缚人们的言行，从董仲舒到二程和朱熹，又把“忠君”思想神化，将它吹捧到了吓人的高度，什么“受命之君，天意之所予也”①，什么“君德即天德”、“父子君世，天下之定理，无所逃于天地之间”②……这些反动说教，简直成了钳制人们思想的无形宪法。皇帝不能反，谁反皇帝，就是罪该万死。因此，一些比较进步的地主阶级文人，他们即使对皇帝有所不满，也多是在自己的诗作中，采取比较隐晦曲折的方式表现出来：或以美人香草隐喻对人君的寄托；或以自责的口吻流露出对人君的微讽。③ 这些作品，都在一定程度上曲曲折折地表现了对封建皇帝的批判。然而，像睢景臣在《高祖还乡》套中那样指名道姓

① 董仲舒：《深察名号》（转引自中华书局《中国哲学史教学资料汇编》）。

② 程颢：《遗书·语录》。

③ 辛文房：《唐才子传》记孟浩然在王维家拜见唐玄宗，玄宗“命吟近作”，孟诵诗有云：“不才明主弃，多病故人疏”，玄宗“慨然曰：‘卿不求仕，朕何尝弃卿，奈何诬我？’因命放还南山”。可见对皇帝略露微词也是不行的。

地嘲弄皇帝却是罕见的，当时的戏剧家和评论家锺嗣成就誉之为“新奇”之作①。我们可以毫不夸大地说，在我国诗歌史上，具有深刻思想性和生动艺术性的《高祖还乡》套，它完全称得上是一首“新奇”的政治讽刺诗。

然而，这样一篇脍炙人口的作品，在“四人帮”宣布“儒法斗争决定一切的”的喧嚣声中却被加以讽刺法家皇帝的罪名而粗暴地否定了。他们说什么《高祖还乡》的“故事情节是完全虚构”，“大骂刘邦”宣扬了“反动思想”，是“尊儒反法的坏作品”，是“反面教材”。

事实果真是这样吗？《还乡》套是否是“完全虚构”情节？可不可以虚构情节？刘邦能不能骂？骂了刘邦是否就是宣扬“反动思想”？一句话，作品是“新奇”的政治讽刺诗，还是“反面教材”？这些问题都需要弄清楚以还作品的本来面目。

关于高祖还乡的故事，《史记·高祖本纪》中有比较具体的记载。这是高祖十二年十月，刘邦打垮黥布叛乱之后：高祖还归，过沛，留。置酒沛宫，悉召故人父老子弟纵酒，发沛中儿得百二十人，教之歌。酒酣，高祖击筑，自为歌诗曰：“大风起兮云飞扬，威加海内兮归故乡，安得猛士兮守四方！”令儿皆和习之。高祖乃起舞，慷慨伤怀，泣数行下。谓沛父兄曰：“游子悲故乡。吾虽都关中，万岁后吾魂魄犹乐思沛。……其以沛为朕汤沐邑，复其民，世世无有所与。”沛父兄诸母故人日乐饮极欢，道旧故为笑乐。……

这完全是一幅君民同乐的画图，是稀世难逢的盛典！比睢景臣早一些的张国宾曾经采用这个故事写了《大风歌高祖还乡》杂剧，我们虽然无法窥见作品的思想倾向，不能对它妄加评论，但它也像“维扬诸公”所作的《高祖还乡》套曲一样没有流传下来。

睢景臣比他的前辈和同辈作家都要高明，他既没有去描绘史书上对刘邦“还乡”时表现的那种“威加海内”的天子气派，也没有去渲

① 锺嗣成《录鬼簿》《睢景臣》条下云：“维扬诸公，俱作《高祖还乡》套数，唯公《哨遍》制作新奇，皆出其下。”

染刘邦和“故人父老子弟纵酒”、“笑乐”的热闹融洽场面，而是只凭借“还乡”故事的一点“缘由”，深刻地分析其“还乡”的背景和人物内心深处的矛盾，全面地把握刘邦之为人，从现实生活中吸取批判力量，创造性地进行艺术构思和题材处理，突出了刘邦还乡时大抖帝王威风和青年时代的无赖行为，揭示了封建皇帝和广大人民的矛盾对立，表现了对皇帝的批判精神。

高祖十二年十月，在经过了一年多的时间之后，刘邦虽然平定了黥布的叛乱，总算解决了内政中的一个大问题；但是还要看到，从他即位以来的七八年中，刘家天下就一直是很不太平的。且不说这个地主阶级政权和广大农民的对立，只要看看那些在帮助他打天下过程中立下不同汗马功劳的实力派臣子的表现就能说明问题了。这些臣子们并不安于自己的地位，他们接二连三、一再生事，先后举行叛乱。从高祖五年十月，到高祖十二年十月，内乱内战就从来没有停止，仅据《史记·高祖本纪》记载：

> 五年，十月，燕王臧荼反，攻下代地，高祖自将击之。
>
> 其秋，利几反，高祖自将兵击之。
>
> 六年，十二月，人有上变事，告楚王信谋反……
>
> 七年，匈奴攻韩王信马邑，信因与谋反太原……高祖自往击之。
>
> 八年，高祖东击韩王信馀反寇于东垣。
>
> 九年，赵相贯高等事发觉，夷三族。
>
> 十年……八月，赵相国陈豨反代地……九月，上自东往击之。
>
> 十一年……春，淮阴侯韩信谋反关中，夷三族。
>
> 夏，梁王彭越谋反。
>
> 秋七月，淮南王黥布反……高祖自往击之。
>
> 十二年，十月，高祖已击布军会甄（音坠，地名，安徽省宿县东南）

从以上记载可以看出，刘邦是在内部叛乱不止、兵戈不息的背景下还乡的。许多叛乱，一般军事将领还镇压不了，还得这位皇帝陛下御驾亲征。在最后一次平叛中，刘邦本人也为“流矢所中”，可见战斗十分艰苦而又激烈。平定了叛乱，得胜还朝，应该是高兴了吧？其实不然。我们再看刘邦还乡的具体表现：他在家乡“召集故人父老子弟纵酒”的时候，虽然也曾手舞足蹈，“自为歌诗”，唱了他所作的《大风歌》，为自己统一天下“威加海内”而踌躇满志；但同时又“慷慨伤怀”、感到无人保卫天下而忧愁，发出了“安得猛士兮守四方”的感叹。这时候的刘邦，不仅不是当年向沛县父老宣布“天下苦秦久矣”那样生气勃勃的农民革命领袖，而且也不是自诩“能用”“人杰”、与项羽角鹿中原的创业英雄了。[①] 他回京不久，就因伤病齐发而困蹶不振，发出了绝望的哀鸣。据《本纪》记载：“（高祖）病甚……医入见，高祖问医，医曰‘可治’。”而他却像发疯似的“谩骂”，把受伤得病统统归之于“天命”，拒绝服药治疗。看来，他已有日暮途穷、心劳神瘁之感。就刘邦个人的政治生涯来说，他已开始走下坡路了。

当然，刘邦曾经是一个农民革命的领袖，是起过历史进步作用的地主阶级政治家；但是，作为地主阶级总代表的封建皇帝，他与广大农民的矛盾对立，在晚年地位的变化，是谁也无法掩盖得了的客观事实，对这样的皇帝骂一下也没有什么了不起。散曲的作者正是全面地掌握了刘邦还乡的历史特点和他地位的变化，从作品主题的需要出发，摒弃了与表现主题无关的材料，而只是选取了“还乡”之事，没有拘泥于“还乡”之实，凭借这“一点见过或听到过的缘由，但决不全用这事实，只是采取一端，加以改造”[②]，创造性地安排了“乡民迎驾”的场面，对这位皇帝冷嘲热讽。又正是根据主题需要出发，作者只选取了刘邦青年时代之为人，突出了他“好酒”赖债，与吏役“狎侮”，“多大言”、说假话等特点；而清除了有关刘邦出身、居处等方面的迷

---

① 《史记·高祖本纪》：“刘季乃书帛射城上，谓沛父老曰：‘天下苦秦久矣’。”……刘邦起义时也用陈涉提出的口号。

② 鲁迅：《南腔北调集·我怎么做起小说来》。

信色彩。什么刘邦的母亲"梦与神遇……已而有身,遂产高祖"、刘邦"醉卧……其上常有龙"、"所居上常有云气"……这些宣扬"君权神授"、"天人感应"的荒诞不经的传闻,作者皆舍而不取,而是紧紧抓住刘邦的无赖行径予以无情的揭发,写成了这篇"新奇"的政治讽刺诗。因此,怎么也不能说《还乡》的情节是"完全虚构"。在文艺创作中,为了表现主题的需要,作家对历史题材进行必要的选择和艺术加工,也是完全合理的。刘邦不仅是历史人物,而且也是散曲中的艺术典型,且看作品对刘邦的描写:

皇帝要回乡了,"社长排门告示",叫群众准备迎接皇帝。"乡民"听说皇帝要来,他并不想借此机会去"沐皇恩"、拜见天子;而是对皇帝来到给人民带来骚扰表示不满。这种不满不仅表现为对纳粮、交草、当差之事的厌恶,而且也表现为对趋炎附势、装腔作势的王乡老、赵忙郎之流的嘲讽,嘲讽他们又是挑"头巾"、又是换衣服,手忙脚乱,"妆幺大户"。

皇帝的先头队伍到来,"乡民"看见显示皇帝"天威天德"的仪仗侍从,他并不感到"诚惶诚恐、死罪死罪",而是讥讽为皇帝制造肃穆、神圣气氛,表现皇帝尊严的什么日月旗、凤凰旗和龙虎旗,不过是农村日常生活中见到的鸡、兔、蛇、狗;而跟随皇帝耀武扬威、乔妆打扮的警卫侍从和宫妃使女,也不过是"大作怪"的"天曹判"、"乔人物"。他完全不把皇帝放在眼里。

皇帝与众人见面了,"众乡老"毕恭毕敬地"屈脚舒腰拜",而皇帝却"觑得人如无物"。正在这个时候,"乡民"认出了在"众人"面前抖威风、摆架子的皇帝却是自己认识的刘三。他竟然不管什么"天威咫尺",不得冒犯,而是毫不留情地揭发皇帝的无赖历史:这位皇帝在青年时代不仅好酒贪杯、欠债不还,明借暗偷、强拿强要;而且还为他家做过雇工,出身"低微"。他完全了解皇帝的老底。

"杀人偿命,欠债还钱","乡民"完全懂得这个道理。他大胆地颠倒乾坤、破天荒地向皇帝提出要账的要求:"少我的钱,差发内旋拨还;欠我的粟,税粮中私准除。"自古以来,只有皇帝敲骨吸髓地压榨百姓，哪有百姓向皇帝讨账的道理！所谓“溥天之下，莫非王土；率土之滨，莫非王臣”①，天下土地财物，甚至连老百姓的人身都是属于皇帝的，今天真是反了，真是“新奇”得很！一个普通的“乡民”，竟然敢于当着皇帝的面向皇帝讨账，这难道能说不是与元代广大劳动人民反抗残酷剥削的斗争息息相通吗？由此可见，《还乡》“大骂刘邦”决不是宣扬了什么“反动思想”，而是表现了可贵的革命精神；它决不是什么“反面教材”，而是一首“新奇”的政治讽刺诗。

《还乡》就是以如此完整的情节、鲜明的人物形象、生动的语言，借古喻今地表达了对封建皇帝的轻蔑与讽刺，在元代，这是很需要一点胆量的。法律上明文规定：“诸妄撰词曲，诬人以犯上恶言者，处死”②，用这一条来衡量这篇套曲，作者就真是冒了很大风险。目前，我们还不了解作者睢景臣的生平事迹，无法探索他为什么要写这个套曲；但是，从一些零星材料中，我们还是可以看到作品渗透的时代精神。据《录鬼簿》记载，他在元成宗大德七年和锺嗣成相识，写过《千里投人》、《莺莺牡丹记》和《楚大夫屈原投江》等杂剧。到元文宗至顺元年锺嗣成为《录鬼簿》写《序》的时候已经去世。他的创作活动，大约在元成宗时代，而这个时期的政治黑暗腐败是十分突出的。仅据元成宗大德七年记载：七道奉使宣抚所罢赃污官吏凡一万八千四百七十三人，赃四万五千八百六十五锭，审冤狱五千一百七十六事③。

贪官污吏如此之多，冤狱如此之多，真有点骇人听闻。毛泽东指出：“地主阶级对于农民的残酷的经济剥削和政治压迫，迫使农民多次地举行起义，以反抗地主阶级的统治。”④广大人民正是在这样水深火热之中，被迫走上了武装反抗的道路。在作者生活的元成宗前

① 《诗经·小雅·北山》。

② 《元史》卷一百四《刑法三》《大恶》条。

③ 《元史》卷二十一《成宗四》。

④ 毛泽东：《中国革命和中国共产党》。

期，人民起义此伏彼起。陈飞、雷通、兰青、谢发、刘六十、八百媳妇等都先后举行起义，①其中特别是八百媳妇的起义，使得封建皇帝严惩了打败仗的将领，中书右丞刘深、合刺带和参知政事郑祐等人或被诛杀、或受笞责，②可见斗争的尖锐激烈。

虽然，我们目前还没有材料说明作者直接参加了现实的激烈的阶级斗争；但是，从他的残曲《寓僧舍》套的“更触目凄凉”、“旧恨新愁深似海”等词句里，还是可以看出作者并没有忘怀现实。他生活在阶级斗争如此尖锐激烈的时代，就可能从人民的斗争中吸取批判封建地主阶级的力量，而皇帝正是封建地主阶级的总代表，批判皇帝也就浸透着农民反抗地主阶级斗争的时代精神。正是这样，作者才有可能对刘邦还乡故事采取了“新奇”的艺术构思，并根据它来处理题材、表现主题，成功地写出了这首“新奇”的政治讽刺诗。

当然，由于时代和阶级的局限，对作品中表现出来的轻视劳动、轻视劳动人民的剥削阶级等级观念应该进行批判；但是也不能不同时注意到，泼污水不能扔掉了孩子，作为揭露刘邦无赖行径的某些生活片断，它又是与表现作品主题相一致，因而又是不能简单地予以否定的。

原载《开封师院学报》1978年第2期

① 《元史·本纪》:《成宗二》、《成宗三》。

② 《元史·本纪》:《成宗四》。

简谈白朴《墙头马上》对流传故事的发展

白朴的《墙头马上》是元人杂剧中以爱情故事为题材的名作之一，所写裴、李爱情故事早在唐代就已流传了。杂剧是在继承流传故事基础上的再创作，与流传故事相比较，杂剧在编辑故事、安排矛盾冲突、撰写人物和开拓主题等方面都有重要发展。

最早描写这个爱情故事的，是唐代诗人白居易的《井底引银瓶》诗。从诗前小引所标“止淫奔”和诗歌正文结束后的“寄言”可以看出，作者主观上是要总结青年男女爱情中的沉痛教训和维护封建礼教道德。然而，由于封建礼教道德本身的不合理，所以诗人在吟咏过程中，却又充满了对女主人公叛逆行为的肯定和悲剧命运的同情。作者肯定了二人的自由相爱与自主结合，表现了女主人公被逐离和有家难归的痛苦。作者最后又通过女主人公之口，对无知的天真少女提出了劝诫：“寄言痴小人家女，慎勿将身轻许人。”这首乐府诗情态逼真，凄楚动人，人们将为这个没有留下名字的女主人公洒下同情之泪。宋金以来，这个动人的故事被搬上舞台，一直演唱不衰。宋官本杂剧有《裴少俊伊州》，作品虽未流传下来，却第一次有了男主人公的名字。金院本则有《鸳鸯简》和《墙头马（上）》，作品亦未传世，它表明这个故事仍在舞台上演出。宋元戏文则有《裴少俊墙头马上》，部分残曲不仅保留了男主人公洛阳游宴、女主人公花园伤春，以及结合、私奔等情节，而且透露了与《井底引银瓶》诗和白朴杂剧的不同内容。据钱南扬《宋元戏文辑佚》中所辑残曲，二人分离似因男主人公奉父母之命去祭祀祖墓,时间是九月九日重阳节,地点不会太远,“拚三朝便回归”。据《东京梦华录·重阳》所记,略可推断,宋代中原地带似有九月重阳至十月初一祭祀祖墓的习俗。《九宫正始》谓这些佚曲多出自“元传奇”,可能是晚于白朴之作。从内容上看,它和《井底引银瓶》诗、白朴杂剧是不尽相同的。佚名《曲海总目提要》提及白氏《墙头马上》时曾说:“明时有人改作南曲,增饰成剧,情节亦稍添,而名不改。”不知是否与钱辑戏文残曲有关。因此,白朴之前现存的完整流传故事,可能只有《井底引银瓶》诗。这个故事把矛头指向了封建家长,暴露了封建礼教的罪恶。

流传故事尽管写了这一对男女青年的自由相爱与自主结合,他们在一起共同生活了“五六年”,但是到底被封建家长拆散了。而封建家长姓甚名谁、社会职业和地位等却只字未提,整个事件的背景也很不清楚。杂剧不仅明确地交代了双方家长名姓、社会政治地位及其在子女婚姻事件中的纠葛;而且又或明或暗、但又是有迹可寻的,把男女主人公都不知晓的一场家长议婚,有意地和他们生活的时代政治联系在一起。写出了统治阶级成员的婚姻,如果不是在当事人自由相爱、自己做主的情况下缔结,那就总是一种“政治行为”(恩格斯语),婚姻也总是带有政治性质。决定婚姻进程的家长和当事人,都将受到政治因素的影响或制约。

杂剧中的李千金与裴少俊的婚姻,是从一场双方家长议而未成、当事人并不知晓的政治联姻拉开序幕的。裴父行俭是历史人物。杂剧写他于高宗仪凤三年(公元 678 年)任工部尚书。子少俊“十岁吟诗应口,才貌两全”。行俭官职虽与史书记载略有不同,但基本情况还不失其真实。李父世杰自称“乃李广之后,当今皇上之族”,官任“京兆留守”。经查证,这位掌握很大权力的皇室子孙却史无可考,他大约是作者虚构的人物。高宗时代,朝野人士对武则天干预朝政是否合法展开了激烈的争论,在政治上形成了一场尖锐的矛盾斗争。剧本中的李世杰也被卷入其中,受到当权者的排挤和打击。他“讽谏则天”被“谪降洛阳总管”,旋又被“左司家勾唤”,还在继续吃官司,政治上很倒霉。其女千金深通文墨,精于女工,容貌出众,志量过人,是一个才貌双全而又有胆识的姑娘。李家显赫之时,在双方子女都不知晓的情况下,家长之间曾经“议结婚姻”。一家是工部尚书,一家是京兆留守,倒也门当户对。尤其是对裴尚书来说,能和一个“皇上之族”而又官居要位的家庭联姻,其家世利益、个人前途也就有了可靠后台,他当然希望联姻成功。然而,这场婚事并未议成。“讽谏”遭贬、“宦路相左”透露了此中消息。是两家政见不合,还是裴家怕受连累?不管是前者或后者,或者兼而有之,这场议而未成的婚姻,从议婚到“都不提起”,政治因素都起了重要作用。裴尚书在与李家联姻事件中有明显的政治追求。他后来逼离李千金,辱骂李是“娼优酒肆之家”、是“淫妇”,并要将其“送到官司,依律施行”;又威逼其子写休书,使李夫妻分离,母子分离。这一切,除了有维护封建礼教原因之外,尚书门第、儿子“前程”等政治因素仍然起了重要作用,他时刻也没有忘记自己“家世的利益”(恩格斯语)。

随着李世杰的病逝,李家倒霉的政治色彩也逐渐被人们遗忘,裴、李和好已具备了客观条件。于是,裴尚书带着全家人“牵羊担酒”前往李家“陪话”,承认了自己过去的“不是”。这一行为也仍然蕴藏着政治目的。在“陪话”中,他说李与其子的结合是“暗合姻缘”,大概是对李的廉价安抚和自我解嘲,掩盖不了这场婚姻矛盾的政治实质。裴尚书在处理儿子婚姻事件上,自始至终、或明或暗地表现了一个封建官僚的政治追求。

和流传故事中的女主人公是一个悲剧人物相比较,杂剧中的女主人公李千金则是一个争取自由爱情的胜利者,一个对自己言行充满自信感的叛逆人物。和许多进步爱情作品中的主人公一样,她和裴生开始相爱是自由自主和一见倾心的。这就和父母命、媒妁言的封建包办婚姻制度相对立。这些看似轻率的相爱却包含了对封建礼教的叛逆和亵渎。当他们的好事被老嬷嬷无意撞破,李千金主动地提出私奔,以维护刚刚获得的爱情幸福。“聘曰妻,奔是妾”(《礼记·内则》)的封建教条,对她完全失去了约束力。

在裴家后花园生活的七年，她既有获得爱情幸福的欢乐，又有爱情得不到公开的痛苦。她只好“感叹咨嗟”，盼望早日“得离书舍”，正大光明地“成就了一天锦绣风月”。

自由爱情与封建礼教的矛盾不可能长期掩盖下去，与裴父的不期而遇终于使矛盾公开化。面对公公的盘问、训斥、辱骂、刁难，她敢于正视现实，不回避矛盾。公公得寸进尺，甚至辱骂，她再也不能忍受这样的屈辱，终于针锋相对，当面顶撞。面对瓶坠簪折的刁难，夫妻、母子将被拆散的打击，裴生又在家长压力下写了休书，她几乎是孤立无援地，向封建家长进行了有理有节而又毫不退让的抗争。

最后，公婆全家要求言归于好。面对软弱而又志诚的裴生和自认“不是”的裴父，她痛快淋漓地历数其过失，以倾吐胸中的不平之气。她质问得很有道理，使裴尚书这位封建家长无言以答，李千金胜利了。白朴讴歌了女主人公的胜利。

可以看出，流传故事写了自由爱情与封建礼教的矛盾，女主人公是悲剧人物。杂剧在继承流传故事基础上有重要发展。在自由爱情与封建礼教矛盾冲突中，还渗透了礼教维护者的政治追求，在关键时刻，政治因素总是起着重要作用，矛盾冲突远比流传故事丰富、复杂。女主人公经过一番痛苦曲折过程，最后终于取得反封建礼教的胜利，表达了那个时代争取爱情自由、婚姻自主的妇女所要表达的“愿普天下姻眷皆完聚”的共同理想，开拓和深化了作品的反封建主题。

原载 1986 年 7 月 15 日《光明日报》“文学遗产”第 710 期

从《窦娥冤》看元代的吏治

法治是指一个社会根据一定法律治理国家而言;有无合理而又严格的法治标志着一个社会的进步程度。我国古代的公案戏和公案小说比较多地表现了法治思想。元杂剧中的法治思想则是这一时代公案剧作家法治观念的具体表现。这些剧作家有名字可考者就有关汉卿、郑廷玉、武汉臣、王仲文、杨显之、孙仲章、孟汉卿和李行甫等人,所写公案戏十馀种,其中以关汉卿的剧作为最多,成就也最突出。《窦娥冤》则是最典型的作品。

《窦娥冤》写了一个冤案平反的故事,表达了作者对黑暗社会的揭露与批判,对公正社会的向往与追求。剧中三次明确地提出了封建王法,既完整地描写了冤案故事,也表现了关汉卿的法治思想。

一

"没来由犯王法"。这是窦娥被判处死刑后在去刑场路上的首句唱词,它唱出了一个无辜女子的含冤负屈和有冤莫白的悲愤。这是写冤案事实,是故事的基础。一个安分守己、从不侵犯他人利益的年轻寡妇平白地被诬陷犯了王法,并被判处死刑。

窦娥犯了什么王法?她是怎样犯了王法的?关汉卿以其深邃的观察力,把笔触首先投向了虽被禁止,但实际上又是合法的高利贷这一经济生活领域,因为它与窦娥冤案有某种关系的勾连。窦娥的父亲窦天章就是由于还不起蔡婆婆连本带利四十两银子的高利贷，才只好把七岁的独生女儿送与她做童养媳的。而蔡婆婆并不是一个坏人，如果没有意外之事，她们婆媳也许会平平安安度过一生，窦娥也决不会有任何“犯王法”的因由。

然而，意外之事到底发生了，社会秩序混乱、邪恶势力横行、官府腐败无能，终于把窦娥推进了含冤负屈的深渊。以放债为生的蔡婆婆遇到的借债户并非都是像窦天章那样老实本分的知识分子。正是赛卢医的杀人赖债，邪恶势力才一步紧逼一步把窦娥逼向“犯王法”、“遭刑宪”的悲惨结局。在无可求助的情况下，蔡婆婆被迫把张驴儿父子这一对恶棍引进了家门，从而埋下了窦娥被诬“犯王法”的祸根。邪恶势力如此横行不法，善良百姓遭受如此欺凌而无人过问。关汉卿把笔锋指向了腐败无能的官府。与蔡家“非亲非眷的”张驴儿父子可以赖在蔡家不走，而蔡氏婆媳不能请求官府执法以维护人身安全，这不仅是因为张驴儿父子以蔡氏婆媳软弱可欺，而且在很大程度上他们还看出了官府的无能就蔑视封建王法。尤其是张驴儿更是毫无顾忌、蓄意杀人，借尸讹诈，威逼窦娥成亲。窦娥不从，他告到官府，一口咬定窦娥药死了他的父亲。官府竟将窦娥判处死刑。这就是窦娥没有“犯王法”而被诬为“犯王法”的缘由。剧作家从法治观点揭露了这个社会没有保护百姓的王法。

二

如果说，关汉卿通过窦娥之口唱出“没来由犯王法”，提出了普通百姓无辜含冤问题的话；那末，“官吏每无心正法”则是前一问题的答案。它揭示了造成窦娥冤案的根本原因是官府没有执行王法。这是剧作家以法治观点对造成冤案原因的简明而又深刻的概括认识。在公堂上，张驴儿控告窦娥“合毒药下在羊肚汤里”药死了他的父亲，又声称蔡婆婆是他的“后母”。窦娥针对张驴儿的控告作了有说服力的申辩：说明婆母不是张驴儿的“后母”，诉说张驴儿父子住进家里的缘由，否认了蔡、张两家的亲属关系，以及张父喝羊肚汤而死与自己“并无干涉”的事实。这一申辩，合情合理，清清楚楚。一个稍懂法律知识和尊重事实的审案者就应该将这些事实一一审问明白，还应该审问此案的重要人证赛卢医和蔡婆婆等。可是，这位把告状的当做“衣食父母”的楚州太守桃杌，却并不去弄清案情和掌握证据，偏听偏信张驴儿的一番言词，就下令拷打窦娥。如狼似虎的公人又心毒手狠，“大棍子”下处：“一道血，一层皮。”窦娥被打得“肉都飞，血淋漓”也没有屈招。太守又下令要打蔡婆，而对那个起码有嫌疑的张驴儿却不闻不问。是非混淆，善恶颠倒，在那暗无天日的元代社会，无情棍棒总是拷打无罪之人。关汉卿把笔锋指向了应该执法而不执法的司法吏治，指向了审案不问清案情，不掌握证据，只一味滥施刑罚、草菅人命的地方官府。

值得提出来的是，桃杌审理窦娥一案，他并没有接受张驴儿的贿赂，却仍然枉法将窦娥判斩。这是不贪赃而枉法。关汉卿对这一社会现象比同时代作家认识得更深刻，他突破了“贪官污吏必然贪赃枉法”的传统写作模式，从更深的层次揭示了另一带有规律性的现象：贪官污吏不贪赃也会枉法。因为他们根本没有想到要执行法律。《元典章》四十《不得法外枉勘》条曾揭露官吏滥施刑法等情况：“今之官吏，不体圣朝恤刑之意，不思仁恕，专尚苛刻，每于鞫狱问事之际，辄加拷掠，严行法外凌虐，囚人不甚苦楚。锻炼之词，何求而不得，致令枉死无辜。”……这虽是大德年间发生的不法事件，而实际上又何尝不是元代前期黑暗司法吏治事件的总结。“衙门自古向南开，就中无个不冤哉”。剧作家没有袭用生活成语的后一句“有理无钱莫进来”表明：前者说的是没有健全的法制，执行过程中也就没有法治，是制度问题；后者则是说官吏是否清廉，是为官道德或个人品质问题。在那“百姓有口难言”的黑暗社会，关汉卿为老百姓申诉冤枉，毫不留情地从法治高度揭示了造成窦娥冤案的原因是官府不执行王法。

三

窦娥含冤而死了，人死不能复生，这是常识问题。然而，从法治观点来看这一案件，事情并没有真正了结：无辜者的血不能白流，杀人罪犯不能逍遥法外，企图杀人赖债、后又卖毒药致伤人命的不法之徒也不能一走了事，草菅人命的太守更不能升官晋爵……于是，体现“王家法不使民冤”、能够公正执法，为窦娥冤案平反的肃政廉访使窦天章出来了。在这个人物身上，寄托了剧作家的政治理想。

肃政廉访使设于世祖至元二十八年，其职责是纠察刑狱和考核政治得失，剧本所写窦天章“随处审囚剧卷，体察滥官污吏”，与史书记载相同。他代表封建朝廷执行王法。不可否认，在平反窦娥冤案过程中，窦娥鬼魂起了很大作用，她所显示的超人力量有时甚至比清官还突出，如托梦诉冤，使清官得知冤案案情；折证公堂，吓得杀人犯魂不附体。……其实，从法治角度看，对平反冤案起决定作用的是清官而不是鬼魂。《窦娥冤》不同于《硃砂担》、《神奴儿》和《盆儿鬼》等公案戏，那些戏中鬼魂的力量和作用也实在太大了。在关汉卿笔下，为冤案平反是清官和王法，是清官依据王法办事，从以下三方面表现了剧作家的“王家法不使民冤”的法治思想。

其一是维护封建王法尊严。王法是否尊严，除王法本身是否完善健全外，最重要的就是执法者是否徇私舞弊和公正执法。关汉卿笔下的窦天章是一个公正执法者。当他不明本案真相时，对女儿鬼魂也板起冷酷无情的面孔，先是责问女儿“划地犯了十恶大罪”；又训斥女儿“三从四德皆无”；最后还威胁女儿要“细吐真情”，否则就要将她“牒发”城隍祠里“永世不得人身”，使其在阴山“永为饿鬼”。真是大义灭亲，毫无父女之情。这种“王法无亲”思想，作者在《鲁斋郎》、《蝴蝶梦》中也有不同形式的表现。

其二是审察重证据。证据是审案者应该千方百计地取得的东西，是定案、量刑的基础。窦天章覆勘窦娥一案，他不仅设法弄清与案情有关的重要细节,同时更注意获得证据。他审问张驴儿:蔡婆婆是否是他的“后母”,又问毒药来自何处。前者关系着窦娥屈招“药死公公”结论的平反,后者是冤案平反的重要物证。张驴儿一一作了辩解性回答,并提出要“卖药的人来”和他“折对”;他“死也无词”。这个恶棍似乎也懂得一些法律知识,没有证据就定不了案。审问赛卢医三年前杀人赖债一事,赛卢医却是直言不讳地承认自己企图赖债杀人,但立即申明“那婆子并不曾死”、“被两个汉子救了”;接着他又认出救蔡婆的张驴儿,又揭发张驴儿去他药铺逼卖毒药。至此,张驴儿投毒药死其父之事已经弄清。蔡婆婆也说出“并不曾”嫁张父等情,“药死公公”的审断结论被推翻了。全部案情都已清楚,平反过程就是查清案情、掌握证据的过程:执法者窦天章注意取得证据,杀人犯张驴儿索要证据,杀人未遂犯赛卢医提供证据,这一系列的活动,表现了剧作家严格的法治思想。

其三是断案量刑有法律根据。案情已经清楚,证据也很充足,如何根据有关人犯犯罪事实的性质、情节和后果等依法判刑,同样地表现了剧作家的法治思想。窦天章的下断及其判词是这样:

> 张驴儿毒杀亲爷,奸占寡妇,合拟凌迟,……陞任州守桃杌并该房吏典刑名违错,各杖一百,永不叙用;赛卢医不合赖钱勒死平民,又不合修毒药致伤人命,发烟障(瘴)地面,永远充军。……窦娥罪改正明白。词云:“莫道我念亡女与他灭罪消愆,也只可怜见楚州郡大旱三年……今日个将文卷重行改正,方显的王家法不使民冤。

三种类型罪犯,三种不同处理,杀人犯、杀人未遂犯和刑名违错犯,都各自受到应得的惩罚。《元史·刑法志》规定:“诸子孙弑其祖父母、父母者,凌迟处死。”张驴儿所犯“毒杀亲爷”之罪属于“十恶不赦”一类,故其处死方法也特别残酷:“押赴市曹中,钉上木驴,剐一百二十刀处死。”至于“奸占寡妇”则是未遂之犯罪,在这里并不起多大作用。楚州太守桃杌等官吏,因是“刑名违错”而非贪赃枉法,故只是杖后除名,“永不叙用”。这样的处理虽不见于《元史·刑法志》,但《元典章》卷十六《刑名枉错断例》对枉法官吏多作降职处分,可以说是相当宽容。总观元代法制并不健全,也不统一,从世祖至元二十七年的《至元新格》,中经仁宗的《风宪宏纲》、英宗的《大元圣政国朝典章》(即《元典章》)、《大元通制》到顺帝时的《至正条格》,其法律条款多为已判案例。因各案处理并不是根据统一法律判刑,故其惩治枉法官吏也并不严格和统一,贪赃枉法官吏常常和不贪赃而枉法的官吏,其处理也多相同。这种情况在其他元代公案戏中也有反映,如王仲文的《救孝子》、李行甫的《灰阑记》、孙仲章的《勘头巾》、孟汉卿的《魔合罗》和佚名的《神奴儿》等剧都反映了案情不同而处理却相同的混乱情况。上列作品从不同方面暴露了元代司法吏治的黑暗是制度问题。

对赛卢医的处理则有点特殊:他既曾企图杀人而未遂,主观上有犯罪动机;同时又曾被威逼卖毒药致人于死,客观上帮助了杀人罪犯,他有一定责任。对这样的人如何量刑颇费斟酌。元代法律规定,“非医人”买卖毒药致伤人命者处死,而正式医生被迫卖毒药致伤人命则没有规定具体条文;《元典章》五十七、刑部十九《禁毒药》条虽有《禁卖毒药乱行针医》,《禁治买卖毒药》、《禁治毒药》诸目,但对即使“误人性命”的医生也无重罚条文。由此可以推测当时对这些正式医人出售毒药的处理是比较轻的,这与统治者重视医药工匠等人有密切关系。对赛卢医犯罪事实的性质、情节及其后果作综合性分析,判处他“永远充军”也比较合适。至此,窦娥屈招“药死公公”一案才得“改正明白”,彻底平反。在平反过程中,窦天章对封建王法的态度以及在如何执法等方面,十分突出地表现了剧作家所要宣扬的“王法无亲”的法治思想。

总观《窦娥冤》全剧,可以看出:关汉卿的法治思想是比较全面和进步的。在剧本中,他不仅以法治观点描写了窦娥含冤的全部事实,揭示了造成冤案的原因,颂扬了清官平反冤狱,表现了剧作家尊重王法、执行王法，有冤必纠和量刑得当的法治思想；同时还站在受迫害人民立场，揭露了元代司法吏治的黑暗，惩罚了对造成冤案有责任的各种人物，表达了受迫害人民不可屈服的力量和抗争复仇精神。作为“世界大悲剧”，《窦娥冤》是当之而无愧色的。

1988 年 8 月初稿，11 月修改

原载《戏曲研究》第三十辑，文化艺术出版社 1989 年 9 月版

历史人物与流传故事人物的和谐统一

——谈元杂剧中的包公形象

在现存约为150种左右的元人杂剧中，有一些以某一历史人物或流传故事中人物为题材进行再创作的作品，这些作品比较集中地描写某方面社会生活，表现人们都比较关注或感兴趣的主题，如以写张飞为中心的三国戏，以写李逵为中心的水浒戏，以写包公、张鼎、王脩然等为中心的公案戏等。在上述各种类型作品中，就其数量之多、流传之广和影响之大来说，则要数包公戏最为突出了。据《录鬼簿》、《录鬼簿续编》和《太和正音谱》等书记载，元代包公戏仅杂剧就有17种，流传至今者尚有《蝴蝶梦》、《鲁斋郎》、《后庭花》、《生金阁》、《灰阑记》、《留鞋记》、《合同文字》、《陈州粜米》、《盆儿鬼》、《神奴儿》和《替杀妻》等11种，占现存元人杂剧总数8%，超过了任何一种以某一人物为中心的剧作。为什么会出现这一现象？还得从历史上的包公其人谈起。

在元代包公戏出现以前，包公既是历史人物，同时又是流传故事中人物，后者是在前者基础上丰富与发展起来的。据《宋史》本传记载，包公姓包名拯，字希仁，庐州合肥（今安徽合肥）人。由于人们对他的尊敬，戏曲小说和口语中多称他为包公。他生于宋真宗咸平二年（公元999年），卒于宋仁宗嘉祐七年（公元1062年）。仁宗天圣五年（公元1027年）进士及第，先后任天长知县、端州知府、庐州知府、开封府尹（代理）、监察御史、天章阁待制、龙图阁学士和枢密副史等官职。作为历史人物，他刚正廉明，具有政治远见，是一个既得到统治者信任，同时又为人民所称颂的清官典型。他做地方官时，就以不畏权势、不循私情、严格执法而知名。尤其是对贪赃枉法之徒，更是嫉之如寇仇。在《乞不用赃吏》和《请赃吏该恩未得叙用》等奏议中，严肃地提出对贪官污吏应是“纵遇大赦，更不录用”的主张(《包拯集》)。这一条为政原则，虽子孙亦不能例外。他曾嘱咐家人：“后世子孙仕宦有犯赃者，不得放归本家，死不得葬大茔中。不从吾志，非吾子若孙也。”(《宋史·包拯传》)在庐州府任上，“有从舅犯法，希仁挞之。自是亲旧皆屏息”(《包拯集》)。这种大义灭亲行为，很可能就是后来舞台上演出的《铡包勉》、《包公赔情》等故事的素材来源。《宋史》本传评其为人“立朝刚毅”，故“贵戚宦官为之敛手，闻者皆惮之”。甚至京师有口语云：“关节不到，有阎罗包老。”也就是说，“关节”打不通的地方只有阎王和包公那里。人们把他和传说中的阎王并提。在朝廷做官，他目睹政治黑暗腐败，内外矛盾重重，就力主对内实行改革，轻徭薄赋，严肃赏罚，淘汰冗员；对外则练兵选将，加强边防。从他的一生活动中可以看出，他是一个既维护封建统治阶级利益而又比较同情人民疾苦的清官和进步政治家，他对缓和北宋社会矛盾、巩固统治阶级政权和减轻人民疾苦等方面，都起了积极作用。

不知什么原因，这个既同情人民疾苦又主张改革的进步政治家，在流传故事中却变成了一个半人半神的传奇人物。也许是人们对那些一时还不见成效的改革不感兴趣，而只着重关心的是现实的切身利益，因此流传故事只突出了他是一个清官的典型。

从宋金元以来，包公其人其事就长期在朝野流传并产生了社会影响。他去世不久，西羌俞龙珂因慕包公为人，归宋后就乞请赐姓包，神宗“如其请，名顺”(王巩《甲申杂记》)；又河州辖药归宋，亦赐姓包名约(李焘《续资治通鉴长编》)，以示其信任。南宋初年，包公之名就遍播民间，有“孝肃包公，名塞宇宙，小夫贱隶，类能谈之”之誉(《包拯集》)。现存宋元话本《合同文字记》写了包公运用智慧审断疑案；《三现身》话本和《小孙屠》戏文，将他进一步写成一个既能断人又能审鬼的清官典型。人们把历史上记载的“关节不到，有阎罗包老”二语具体化和形象化了。仅存戏目的宋元戏文《包待制智断盆儿鬼》和金院本《刁包待制》大概也是写其用智慧断人审鬼之作。在故事流传过程中,人们对包公是不断美化其智慧,神化其威力,从而达到揭露社会、寄托理想的目的。这些历史资料和流传故事,无疑地都对元剧中的包公形象产生了很大影响。然而元剧中的包公形象毕竟是植根于元代社会现实生活之中,元代司法吏治黑暗、官贪吏虐、冤狱成山,社会现实是孕育包公形象的重要土壤。与历史人物和流传故事人物相比较,元剧中的包公形象更为丰满和复杂,剧作家们既歌颂其刚正廉明、神化其断人审鬼,为受害人民伸张正义的一面;同时又暴露其惧怕权势而不能时时、事事都能严格执法的一面。在那几乎无官不贪的元代,这个被理想化的清官身上也渗透着自己时代的评价。尽管剧中有不少神化包公的描写,但我们还是承认他不是神灵,而是一个真正的人。

善破案　敢执法

在包公审理的一些案件中,有的是比较棘手的老大难案子。这些案子的罪犯多是权大势大的人物,他们得到皇帝庇护和纵容,虽"犯法百端"而官府也惩治不了。包公对待这些案子,首先是敢于碰硬,认真调查,只要证据确凿就坚决执法。如《鲁斋郎》中的鲁斋郎,是一个很露道的权豪势要。这个自称"本分的人",就常以"借"为名,对他人财物巧取豪夺;又恃权仗势,占人妻女。但对这样的恶霸,"那一个官司敢把勾头押,提起他名儿也怕"。可是,包公却敢于碰硬,严格执法。在掌握了鲁强夺良民妻女的罪证后,他巧妙地隐瞒了鲁的真实姓名,先以"鱼齐即"之名上奏,待皇帝"判了斩字"之后才添笔加画,恢复其真实名姓,并立即推出斩首。皇帝次日询问鲁之下落,又查看判斩"文书",在白纸黑字面前,也只好说鲁"苦害良民……合该斩首"! 所以剧本叫"包待制智斩鲁斋郎"。诛杀皇帝之宠臣,包公承担了很大政治风险。

《陈州粜米》中的刘得中与杨金吾，是出身权豪势要之家的世家子弟。他们奉朝廷之命去陈州赈灾。二人自恃有朝中做官的父亲刘衙内做后台，再加上去陈州时还带了可以“先斩后奏”的“御赐紫金锤”，于是就有恃无恐地私自提高了“钦定”米价，又以大斗秤金银、小斗量米等手段盘剥灾民，灾民据理反抗便被紫金锤打死。包公奉命查勘此案，赃官凶犯刚刚伏法，皇帝的“赦书”也送到了陈州。他又一次承担了可能得罪皇帝的政治风险。

幽默感　人情味

在元代包公戏中，包公还是一个极富幽默感和人情味的人物。为了破案，他从官衙走向民间，不限于对事物的一般抽象推理，而是贴近了世俗人情，从而使比较复杂的疑狱得以澄清，包公也得到人们的称颂。

在《陈州粜米》中，包公是在陈州大旱，原赈粮官刘得中、杨金吾“贪赃犯法”，打死灾民，需要“再差一员正直”官员去陈州“结断此一桩公事”的情况下而去陈州的。包公作为捧着“势剑金牌”的钦差大臣，他没有抖威风；而是悄悄出城，微服私访。随行人员张千，一路上自言自语，埋怨“一日三餐，吃那落解粥”；唠叨着要私下诈些“肥草鸡儿，茶浑酒儿”解馋，包公就开玩笑似地要用宝剑为张千“厌饫”；妓女王粉莲从驴子上摔下，他又装成“庄家老儿”与王“笼驴”。在一连串的相互对话中，他了解到刘、杨二人罪行。在接官厅，他将杨金吾派斗子送去的酒食喂驴；被刘得中吊到槐树上而不暴露身份；又讥讽张千自称是“立着的包待制”……真是风趣横生，极富于幽默感、人情味。

在《灰阑记》中，包公遇到了一桩疑难案件：大娘子因奸谋杀亲夫，强夺小娘子所生儿子，反诬小娘子杀夫赖子。审理此案的恰好是大娘子的奸夫赵令史，到公堂作证的街坊邻居和接生婆又都被大娘子用银收买。小娘子被屈打成招，并解送开封府定罪，案件对小娘子十分不利。包公审理此案,选定孩子为谁所生为突破口。开始,大娘子与证人等皆矢口咬定原来口供,案情并无进展。包公于是设下“灰阑拽子”之计:用石灰“在阶下画两个阑儿,着这孩子站在阑内”,命二人“拽这孩儿出灰阑外来”。谁能拽出孩子就判断孩子为谁所生。大娘子用力拽出了孩子,小娘子“两次三番,不用一些力气拽那孩儿”,甚至被责打,“也不敢用力”拽孩子“出这灰阑外来”。包公看在眼里,计生心头,他抛开“律意”(法律的要求)而据“人情”(人之常情)推理,对案情进行了合理分析:“那妇人本意要图占马均卿的家私,所以要强夺这孩儿,岂知其中真假,早已不辩自明了也。”终于审清案情,无辜者得救,杀人犯伏法。

与此案类似的作品还有《合同文字》。这是一桩伯母图赖侄儿家产的民事案件。包公别出心裁地要侄儿刘安住拿大棒子打伯父刘天祥,安住不忍下手,包公根据人情悟出个中道理:“为甚侄儿不将伯父打,可知亲者原来则是亲。”终于赚出“合同文字”,这场民事纠纷得以合理解决。

葫芦提　非完人

在作品已经轶失的元代包公戏中,有一本《糊突包待制》的剧目侥幸地保存下来。虽然仅仅是一个剧目名,但从剧名中也略可推想此剧不是称颂包公的“智赚”、“智勘”、“智斩”或“贤明”;而倒是有可能暴露包公断案没有时时、事事都严格执法的“葫芦提”弱点,它说明元杂剧中的包公形象也决不是无可非议的完人。

《后庭花》写包公奉肃政廉访使赵忠之命,审理家中王翠鸾母女下落不明案。赵明白地告诉包公说:“多因是我夫人……违条犯法!”从审案到定案全过程,包公已掌握了王氏母女被杀的证据,但奇怪的是,自始至终也没有追查杀人的主谋者廉访使夫人,而只将一个具体执行者和由此引起的另一杀人犯处死,主谋者却在包公审案的保护伞下逍遥法外了。包公因审断此案有功,获得了“剖决精明”的考评和“三级高升”的破格提拔。一场人命官司，就以主谋者未受任何惩罚而了结，难怪江泽民写了《糊突包待制》杂剧；早期杂剧作家高文秀《遇上皇》中也有“饮酒如李太白，糊突似包待制”等曲文。这里不是一般含义的“糊突”，而是“为政不得罪于巨室”的做官哲学，对一个清官未能执法的客气贬辞。

历史人物包公，为人刚直不阿，为官清正廉明；流传故事人物包公，不断被美化和神化。元杂剧作家在此基础上，使二者得到了和谐的统一。把一个封建地主阶级政权的官员塑造成艺术典型，这不可能不受到时代的影响。在那几乎是无官不贪的元代，剧作家对这个理想人物注入了自己时代的评价：即使刚正不阿、清正廉明如包公那样的清官，也同其他封建官员一样带有自己时代和阶级的局限与弱点。在一般情况下能够严格执行；但在权贵或宫廷人物面前也会畏首畏尾，考虑个人得失。元代包公戏十分真实地描写包公审案断狱，在歌颂他公正执法的同时，也写了他徇情枉法的弱点，渗透了剧作家生活的那个社会的时代精神，元杂剧中的包公形象，就是历史人物与流传故事人物在时代精神影响之下的和谐统一的艺术典型。

原载《古典文学知识》1989年第5期

锺嗣成

在元代戏曲作家中，有一个非常关心戏曲活动，并千方百计地搜集有关资料从事著述，而对自己的作品，却并不关心其刊印和保护其著作权，这个很有点忘我精神的人就是锺嗣成。

锺嗣成其人的名字和点滴事迹之所以能够流传下来，主要应该归功于他的《录鬼簿》和部分散曲作品。不过，真正具述他的主要事迹的还是友人朱凯。朱凯在《录鬼簿后序》中记云：

> 文以记传，曲以吊古，使往者复生，来者力学，《鬼簿》之作，非无用之事也。大梁锺君，名嗣成，字继先，号丑斋，善之邓祭酒、克明曹尚书之高弟。累试于有司，命不克遇。从吏则有司不能群，亦不屑就。故其胸中耿耿者，借此为喻，实为己而发也。乐府小曲，大篇长什，传之于人，每不遗稿，故未能就编焉。如《冯谖收卷》、《诈游云梦》、《钱神论》、《斩陈馀》、《章台柳》、《郑庄公》、《蟠桃会》等，皆在他处按行，故近者不知，人皆易之。君之德业辉光、文行浥润，后辈之士，奚能及焉。

朱凯记述了锺氏的籍贯、字号、业师姓名、功名际遇、著《录鬼簿》目的、剧作名目及其轶散原因和对《录鬼簿》的评价等。他和锺氏过从甚密，所编《升平乐府》、《包罗天地》、《谜韵》诸书，皆锺氏为之作序。因此，他为《录鬼簿》写的带有锺氏小传性质的《后序》也就具有珍贵的文献价值。

锺嗣成原籍开封，他自称“古汴锺嗣成”，友人朱凯也称他“大梁锺君”可证。不知出于什么原因和什么时间客居杭州，成为了古杭戏曲界的活跃人物。他十五岁时师事邓文原，其时是世祖至元二十七年（公元1290年），最后修订《录鬼簿》是顺帝至正五年（公元1345年），自此以后再无文字资料记述其活动。朱经为《录鬼簿》题《蟾宫曲》时，锺氏已死。由此推断，作者应生于世祖至元十二年（公元1275年），卒于顺帝至正五年或略后①。

锺嗣成从事戏曲活动，至迟也是在成宗大德年间就开始了。《录鬼簿》记曲家睢景臣于大德七年（公元1303年）与之结识。从他对睢氏之读书勤奋、爱好特长、与同道同作一题材之作品特别“新奇”等情况的熟悉程度看，不仅说明他与睢氏交情深厚，而且也说明他此时已跻身文坛，并关心戏曲活动。除睢景臣之外，他的生平交游也多是文坛中人物，其中记述有具体交往者就有宫天挺、金仁杰、曾瑞、鲍天祐、施惠、赵良弼、陈彦实、颜君常、廖毅、周文质、李显卿、李齐贤、刘宣子、屈子敬、朱凯、王仲元、吴朴、邵元长、周诰、朱经、陆仲良等二十馀人。这些人中有锺氏的父执前辈、同窗学友、同道友好。有的记述，提供了锺氏家世和某些活动的消息，如记宫天挺：“先君与之莫逆交，故余常得侍坐，见其吟咏。”宫是钓台书院山长，文教界中名人。锺父能与之成为“莫逆交”，锺本人“侍坐”时又能“见其吟咏”，可以推想锺父决非市井之辈，而是文坛中人，否则就很难与宫成为“莫逆”，更不会见面时随意“吟咏”。这段文字，多少透露了锺氏父辈的某些消息。锺本人不谈家世，友人们也只字不提，朱凯那篇带有“锺嗣成小传”性质的《录鬼簿后序》已记述了锺的业师邓善之、曹克明的官衔，而对锺氏的父辈连名字也未流传下来，是不是有难言之隐？比如说锺父与受到“权豪所中”的友人宫天挺事件的牵连之类。《录鬼簿》把宫的名字列在“方今已亡名公才人，余相知者，以《凌波曲》

---

① 见拙文《锺嗣成生卒年辨析》（载《河南大学学报》1984年第5期）。

吊之”的首位，可见他对这位父执前辈是十分尊重的。又如记曾瑞云：“余尝接音容，获承言话，勉励之语，润益良多”；记鲍天祐云：“余与之谈论节要，至今得其良法”；记施惠云：“余尝与赵君卿、陈彦实、颜君常至其家，每承接款，多有高论。”这些记述说明锺氏与友人交往多是谈论曲事，研讨曲作。当然，还有不少记述是关于友人们的身世、性格、才艺、仕途生涯及其遭遇结局等内容。作者每忆及这些同道友好，更多地充满了痛惜感伤之情，抒发了个人胸中块垒，如说鲍天祐云：

> 天祐字吉甫，杭州人。初业儒，长事吏。簿书之役，非其志也。跬步之间，惟务搜奇索古而已。故其编撰，多使人感动咏叹。……才高命薄，今犹古也，竟止昆山州吏而卒。

记周文质云：

> 文质字仲彬，其先建德人，后居杭州，因而家。……家世儒业，俯就路吏。善丹青，能歌舞，明曲调，谐音律。性尚好侠，好事敬客。余与之交，二十年未尝跬步离也。元统二年六月，余自吴江回，公已抱病盛暑中，止以为痈疖之毒……十一月五日，卒于正寝。呜呼痛哉①！始余编此集，公及见之，题其姓名于未死鬼之列，尝与论及亡友，未尝不握手痛惋，而公亦中年而殁，则余辈衰老萎惫者，又何以久于人世也欤②！噫，往者不可追，来者不可欺，已而已而，此余深有感于公也！

写鲍天祐小传，锺氏已经很动感情了；写周文质小传，更是声泪俱下，

---

① 曹楝亭本“痛”字原缺，据《说集》本补；《说集》本误“痛”作“病”，径改。

② 曹楝亭本“何以”二字原缺，据《说集》本补；《说集》本误“何”作“可”，径改。

几令人不忍卒读。在小传中,他记述了周文质的祖籍与客籍,不得志而“俯就路吏”,周之多才多艺和为人尚侠、周之得病及去世时间以及病名等,都言之凿凿。又追忆其生前开怀畅谈亡友等情,字里行间,渗透了锺氏自己的切身感受。如果联系到与他相知的黄天泽“郁郁不得志”、沈拱“以老无后,病无所归”、鲍天祐“才高命薄”等文字,就可以看出锺氏写《录鬼簿》“实为己而发”,要吐出“胸中耿耿”的不平之气的意图。

除此之外,与锺氏有交往的还有一个艺人吉诚甫,其〔折桂令〕《咏西域吉诚甫》云:

> 是梨园一点文星,西土储英,中夏扬名。胸次天诚,口角河倾,席上风生。吞学海波涛万顷,战词坛甲胄千兵。律按玑衡,声应如铃,乐奏英茎。

这是一个歌唱伎艺精深而又有很高文化修养的艺人。从散曲中不仅可以看出这位艺人的才艺,而且还可想见其为人性格:“胸次天诚……席上风生。”这是一个对人坦率、开诚布公而又非常健谈的艺人。除了《录鬼簿》中对“相知”的“方今已亡名公才人”直书真名作《凌波曲》以吊外,吉诚甫又是作者唯一题名以咏的友人。对艺人的尊重与撰写《录鬼簿》的指导思想一样,充分显示了作者眼睛向下的可贵品格,蕴涵着深厚的平等思想和民主精神。

锺嗣成长期居住杭州,最后在杭州逝世,这是研究者能够接受的;这里需要探索的是他有无可能到外地游历或寓居外地的问题。据《录鬼簿》所记,锺氏行踪有姑苏、鄞城(今宁波市)、慈溪(今宁波市)等地,如周文质小传云:“元统二年六月,余自吴江回,公已抱病”;吴朴小传云:“余至姑苏,与公相识。”他不止一次去姑苏,对姑苏也相当熟悉。他清楚地记得曲家黄公望住“姑苏琴川子游巷”,黄之身世、仕宦生涯、迁居淞江、改名易姓等,都能言之凿凿。如果是走马观花,恐怕不会记得如此清楚。他去慈溪、鄞城等地,也有一些踪迹可寻，邵元长题《湘妃曲》前有记述得《录鬼簿》一段文字：

> 余僻居慈溪小县，每叹孤陋。侧聆继先锺先生大名久矣，莫遂荆识。丁丑孟秋，一日邂逅于东皋精舍，忽忽东之鄮城。至中秋复回溪上，示余以亲编《录鬼簿》……

丁丑为顺帝至元三年（公元 1337 年），东皋精舍很有可能是锺氏的住址或某友人之家。邵氏久仰锺之大名，孟秋时二人于此“相遇”，接着，锺就匆匆去鄮城，中秋复回溪上，其间历时达三月之久。据邵氏行文口气，锺似乎在慈溪住家，他赠送邵的《录鬼簿》还不是最后的修订稿，这个本子恐怕不是从杭州带来，而只有家住慈溪、在家中顺便取出送人较为合理。关于此点，还可以找出一条旁证材料，如记李显卿“至正辛巳（公元 1341 年），以荫父职钱谷官，由台州经庆元（今浙江省宁波市）会余”。台州至慈溪、庆元正是必经之路，这条材料说明锺氏此时尚在慈溪滞留。他为什么会到慈溪来？是“从吏”而迁居？或者有其他不便直言的原因？一般的探亲访友，游山玩水，是不会住得太久的。总之，这还是一个未解开之谜，需要进一步发现资料继续探索。

锺嗣成的著作，据今所知者，著有《冯谖收卷》、《诈游云梦》、《钱神论》、《斩陈馀》、《章台柳》、《郑庄公》、《蟠桃会》等杂剧七种，惜皆不传。流传至今的尚有一部戏曲史论著《录鬼簿》、五十九首小令和一个套曲，最能代表他一生成就的则是《录鬼簿》。

《录鬼簿》是锺嗣成一生的力作。从作者自序写成于 1330 年算起，至 1345 年记述乔吉“病卒于家”止，历时整整十五年。一部万字左右的著作，花了如此长的时间，其研究态度的认真、严肃，是很值得称道和学习的。

如果从戏曲史这门学科的建树的角度去评价《录鬼簿》，它完全可以称得上是一部元人写的当代杂剧史,我国戏曲史的一部开山之作①。锺嗣成是一个戏曲作家,他为什么要花偌大力气来写这样一部论著,他是怎样完成这一论著的?这些都是我们要探索的问题。

锺嗣成在《录鬼簿序》里说:

> 人之生斯世也,但以已死者为鬼,而不知未死者亦鬼也。酒罂饭囊,或醉或梦,块然泥土者,则其人与已死之鬼何异?此固未暇论也。其或稍知义理,口发善言,而于学问之道,甘于暴弃,临终之后,漠然无闻,则又不若块然之鬼为愈也。予尝见未死之鬼吊已死之鬼,未之思也,特一间耳。独不知天地开辟亘古及今,自有不死之鬼在。何则?圣贤之君臣,忠孝之士子……是则虽鬼而不鬼者也。余因暇日,缅怀故人,门第卑微,职位不振,高才博识,俱有可录。岁月弥久,湮没无闻,遂传其本末,吊以乐章。复以前乎此者,叙其姓名,述其所作。冀乎初学之士,刻意词章,使冰寒于水,青胜于蓝,则亦幸矣。……嗟乎,余亦鬼也。使已死未死之鬼,作不死之鬼,得以传远,余又何幸焉。若夫高尚之士,性理之学,以为得罪于圣门者,吾党且啖蛤蜊,别与知味者道。

自序有两点十分明确:

1. 高度地评价金元曲家(主要是元杂剧作家),把他们和圣贤忠孝并列,称他们为"不死之鬼"。

锺氏独出心裁地以"人鬼之生死"之理把人分为"已死之鬼"和"未死之鬼"两类:前者包括那些醉生梦死、糊糊涂涂的"酒罂饭囊"、"块然泥土"之徒,以及那些说得好听、而实无一得的"口发善言"的"甘于暴弃"的无所闻于世者。以上两种人,或死则死矣,或虽生犹

---

① 见拙文《锺嗣成〈录鬼簿〉对戏曲史的贡献》(载《河北学刊》1985年第6期),另见本书《元杂剧论稿》卷第42页。

死，属于“已死之鬼”之列。后者则有三种类型：一是圣贤之君臣，二是忠孝之士子，三是“门第卑微，职位不振”而具有“高才博识”的曲家，这些人都是“虽鬼而不鬼”的“不死之鬼”。圣君贤相，忠臣孝子，自古以来就受到人们的尊重，称这些人为“不死之鬼”，人们还可以接受；而对于曲家（尤其是戏曲作家），这些社会地位低下的知识分子，把他们和圣贤忠孝相提并论，称他们也都是“不死之鬼”，这里表现了作者反传统的卓越见识。

2. 写《录鬼簿》的目的既是表彰死者，同时也是激励后学。

作者在序言里十分明确地提出，他为曲家们树碑立传，既要“使已死未死之鬼，作不死之鬼，得以传远”；同时又要“冀乎初学之士”能向前辈学习，“使冰寒于水，青胜于蓝”。也即是友人朱凯所说“使往者复生，来者力学”，其“用心”很值得称道。

作为一部戏曲史，锺氏《录鬼簿》具有以下特色：

一是锺氏在处理个人、作家、作品相互关系时，有一个比较明确的指导思想，即：以自我为中心，以“前辈”和“方今”为时序，对作家分期分类进行排列，全书贯串了一条史的线索。根据这条线索，他把元代杂剧发展阶段划分为两个时期。如天一阁蓝格钞本，就是将元杂剧作家分为“前辈才人有所编传奇于世者”和“方今才人相知者为之作传，以凌波仙曲吊之”两类两期的。尽管诸本《录鬼簿》分类分期不尽相同，但天一阁本的分类分期是出自作者的本意，它与序言中“缅怀故人”、“复以前乎此者”的划分完全吻合。其他本子多把“方今”又具分为“方今已死名公才人”和“方今名公才人”两类，虽然层次更为细密，但实无再分的必要，因为都未超出“方今”的大范围。

二是在处理作家和作品关系时，以作家为中心的指导思想也很明确。《录鬼簿》之作，就是要为作家树碑立传，其编写体例也是以作家为纲立条目，写小传，录剧目，佚名作品则一概不录。对于作家的姓氏、名号、籍贯、职业、性格、品德、才华及其遭遇与结局，都尽可能地予以全面记述，并不时地流露出一种深沉之情。如对“以老无后，病无所归”，客死友人家的沈珙，对“抱疾丧于友人江汉卿家”的廖毅，对相交“二十年未尝跬步离”的“俯就路吏”“中年而殁”的周文质等，其小传都比较详尽，吊词也富有感情色彩。

三是作家作品资料宏富①，勾勒出元代杂剧基本轮廓。锺氏在《录鬼簿》中记载了八十位杂剧作家的名字，录剧目440馀种，占现存有名字可考的元剧作家和剧目总数的80%左右。从地域方面看，前期集中北方，后期集中南方；而无论前期或后期，皆有北人寓居南方者。由此可见，所谓“杂剧南移”是逐步形成的，是文化交流的要求，而并非杂剧衰微之后才有之事。锺氏能开拓视野，广为记述，如实地反映这一发展趋向，十分难能可贵。从时间方面看，如果从公元1271年蒙古国建“大元”时起，至至正五年（公元1345年）《录鬼簿》最后一次修订时止，锺氏所记，至少包括了七十馀年杂剧的发展情况，诸如作家创作活动、交游、作品演出等皆提供了极其宝贵的史料。

四是简要地评价作家作品，展现了元代杂剧的艺术特色。《录鬼簿》的写作，在选择写谁或不写谁的问题时，首先就表现了锺氏对作家及其作品的评价。那些死则死矣或虽生犹死之徒，当然不是他要为之树碑立传者，故书中所列作家，锺氏认为都是足堪传世之人。在评论中，对作家的创作立意和态度、作品艺术风格等都提出了一些精辟的见解。他强调艺术上的创新和不拘一格，如评范康“一下笔即新奇”；评周文质“文笔新奇”。所谓“新奇”，就是艺术上的创新，而创新就是进步和发展。在艺术风格方面，既推崇工巧华丽之作，也肯定清雅朴实之作。称曹明善、屈子敬等人之作“华丽”过人，沈和、高克礼、王晔、吴朴等人之作极为“工巧”，金仁杰之作“所述虽不骈丽，而其大概多有可取”，王庸之作“清雅不俗”等。在锺氏看来，工巧华丽诚然可贵，而清雅朴实亦有可取。

对作家作品得失，锺氏也能够比较实事求是地给予恰如其分的评价。如评郑光祖，既赞其“名香天下，声振闺阁”，但同时又指出作

---

① 见拙文《锺嗣成〈录鬼簿〉划分元杂剧为“两期”说》（载《河南师范大学学报》1983年第5期），另见本书《元杂剧论稿》卷第31页。

品“贪于俳谐,未免多于斧凿”。“惟务搜奇索古”的鲍天祐,其创作态度之严肃和创作过程之艰苦,都受到锺氏赞扬。

由以上可以看出,锺氏的曲评表现出一种进步的文艺思想:作品立意要新、艺术风格可以多样化、创作态度要认真严肃等。这些见解对当时和后世的戏曲创作都有借鉴意义。

当然,作为一部元人写的当代杂剧史,也是我国戏曲史的开山之作的《录鬼簿》,它还不是很完善的。由于我国戏曲发展到元代才成熟,人们对它的认识,不仅有传统偏见的影响,而且也有个发展过程。锺氏写书,既缺少前人现成资料的积累,也更无写戏史的经验可资借鉴,因此也就很难写出一部完善的戏曲史,《录鬼簿》也有种种不足之处,如缺少对我国戏曲渊源、发展及其规律的探索,对作品内容和形式的具体分析和对舞台艺术的多方面探讨。但是,对一部开山之作的戏曲史来说,锺嗣成的《录鬼簿》已作出十分难能可贵的贡献了。在没有前人积累丰富资料和写戏史经验的条件下,锺嗣成可谓一空倚傍,自铸伟作。开拓之功,不可磨灭。

此外,锺氏留存下来的散曲虽不算多,但题材范围还比较宽广,或抒情感怀,如〔南吕·骂玉郎过感皇恩采茶歌〕《四情》四首、《四别》四首、〔双调·清江引〕无题十首、〔南吕·一枝花〕《自序丑斋》套等;或写景咏物,如前调《四时佳兴》四首、《四景》四首等;或表达理想,如前调《四福》四首等;或怀念友人,如〔双调·折桂令〕《咏西域吉诚甫》,以及对宫大用等十九位曲家的〔凌波仙〕吊词等。这些作品,对于我们探索他的身世、交游及其为人提供了宝贵的资料,其中十九首吊词又更具有文献史料价值。

原载《中国古代戏曲家评传》,中州古籍出版社 1992 年 7 月版

元人散曲中的讽刺时政主题

元人散曲是与元代诗歌并行而又远比诗歌更为盛行的一种新诗体，其作家出身社会阶层之广泛，作品内容包涵生活面之宽广，形式篇幅长短之自由，其笔触之痛快淋漓，都为元代诗歌所不及。尤其是一些讽刺作品，其内容更是庞杂广大，上而讽刺时政，下而讽刺世俗，甚至人们的生理缺陷，都莫不包含其中。诸如“讥时”、“志感”、“说谎”、“嘲僧”、“嘲俗子”、“讥士人”、“村夫走院”、“胖姑”、“胖妻夫”、“麻脸”、“黑痣”、“三指”等，都一一入曲。一些讽刺时政之作，更是敢于面对现实，把矛头指向了世道人心、掌权官员，甚至还有皇帝。这些作品从总体上构成了一幅元代社会政治生活画图，对我们今天研究元代社会政治仍有重要的参考价值。

一

元人散曲中有不少讽刺世道不公的作品。所谓世道不公，主要是指由于社会本身的不合理等原因所造成的对人们的际遇不公正而言。在元代，这类作品所讽刺的对象或主旨多是指向了统治者的用人制度问题。统治者贤愚不辨、清浊不分、是非颠倒、随意用人的现象，在不少曲家的作品里都有不同形式和不同程度的表现。其中最有代表性的作品是张鸣善的〔双调·水仙子〕《讥时》一首和无名氏的〔中吕·朝天子〕《志感》二首，三支曲子都表现了对是非颠倒的社会现实的不满，其中《讥时》一首还对那些高官厚禄、官运亨通、扶摇直上的当权者进行了辛辣的讽刺，讽刺他们是一群装腔作势、张牙舞爪、拍马吹牛之徒。他们为什么能如此飞黄腾达，在散曲的作者看来，主要是用人的统治者或决策者不善识人。他们指鹿为马，主观自是，“说英雄谁是英雄？五眼鸡岐山鸣凤，两头蛇南阳卧龙，三脚猫渭水非熊”，总之，一切反常现象都是用人的决策者所造成。你们说他不好吗，我说他好他就好：“说英雄谁是英雄？”作者虽然用了质问的口气，但含义却是十分明白的。即：我说谁是英雄谁就是英雄。正是这样，那些“五眼鸡”、“两头蛇”、“三脚猫”之流，一个个才“早三公”、“享万钟”和“成时用”了。好坏如此不分，贤愚如此不辨，是非如此颠倒！散曲的作者张鸣善就是以如此犀利的笔锋指向了元代时政中的一个重要问题——当权者不贤，决策者用人不善。作者为什么如此愤世嫉俗，对统治者采取了如此严厉的态度？根据点点滴滴的文字资料可知，作者确是有感而发写了《讥时》一曲。陶宗仪《辍耕录》谓“张明善作北乐府〔水仙子〕《讥时》”①。据孙楷第先生考证，此处的张明善就是张鸣善。他“祖贯平阳，家于湖南，流寓扬州，元亡后寓吴江”②。又据《录鬼簿》及《录鬼簿续编》记载，张鸣善号顽老子，官宣慰司令史，作杂剧《烟花鬼》、《瑶琴怨》、《草园阁》三种。又有《英华集》行于世，时人苏昌龄、杨廉夫皆服其才。“至正丙午”（公元1366年）曾为夏庭芝《青楼集》写序。说明此时尚有文事活动。

以上说明，张鸣善做过官，对官吏们有较多了解，散曲讥讽官吏当非道听途说。他自号顽老子，说明他与现实社会不合拍，对世俗采取了玩世不恭态度，能够比较客观而又冷静地观察官场及世俗的种种丑恶。又据蒋一葵《尧山堂外纪》记其元末一事可知，这位自号顽老子的张鸣善，他不仅讽刺元朝官府的掌权官员，而且也讽刺那些“逐鹿”天下，取得局部胜利后仗势虐民的起义者。《尧山堂外记》云：

---

① 《辍耕录》卷二十八〔水仙子〕。

② 孙楷第：《元曲家考略·张鸣善》。

张士诚据苏时，其弟士德掠夺民地以广园囿，侈肆宴乐，席间无张明善则弗乐。一日，雪大作。士德设盛宴，张女乐，邀明善咏雪。明善倚笔题云："漫天坠，扑地飞，白占许多田地。冻杀万民都是你，难道是国家祥瑞?"书毕，士德大愧，卒亦莫敢谁何。①

元末天下大乱、群雄角逐，盐贩出身的张士诚也在泰州揭竿而起，很快占有高邮等地，并"自号诚王，改元天祐，设官分职"②。其弟士德亦起义将领。天祐三年，又"国号大周"，士德官封"平章"之职，"提调各郡兵马"。③这些本来是反抗剥削压迫的起义者，他们取得胜利以后却并没有怎么考虑人民的利益，而是追求个人物质生活的奢侈享乐："掠夺民地以广园囿，侈肆宴乐。"理所当然地要遭到人民的反对。这位厌恶官僚、与世俗不合拍而自号顽老子的张明善，尽管受到张士德的尊重，张又是好意"设盛宴，张女乐"，邀请他来赏雪咏雪，他也毫不客气地作曲以讽，巧妙地以"咏雪"为题，嘲讽士德"白占许多田地"，谴责士德"冻杀万民"，质问士德"难道是国家祥瑞"，曲意好极了，曲文妙极了!面对曲作者的嘲讽，这位有点飞扬跋扈的草头天子之弟也深感"大愧"，"莫敢谁何"，还没有对作者施暴。人们谓张明善"以诙谐语讽人……令人绝倒"④，这大概就是"莫敢谁何"的注脚。

如果说，张鸣善的《讥时》一曲主要是讥讽元朝当权者形象丑恶、决策者用人不当，其锋芒指向了当时的人事制度的话；那么，无名氏的"不读书有权"和"不读书最高"二首则是把讥讽的锋芒更深广地指向了整个社会的世道人心，指向了人们的社会价值观念。两支曲子写得极其明白晓畅，痛快淋漓，明白地道出了这个社会的世道是不分贤愚，不辨清浊，不管好坏，它的价值取向是金钱至上："善的人欺，

①④ 据任讷《新曲苑·尧山堂曲纪》。

②③ 见《辍耕录》卷二十九《纪隆平》。

贫的人笑。”什么立身修身，什么才智能力，“都不及鸭青钞”。这里已经蕴涵着“金钱万能”的理念。“不读书”也好，“不识字”也好，“不晓事”也好，只要有钱，就会“有权”，就会“有人夸荐”，反之，要是没有钱呢？“贫的人笑”，这就是散曲作者的回答。这位没有留下名字的散曲作者触及了私有制度下所产生的“金钱万能”这一重大社会价值观问题。

散曲作者对这一社会现象的深刻观察，其视角的选择极其平常而不出奇，他把“识字”“读书”与否及其不同际遇作了鲜明的对比：“不读书有权，不识字有钱……越聪明越运蹇”，“老天不肯辨清浊，好和歹没条道。……读书人都累倒。”这种是非不分，贤愚颠倒，好坏不辨，读书人受困，有钱有权就有一切的现象并非只有散曲的作者独具只眼，这一社会问题在当时带有普遍性，在一些元人杂剧中，作家们也常常借古人之口道出了难以容忍的不平。

马致远通过未遇时的张镐发牢骚：“如今这越聪明越受聪明苦，越痴呆越享了痴呆福，越糊涂越有了糊涂富。”①郑德辉通过未遇时的王粲发牢骚：“如今那有钱人没名的登省台，那无钱人有名的终淹草莱，如今他可也不论文章只论财。”②宫天挺通过未遇时的范式发牢骚：“有钱的无才学，有才学的却无钱。”③

贤愚不辨，读书人受困，金钱主宰一切，这确是元代很突出的一个社会问题。据叶子奇转述林君度家藏《樵堂集》所记某人语云：“僧家一经一咒，动博千金。文士刳精呕血，不博人一笑。吁，士贱何独在秦哉。”④《樵堂集》的作者所记某人语抓住了元代社会世道不公的一个重要方面——掌握文化知识最多的“文士”的经济地位与社会地位太低下了！在这位没有留下名字的“何许人”看来，秦始皇焚书

---

① 《荐福碑》一折。

② 《王粲登楼》二折。

③ 《范张鸡黍》一折。

④ 叶子奇：《草木子·谈薮篇》。

坑儒，毁灭了大量的文化典籍；而元代统治者所推行的“士贱”政策所带来的严重后果，又何尝不是秦始皇的再世。所以按捺不住心头之愤，发出了“士贱何独在秦”之叹。元曲中的许多牢骚不平之鸣，都可以归结到“士贱”这一基点上，或者说与“士贱”有直接或间接的关系。散曲中的“读书人都累倒”与“何许人”所云“文士刳精呕血，不博人一笑”虽然说法不同，但都是这一特定历史时代“士贱”政策的产物。

在封建社会，“士贱”是一种愚昧落后的现象，是封建统治者推行愚民政策的必然产物。蒙古灭金，停止科举考试八十年，带来了民族文化素质下降的严重恶果，史家评其事云：

> 贡举法废，士无入仕之阶，或习刀笔以吏胥，或作伎巧贩鬻以为工匠商贾。①

在这样的政策下，“天下习儒者少，而由刀笔吏得官方多”②，其影响所及，一方面是为官者多是“不读书有权”的吏胥。这些人文化素质低下，只知玩弄权术营私舞弊和把持官府，如江淮行省这样重要之地，“而省臣竟无一人通文墨者”③。甚至还有一些不识字、更不会写字的地方官员，他们在“题判署事及写日子时”，竟然把“七”字写作“士”字④。所谓“州县三四员，字不识王张”⑤，大概不是文学描写的夸张。郑介夫对这一现象作了极恰当的概括：“今中外百官，悉出于吏。观其进身之初，不辨贤愚，不问齿德……已入公门，目不识丁。”⑥《志感》的作者对此作了形象的反映：“不读书有权，不识字有钱”、“不读书最高，不识字

①② 《元史·选举志》。

③ 《元史·崔斌列传》。

④ 叶子奇：《草木子·杂俎篇》。

⑤ 胡祗遹：《紫山集》卷一。

⑥ 《历代名臣奏议》卷六十七《治道》。

最好”。另一方面则是:“折挫英雄,消磨良善,越聪明越运蹇”,“善的人欺,贫的人笑,读书人都累倒。”许多元曲作家的穷困遭遇和牢骚不平的抒发,都是不满这一反常现象的宣泄。

二

元人散曲中还有一些讽刺不良官吏之作。一个时代的政治是否清明、良好,主要是以当权官吏是否良好为重要标志的。封建社会的各级政权及官吏和广大人民有对立的一面,因为一方是统治者,一方是被统治者。封建社会的统治者,他们总是要压迫人民和剥削人民,这是剥削制度所决定,否则,剥削制度也就失去了它们存在的依据。一些比较开明或有政治远见的统治者,他们为了维护政权的长治久安和推动社会的发展,总是要制订一些约束官吏们奉公守法、不激化社会矛盾的官规官德。历代史家总结历史经验,在修史书时也常把不同类型的官吏加以区分。司马迁撰《史记》就列出了“循吏列传”和“酷吏列传”,以后修史者也多仿其体制,也为“良吏”、“循吏”、“酷吏”分列条目,这既为统治者选人用人提供历史借鉴,也为为官做吏者树起正反两方面镜子。在元代,统治者参考汉唐以来“设官分职”办法,从法律上规定了“诸职官”必须遵守的官规官德的一百馀条,如“掌收”印章,“公坐”、“迁调”、“燕饷馈赠”、“受财枉法”、“犯赃”、“侵用官职”、“频入茶酒市肆及娼优之家”、“不赴”所调、“举劾失当”、“匿过求仕”等①,皆要按情节轻重加以治罪。这些规定不能说不备至周严,然而,上列那些条条款款,并不能真正约束那些作奸犯科、贪婪成性、胡作非为的官员。元代官吏之不良,仅据元史记载,大德七年所查出并处理的贪官污吏就有一万八千四百七十三人。被史家誉为“善于守成”的成宗时代尚且如此,整个现状也就可以推见一斑了。

---

① 《元史·刑法志》。

元人散曲中讥讽官吏不良者，除了散见于伤时骂世之作外，有几支曲子特别值得一提，一是曹明善的〔双调·清江引〕二首，二是无名氏的〔正宫·醉太平〕一首。前二首是讽秦王伯颜而作，后一首是讽伯颜之侄丞相脱脱及贾鲁等人而作。他们二人曾同事顺帝。伯颜死后脱脱继续掌权。散曲内容涉及元末一些重大时政问题。

先说讥讽伯颜的散曲二首。

据陶宗仪《辍耕录》记云：

> 太师伯颜擅权之日，郯王彻彻都、高昌王帖木儿不花，皆以无罪杀。山东宪吏曹明善，时在都下，作〔岷江绿〕二曲以风之，大书揭于五门之上。伯颜怒，令左右暗察得实，肖形捕之。明善出避吴中一僧舍。居数年，伯颜事败，方再入京。其曲云："长门柳丝千万缕，总是伤心处。行人折柔条，燕子衔芳絮，都不由凤城做主。长门柳丝千万结，风起花如雪。离别重离别，攀折复攀折，苦无多旧时枝叶也。"此曲又名〔清江引〕，俗曰〔江儿水〕。

"伯颜擅权"，杀戮宗室子弟及其他劣迹，有史实可考。《元史·伯颜列传》记顺帝至元三年（公元1337年）七月：

> 伯颜鸩杀皇后伯牙吾氏。
>
> 伯颜自诛唐其势之后，独秉国钧，专权自恣，变乱祖宗成宪，虐害天下，渐有奸谋……伯颜自领诸卫精兵……导从之盛，填溢街衢，而帝侧仪卫反落落如晨星。势焰薰灼，天下之人惟知有伯颜而已。……车驾自上都还京，伯颜数以兵巡行江城诸处……益逞凶虐，构陷郯王彻彻笃，奏赐死，帝未允，辄传旨行刑。复奏贬宣让王帖木儿不花、咸顺王宽彻普化，辞色愤厉，不待旨而行，帝忿之。伯颜日益立威，锻炼诸狱延及无辜。

又《元史·脱脱列传》亦谓伯颜"擅爵人，赦死罪，任佞邪，杀无辜"。顺帝更是带着忿忿不平之气下诏免伯颜之职，责备他"不能安分，专权自恣，欺朕年幼，轻视太皇太后及朕弟燕帖古思，变乱祖宗成宪，虐害天下"①。曹明善在京城知其事，故写曲以讽。

两支曲子皆以咏柳为题，以皇帝为中心立意，以柳之"柔条"被折、"芳絮"被燕子"衔"走，喻皇室子弟及皇后之被杀，金枝玉叶之被摧残，故曲中有"苦无多旧时枝叶"之叹。御弟被杀，皇后被鸩，这一切不仅不是出自皇帝旨意，而且皇帝根本就"未允"，但还是被鸩被杀，真是"都不由风城做主"。其中尤值得一提的是皇后被鸩一事，皇后之兄中书左丞相唐其势叛逆事败曾藏匿皇后处，皇后犯了包庇叛逆之罪，伯颜毫不留情，皇帝也无可奈何，史家记其事颇为凄惨：

> 唐其势事败被擒，攀折殿槛不肯出。塔剌海走匿皇后坐下，后蔽之以衣，左右曳出斩之，血溅后衣。伯颜奏曰："岂有兄弟为逆而皇后党之者。"并执后。后呼帝曰："陛下救我。"帝曰："汝兄弟为逆，岂能相救邪！"乃迁皇后出宫，鸩之于开平民舍。②

国舅叛逆伏诛是罪有应得，但皇后并未参与其事却是事实。她只是在追捕叛逆时包庇了罪犯，应该说罪不至死。而伯颜竟然当着皇帝之面不请旨就以同"党"罪逮捕皇后，"都不由风城做主"，皇帝无权也，由此可见伯颜之专横跋扈，在"君为臣纲"的大道理之下，也不能说是遵守了官规官德。

作为历史人物伯颜，并非一开始就是如此"专权自恣……虐害天下"的。史书称他"弘毅深沉，明达果断"③，累立军功，政绩卓著，受到几朝皇帝恩宠，加官晋爵超乎寻常。陶宗仪记其"所署官衔计二百

---

① 《元史·顺帝纪》。

② 《元史·燕铁木儿列传》。

③ 见《元史·伯颜列传》。

四十六字”[①]，职务则有三十馀种，可谓历史上兼职最多的官僚。然而，由于剥削阶级的本性和封建制度本身的弊端，在封建王朝日趋腐败没落的历史时代，也是在他最后执政的几年，这个本来比较好的封建官员，却变得越来越“不能安分”，甚至还“渐有奸谋”。他卖官鬻爵、任用奸邪、左右司法、制造冤狱，甚至还纵容其家奴“怙势为民害”[②]。不仅如此，他还主张加强对汉人的压迫，提出要杀尽天下张、王、李、赵、刘五姓汉人[③]，从而煽起更大的民族仇恨。在他执政的后至元三年（公元1337年），民间还谣传“朝廷将采童男女，以授鞑靼为奴婢，且俾父母护送，抵直北交割。故自中原至于江南、府县村落，凡品官庶人家，但有男女十二三以上，便为婚嫁……盖惴惴焉惟恐使命戾止，不可逃也。……自后有贵贱、贫富、长幼、妍丑匹配之不齐者，各生悔怨”[④]，造成许多婚姻悲剧。这一带有政治性质的事件，正史也含糊其辞地予以默认。后至元三年五月：“民间讹言朝廷拘刷童男童女，一时嫁娶殆尽”云云就没有否定这一悲剧事实，而只能以“民间讹言”以掩盖其真实面目。[⑤]后一僧人对此事曾作诗以讽：“一封丹诏未为真，三杯淡酒便成亲。夜来明月楼头望，惟有姮娥不嫁人。”[⑥]对于他的贪虐与推行民族压迫政策，人们也十分不满，以至他死后人们还作诗以讽：“人臣位极更封王，欲逞聪明乱旧章。一死有谁为孝子，九泉无面见君王。辅秦应已如商鞅，辞汉终难及子房。虎视南人如草芥，天教遗臭在南荒。”[⑦]一个被封为太傅、太保、太师的“三公”，由于他的专横跋扈，为所欲为，甚至鸩皇后，杀皇室子弟，欺负到皇帝头上，因而最后落了被贬逐而死的可悲结局。他的悲剧虽然是咎由自取，但另一方面，也不能说与社会时代毫无关系。

---

① 《辍耕录·权臣擅政》。

② 《元史·朵尔直班列传》。

③⑤ 《元史·顺帝纪》。

④⑥ 《辍耕录·谣言》。

⑦ 叶子奇:《草木子·谈薮篇》。

再说讽刺脱脱及贾鲁的一首小令。

伯颜的侄儿脱脱，在伯颜被贬逐事件中，他曾经大义灭亲，忠于皇帝，自始至终参与密谋。官至中书左丞相，加太傅、太师，军功政绩皆载史册。这样一个功彪史册之人，在他当政的时候，人们就作曲以讽。据陶宗仪《辍耕录》记云：

> 堂堂大元，奸佞专权，开河变钞祸根源，惹红巾万千。官法滥刑法重黎民怨，人吃人钞买钞何曾见，贼做官官做贼混愚贤，哀哉可怜！

小令原文之后又注云："右〔醉太平〕小令一阕，不知谁所造。自京师以至江南，人人能道之。古人多取里巷之歌谣者，以其有关于世教也。今此数语，切中时病。故录之，以俟采民风者焉。"①

录此小令者认为曲子"切中时病"，也就是说此曲是针对时政而作。在小令的作者看来，开贾鲁河，变钞法，政治黑暗，逼起红巾起义，这一切都是"奸佞专权"所致。不可否认，小令所写，是有事实为据的。在脱脱当权时期，开河、变钞、红巾起义等确是当时的"时病"或大事，又都与脱脱本人有极密切关系。

至正十一年(公元 1351 年)，脱脱"用贾鲁计"修河，"使发河南北兵民十七万役之……凡八月功成"。脱脱、贾鲁等有关人员皆受到皇帝旌奖，皇帝还"敕儒臣欧阳玄制《河平碑》以载其功"②。这是正史所作的肯定修河的文字史料。兴修水利，造福人民，本无可非议。但是，近三百里这样庞大的工程③，以如此快的速度施工，当时整个政治形势又十分混乱。具管其事的各级官员或执事人员，他们当然就会不顾民命，乘机盘剥工役。据叶子奇所记，修河时"朝廷所降食

---

① 《辍耕录》卷二十三〔醉太平小令〕。

② 《元史·脱脱列传》。

③ 《元史·顺帝纪》。

钱,官吏多不尽给,河夫多怨"①。官逼民反,遂有韩山童乘机起义之事。陶宗仪《辍耕录》亦有类似记载。② 至于变钞法,史书记其事云:"吏部尚书偰哲笃建言更造至正交钞,脱脱信之……独祭酒吕思,诚言其不可,脱脱不悦。既而终变钞法,而钞竟不行。"③正史留下的平平淡淡文字,很难看出其中弊端,而民间野史却记载了人民对此的不满,叶子奇《草木子》记其事云:"参议贾鲁……首劝脱脱丞相开河北水田……又劝其造至正交钞,楮币窳恶,用未久,辄腐烂不堪倒换,遂与至元宝钞俱涩滞不行。"④问题就出在这里。新钞纸质低劣,破烂后倒换新钞要贴水,而主其事之库吏们则从中勒索,刘时中《上高监司》套曲及孔齐《至正直记》对此都有描写或记述。⑤

至正十一年(公元1351年),刘福通、徐寿辉等领导了红巾军起义,各地纷纷响应。至正十三年(公元1353年),张士诚在泰州(今属江苏)起义,很快占有兴化、高邮,建国号为大周,自称诚王,建元天祐。次年,脱脱奉命前往镇压。本已"连战皆捷……贼势大蹙",但反而被"诏罪其老师费财"而"削其官爵,安置淮安"⑥。即使如此,"台臣犹以谪轻",又"诏流脱脱于云南大理宣慰司镇西路"⑦。后在中书左丞相别儿怯不花、宣政使哈麻、监察御史袁赛因不花等陷构之下,被"哈麻矫诏遣使鸩之"而死⑧。元代后期一个有功之臣,也在复杂的社会矛盾中落了个悲剧结局。与其伯父伯颜之死相比较,其社会时代的悲剧色彩更为浓厚了。至于"贼做官官做贼混愚贤"也是当时重要的"时病"之一。其所指至少有以下两方面含义:一是指官与贼没有什么不同。蒋一葵《尧山堂外记》记一传闻及诗云:"至正间,上

①④ 《草木子·克谨篇》。

② 见《辍耕录》卷二十九《纪隆平》。

③⑥⑦⑧ 《元史·脱脱列传》。

⑤ 刘时中《上高监司》套曲〔倘秀才〕曲云:"牙钱加倍解,卖面处两般装,昏钞早先除了四两。"此"昏钞"即指昏烂之钞。孔齐《至正直记》卷一《楮币之患》记云:"至正壬辰(公元1352年),天下大乱,钞法颇艰。癸巳,又艰涩。"并记"官使""民用"及各地使用之不同等。

下以墨为政，风纪之司，赃污狼藉。是时金鼓音节，迎送廉访司官则用二声鼓，一声锣，起解强盗则用一声鼓，一声锣，有轻薄子为诗嘲曰：解贼一金并一鼓，迎官两鼓一声锣。金鼓看来都一样，官人与贼不争多。”①这是贼官同一的最好注脚；二是指方国珍、张士诚等起义者的反复无常，时而是“贼”，时而又是官。他们反对政府，攻城略地，占山为王，时而又向政府投降，索要官爵，攻杀同党，真正是“贼做官官做贼混愚贤”了。

作为历史人物，无论伯颜、脱脱或贾鲁，他们也并非全无历史功绩，但不可否认的是，他们也同样对国家和人民造成了很多灾难，所以在他们执政或主办一些事情违背了人民利益或社会道德时，人们就作曲以讽。这些作品都有珍贵的史料价值。

三

元人曲中还有一些讽刺皇帝的作品。在封建社会，讽刺皇帝可不是一件小事。所谓“君君臣臣父父子子”、“君为臣纲”、“普天之下，莫非王土；率土之滨，莫非王臣”。这种君臣关系是天经地义的。谁要违背，就是不忠，就是大逆不道，就要受到惩罚。几千年来，人们就忍受着如此不合理的人际关系的束缚与压抑，似乎也习以为常了。然而，由于这种封建专制体制本身的不合理，它严重地阻碍了社会的正常发展，所以人们还是通过各种不同方式表达了对它的不满，具体到元人曲中，就是把批判矛头指向皇帝。为了避开文字狱，作家们又多以历史为题材，而不是面对现实生活中的皇帝而发。因此，这类作品又多是借古讽今，指桑骂槐，冷嘲热讽，随意点染。他们或责备皇帝不仁，忘恩负义：“岂不闻，‘自古太平时，不许将军见’。”②“宁可身

① 据任讷《新曲苑·尧山堂曲纪》，又《草木子·谈薮篇》亦有类似记载。

② 薛昂夫〔双调·庆东原·韩信〕。

卧糟丘，赛强如命悬君手。”①“不争你个晋文公烈火把功臣尽，枉惹得万万载朝廷议论，常想起赵盾捧车轮，也不似你个当今皇帝狠。”②或讥讽皇帝不如清官：“今日个天理竟如何，黎庶尽讴歌，再不言宋天子英明甚，只说他包龙图智慧多。”③或不承认君臣关系：“你也不是我的君，我也不是你的卿……你则是十年前沽酒刘秀，我则是七里滩垂钓的严陵。”④有的甚至指名道姓地质问皇帝，向皇帝讨债：“少我的钱，差发内旋拨还，欠我的粟，税粮中私准除。只道刘三谁，肯把你揪捽住？白什么改了姓，更了名，唤做汉高祖！”⑤以上说明，元人曲中讽刺皇帝之作多是选取历史题材，借古讽今。这大概与元代法律苛严有密切关系。

现存元人散曲中敢于直面讥讽皇帝者只有一个宫廷艺人史骡儿。他在一次御宴上因唱曲有“酒神仙”，而惹恼了皇帝。皇帝在一怒之下，立即“斥左右杀之”。这大概是一桩有史可考的重要文字狱之一。据元人王逢《梧溪集·史骡儿》记云：

> 骡，燕人。善琵琶。至治间，蒙上爱幸。上使酒纵威福，无敢谏者。一日，御紫坛殿饮，命骡弦而歌之。骡以〔殿前欢〕曲应制，有“酒神仙”之句。怒斥左右杀之。后问骡不在，悔曰：“骡以酒讽我也。”前和州同知李澄言于逢，欲传其事，逢为赋一辞。⑥

未录的一首杂言诗，作者王逢根据李澄介绍史骡儿其人及其被杀等情，再现了这位宫廷艺人的铮铮铁骨和封建皇帝的残暴不仁。

---

① 不忽木〔仙吕·点绛唇·辞朝〕。

② 狄君厚：《介子推》四折。

③ 关汉卿：《鲁斋郎》四折。

④ 宫天挺：《七里滩》三折。

⑤ 睢景臣：〔般涉调·哨遍·高祖还乡〕。

⑥ 顾嗣立：《元诗选》初集（三），引诗同此。

诗歌首写史之相貌及其光明磊落性格:“虎帖耳,豹俯首,青天白日雷电走”;继写御宴、史唱〔殿前欢〕曲,听者如坐春风之中:“尚食黄羊光禄酒,史骡曲曲春风手。”然而,不幸的事突然发生了,因为是史所唱的曲词中有“酒神仙”之句而惹恼了皇帝。于是龙颜大怒,音乐中止,“御沟溅赤”,血染飞柳,史被皇命“怒斥左右杀”。“君不见龙生逆鳞海岳寒,呜呼史骡乃敢干”,既惋惜史之正直,不懂得不能去触龙之“逆鳞”、不能言忤天子的道理;又赞扬史的不惧君威的“敢干”精神。这位“蒙上爱幸”的宫廷艺人,他日侍皇帝笙歌曼舞,深知“上使酒纵威福,无敢谏者”等情况,但还是唱了“酒神仙”曲讽刺皇帝。别人不敢冲犯的事他冲犯了,他很勇敢,这大概就是王逢及李澄“欲传其事”的重要原因。史骡儿被杀是在至治年间,至治乃英宗年号,杀史当然是英宗所为。历史上的英宗在位三年(公元 1320 ~ 1322 年)。从总体上说,他并不是一个很坏的皇帝。然而他竟然为一个宫廷艺人的善意嘲讽而恼怒、而杀人,其他坏皇帝的残暴不仁也就可想而知了。至治三年八月,因与奸党矛盾激化,终为御史大夫铁失、前平章政事赤金铁木儿等所弑,仅活了二十一岁。

在他即位的三年中,曾经有过一些兴利除弊的措施,如“命储粮于宣德、开平、和林诸仓,以备赈贷供亿”①、“禁宗戚权贵避徭役及作奸犯科”②、“以脱忒哈、失列门故夺人畜产归其主”③、“铁木迭儿以赵世延尝劾其奸,诬以不敬下狱。请杀之,并究省台诸臣。不允”④、“监察御史何守谦坐赃杖免”⑤、“罢先朝传旨滥选者”⑥、“罢世祖以后冗置官”⑦、“监察御史拜住、教化坐举八思吉思失当,并黜免”⑧、“河南两淮诸郡饥,禁酿酒”⑨。在预防灾年、打击权贵、严格执法、节约粮食等方面的一些措施,还是具有一定的历史进步意义。当然,他也如其父祖辈一样推行过民族压迫政策,如“禁汉人执兵器出猎及习武艺”等⑩。史家评他“性刚明”、“然以果于刑戮,奸党畏诛,遂构大变”⑪。他仍然是封建专制皇帝。史骡儿之被杀,就是因为触动了

---

①~⑪ 皆见《元史·英宗本纪》。

"逆鳞"、冒犯"龙颜"所致。"使酒纵威福"云云看似酒德不好,而实质是"天威"不可犯,是"君为臣纲"之关系不容动摇,即使皇帝"爱幸"的宫廷艺人也是如此。〔殿前欢〕全曲没有留传下来,我们只能从王逢诗前引言及"酒神仙"残句略知史骡儿其人及其被杀之缘由。虽然仅此一句,却也把这位曾经有所作为的皇帝的"果于刑戮"的残暴不仁一面揭示于众了。

在封建社会讥讽皇帝,的确需要胆识,有时甚至还要冒杀头危险。元人曲中涉及皇帝者故多为历史题材,而敢于面对现实,直接讽刺皇帝之作极少,这说明元代法律苛严,"君为臣纲"思想对人们的严酷的束缚,而唯一留存下来的讽刺现实生活中的皇帝的是宫廷艺人史骡儿的一句残曲,其难能可贵也正在于此。

综观以上可以看出,元人散曲中的讽刺时政之作,集中起来就是讽世道不公、官吏不良和皇帝不仁。其时间则集中在中后期,尤其是集中在元代最后一个王朝——惠宗顺帝时期(公元 1333 ~ 1368 年)。讽刺对象除英宗外,又集中在当政权臣如伯颜、脱脱和一些具体事件的当事人如贾鲁等。讽刺内容则涉及官员素质、用人制度、货币政策、兴修水利、对起义者的镇压与安抚及司法吏治等。在留存的四千多首(含套)散曲中,讽刺时政的作品虽然较少;但这些作品所涉及的广泛的社会问题,及其痛快淋漓的笔锋、通俗浅显的鲜明对比等艺术上所取得的成就,都足以在元人曲及文学史上占一席地位。

1991 年 6 月初稿,10 月修改

原载《散曲研究与教学》,浙江教育出版社 1992 年 10 月版

元代包公戏与中国法文化

现存的十一种元代包公戏①,所展现的社会生活画面十分广阔,剧中出现的人物,几乎包括了封建社会的各阶层,诸如丞相、府尹、州守、县令、廉访使、令史、孔目、公役、社长、里正、权豪势要、衙内公子、皇亲国戚、员外、院公、士子、妓女、农民、产婆、琴童、和尚、道士、小偷、惯匪、店小二、银匠、商人和屠户等。从职业上看,除官吏公役之外,还有私塾、解典铺、脂粉铺、打银铺、客店、酒店、屠宰、砖瓦窑、农耕和小商贩等。从总体上展现出一幅元代社会生活的生动画图,透过画图可以看到元代政治、法律、伦理道德、宗教信仰,以及世风习俗所包含的深厚文化意蕴,它既是前代传统文化的继承,同时又是自己时代的产物。

严格执法与"刑以正邪"

这十一种包公戏,无论是刑事案件或民事案件,主要突出了包公是一个严格执法的清官典型。在刑事案件中,涉及人命者有九种:《蝴蝶梦》、《后庭花》、《生金阁》、《灰阑记》、《留鞋记》、《替杀妻》、《盆儿鬼》、《神奴儿》和《陈州粜米》。除《留》剧中的郭华死而复生

① 11种元代包公戏是《蝴蝶梦》、《鲁斋郎》、《后庭花》、《生金阁》、《灰阑记》、《留鞋记》、《替杀妻》、《合同文字》、《神奴儿》、《盆儿鬼》、《陈州粜米》。

者不计外，其馀八剧共死十一人，其中有皇亲国戚一人，官僚的家人三人，员外及妻子二人，秀才一人，商人一人，儿童一人，农民二人。经过包公审断，处死十二人，其中权豪势要四人（包括不是因直接的人命案而被包公“智斩”的鲁斋郎一人），不法妇女三人，令史、堂侯官、惯匪、盗贼、店小二各一人；除死刑外，连同民事案件在内，还有被革职罢官者三人，杖、流、徙及经济惩罚者九人，其中包括州守、县令、令史、公役、员外、产婆及普通市民，惩罚打击面相当宽广。

值得提出来的是，包公所惩罚打击的不仅仅是一般的刑事罪犯，而且还有为数不少的权豪势要和在职官员。特别是那些权豪势要，他们嫌官小不做，嫌马瘦不骑，打死人不偿命，白拿白要，白抢白夺，一个个飞扬跋扈，无恶不作。包公对这些人的惩罚打击就常常要设点圈套或玩弄点权术，让他们堕入法网而不能自拔：如对那个写张“帖儿”给主考官员就能给人做官，谋妻夺宝、杀死两人的庞衙内，他就没有根据“杀人偿命”王法拘捕审判，而是请庞赴宴、套近乎、赚出宝物和口供，才将庞斩首；对那个“苦害良民，强夺人家妻女，犯法百端”的鲁斋郎，则采取了将鲁名字减削笔画为“鱼齐即”上奏皇帝，待皇帝“判了斩字”之后，才添笔加画恢复鲁的真名，并立即将鲁“押赴市曹，明正典刑”。皇帝问起此事，还查看了“文书”，最后也只得说：“合该斩首。”还有救灾官员刘得中、杨金吾仗恃其父刘衙内之势，他们贪污灾粮、打死灾民。包公巧妙地明察暗访，利用势剑金牌和皇帝赦免刘得中、杨金吾的赦书，既处死了贪赃害民的官员，又保护了受害者的家属。

包公为什么敢于如此大胆地处死这些极有权势之人？回答是他依靠了“王法”。在审断案件中，他高举了“王法”大旗，维护了“王法”尊严。如对庞衙内的判词云：“论王法斩首不为辜，将家缘分给诸原告。”对鲁斋郎判词云：“则为鲁斋郎苦害生民，夺妻女不顾人伦；被老夫设计斩首，方表得王法无亲。”对刘得中、杨金吾判词云：“今日个从公勘问，遣小懒手报亲仇，方才见无私王法，留传与万古千秋。”

此外，对那些不是权豪势要的杀人犯的判词也同样是理直气壮地标榜王法。如对劫财杀人犯盆罐赵的判词云："不是孤家好杀人，从来王法本无亲。"对杀人犯王庆和店小二的判词云："这两个都不待秋后取决，方见的官府内王法无情。"

王法"无私"、"无情"或"无亲"，实际上也就是说包公公正执行王法，这是元代王法"杀人者死"的具体体现。它蕴涵着古代"刑以正邪"的深厚的历史文化传统。

古制："刑以正邪。"意即制定刑法，是为了惩罚邪恶。不惩罚邪恶，就谈不上"正邪"。《春秋左传正义》云：

> 政以治民，刑以正邪，既无法政，又无威刑，是以及邪。①

这是指春秋时郑国公孙阏与颍考叔因"争车"小事而生忿，在对敌（许）争战中，公孙阏从背后射杀攻城的颍考叔，郑伯未作处理之事。作者不仅批评郑伯"既无法政，又无威刑"，而且还正面提出了"刑以正邪"的重要观点，这个观点成为后世法制建设的中心观点。秦始皇"刚戾自用乐以刑杀为威"②，当然谈不上立法或法制。刘邦入关，与父老约法三章："杀人者死，伤人及盗抵罪。"③把"刑以正邪"具体化。唐、宋以来，对刑法不断补充发展，唐高祖李渊入京师，就"约法十二条……乃受惮，命纳言刘文静等损益律令。武德二年，颁新格五十三条"④。宋朝法制，则"因唐律、令、格、式，而随时损益则有《编敕》"⑤。元代刑法条文十分具体，什么五刑、五服、十恶、职制、食货、诈伪、斗殴、杀伤、禁令、杂犯等，可以说是相当苛严地从多方面来贯彻"正邪"这一根本原则。

---

① 据《十三经注疏》本。

② 《史记·秦始皇本纪》。

③ 《史记·高祖本纪》。

④ 《新唐书·刑法志》。

⑤ 《宋史·刑法志》。

法制既立，是否能够用以“正邪”，由谁来“正邪”和怎样“正邪”？主要就看当权者是否能够严格执法了。所以司马迁在总结上自五帝、下迄汉武帝的政治经验时说：

> 法令所以导民出，刑罚所以禁奸也……奉职循理，亦可以为治，何必威严哉？①

先撇开法制本身的是否合理不谈，司马迁提出的当权者要“奉职循理”倒是一条十分重要的为官原则。用今天的话说，就是对官吏提出的职业道德要求。“奉职”者，要求为官者忠于职守也；“循理”者，要求为官者公正执法也。他修史时就把官吏是否“奉职循理”划分为“循吏”和“酷吏”两类，从“何必威严”评语中可知他虽是主张法治，但又同时反对过分“诋严”和“惨酷”执法。他划分的“循吏”与“酷吏”与我们今天所理解的“清官”和“贪官”含义虽然不同，但他提出的“奉职循理”原则，对为官者来说却具有普遍意义。

元朝统治者继承汉唐传统，而没有遵循先贤之言，其官吏之不良，冤狱错案之多在历史上也属罕见，仅大德七年，就查出“赃污官吏凡一万八千四百七十三人，赃四万五千八百六十五锭”及“冤狱五千一百七十六事”②。面对如此严酷的现实，剧作家发出了不平的呼喊和无情的揭露：

> 衙门自古向南开，就中无个不冤哉。
> 这都是官吏每无心正法，使百姓有口难言③。
> 我做官人只爱钞，再不问他原被告，上司者还刷卷来，厅上

① 《史记·循吏列传》。

② 《元史·成宗本纪》。

③ 《窦娥冤》杂剧。

打的狗也叫①。

则俺这令史当权，案房里面关文卷，但有半点的牵连，那刁蹬无良善。

逼的人卖了银头面，我戴着金头面；送的人典了旧宅院，我住着新宅院②。

官贪吏虐，冤狱繁多，无辜人民苦难重重，这就是元代的社会现实。受迫害人民的希望在哪里？找绿林英雄吗？秀才刘庆甫之妻被蔡衙内抢走，他不去官府告状，而是直奔梁山："我别处去，近不的他，直往梁山上告。"③寄希望于鬼神吗？市井寡妇含冤负屈，希望死后变鬼复仇，她死前呼喊："我做了衔冤负屈没头鬼，怎肯便放了你好色荒淫漏面贼"，死后啼哭："我每日哭啼啼守着望乡台，急煎煎把仇人等待。"宋江等梁山英雄没有使刘秀才失望，终于把蔡衙内明正典刑；而窦娥呢，她是靠了清官执法，才将杀人犯张驴儿"凌迟"处死，窦天章下的"方显的王法不使民冤"判词表明，作者歌颂的是"王法"。许多公案戏的最终归宿也都有类似特点。

现存的十八种元代公案戏，出场的清官良吏共有七人：张鼎、李圭、钱可、张商英、窦天章、王翛然和包公。其中张鼎在二剧中出场，李圭、钱可、张商英、窦天章、王翛然各在一剧中出场，而包公则是在十一剧中充当审案人。由此可见，人们把申冤理枉和平反昭雪的希望主要寄托在包公身上。试听以下含冤负屈者的呼喊：

赵廉访使家人李顺被王庆杀害前喊出："见放着开封府执法的包龙图，必有个目前见血，剑下伏诛。"

庞衙内家老嬷嬷被捆绑扔井中前警告庞衙内："有一日包待制到朝堂，哥哥也，我则怕泄漏了天机白破你那谎。"

---

① 《救孝子》杂剧。

② 《鲁斋郎》杂剧。

③ 《黄花峪》杂剧。

赃官刘得中用御赐紫金锤击打灾民张忺古,张临死前嘱咐儿子:“若要与我陈州百姓除了这害可,则除是包龙图那铁面没人情。”

小商人杨国用梦见匪徒要杀他,却被一个老人救了。他十分感激老人:“你个爷爷是救命的活菩萨,你莫不是龙图待制,开府南衙。”

义门李家李陈氏被弟媳及其奸夫诬陷气杀丈夫、谋杀亲儿,她满腔悲愤:“只待他包龙图来到南衙府,拼的个接马头一气儿叫道有二千声屈。”

人们盼望包公为他们申冤理枉,公正执法,而包公也确实做到了这一点。他处理的那些杀人犯和其他罪犯,既是元代“杀人者死”等法制条文的具体体现,同时也是古代“刑以正邪”及“刘邦约法三章”等传统法制思想的继承。作为一种文化现象,现实和传统往往是水乳交融,难以分辨。

据礼不据法与“法出于礼”

在一些写包公严格执法的元杂剧中,我们还可以看到他审案断狱主要不是依据王法而是依据伦理道德,这些伦理道德常常与王法混在一起,有时就很难分清是伦理道德或王法。或者说,伦理道德也具有王法的约束力和同样的法律效力,人们对待这类作品,仍是抱着肯定的态度,因为包公不仅铁面无私,而且还很通情达理。

试以《蝴蝶梦》为例:

此剧写皇亲葛彪,无故打死平民王老汉,王的三个儿子又将葛彪打死。包公要王母交出一子为葛彪偿命。王母不仅与三个儿子争相承认自己打死葛彪,而且还交出了亲生儿子为葛彪偿命以保全丈夫前妻之子。在这里,儒家的母贤子孝伦理道德支配了人物的行动。尤其是王母之贤更使“铁面”的包公感动:“只把前家儿子苦哀矜,倒是自己亲儿不悲痛。”正是在王母这一义行的感召下,包公才想出偷梁换柱之计,以偷马贼赵顽驴替其子为葛彪偿命,下人张千对包公此举提出怀疑:“可是也不中?”包公仍是我行我素,最后判决王母三个儿子登入仕途，王母则“封贤德夫人”。可见他对伦理道德十分看重。

与此剧相类似的还有《合同文字》。这是一个大家庭争夺财产的民事案件。汴梁西关刘天祥、刘天瑞弟兄原未分家，因灾荒之年天瑞带妻及子安住外出就食，走前立合同文字二纸，说明“一应家私田产，不曾分另”等情。天瑞全家被潞州张秉彝员外收留。夫妻不久病死，张抚养其子安住长大成人，并告知真身世。安住悲痛之馀，担着父母骸骨还乡安葬，不幸被伯母骗走合同文字又打伤其头。事告开封府，包公从取来的张秉彝处已了解基本案情，公堂上再三问天祥夫妻，安住是否他家亲侄儿。二人以无合同文字为理由而矢口否认。包公命令安住棒打天祥，安住坚决不打。责问其故，安住回答说：“俺父亲尚兀是他亲兄弟，却教俺乱棒胡敲怎下的……我须是他亲子侄，又不争甚家和计。我本为行李而来，可怎么生忿而归。”包公低头思忖：“为甚侄儿不将伯父打，可知亲者原来则是亲。”

刘安住的孝行感动了包公，包公据此判断他确是刘天祥的侄儿，才设计赚出合同文字，终于使案情大白。在这里，牵动审案破案的契机显然是儒家所倡的“孝行”。

还有一些案件，本来是依法惩处特权阶层，可也常常与封建伦理道德交织在一起，使人分不清包公断案是依据王法还是依据伦理道德。如权豪势要鲁斋郎本是犯了“苦害良民，强夺人家妻女，犯法百端”之罪被包公“智斩”，而包公最后的“词云”则说：“则为鲁斋郎苦害生民，夺妻女不顾人伦；被老夫设计斩首，方表得王法无亲。”首先就指出鲁犯了“不顾人伦”的大罪，但杀鲁则是为了维护“王法”。人伦道德与王法竟是一而二、二而一的。

与此剧类似的还有《神奴儿》，剧中的王腊梅为夺家产，勒死亲侄。本是夺产害命，依律当处死。而包公的判词却说“王腊梅不顾人伦，勒死亲侄。”似乎把“人伦”看得比王法更重要了。

《生金阁》中的庞衙内杀害二人，被包公处斩，其判词是这样：“则为这庞衙内倚势多狂狡，扰良民全不依公道……论王法斩首不为辜……”所谓“公道”，指的是社会公认的道德。在这里，社会道德也与王法具有同样法律效力。

剧中出现的“贤”、“孝”、“人伦”、“公道”等。又都是源于古代的三纲五常，源于维护封建等级制度核心的“礼”。《礼记》云：“礼者，天地之序也。”①所谓“序”，即是“君君臣臣、父父子子”的等级制度。“礼”是伦理道德的核心，追溯伦理道德与法相混相同的原因，还得从“礼”与“法”的关系谈起。

《礼记》云：“夫礼者，所以定亲疏，决嫌疑，别同异，明是非也。……礼不逾节，不侵侮，不好押。……道德仁义，非礼不成；教训正俗，非礼不备；纷争辩讼，非礼不决。君臣、上下、父子、兄弟，非礼不定。”②这里所说的“礼”，不仅规范了人们上下、尊卑、亲疏的等级制度，而且还认定“礼”具有对“纷争辩讼，非礼不决”的法律效力。也就是说，判断“纷争辩讼”的是非曲直是根据“礼”而不是根据“法”。礼与法结合，礼具有法的效力，这正是我国古礼的重要特点。与“法”相比较，“礼”是“法”之源，“法”是“礼”的外在表现，所以《管子》有云：“人心之悍。故为之法，法出于礼。”③“法”据“礼”以定，“礼”自然就具有法律效力。这一古代法制思想传统一直延续到宋元时代，《四库全书总目·唐律疏义解》云：“唐律一准乎礼，以为出入得古今之平，故宋世多采用之。元时断狱，亦每引为据。”④如果从“法出于礼”、“法”“礼”结合这一意义上去看包公审案断狱的据“礼”不据“法”，他仍然是维护了封建王法。

不严格执法与“刑不上大夫”

包公审案断狱或标榜“王法”；或据“礼”不据“法”，但本质上还

---

① 《礼记·乐记》。

② 《礼记·曲礼》。

③ 《管子》卷四《枢言第十二》。

④ 《四库全书总目》卷82《史部》。

是维护“王法”已如上述。这里我们要提出另外一个问题:在包公审断的案件中,有没有不严格执法之事呢?看来回答是肯定的。他在碰到一些特别棘手的案件时,也确有不执法甚至有枉法行为,而这种行为既是传统法制文化的遗留,同时也是自己时代的产物。试以《后庭花》和《蝴蝶梦》二剧为例。

先说《后庭花》。

此案之案情虽较复杂,但还是有迹可寻。皇帝以王翠鸾母女赐与赵廉访使,赵吩咐家人王庆带去见夫人。夫人出于嫉妒,要王庆杀死母女。王安排另一家人李顺下手。李之妻与王通奸,乘机与王合谋杀李。翠鸾逃出投宿,又被店小二逼奸不成致杀。赵向王庆及夫人询问翠鸾母女下落,二人互相推诿支吾。赵就把此案交与包公,并含糊地透露他对夫人的怀疑:“这桩事其中必有暗昧,你与我仔细究问,多因是我夫人做下违条犯法也。”

不管是赵廉访使是伪装要“大义灭亲”,或者是暗示包公设法维护,他对包公交代的案情背景是清楚的,寻找翠鸾母女下落的目的也是明确的。

面对牵涉廉访使夫人的案子,包公首先考虑的是“势”而不是“法”,考虑的是个人利害得失:

> 相公道“老夫人违条犯法”,怎敢就叫他带锁披枷……你侯门似海深,利害有天来大,则这包龙图怕也不怕。老夫怎敢共夫人做两事家。

这个表态的意思很明白:“怎敢共夫人做两事家。”就是请赵廉访使放心,包某不敢与他作对。

在审问过程中,重要案犯王庆虽多次供出“老相公教我领见夫人,夫人吩咐与王庆,王庆可吩咐李顺也”。包公却从不追问“夫人吩咐”的具体内容,有意回护廉访夫人。直到两起杀人案的具体案情弄清,他向廉访使汇报,也只说王庆因“奸情”杀李顺,店小二“强要人妻室"不成杀翠鸾。而不提事件起因和主谋者。因廉访使曾提起过"多因是我夫人做下违条犯法也",他在最后才交代了一句"索请老夫人敢与这招伏罪"。就是说须请夫人出来坐实二人招供的罪状。轻而易举地把这位杀人案的主谋开脱了。

还有一事也很奇怪,包公审理此案是审案而不断案,断案权竟然又交回到赵廉访使手里。廉访使当然心照不宣,判词首二句就表扬包公和对他越级旌奖,说什么"包待制剖决精明,便奏请加原职三级高升"。对包公的表扬声愈高,自己夫人的保险系数就愈大。两条人命的肇始者和主谋者竟在包公"剖决精明"的保护伞下逍遥法外了。

包公敢于打击权豪势要,为什么不敢触动廉访使夫人?我们看看廉访使是什么官:他的职责是什么?廉访使即肃政廉访使,据《元史·百官志》记:

> 肃政廉访司:国初,立提刑按察司四道,以提刑按察司兼劝农事。……(至元)二十八年,改按察司曰肃政廉访司。其后遂为二十三道。每道廉访使二员,正三品。

原来赵廉访使主管"提刑按察",是主管刑狱、巡察吏治之官,级别是正三品,是"八议"中的照顾对象。无论是赵的手中权力或应享受特权方面说,包公面对此人是无法"铁面没人情"的①。

再说《蝴蝶梦》。

此剧案情与《后庭花》案情不同:《后》剧的杀人主谋虽是廉访使夫人,但她隐蔽得很深。凶手杀人的原因又与她的嫉妒没有直接关系,而是派生出来的奸情。不管是王庆与李顺之妻长期通奸而杀人,或者是店小二逼奸翠鸾不成而杀人,其奸情性质则相同。而《蝴》剧中皇亲葛彪是无故打死中牟县平民王老汉,王的三个儿子又将葛打死,中牟县官府将王氏三子及其母解到开封府治罪,其罪名是"弟兄

---

① 《陈州粜米》杂剧。

三人打死平人葛彪"①。公堂上虽未出现葛彪一方原告人,但案情却十分清楚。

据元代法律:

> 诸杀人者死,仍于家属征烧埋银五十两给其主。
>
> 诸人杀死其父,子殴之死者,不坐。仍于杀人者之家,征烧埋银五十两。②

据第一条,葛彪应被处死;据第二条,王氏三子打死葛彪是子报父仇不坐罪。

案情清楚,法律条文明白。而包公审案却不顾这一切,他未审问先发官威:"小县百姓,怎敢打死平人③……与我一步一棍打上厅来。"王母据理申诉:"那厮每情理难容,俺孩儿杀人可恕。""情理难容"者,是指葛彪无故打死她的丈夫也;"杀人可恕"者,是指三个儿子为报父仇不应坐罪也。句句话都有法律依据,而包公不仅不听,仍是叫着"不打不招",要张千"加力打者";而且还逼着王母交出一子为葛彪偿命,这是何等执法!只是在三子及王母争相承认自己打死葛彪和王母为保全丈夫前妻之子而交出亲生儿子为葛彪偿命之后,包公被王氏母子的贤孝所感动,才采用偷梁换柱手段,以偷马贼赵顽驴替王母之子为葛彪偿命。这就没有执法,甚而还枉法了:

据法律条文,王氏之子不该为葛彪偿命;

据法律条文:"盗马者,初犯为首八十七,徒二年……再犯加等……"

赵顽驴罪不当死。虽然元代法律条文对夺马者还有规定:"诸白

---

① 此句似应作"平人弟兄三人打死葛彪。""平人"错位。

② 《元史·刑法志》。

③ 此句"平人"似衍文。

昼剽夺驿马，为首者处死。”①但剧中并没有说赵是“剽夺驿马”而只说他“偷马”。“剽夺”与“偷”，“驿马”与“马”都有不同，赵是不应该被处死的。退一步说，即使赵当死，但也与葛彪一案风马牛不相及。

包公为什么要如此徇情枉法，一定要王母交出一子为葛彪偿命，在赦免了王氏三子后为什么还要以偷马贼赵顽驴替王氏子去死，原来葛彪并非一般“平人”！

古制：“礼不下庶人，刑不上大夫。”②后人解释此二句云：“不与贤者犯法，其犯法则在八议，轻重不在刑书。”又云：“刑不上大夫者，制五刑三千之科条，不设大夫犯罪之目也。所以然者，大夫必用有德者，逆设其刑，则是君之不知贤也。”这一解释很显然是为统治者辩护：“大夫必用有德者”，即官僚们都“有德”，决不会犯法。如果也为他们“设刑”，那就是说国君昏庸“不知贤”了。岂非大逆不道！所谓“八议”，无非看犯法官员的出身门第，被认定的德行和功劳如何，再说如何量刑，法律的不平等是十分清楚的。在等级制度森严的封建社会，为官者对“刑不上大夫”自是身体力行，奉之为做官哲学或座右铭。亚圣孟轲总结官场经验时说：“为政不难，不得罪于巨室。”③这是对“刑不上大夫”的最好注释，民间把它通俗化就叫“官官相护”。元代《刑法志》也对“八议”照例将其解释列入法律条文，试列举一二以观一斑：

> 议亲：谓皇帝袒免以上亲、及太皇太后。皇太后缌麻以上亲，皇后小功以上亲。
>
> 议贤：谓有大德行。
>
> 议贵：谓职事官三品以上，散官二品以上，及爵一品者。

---

① 《元史·刑法志》。

② 《礼记·典礼》。

③ 《孟子·离娄》。

皇亲国戚、道德典范和高品官员,都在“八议”照顾之列。这种法律上的等级观,在我国封建社会政治生活中一直是延续不断的。为官者如果不懂得“刑不上大夫”、“不得罪于巨室”以及什么“八议”之类,那是很难在官场立足的。到清代,伟大的现实主义小说家曹雪芹就在《红楼梦》里,不仅为这种社会现象取了一个形象化的名字叫做“护官符”,而且还对“护官符”作了具体的解释:“如今凡作地方官者,皆有一个私单,上面写的是本省最有权势、极富极贵的大乡绅名姓,各省皆然,倘若不知,一时触犯了这样的人家,不但官爵,只怕连性命还保不成呢。”这可以说是一份对“刑不上大夫”、“不得罪于巨室”的最明白不过的说明书了。包公所生活的北宋,虽然没有“护官符”之类的名字,但是“官官相护”则已经从另一角度对此种现象作了高度的概括,这样,剧中的包公不敢得罪有权势的官僚和皇亲国戚也就可以理解了。理想化的清官审案断狱尚不能时时、事事严格执法,有时甚至还要枉法,现实生活中的为官者可想而知,元代包公戏所包含的深厚的法制文化意蕴及其意义也正在于此。

原载《河北学刊》1993 年第 3 期

《元杂剧论稿》内容提要

《论稿》是作者 1979～1988 年所写的研究元杂剧文章的论文集。这些文章都先后在报刊上公开发表。主要内容有三方面:一是探索戏史,计 6 篇;二是评价作家作品,计 12 篇;三是元杂剧艺术形式、剧作家、演员和剧目的杂记杂考,计 6 篇。全书总计 24 篇,23 万馀言。

一、对戏史的探索

这一组文章主要论述了四个问题:

1. 我国第一部戏曲史

谁写了我国第一部戏曲史？过去的研究者多认为王国维 1912 年写的《宋元戏曲考》是我国第一部戏曲史。《论稿》在几篇文章中都提出了不同看法。1979 年撰写的《评锺嗣成〈录鬼簿〉》一文正式提出,元人锺嗣成 1330 年写成的《录鬼簿》,"是一部元人研究元代戏剧史的开山之作"、"是我国古代戏剧史的开山之作"。1985 年,作者又在《锺嗣成〈录鬼簿〉对戏曲史的贡献》一文中对这一观点提得更明确,论述也更具体,提出《录鬼簿》是"一部元人写的当代杂剧史,中国戏曲史的开山之作",并从以下三方面进行了具体论述:①"锺嗣成按时序分类排列作家,全书贯串了一条史的线索";②"锺嗣成记载作家作品资料丰富,勾勒出元代杂剧基本轮廓";③"锺嗣成简要地评价作家作品,展现了元代杂剧艺术特色。"

2. 元杂剧繁荣的社会原因

关于元杂剧繁荣的社会原因，学术界一直有种种不同看法。《试论元剧的繁荣》一文将其争论归纳为三个方面的问题，指出他们“都说出了一定道理”，但是又“常常把一些复杂的社会现象有点片面化和绝对化，完全排斥对立的、并有相当道理的观点。”该文列举元代统治者有关法律规定和具体执行法律的典型事例，提出元剧繁荣的重要社会原因是：“统治者制定和具体执行的文化政策，在元代，即宽严相济，以宽为主的灵活政策。”

3. 元杂剧的分期及其年代断限

自《宋元戏曲考》问世以来，研究者或据《宋元戏曲考》，或据《录鬼簿》（曹刊本），将元杂剧的发展分为三期或两期，《锺嗣成〈录鬼簿〉划分元杂剧为“两期”说》一文则根据天一阁本《录鬼簿》将元杂剧的发展划分为前后两期，并将前期的下限年代断限为世祖至元三十一年（公元1294年），与一般断限为元成宗大德十一年（公元1307年）不同。

4. 元杂剧与中州和燕赵地域

《略论中州古剧》和《〈录鬼簿〉中的燕赵杂剧作家群》二文是从地域角度来探索戏史的发展。《古剧》一文提出：“从地域上看，作为综合性艺术戏曲的重要因素的歌舞和优戏活动，从殷周时代到春秋战国时代，几乎遍及中州大地”，以后历经两汉魏晋及唐宋金等朝代，尤其是“我国戏曲形成或逐渐趋向成熟的宋金杂剧和院本，其主要活动地点是以北宋帝都东京为中心”，因此，“古代中州地区是元杂剧产生的重要土壤”。《作家群》一文统计燕赵剧作家计31人，占《簿》作家总数2/3以上；作品194种，占《簿》中剧目总数2/5以上，这样的集中，“反映了一个时代的戏曲繁荣”、“元杂剧的盛世主要应是元世祖至元时期。”

二、评价作家作品

这一组文章从多方面研究元剧作家作品，主要的有以下六点：

1. 从民族关系研究元杂剧

《元人杂剧反映元代民族关系》一文指出："过去的一些论著，研究反映阶级关系的作品较多，研究反映民族关系的作品则较少"；涉及民族关系的一些论著，多谈"反映民族矛盾，表现爱国思想"，很少有人谈"反映民族融合趋势"的作品。本文以大量作品为例，具体分析了反映民族关系的种种表现，最后得出结论说："元人杂剧反映的元代民族关系问题是比较全面而真实的，它既反映了民族矛盾斗争的一面，也反映了民族融合的一面"；从总体上看，反映"民族融合的作品比较多……说明这是历史趋势"。

2. 从流传故事研究元杂剧

《元代三国戏简论》一文论列了现存的十种元代三国戏，指出"元代三国戏是流传三国故事的继承与发展"、"已经形成拥刘汉、贬孙曹的思想倾向"和具有"民间文学色彩浓厚的艺术特色。"

《元代包公戏选注·前言》、《元代包公戏新探》和《〈陈州粜米〉与河南淮阳流传的包公放粮故事》是从不同方面研究元代包公戏的文章，《前言》是"元代包公戏简论"；《新探》特别指出"元剧中的包公不是时时事事都严格执法"；《故事》则是从民间流传故事角度，用比较方法研究《陈州粜米》。指出《米》剧"取材于民间故事"，而又影响"至今尚流传的包公放粮故事"。两个故事对后世的影响，"除了在许多地方戏里演出以外，它的影响还表现在以下三个方面：(一)"撰修地方志者累书包公放粮故事，并不视之为附会传说"；(二)"淮阳一带不说包公坏话，一片歌功颂德"；(三)"附会解释放粮故事、寄托人民对包公的怀念。"

《元代水浒戏简论》一文从以下三方面评价了元代水浒戏：①"除暴安良是元代水浒戏的基本主题"；②"李逵是元代水浒戏中最突出的英雄形象"；③"元代水浒戏在我国文学史上占有重要地位。"

3. 从中州地域研究元杂剧

《略论元代中州杂剧作家》和《略论元剧作家笔下的中州社会生

活》二文是从中州地域研究元杂剧。《作家》一文论述了现存元代河南杂剧作家作品，肯定其“揭露社会黑暗与世事不平，从多方面表达其进步理想”的进步意义；又对汴梁籍作家锺嗣成的《录鬼簿》作了更充分的评价，肯定它是“一部当代杂剧史”，在“保存作家作品资料，增进作家相互了解与交流，对杂剧剧本的探讨与传播、艺术经验积累与提高都起了良好作用……在保存文化遗产与开拓戏曲史写作两方面都作出了重要贡献。”《生活》一文列举60馀种以中州为故事背景的作品，从“揭露司法吏治黑暗”、“描写多种多样爱情”、“关注平民日常生活”进行论述，指出具有“悠久的戏曲活动历史”的中州大地，“对剧作家有很大的吸引力”，所写剧作，“涉及元代政治、经济、爱情婚姻世风习俗以及典章制度等生活领域，具有进步的思想倾向性，既是研究我国元代历史的重要文献，也是我国一笔珍贵的文化遗产。”

4. 从研究作家其人研究元杂剧

元剧作家，其生平事迹多不可考，一般多根据其留存作品和一些零星资料，去推测其身世和为人。《张国宾简论》和《曾瑞简论》二文就是企图从这方面作些探索。《张》文考订了张的名字、剧目、生活经历，评价了他的两种剧作，指出“这位元代艺人杂剧作家叫张国宾，大都人，由金入元，任喜时营教坊管勾。作剧四种，今存两种，从事戏曲活动的主要时间大约是元世祖至元时期。”其生活道路是：“出生在农村，生活很贫苦，略有文化知识，喜爱杂剧艺术；后入城市……做了教坊管勾。”其作品“对贫苦百姓怀有深切的同情，对贫而有志、凭本事博取功名富贵者予以赞扬，对富而好施者予以肯定，对忘恩负义、夺人之功者予以鞭笞”。《曾瑞》一文则考订其家世、籍贯、交游，并评价其剧作。他“家世平州，祖、父皆学而仕。”后迁燕，到过昆阳，开封和崇安，交游者有林景熙、锺嗣成和歌妓喜温柔。杂剧《留鞋记》表现了作者强烈的反封建民主思想和对现存社会秩序的批判精神。”

5. 从人物社会阶层研究元杂剧

《试谈元剧中的权豪势要》一文，探讨了权豪势要产生的社会基础、身份和地位，评价了元杂剧中权豪势要形象出现的社会意义。指出元代社会权豪势要广泛存在，其身份或为贵家子弟，或为皇帝近臣，或为朝廷大官僚，或为地方官，或为无赖泼皮，或为恶霸地主，或为民族败类，他们是“元代阶级压迫与民族压迫交织的特定社会条件下出现的一个特权阶层”。这些人物的出现，“揭露了元代政治黑暗和社会秩序混乱，反映了残酷的阶级压迫与民族压迫”，“赞扬与权豪势要作对的清官和水浒英雄，表达被压迫人民的愿望与理想”。

6. 从剧中的道具描写研究元杂剧

《简谈孟汉卿的〈智勘魔合罗〉》一文，主要评价良吏张鼎为刘玉娘冤狱平反，是从审问一个土木雕塑的“魔合罗”为突破口，指出：“写魔合罗是写物又写人，写物是为了写人。为了推动剧情的发展和解决矛盾……作者对魔合罗的描写是成功的。”

三、其　　他

这一组文章计 6 篇，涉及杂剧文学因素、艺术形式、剧作家、剧目和演员等范围。

《元剧的宾白和作者评价问题》一文，主要针对研究者认为元剧宾白并非原剧作者所写及宾白鄙俚蹈袭等观点，提出了个人看法：“元剧宾白基本上是原剧作者所写，演出时和后来的明剧本有所增加和润饰，但著作权还是原剧作者而不是其他任何人。”至于“鄙俚蹈袭”，则多是个别文人轻视宾白语言的通俗性和忽视“表演艺术程化对剧作的影响”。

《略谈元剧中的舞蹈》一文，根据剧本保留的舞蹈资料，将其归纳为两种情况：“一是融入科范表演之中，并成为舞台形体动作的一种程式”；“二是穿插在剧情表演中，多有音乐配合，成为整个舞台艺术的有机组成部分。”

《元杂剧作家人数辨正》一文，针对某些论著根据《录鬼簿》统计元杂剧作家人数混乱情况，提出三条原则，查阅诸本《录鬼簿》，最多者应为 84 人，最后得出结论："说《录鬼簿》记载元杂剧作家为 111 人者，可能是据《说集》本连散曲作家也统计在内的数字；说 90 馀人者，可能是把《续编》中的部分作家也统计在内的数字；说近 200 人者，或是笔误，或是排印误，或是约莫估计之词则不得而知。总之，以上都不是锺氏《录鬼簿》中所载元杂剧作家人数却是事实。"

《锺嗣成生卒年辨析》一文，针对研究者的不同看法，根据有关资料进行推断，认为锺氏"生于 1275 年卒于 1345 年或略后"。其主要理由是："据《录鬼簿》修订周文质小传时间"、"从锺和赵良弼师事邓善之等人的年岁"、"《自序丑斋》套曲中的'三十岁'不能作为推断锺氏生年的依据"以及"郏经题《蟾宫曲》时锺已不在人世"。

《〈黑旋风敷演刘耍和〉辨析》一文，主要是辨析此剧目的名字和刘耍和其人。经考证，刘是元初著名杂剧演员；黑旋风则是人所共知的北宋末年农民起义英雄李逵诨名。如果此剧目名不误，岂不"成了历史的颠倒"，文章认为，这个剧目的正确文字应是：《黑旋风》敷演——刘耍和。"敷演（者）刘耍和"应该"用小号字体以示区别。"

《元代的杂剧演员》一文，探索了杂剧演员的名字、生活、伎艺专长及其贡献。据元人夏庭芝《青楼集》等书所记，元代杂剧演员有名字可考者为 79 人。他们的"生活是辛苦和不幸的"、"对杂剧艺术是热爱的"；他们的贡献主要有两点："（一）登台演出，扩大杂剧影响"；"（二）联系杂剧作家、帮助作家修改剧本或从事创作。"

以上文章发表后，有五篇被中国人民大学报刊复印资料全文复印；有 15 篇被 15 种刊物或专著摘引报导或作肯定评价。这说明《元杂剧论稿》所收文章产生了一定的社会影响。

原载《高教探新》1990 年